ताकत वतन की हमसे है

ताकत वतन की हमसे है

रचना बिष्ट रावत

प्रभात प्रकाशन, दिल्ली
ISO 9001:2015 प्रकाशक

प्रकाशक • **प्रभात प्रकाशन**
4/19 आसफ अली रोड,
नई दिल्ली–110002
सर्वाधिकार • सुरक्षित
संस्करण • प्रथम, 2019
अनुवाद • राहुल त्रिपाठी
मूल्य • पाँच सौ रुपए
मुद्रक • आर–टेक ऑफसेट प्रिंटर्स, दिल्ली

TAQAT WATAN KI HUMSE HAI
by Smt. Rachna Bisht Rawat ₹ 500.00
(Hindi translation of 'SHOOT DIVE FLY')
Published by Prabhat Prakashan, 4/19 Asaf Ali Road, New Delhi-2
by arrangement with Penguin Random House India (P) Ltd.
e-mail: prabhatbooks@gmail.com ISBN 978-93-5322-111-9

मेरे पिता

ब्रिगेडियर **बी.एस. बिष्ट**, एस.एम., वी.एस.एम.

मेरी जानकारी में सबसे बहादुर योद्धा के लिए,

भले ही वह पुस्तकों के दायरे से बहुत दूर जा चुके हों।

प्रस्तावना

मेरे प्यारे दोस्तो,

'ताकत वतन की हमसे है' की प्रस्तावना लिखने का अवसर मिलने पर मैं बेहद खुशी महसूस कर रहा हूँ। हमारे देश में भारतीय सेना युवाओं को एक बहुत सम्मानित और उत्साह से लबरेज रोजगार विकल्प मुहैया कराती है और इसके बावजूद मुझे हैरानी होती है कि सेना साल-दर-साल अधिकारियों की कमी से क्यों जूझती रहती है? यह संभवत: इसलिए, क्योंकि हममें से ज्यादातर इस बात से बिल्कुल अनजान हैं कि इसमें रोजगार के विकल्पों की हैरान कर देनेवाली विविधता शामिल है। शायद ऐसा इसलिए भी, क्योंकि सैन्य अधिकारियों को मीडिया से बात करने की इजाजत नहीं होती और इसलिए हम उनके बेशकीमती अनुभवों को सुनने से वंचित रह जाते हैं। रचना बिष्ट रावत को सेवारत युवा अधिकारियों से मिलने और इस शानदार काम के उनके अनुभवों को साझा करने की मंजूरी देने के लिए मैं सेना का हृदय से आभार व्यक्त करता हूँ।

यह पुस्तक निश्चित रूप से सैन्य अफसरों को लेकर आम जनमानस में व्याप्त गलत धारणाओं कि वह केवल सीमा पर बंदूक लेकर खड़ा रहता है, समाज से कटा रहता है, युद्ध शुरू होने का इंतजार करता रहता है, जो कि बहुसंख्यक किशोरों को सुनने में ही बेहद उबाऊ काम लगने लगता है, को दूर करने में मदद करेगी। वास्तव में, वे ऐसा करते हैं और हमें उन पर इस बात के लिए बहुत गर्व भी होता है, लेकिन केवल यही सच नहीं है। सैन्य अधिकारी बहुत सारी ऐसी गतिविधियों में भी हिस्सा लेते हैं, जिसमें ज्यादातर किशोरों की रुचि होती है और वे बतौर कॅरियर उन्हें चुनना भी पसंद करते हैं। सेना में इंजीनियर, डॉक्टर, हेलीकॉप्टर पायलट, ड्रोन उड़ानेवाले, साइबर योद्धा, ओलंपियन, एवरेस्ट पर चढ़नेवाले, स्काई डाइवर, नाविक, मैराथन धावक, शूटर—और हाँ, यहाँ तक कि क्रिकेटर और तमाम

अन्य पेशेवर काम करनेवाले लोग शामिल होते हैं, जिनके बारे में हम सामान्यतया नहीं जान पाते। ये वे महिला और पुरुष होते हैं, जिन्हें सामान्यतया युद्ध के लिए तैयार किया जाता है; लेकिन वे विशेष क्षेत्रों में काम करते हैं और भारतीय सेना के सहयोग से ऊँचाई भी हासिल करते हैं। आप भी इन तमाम अवसरों में से किसी को चुन सकते हैं और उससे संबंधित प्रशिक्षण हासिल करने के लिए भुगतान भी पा सकते हैं और अपनी ड्रीम जॉब में चमक सकते हैं। बहुत तो नहीं, शायद इक्का-दुक्का उद्योग या संस्थान आपको ऐसी आजादी मुहैया करा पाएँगे; और मैं इतना सब कैसे जानता हूँ? क्योंकि मैं भारतीय क्षेत्रीय सेना में एक अधिकारी के तौर पर काम कर चुका हूँ।

मैं इस बात को लेकर तो आश्वस्त हूँ कि आपको युवा अधिकारियों के वास्तविक जीवन की कहानियाँ पढ़ने को मिलेंगी, जो साधारण जीवन से ऊपर उठ सके और ऊँचाइयों को छू सके। इस पुस्तक में कर्नल इवान जे. क्रैस्टो, एससी, की कहानी भी शामिल है, जो हवा में मौजूद हेलीकॉप्टर से रस्सी के सहारे नीचे उतरे और तारवाली ट्रॉली के खराब होने के चलते सैकड़ों फीट ऊपर फँसे दस पर्यटकों को सुरक्षित बचा ले गए। इसमें कर्नल राजेश उन्नीकृष्णन की भी कहानी है, जिन्होंने घने अँधेरे में 40 फीट नीचे उतरकर बोरवेल में फँसे एक बच्चे को बाहर निकाला और उसकी जान बचाई। इन पन्नों में आप कर्नल समीर सिंह बिष्ट, एस.एम. से भी मिलेंगे, जिनकी बंदूक कश्मीरी आतंकवादियों के खिलाफ एनकाउंटर के दौरान जाम हो गई; लेकिन उन्होंने अपनी भावनाओं पर काबू रखा और अंततः विजेता बने। आप एक युवा पर्वतारोही मेजर दीपिका राठौर के बारे में भी पढ़ेंगे, जिन्होंने माउंट एवरेस्ट पर दो बार विजय हासिल की और मेरे साथी पैराटूपर मेजर संदेश कदम के बारे में भी जानेंगे, जिन्होंने 8,500 फीट की ऊँचाई से विमान से छलाँग लगाई और बीच रास्ते में उन्हें पता चला कि उनके मुख्य और इमरजेंसी वाले, दोनों ही पैराशूट नहीं खुल पा रहे हैं। जरा सोचिए, उस दौरान उनके मन में क्या-क्या चल रहा होगा और किस हालत में वे धरती पर गिरे होंगे? जबकि उनके जज्बे में कमी नहीं आई और वे एक बार फिर पूरी तरह ठीक होकर दोबारा ड्यूटी पर वापस जाना चाहते हैं। आप पूछ सकते हैं कि आखिर यह सब कैसे हुआ? इस बारे में जानने के लिए आपको इस पुस्तक को पढ़ना होगा या सेना में शामिल होना होगा।

इन्हीं शब्दों के साथ मैं अपनी बात को विराम देता हूँ और आपके समक्ष मौजूद सर्वश्रेष्ठ कॅरियर आप चुनें, इसके लिए मेरी शुभकामनाएँ आपके साथ हैं।

जब मैं बूढ़ा हो जाऊँगा और टी.वी. के सामने बैठे हुए आप में से किसी को भारत के लिए क्रिकेट खेलता हुआ देखूँगा या आप में से किसी को हैरतअंगेज काम करते हुए किसी समाचार चैनल पर रिपोर्ट देखूँगा, मैं मुसकराकर आपका उत्साह बढ़ाऊँगा—बिल्कुल उसी अंदाज में, जैसे आप सब मेरे लिए करते हैं, जब मैं छक्का मारता हूँ या कोई कैच पकड़ता हूँ। मैं भी आप पर उतना ही गर्व करूँगा। आगे बढ़ें और अपने जीवन में सर्वश्रेष्ठ करें; लेकिन अपना अंतिम निर्णय लेने से पहले एक बार वरदी पहनने के बारे में जरूर सोचें। मैंने तो ऐसा ही किया है!

जय हिंद! जय हिंद की सेना!

—लेफ्टिनेंट कर्नल महेंद्र सिंह धोनी

परिचय

प्रिय पाठक,

मैं अपने बगीचे के एक छाँवदार कोने में बैठकर आपको यह लिख रही हूँ। इस वक्त मैं अपने लाल बीनबैग में धँसी हुई हूँ। मेरी पुस्तक अंततः पूरी हो गई है और वसंत पूरी तरह दिल्ली कैंट को अपने आगोश में ले चुका है। चिड़ियों की चहचहाहट, चमकदार गुलाबी बोगनवेलियाँ खिल चुकी हैं और हुजूर, हमारा दो साल का सुनहरा कुत्ता, अपनी पीठ के बल अलसाया हुआ लेटा है और दुनिया को ऊपर से नीचे की ओर देखने की कोशिश कर रहा है। माइकल जयकिशन, हमारे घर में रहनेवाला नर्तक मोर, लंबी झिलमिलाती पूँछ के साथ दरवाजे पर मौजूद है और हुजूर को अनमने ढंग से देखते हुए स्पष्ट रूप से कोई तवज्जो देने को तैयार नहीं नजर आ रहा है।

मानें या न मानें, यह खूबसूरत मरु उद्यान उस धूल भरी व प्रदूषित दिल्ली के बीच अस्तित्व में है, जहाँ इस वक्त भी सड़कें जाम हैं और चीखती, हॉर्न बजाती, जहरीली गैस छोड़ती गाड़ियों से पटी पड़ी हैं। एक शांत, सुखदायक कतार में पेड़ों से लक-दक घर ही एकमात्र वह भत्ता है, जो केवल सेना ही आपको उपलब्ध करा सकती है। इसके अलावा शानदार जिम, ओलंपिक के आकार के स्विमिंग पूल, स्क्वैश और टेनिस कोर्ट, तड़क-भड़कवाले स्कूल, जो डोनेशन की माँग नहीं करते, हर सुविधा से संपन्न अस्पताल हैं, शानदार मेस हैं, खुले आसमान के नीचे शानदार माहौल बनानेवाले सिनेमा हॉल हैं और—सबसे ज्यादा कीमती—जीवन के लिए जरूरी दोस्त यहाँ मौजूद हैं।

मैंने अपने जीवन के 47 साल (डर लगता है कि मैं बूढ़ी हो गई हूँ!) देश भर के विभिन्न सैन्य कैंटोनमेंटों में बिताए हैं। मेरे पिता सेना में थे (उसी तरह मेरे पति भी)। और यकीन मानिए, यह एक ऐसा खूबसूरत संसार है, जिसके समानांतर—बाहर की दुनिया में देखें तो—कुछ भी नहीं हो सकता। मुझे यह बात हमेशा हैरान

करती है कि ज्यादातर बच्चे सेना को एक उचित कॅरियर के रूप में नहीं देख पाते। मैं खुद को तसल्ली देने के लिए कहती हूँ, 'ऐसा इसलिए, क्योंकि वे इसके बारे में बहुत ज्यादा कुछ जानते नहीं हैं।'

इस पुस्तक का मतलब ही सेना के वास्तविक संपूर्ण ब्रह्मांड से आपका परिचय कराना है, जिसके बारे में बाहर के लोग मानते ही नहीं कि ऐसा वाकई है। क्या आप जानते हैं कि सेना एक ऐसा पेशा है, जो आपको विचित्र चीजें करने की छूट देता है, जैसे—स्काई डाइविंग, रैली ड्राइविंग, पर्वतारोहण, काम पर जाने के लिए हेलीकॉप्टर उड़ाने जैसा काम। आप किसी अन्य क्षेत्र में ऐसी कल्पना कर सकते हैं क्या? आपको उस काम के लिए पैसा दिया जाता है, जिसे पूरा करने के लिए आप कहीं और खर्च करने के लिए तत्पर रहते हैं और संभव है कि वे अवसर जीवन में शायद कभी हाथ नहीं आते।

यह पुस्तक आपको बताएगी कि सेना के अधिकारी वास्तव में करते क्या हैं और इसके लिए 21 सैन्य अधिकारियों के जीवन की असल कहानियों के माध्यम से आपको रूबरू कराया जाएगा। आपको ऐसा लगेगा मानो आपके पसंदीदा कल्पना-लोक को वे वास्तव में जी रहे हैं। उनको हासिल करना कठिन नहीं है; तथ्य यह है कि सेना के हर अधिकारी के पास दिलचस्प कहानी होती ही है बताने के लिए। लेकिन चूँकि उनको अपने काम और मिशनों के बारे में ज्यादा बात करने की छूट नहीं होती, इसलिए हम उनके तमाम साहसिक कारनामों के बारे में न सुन पाते हैं, न जान पाते हैं। ऐसा शायद पहली बार है, जबकि भारतीय फौजियों ने अपने हैरतअंगेज अनुभव साझा किए हैं; क्योंकि भारतीय सेना ने आगे बढ़कर उदारतापूर्वक युवा अधिकारियों को साक्षात्कार के लिए इजाजत दी, जो कि किसी पुस्तक के लिए इससे पहले संभव नहीं हो सका था।

मुझे उम्मीद है कि आपको इनमें से कुछ कहानियाँ बहुत रोमांचक लगेंगी, कुछ दाँतों तले उँगलियाँ दबाने को मजबूर करेंगी, कुछ आपको अचंभित कर देंगी, कुछ आपको इस कदर जोश से भर देंगी कि आपका भी मन होने लगेगा कि आप भी पीठ पर पैराशूट बाँधे और उड़ते हवाई जहाज से बाहर कूद पड़ें और घंटों हवा में तैरते रहें या आपको भी यह इच्छा होने लग सकती है कि काश, हेलीकॉप्टर उड़ाकर सियाचिन ग्लेशियर पहुँच जाएँ! मैं इसे भलीभाँति स्वीकार करूँगी। मुझे बहुत हद तक उम्मीद है कि ये कहानियाँ आप में से किसी-न-किसी को भारतीय सेना का हिस्सा जरूर बनाएँगी।

अगर ऐसा होता है तो झिझकिएगा नहीं। साधारण दुनिया और ऑलिव ग्रीन कपड़ों से लक-दक जादुई लोगों के बीच मौजूद अदृश्य रेखा को मिटा दीजिएगा। सेना आपको अपने सुखद आगोश में लेने के लिए आपका इंतजार करेगी। बदले में, यह आपसे केवल इतनी अपेक्षा करेगी कि आप एक स्वस्थ शरीर हों, एक बहादुर दिलवाले हों, एक स्वस्थ मस्तिष्क के मालिक हों और जीवन को उसकी संपूर्णता में जीने की ललक रखते हों।

क्या आप में है ये सब?

—रचना बिष्ट रावत

अनुक्रम

एक धागे से बँधी जीवन की डोर

भारतीय सेना में एक दिन के क्या मायने हैं?

आप हेलीकॉप्टर उड़ाकर काम पर जा सकते हैं, हाथों में बंदूक थाम सकते हैं, बर्फ जमी झील के आर–पार सरपट दौड़ सकते हैं और या तो आतंकियों के शिविर पर हमला करने के लिए या किसी परेशानी में फँसे बच्चे को बचाने के लिए नीचे गहराई में उतर सकते हैं; और यह सब मात्र एक दिन के काम में आपके सामने हाजिर हो सकता है। आपको कभी ऊब नहीं होगी।

1

मैं अपने काम पर हेलीकॉप्टर से जाता हूँ

आर्मी एविएशन कोर से जुड़े लेफ्टिनेंट कर्नल अनुपम गौर ने हमसे साझा किया कि सेना में एक हेलीकॉप्टर पायलट होने के क्या मायने हैं और हेलीकॉप्टर के जरिए हैरतअंगेज बचाव कार्यों को विस्तार से बताया।

6 अक्तूबर, 2007
19,000 फीट की ऊँचाई पर
सियाचिन ग्लेशियर पर किसी इलाके में

बर्फ से जमी ऊँचाई पर जब चीता हेलीकॉप्टर पहुँचे, तब तक बर्फबारी शुरू हो चुकी थी। युवा पायलट अपने सामने फैले विशाल सफेदी के सागर के चारों तरफ निगाह दौड़ा रहा था और लापता पर्वतारोहियों को व्यग्रता से ढूँढ़ रहा था। वह जानता था कि बर्फ में वह हेलीकॉप्टर नीचे नहीं उतार सकता है और यह भी जानता था कि उसके पास समय बेहद कम है। अगर ईंधन खत्म हो गया तो उसे लौटना पड़ेगा, जिसका मतलब यह कि पर्वतारोहियों के जीवित बचने की उम्मीदें और घट जाएँगी। अपनी भावनाओं को काबू में रखते हुए वह ढलानवाले ग्लेशियर के हिस्से के ऊपर मँडरा रहा था। हेलीकॉप्टर का रोटर ब्लेड ऊपर से गिरती बर्फ को काट रहा था। गुजरता हुआ हर सेकंड बचाव कार्य की संभावनाओं को कम करता जा रहा था। तभी उसके सह पायलट ने उसका ध्यान कुछ धुँधले आकारों की ओर दिलाया, जो उनकी ही तरफ बढ़े चले आ रहे थे।

"ये वही हैं!" वह फुसफुसाया। अत्यधिक तनाव के उन पलों में भी उन

दोनों ने एक-दूसरे की तरफ देखा और मुसकराए।

पर्वतारोही जब तक उनकी नजर में स्पष्ट रूप से नहीं आ गए, तब तक वे साँस थामे उन पर निगाह गड़ाए ही रहे। पर्वतारोही भी हेलीकॉप्टर तक पहुँचने के लिए जी-तोड़ कोशिश कर रहे थे। आर्मी एविएशन कोर के दो पायलट जानते थे कि 11 सदस्यीय पर्वतारोही दल में एक का कंधा टूटा हुआ है, दूसरे के टखने में फ्रैक्चर है और दो लोग फ्रॉस्टबाइट से ग्रस्त हो गए हैं। उन्होंने बचाव कार्य दो दिन पहले भी शुरू करने का प्रयास किया था; लेकिन उन्हें इसलिए वापस लौटना पड़ा था, क्योंकि वहाँ उतरने के लिए कहीं उचित जगह ही नहीं थी। आज का प्लान यह था कि जमीन के इर्द-गिर्द ही उड़ान भरी जाए और पर्वतारोहियों को एक-एक करके ऊपर खींच लिया जाए, फिर उन्हें सुरक्षित जगह पर पहुँचाकर फिर से उसी प्रक्रिया को दोहराया जाए। हेलीकॉप्टर में जब ईंधन कम होता है तो उसे आसानी से नियंत्रित किया जा सकता है। यह भी एक कारण होता है कि बचाव कार्य तेजी से निपटाया जाए, क्योंकि ईंधन खत्म होने की दशा में मशीन के भी दुर्घटनाग्रस्त होने का खतरा होता है।

पहला पर्वतारोही जब हेलीकॉप्टर के पास पहुँचा तो वह बिल्कुल दुबला-पतला मरियल-सा हो गया था। उसके चेहरे पर आँसुओं की लकीर थी और जब उसे सह पायलट ने ऊपर खींचा तो नीचे मौजूद बाकी लोगों ने भी राहत की साँस ली। मेजर अनुपम गौड़ हवा में वापस लौट गए—जल्द आने के वादे के साथ। उस दिन उन्हें तीन बार उस इलाके में वापस आना पड़ा और इस तरह उन्होंने तीन पर्वतारोहियों को सुरक्षित जगह पर पहुँचाया। सियाचिन के उस ठंडे दिन में बचाव मिशन में तीन हेलीकॉप्टर लगाए गए और उन्होंने अलग-थलग पड़ी टीम के 11 सदस्यों का जीवन बचा लिया।

जब मैं 44 साल के लंबे, गहरे रंग और अच्छी कद-काठीवाले अनुपम गौड़ से मिली, जो कि अब लेफ्टिनेंट कर्नल हैं, तब तक सियाचिन में उस हैरतअंगेज बचाव कार्य को हुए दस साल बीत चुके थे। आँखों पर एविएटर्स चश्मा लगाए हुए वह युवा पायलट से ज्यादा किसी फिल्मी हीरो जैसे लग रहे थे, जिसने जमा देने वाले अक्तूबर के उस दिन तीन जानें बचाई थीं। जब मैंने उनको यह बात बताई तो वह वाकई झेंप गए।

वह कहते हैं, "मैं कोई हीरो नहीं हूँ, सेना में किसी भी सामान्य साथी की तरह ही हूँ। वह बचाव कार्य मेरे जीवन की कुछ अमूल्य यादों में से एक है; लेकिन यह बिल्कुल भी विलक्षण नहीं कहा जा सकता, जब आप वरदी से जुड़े किसी कॅरियर का चुनाव करते हैं। सेना के अधिकारी हर वक्त इस तरह का कुछ-न-कुछ काम करते ही रहते हैं। मैं शर्त लगा सकता हूँ कि हम जिस तरह का जीवन जीते हैं, वैसा आनंद किसी भी दूसरे पेशे में मिल ही नहीं सकता। मैं जीवन-यापन के लिए हेलीकॉप्टर उड़ाता हूँ—मैंने 10 हजार फीट की ऊँचाई से स्काइडाइवर्स को छलाँग लगवाई है। अफ्रीका के नेशनल पार्क में मैंने शेरों का पीछा किया है, संयुक्त राष्ट्र के मिशन के दौरान मेरा हेलीकॉप्टर जमीन से 20 फीट ऊपर मँडराता रहा है। मैंने अपने साथी अधिकारियों को एक जगह से दूसरी जगह पहुँचाया है, जिसमें लेफ्टिनेंट कर्नल महेंद्र सिंह धोनी भी शामिल हैं, जो कि भारतीय प्रादेशिक सेना से जुड़े हैं। आपने उनके बारे में सुना होगा। वह क्रिकेट भी खेलते हैं।" ऐसा कहते हुए उनकी मुसकान और चौड़ी हो गई।

उनसे अगर एक शब्द में पूछा जाए कि सेना ने उन्हें क्या दिया, तो गौड़ कहते हैं कि इसका जवाब होगा—'सबकुछ'। उनका सफर शुरू हुआ नेशनल डिफेंस एकेडमी (NDA) की प्रवेश परीक्षा पास करने से। तब वह 18 साल के थे। उन्होंने पुणे की ट्रेन पकड़ी और एकेडमी पहुँच गए।

"हम सब दुबले-पतले, गंदे नौजवान बच्चे थे, जो एकेडमी पहुँचने के दौरान इस बात से घबराए हुए थे कि न जाने आगे क्या होगा? हम सबको बाल कटवाने के लिए एक लाइन में खड़ा कर दिया गया और हर एक को एन.डी.ए. का ब्लेजर दे दिया गया; और रातोरात, बिना कुछ किए-धरे हम स्थानीय हीरो बन चुके थे। जब हम बाहर जाते थे, लड़कियाँ हमें देखती थीं और उससे हमें अच्छा महसूस होता था।" यह कहते हुए वह हँस पड़े।

नियमित पढ़ाई-लिखाई से इतर एन.डी.ए. में तीन साल तक गौड़ ने तैराकी, बॉक्सिंग, घुड़सवारी, फुटबॉल, हैंडबॉल, मार्शल आर्टस तो सीखा ही, यहाँ तक कि 10 किलोमीटर की क्रॉस कंट्री दौड़ में नियमित रूप से हिस्सा लेना होता था। कोई एक विदेशी भाषा सीखना अनिवार्य था तो उन्होंने जर्मन भाषा सीखना शुरू किया। टेबल मैनर्स तो उनके सीनियर ने ही उन्हें सिखा दिया, जो खाने के वक्त साल भर तक उनके बगल में ही बैठा और उससे ही उन्होंने सीखा कि टेबल पर बिना कोहनी टिकाए कैसे खाना खाते हैं और हर बार व्यंजनों के

हिसाब से उचित फोर्क और नाइफ का चयन कैसे करते हैं! एक साल बाद गौड़ ने इतना कुछ सीख लिया, ताकि वह अगले नए आनेवाले साथी के बगल में बैठ सकें और उसे भी ये सब आधारभूत बातें सिखा सकें। "हम पार्टियों में भी जाते थे, जहाँ हमें महिलाओं के साथ बैठने का अवसर दिया जाता था, जो कि ज्यादातर हमारे प्रशिक्षकों की पत्नियाँ होती थीं। इस तरह हमें सिखाया गया कि कैसे कुरसियाँ खींचनी हैं और महिलाओं के लिए दरवाजे खोलने हैं! उनके लिए कैसे तैयार रहना है और इसके अलावा, उनके प्रति तमाम शिष्ट व्यवहार के तौर-तरीके भी सीखने को मिलते हैं।"

एकेडमी में ही बॉलरूम डांसिंग क्लब भी है, जहाँ डांस आयोजित किए जाते हैं और स्थानीय कॉलेजों से लड़कियों को कैडेट्स का पार्टनर बनने के लिए आमंत्रित किया जाता है। उन्होंने बताया, "एकेडमी ने हमें बिल्कुल नए रूप में परिवर्तित कर दिया। यहाँ हमें आकर्षक ढंग से चलना, आत्मविश्वास से भरकर बातें करना, समूह को संबोधित करना और आत्म-रक्षा के तौर-तरीके सिखाए गए। जिन लड़कों को तैरना नहीं आता था, वे तैराक बन गए। मेरे जैसे कुछ, जो कभी किसी घोड़े के करीब नहीं गए थे, वे घुड़सवार बन गए। कुछ ने नौकायन की प्रतिभा को तराशा और इसके अलावा भी कुछ बॉक्सर तो कुछ शूटर बन गए। इतना सबकुछ करने के तौर-तरीके आने से हमारे अंदर आत्मविश्वास कूट-कूटकर भर गया। जब हम एकेडमी से पासआउट हुए तो हम खुद को सुपरमैन जैसा महसूस कर रहे थे। हमें ऐसा लगने लगा था कि इस दुनिया में ऐसा कुछ भी नहीं है, जो हम नहीं कर सकते हैं और यह हमारी नैतिक जिम्मेदारी है, और उससे भी बढ़कर यह कि हमें वह ताकत और प्रशिक्षण हासिल है, जिसके बल पर हम जरूरत के समय अपने देश और अपने सिद्धांतों के साथ अविचल खड़े रह सकते हैं। मैं दावे के साथ कह सकता हूँ कि दुनिया का सर्वश्रेष्ठ विश्वविद्यालय भी आपको एक पैकेज में इतना सबकुछ प्रदान नहीं कर सकता है।"

पहली पोस्टिंग सियाचिन ग्लेशियर पर

गौड़ की पहली पोस्टिंग 25 साल की उम्र में सियाचिन ग्लेशियर पर हुई। वह याद करते हुए कहते हैं, "मुझे अमर पोस्ट पर भेजा गया था, जो 20 हजार फीट की ऊँचाई पर स्थित है, जहाँ साँस लेना भी बड़ा मुश्किल होता है; क्योंकि वहाँ हवा बेहद पतली होती है। वहाँ मैंने देखा कि आर्मी एविएशन कोर

के पायलट अपने चीता हेलीकॉप्टर से हवा में ही उतारे जा रहे थे और यह सब देखकर मेरी आँखें फटी-की-फटी रह गईं। वे हमें पोस्ट तक ले गए, वहाँ हमें उतारा और उस दौरान पाकिस्तान की तरफ से भीषण गोलाबारी भी की जा रही थी। उस हालात में भी पाकिस्तान की गोलाबारी को दरकिनार करते हुए उन्होंने हमें मुसकराते हुए विदाई दी और वापस लौट गए। इससे बड़ी बात और क्या हो सकती है कि उन्हें कोई भी चीज डरा नहीं सकती थी! कुछ दिनों के बाद वे कुछ दवाओं, राशन और हमारी चिट्ठियों के साथ दोबारा लौटते थे। बीमार लोगों को ले जाते थे और उनकी जगह स्वस्थ लोगों की भरपाई करते। मेरे लिए वे तत्काल प्रभाव से हीरो बन गए थे। दुनिया की सबसे ऊँची जगह पर हेलीकॉप्टर उड़ाना, वरदी में मौजूद अपने लोगों का सहारा बनना एक ऐसा काम था, जिसमें मुझे आकर्षण नजर आया और यही काम तो मैं करना चाहता था।"

तीन साल की सेवा के बाद गौड़ ने आर्मी एविएशन कोर में स्वयंसेवक बनना स्वीकार किया। उनको चुन लिया गया और आगे के प्रशिक्षण के लिए हैदराबाद के नजदीक दुंदीगल में एयर फोर्स एकेडमी में भेज दिया गया। यादों में खोते हुए उन्होंने कहा, "पहले छह महीने हमें एयर फोर्स कैडेट्स के साथ फिक्स्ड विंग ट्रेनिंग एयरक्राफ्ट पर प्रशिक्षण दिया गया। ऊपर से नीचे तक नीले कपड़े पहनना, अकेले उड़ना, एयरक्राफ्ट के सिस्टम के बारे में सीखना, बेशकीमती अनुभवों से लैस लड़ाकू पाइलटों से मिलना-जुलना हुआ, जिनके पास हमें बताने के लिए अनगिनत हैरतअंगेज बातें थीं; जैसे कि तब आपको कैसा लगता है, जब आप साउंड बैरियर को तोड़कर आगे निकल जाते हैं? ये सब हमारे लिए बिल्कुल नए अनुभव थे। एक जमीनी सिपाही से लेकर, जो कि एक राइफल और बैकपैक के साथ रूट मार्च करता था, मैं अचानक हवा में उड़नेवाला बन गया। वाकई, मैंने इस बारे में नहीं सोचा था; लेकिन अगर आप कहीं बाहर इसका प्रशिक्षण लेने जाएँ तो एक पायलट के प्रशिक्षण में 30 से 50 लाख रुपए खर्च होंगे, जो कि आपको बिल्कुल मुफ्त सीखने को यहाँ मिलता है। यही नहीं, हमें तो इसके लिए तनख्वाह भी मिलती है। हमारी शामें बिल्कुल मुक्त होती हैं—जहाँ चाहें जाएँ, जो चाहें खाएँ, पार्टियों का लुत्फ उठाएँ और लोगों से मिलें वगैरह-वगैरह। हम सेना में बिल्कुल उस तरह की गतिविधियों में डूब जाते हैं, जिनका लुत्फ कोई भी युवा अपने आम जीवन में उठाता है—हमारे लिए इसमें जोड़ने लायक तमाम बातें रहती हैं।"

छह महीने के बाद सभी अधिकारियों को हेलीकॉप्टरों की तरफ भेज दिया गया, जहाँ उन्हें साल भर तक पाँच लोगों के बैठने लायक लड़ाकू चीता का प्रशिक्षण दिया गया। मौजूदा हेलीकॉप्टरों की विस्तृत श्रेणियों में से इस हेलीकॉप्टर के पास सबसे ऊँची जगह पर उड़ान भरने का रिकॉर्ड है। इसके अलावा, 7 सीटर चेतक हेलीकॉप्टर, जिसका इस्तेमाल कार्गो परिवहन, घायलों को निकालने और खोजी एवं बचाव अभियानों में किया जाता है, का भी प्रशिक्षण दिया गया। अब दरअसल सेना के पास सर्वगुण-संपन्न ध्रुव हेलीकॉप्टरों का भी बेड़ा है, जो बहु-इंजन ग्लास कॉकपिट एयरक्राफ्ट के रूप में भी जाने जाते हैं। प्रशिक्षण पूरा होने के बाद गौड़ को जम्मू व कश्मीर के ऊधमपुर में तैनाती मिली। वह कहते हैं, "उस अनुभव के बारे में बताने के लिए मेरे पास शब्द नहीं हैं, जब आप हेलीकॉप्टर के कॉकपिट में अकेले होते हैं, हमें लाइन ऑफ कंट्रोल, फ्यूल कैलकुलेशन याद रखने होते हैं और अधिकतम वजन लेकर खराब मौसम और बेहद कम दृश्यता में पोस्ट पर सामान पहुँचाना होता है। यह बिल्कुल नया अनुभव होता था।"

अफ्रीका में शेरों का पीछा

एक अन्य घटना के बारे में लेफ्टिनेंट कर्नल गौड़ ने अपना अनुभव साझा किया, जब वह संयुक्त राष्ट्र शांति रक्षक सेना में वर्ष 2005-06 में तैनात थे।

उन्होंने बताया, "हमारी यूनिट कांगो लोकतांत्रिक गणराज्य में संयुक्त राष्ट्र शांति रक्षक सेना के एक हिस्से के तौर पर तैनात थी। जब आप ऐसे मिशनों पर जाते हैं तो अलग-अलग देशों की सीमाएँ लगभग खत्म हो जाती हैं। हम सभी सैनिक होते हैं और हमें संयुक्त राष्ट्र की वरदी पहननी होती है और हलके नीले रंग की यू.एन. बेरेट (टोपियाँ) पहननी होती हैं। उस दौरान हमारी तनख्वाह अचानक कई गुना बढ़ जाती है, क्योंकि यू.एन. हमारे देश को उस दौरान भुगतान कर रहा होता है।"

उन्होंने आगे कहा, "जब हम कांगो गए हुए थे तो हमें एक डिवीजन (जिसका नेतृत्व सेनेगल के एक जनरल कर रहे थे) को सहयोग करना था और तीन ब्रिगेड उससे जुड़ी थीं—भारत, बँगलादेश और पाकिस्तान। सूडान सीमा पर एक सर्जिकल स्ट्राइक की गई थी, बिल्कुल वैसे ही, जैसे फिल्मों में दिखाया जाता है कि कमांडो को रात में किसी इलाके में उतार दिया जाता है और दिन

निकलने से पहले उन्हें अपना ऑपरेशन खत्म कर वापस लौट आना होता है।"

उन्होंने कहा, "मुझे स्टील्थ ऑपरेशन का हिस्सा बनने का मौका मिला।" कांगो में रहने के दौरान गौड़ को रवांडा, उगांडा, तंजानिया और कांगो गणराज्य में उड़ान भरने का मौका मिला। उन्होंने कहा, "वहाँ के लोगों से मिलना-जुलना, वहाँ के पहाड़ों के ऊपर से उड़ना अपने आप में बड़ा रोमांचकारी अनुभव होता है।"

मेरे लिए उन्होंने एक घटना भी याद की, जब वह अपने हेलीकॉप्टर द्वारा गोमा से बेनी जा रहे थे, जहाँ उन्हें आतंकवादियों के कैंप की रेकी करनी थी, ताकि उसे नष्ट किया जा सके। विरुंगा नेशनल पार्क के ऊपर से उड़ते हुए, जिसे बफीर्ले वेंजोरी पहाड़ के लिए जाना जाता है—साथ ही उसे 'पहाड़ों का चाँद' भी कहते हैं—साथी अफसरों से बातचीत में उन्हें पता चला था कि अचानक जंगली हाथियों और भैंसों का झुंड नजर आ जाता है, लेकिन शेर शायद ही कभी नजर आते हों।

"जैसे ही मैंने यह बात कही, हमारे साथ मौजूद एक ऑफिसर ने शेर की तरफ इशारा करते हुए जोर-जोर से चीखना शुरू कर दिया। जमीन से महज 25 फीट की ऊँचाई पर मँडराते हुए हमने बड़ा खूबसूरत अफ्रीकी शेर देखा, जो कि शानदार सुनहरे रंग के बालों से घिरा हुआ था और हमें देखकर समझने की कोशिश कर रहा था कि हम कौन या क्या हैं? हेलीकॉप्टर के पंखों की तेज आवाज से वह भागने लगा। हमने उसका पीछा किया, लेकिन वह एक झाड़ी के पीछे जाकर छिप गया। हमने अपना हेलीकॉप्टर और नीचे किया और उसकी कुछ तसवीरें खींचीं तथा उसे हाथ हिलाकर विदा कहा और अपने रास्ते पर आगे बढ़ गए। मुझे एक और किस्सा याद आ रहा है, जब हम जंगली हाथियों के झुंड के ऊपर मँडराने लगे थे। केवल मजे के लिए मैंने हेलीकॉप्टर को और नीचे ले जाकर उनके सामने मँडराना शुरू किया। उस झुंड के अगुवा यानी alpha male हाथी ने सूँड़ उठाई और अपने कान हिलाए और हमारे हेलीकॉप्टर पर हमला करनेवाले अंदाज में तैयार हो गया। वह काफी देर तक उसी अंदाज में नजर आया, जब मैंने हेलीकॉप्टर को ऊपर उठा लिया और वहाँ से निकल गए। ये सब वे अनुभव हैं, जिन्हें मैं जीवन-पर्यंत सहेजकर रखूँगा।"

सियाचिन का बचाव

गौड़ ने सियाचिन में वर्ष 2007 के उस वाकये का जिक्र किया, जिसमें उन्होंने शानदार बचाव कार्य किया था। कांगो के दौरे के बाद उनको वहाँ तैनात

किया गया था। उन्होंने बताना शुरू किया, "हम बेस कैंप पर ही थे, जहाँ आर्मी एविएशन और चार एयर फोर्स हेलीकॉप्टर हमेशा आपात स्थिति के लिए तैयार रखे जाते थे। हम फाइबर ग्लास से बनी झोंपड़ियों में रहते थे और वहाँ 24 घंटे बिजली रहती थी। हर सुबह, हमें 5.30 बजे उठ जाना होता था और किस पोस्ट पर क्या सामान पहुँचाना है, उसकी छँटाई करते थे। अगर किसी पोस्ट पर कोई सिपाही बीमार है तो हम उसे वहाँ से निकालकर ले आते थे। दवाओं की कहीं जरूरत हो तो हम वहाँ दवाएँ पहुँचाते थे। यह काम बेहद सुकूनदेह था, क्योंकि हम अपने लोगों की यथासंभव मदद करते थे।

"22 सितंबर, 2007 को बेस कैंप पर कुछ आगंतुक पहुँचे। यह पर्वतारोहियों का दल था, जो साहसिक यात्रा पर निकला हुआ था। वे रिमो जा रहे थे, जो कि चढ़ने के हिसाब से सबसे कठिन ऊँचाई मानी जाती है। 24,229 फीट की ऊँचाई पर यह भारत के हिस्सेवाले हिमालय की सबसे ऊँची चोटी मानी जाती है, जो कि उपमहाद्वीप के उत्तर-पूर्व में स्थित है। खास बात यह कि सियाचिन में इस जगह तीन देशों—भारत, पाकिस्तान और चीन की सीमाएँ मिलती हैं। वे इस चढ़ाई के लिए आमतौर पर इस्तेमाल किए जानेवाले रूट से अलग रूट से जा रहे थे, जो कि बुरा विचार था, क्योंकि मौसम लगातार खराब होता जा रहा था। हमने उन्हें अपना रास्ता बदलने की सलाह दी; लेकिन वे अपने फैसले पर दृढ़ थे और इसलिए हमने उन पर ज्यादा दबाव नहीं डाला।

''लगभग दस दिन बाद गौड़ अपनी फाइबर ग्लास झोंपड़ी में बैठे थे और हैरानी भरी सोच में डूबे थे कि पर्वतारोहियों का दल अब तक वापस क्यों नहीं लौटा? तब उन्होंने लेह एक्सचेंज पर सैटेलाइट फोन के जरिए कॉल की। दूसरे छोर पर पर्वतारोही दल का अगुवा मौजूद था। उसने गौड़ को बताया कि आखिरी चढ़ान के दौरान जो रस्सी पर्वतारोहियों की सुरक्षा कर रही थी, वह टूट गई और पूरी-की-पूरी टीम नीचे आ गिरी। तीन लोग बुरी तरह जख्मी हो चुके थे और बाकी भी खराब हालत में पहुँच चुके थे। उनके दल को तत्काल वहाँ से निकालने की जरूरत थी, क्योंकि उनका खाना भी खत्म हो रहा था। पर्वतारोहियों के नेता ने कहा, "मेरे फोन में केवल दो मिनट तक बात करने की बैटरी बची है और हम चढ़ान के आखिरी चरण पर मौजूद हैं। अगर आप आकर हमें नहीं बचाएँगे तो यहाँ हमारी मौत निश्चित है।"

''जरूरी निर्देश लिये गए और तत्काल बचाव अभियान पर जाने के निर्देश

हमें मिले। खाने के पैकेट हेलीकॉप्टर में लोड किए गए और पायलटों ने उड़ान शुरू कर दी। गौड़ ने बताया, "हमें उन्हें खोजने में लगभग एक घंटा लगा। वे 19 हजार फीट की ऊँचाई पर बर्फ में फँसे हुए थे। हमने खाने के पैकेट गिराए, लेकिन ज्यादातर पैकेट बर्फ में कहीं खो गए। पर्वतारोही दल ने हेलीकॉप्टर के सदस्यों से संपर्क स्थापित किया और उन्हें बताया कि एक साथी का कंधा टूट गया है, दूसरे के टखने में फ्रैक्चर हो गया है और दो लोगों को फ्रॉस्टबाइट होने लगा है। वे चल पाने की हालत में नहीं हैं और चॉपर को खुद ही उन तक पहुँचकर उन्हें वहाँ से निकालना होगा। चूँकि वहाँ हेलीकॉप्टर उतारने की जगह नहीं थी, इसलिए हेलीकॉप्टरों को वापस लौटना पड़ा और एक दिन और बीत गया। अगली सुबह पायलटों ने फिर उड़ान भरी। इस बार 'करो या मरो' वाली भावना के साथ हम निकले और फिर से वहाँ पहुँच गए। हमने हेलीकॉप्टरों में ईंधन कम रखवाया, ताकि हेलीकॉप्टर का वजन कुछ कम हो सके और हम ज्यादा नीचे तक उड़ान भर सकें। हालत यह थी कि बर्फ में फँसे पर्वतारोहियों को 19 हजार फीट की ऊँचाई से निकालने के लिए हेलीकॉप्टर वहाँ जमीन से महज 1 फीट की ऊँचाई पर मँडरा रहे थे। योजना यह थी कि पायलट हेलीकॉप्टर को एक जगह टिकाए रहेगा और सह पायलट घायल लोगों को हेलिकॉप्टर में चढ़ाने में मदद करेगा।"

गौड़ उन पलों को याद करते हुए कहते हैं, "उस रोज मौसम बेहद खराब था। हेलीकॉप्टर के रोटर ऊपर से गिरनेवाली बर्फ को काटते जा रहे थे। हमारे लिए हेलीकॉप्टर को जमीन पर उतारना बेहद खतरनाक साबित हो सकता था, इसलिए हमने उसे जमीन के काफी करीब तक उठाए रखा; साथ ही लापता पर्वतारोहियों की तलाश भी करते रहे। हमारे लिए वह पल बेहद खास था, जब पहला पर्वतारोही मँडराते हुए हेलीकॉप्टर में चढ़ने में कामयाब हो गया। उस वक्त ऐसा लगा मानो जिंदगी जीत गई हो!"

उस दल के सभी 11 सदस्यों को बचा लिया गया और लेह ले आया गया, जहाँ आईएल-76 विमान उन्हें तत्काल दिल्ली ले जाने के लिए इंतजार कर रहा था। उन सभी को आर्मी रिसर्च एंड रेफरल हॉस्पिटल में भरती किया गया, जहाँ से पूरी तरह स्वस्थ होकर वे आगे बढ़े। कुछ लोगों को फ्रॉस्टबाइट के चलते अपनी कुछ उँगलियों के सिरे गँवाने पड़े, लेकिन जिंदगी की तुलना में यह बेहद कम कीमत कही जाएगी। उन्होंने कहा, "जब आप ऐसे हालात का सामना करते हैं तो आप अपनी क्षमताओं से कहीं आगे चले जाते हैं। मैं इस बात पर शायद ही

विश्वास कर पाता कि हम इस ऊँचाई पर भी उड़ सकते थे, जहाँ हमारा एक पैर बर्फ में और दूसरा हवा में हो; लेकिन हमने कर दिखाया। हमारी केवल एक ही चिंता उस वक्त थी कि हमें जिंदगियाँ बचानी हैं और हम वह करने में कामयाब रहे।" उन पलों का रोमांच उनकी आँखों के सामने अब भी घूम रहा था।

इससे बढ़िया जीवन और कहाँ?

गौड़ कहते हैं कि भारतीय सेना की जिंदगी से बढ़िया और कुछ नहीं है। उन्होंने बताया, "मैं 18 साल का एक बेहद सामान्य-सा कैडेट था, जो 22 साल का होते-होते एक ऑफिसर में परिवर्तित हो गया। जहाँ मेरा अस्तित्व भी नहीं था, वहाँ से सेना ने मुझे एक सिपाही के रूप में आकार दिया, एक उड़नेवाला बनाया, एक प्रशिक्षक बनाया, एक जोखिम उठानेवाला बनाया, एक ऑफिसर और एक जेंटलमैन बनाया। इसने मुझे दुनिया देखने का अवसर दिया; मुझे वह आत्मविश्वास दिया, जिसके बल पर मैं किसी भी हालात का सामना कर सकता हूँ, चाहे वह पार्टी का माहौल हो या युद्ध का क्षेत्र हो। अगर मुझे युवाओं को सेना में शामिल होने के लिए समझाने का अवसर मिले तो मैं यही कहूँगा कि आपका शुरुआती आर्थिक पैकेज 1.5 लाख रुपए महीना कॉस्ट टू कंपनी (सी.टी.सी.) होता है, जिसकी तुलना दुनिया में कहीं भी जॉब शुरू करने के दौरान मिलनेवाले श्रेष्ठतम पैकेज से की जा सकती है। इसमें और ज्यादा जो आपको मिलता है, वह इस बात की सुनिश्चितता है कि आप कभी भी नौ से पाँच वाली नौकरी की एकरूपता की तरह कभी ऊब महसूस नहीं करेंगे।"

आगे वह कहते हैं, "आपके पास कुछ भी करने का पूरा लचीलापन होता है। आप जमीन पर एक फौजी हो सकते हैं, एक डॉक्टर, एक इंजीनियर, एक पायलट, एक स्काइडाइवर, एक रैलिस्ट या एक नाविक बन सकते हैं। आप साहसिक खेल-कूद में हिस्सा ले सकते हैं, सारी उम्र गोल्फ खेल सकते हैं और पहाड़ों पर चढ़ सकते हैं। पहले ही दिन से आप अपनी वरदी में काम पर जाते हैं। आपका आदेश सुनने के लिए लोग आपका इंतजार कर रहे होते हैं, और हाँ, वास्तव में, आपकी वरदी को देखकर महिलाएँ आपसे बेहद प्रभावित रहती हैं और उनका झुकाव आपकी तरफ ज्यादा होता है।" इसी बात के साथ हमसे विदा लेते हुए दो बार सेना अध्यक्ष और एक बार जीओसी, नॉर्दन कमांड के हाथों प्रशंसा-पत्र हासिल करनेवाले लेफ्टिनेंट कर्नल अनुपम गौड़ ने एविएटर

चश्मा अपनी आँखों पर चढ़ाया और मेरी तरफ टॉम क्रूज जैसी मुसकान बिखेरते हुए दिल्ली के व्यस्तता भरे दिन में आगे बढ़ गए। उनका भरोसेमंद हेलीकॉप्टर संभवत: उन्हें कहीं ले जाने के लिए इंतजार कर रहा था।

आर्मी एविएशन कोर

अगर आप भारतीय सेना में शामिल होने की इच्छा रखते हैं और एक हेलीकॉप्टर पायलट बनना चाहते हैं तो आपको आर्मी एविएशन कोर का विकल्प चुनने के बारे में जरूर सोचना चाहिए। यह भारतीय सेना का एक हिस्सा है और डायरेक्टर जनरल इसका प्रमुख होता है, जो कि लेफ्टिनेंट कर्नल रैंक का ऑफिसर होता है और वह नई दिल्ली स्थित आर्मी हेडक्वार्टर्स में बैठता है।

बर्फ से चारों तरफ से ढँका सियाचिन ग्लेशियर आर्मी एविएशन कोर का सबसे कठिन ऑपरेशनल ग्राउंड है। रोजाना लगभग 20 हजार फीट की ऊँचाई पर काम करना आसान नहीं होता; लेकिन चीता हेलीकॉप्टर लगातार यह काम बरसों से करता आ रहा है और इस तरह इसने ग्लेशियर पर खुद को वर्कहॉर्स के रूप में साबित किया है। आर्मी एविएशन कोर ने न केवल सामानों को दुर्गम इलाकों में पहुँचाने में अपनी काबिलियत साबित की है, बल्कि सैकड़ों जानें बचाने का गौरव भी इसे हासिल है। इसके बगैर दुर्गम इलाकों और ऊँचे स्थानों पर टिक पाना असंभव ही होता। इसकी तुलना दुनिया की किसी भी सेना से नहीं की जा सकती है।

आर्मी एविएशन कोर हमेशा चुनौतीपूर्ण कार्यों, जैसे—संघर्ष के दौरान खोजबीन और बचाव, युद्ध सामग्री पहुँचाना, युद्ध के वाहनों को एक जगह से दूसरी जगह पहुँचाना, सैन्य युद्धबंदियों को ले जाना और चिकित्सीय राहत प्रदान करना आदि शामिल हैं। उनके पायलट केवल युद्ध या युद्ध जैसी स्थिति में ही काम नहीं करते, बल्कि प्राकृतिक आपदा, जैसे कि बाढ़ या भूकंप, में भी ये सदैव आगे बढ़कर काम करते हैं। उनके हेलीकॉप्टरों ने पूर्वोत्तर की सीमा पर स्थित सीमा चौकियों पर जवानों की तैनाती को संभव बनाया है। ये चौकियाँ ऐसी जगहों पर स्थित हैं, जो कभी-कभी जमीनी मार्ग से कट जाते हैं और वहाँ खाना एवं दवाएँ पहुँचा पाना टेढ़ी खीर होता है। आर्मी एविएशन कोर के पायलटों को कॉम्बैट आर्मी एविएशन ट्रेनिंग स्कूल, नाशिक में प्रशिक्षण दिया जाता है।

□

2

मैं शायद जिंदा न बचता

कर्नल समीर सिंह बिष्ट, एस.एम., पी.ए.आर.ए., जो कि पैराशूट रेजीमेंट की एक बटालियन का हिस्सा थे, अपने कश्मीर ऑपरेशन को याद करते हैं, जहाँ वह और उनके साथियों ने अपनी जान जोखिम में डालकर सीमा पार से आए 20 आतंकवादियों को मार गिराया और हथियारों का बड़ा जखीरा बरामद किया था।

कश्मीर एनकाउंटर
23 सितंबर, 2003
बड़ौब, उत्तरी कश्मीर

शाम ढल रही थी। ढलते सूरज की रोशनी हलके पीले रंग की हो रही थी, जिसे देखते हुए दो जवान एके-47 अपने हाथों में लेकर उठ गए थे। लंबे-चौड़े, टेढ़ी नाकवाले सूबेदार भीम सिंह रायजादा खतरनाक त्योरियाँ और तीखी नजरें रखते हैं। उनके कंपनी कमांडर, छोटे, दुबले, लंबी आँखोंवाले कैप्टन समीर सिंह बिष्ट सौम्य और मुसकान-रहित नजर आएँगे, जब तक कि आप उनकी टूटी नाक पर नजर नहीं डालते। उन दोनों को हेलीकॉप्टर के जरिए 18 हजार फीट की ऊँचाई पर छोड़ा गया है और उनके साथ 42 अन्य पैराट्रूपर भी हैं। उनका काम है—आतंकवादियों को खोजना, जो कि पाकिस्तान की सीमा पार कर वहाँ पहुँचे थे और कश्मीर घाटी की तरफ जानेवाले रास्ते पर बढ़ रहे थे।

अचानक बंदूक के गरजने की तेज आवाज ने उन्हें सतर्क कर दिया। यह आवाज 10 फीट ऊँचे बोल्डर के पीछे से आई थी। रायजादा ने हिंदी में कान-फोड़ू आवाज में कुछ कहा और बड़ी चट्टान के पीछे लेट गए। उन्होंने ऊपर देखा और

बिष्ट को दूसरी चट्टान के पीछे झुका देखकर राहत की साँस ली। कर्नल बिष्ट ने रायजादा की ओर देखा और उन्हें जरा ठहरने का इशारा किया। इसके बाद बिष्ट ने राइफल को अपनी पीठ पर रखा और उसके आकार से दोगुने लंबे बोल्डर पर तेज प्रहार किया। बोल्डर की तरफ तेज दौड़कर वेग का इस्तेमाल करते हुए और अपनी नसों में दौड़ते एड्रेनलिन के बूते उन्होंने ढलवाँ चट्टान को पकड़ लिया और ऊपर चढ़ने लगे। कुछ ही सैकड़ों में वह चट्टान के ऊपर तक जा पहुँचे थे। वह पूरी तरह से चट्टान के ऊपर खुले में खड़े थे और नीचे तीन पाकिस्तानी आतंकवादियों को देख चुके थे। वे तीनों रायजादा की तरफ फायरिंग कर रहे थे। वे इस कदर रायजादा पर हमलावर थे कि उन्हें बिष्ट के ऊपर होने का जरा भी आभास नहीं हुआ। बिष्ट ने अपनी बंदूक को लगातार फायर करनेवाले मोड में डाला और ट्रिगर दबा दिया। उनकी योजना थी कि उन तीनों को वह सेकंडों में ढेर कर दें। लेकिन ट्रिगर दबने के साथ कुछ हुआ ही नहीं।

बिष्ट यह देखकर हैरान रह गए कि उनकी बंदूक जाम हो गई थी। उस जमा देनेवाली ठंड में भी उनके माथे से पसीना टपकने लगा। बदहवास होकर जब उन्होंने बंदूक की तरफ देखा तो पाया कि एक खाली कारतूस बंदूक में फँसा हुआ था। उन्होंने काँपती उँगलियों से उसे हटाया और बंदूक आतंकियों की तरफ दोबारा कर दी। आतंकवादियों में से एक ने अपनी नजर ऊपर उठाई तो बिष्ट की गहरी भूरी आँखों से उसकी आँखें जा मिलीं। पाकिस्तानी की हलकी सलेटी व हरी आँखें थीं। दोनों ने अपनी-अपनी बंदूकें एक-दूसरे की तरफ कीं; लेकिन बिष्ट कुछ क्षण तेज निकले। उन्होंने गोलियों की बौछार कर दी और अवाक् पाकिस्तानियों को ठंडा कर दिया। उसी तरह की फायरिंग पीछे से उनके दो साथियों ने भी झोंक दी। अपनी भुजाओं को बिल्कुल स्थिर किए हुए बिष्ट ने भी फायरिंग जारी रखी। उस समय उनका चेहरा एकदम ठंडा और भाव-शून्य हो गया था। वह तभी रुके, जब वे तीनों खून से लथपथ हो गए और उन्होंने सुनिश्चित कर लिया कि वे अब दोबारा नहीं उठेंगे। अपने मोटे फिरन (लंबे ऊनी कपड़े) के बीच से वे बिल्कुल युवा बच्चे लग रहे थे, जो मानो कॉलेज की पढ़ाई पूरी करके निकले थे। चेहरे पर घृणा के भाव लाते हुए बिष्ट बोल्डर से नीचे उतर आए और बाज-सी नाकवाले रायजादा की तरफ चल पड़े, जो अपनी आँखों में उनके लिए बेहद सम्मान लिये उनका इंतजार कर रहे थे।

13 साल बाद

कर्नल समीर बिष्ट, एस.एम. ने बताया, "वह बिल्कुल मौत के मुहाने पर मिला अनुभव था।" वह अब 'माउंटेन ब्रिगेड' के डिप्टी कमांडर के तौर पर काम कर रहे थे। सितंबर 2016 में उन्होंने मुझसे यह बात कही। देहरादून के अपने सिटिंग रूम में बैठे हुए और ड्रिंक का आनंद लेते हुए उन्होंने कहा, "किसी-न-किसी को उस शाम मरना ही था, या तो उन्हें या मुझे। जितनी भी लड़ाइयाँ एक फौजी लड़ता है, उन सभी में यही एक सिद्धांत काम करता है। आप लड़ने जाते हैं नाम, नमक और निशान के लिए; अपनी पलटन और अपने देश के सम्मान के लिए, खाए हुए नमक के प्रति निष्ठा दरशाने और भारतीय सेना के बैज के लिए। लेकिन जब आप दुश्मन के सामने होते हैं तो अपनी जान बचाने के लिए लड़ते हैं। अगर आप उसे नहीं मारेंगे तो वह आपको मार देगा। यही अंतिम सत्य है।" अपनी व्हिस्की का गिलास जब उन्होंने मेज पर रखा तो उसमें रखी बर्फ खनक उठी; लेकिन उनके चेहरे पर उदासी के भाव उभर आए।

बिष्ट खानदानी फौजी हैं। वह कहते हैं, "मेरे दादा चकलाला में तैनात थे, जो अब पाकिस्तान के हिस्से में है। वह कूद-फाँद में माहिर थे, साथ ही प्रशिक्षित पैराट्रूपर भी थे। मेरे पिता गोरखा राइफल्स में ऑफिसर थे। उन्होंने भी पैराट्रूपर बनना चुना था।" मुसकराते हुए बिष्ट आगे बोले, "मेरा यह बचपन का सपना था कि मैं भी अपने पिता की बटालियन में ही जाऊँ और मैं पहुँच भी गया।"

बिष्ट ने बताया कि सेना के प्रति वह इसलिए आकर्षित हुए, क्योंकि उन्होंने सेना में गजब का भाईचारा देखा था। जब उनके पिता अपने साथी अधिकारियों के साथ मिलते-जुलते थे, ऑलिव-ग्रीन यूनिफॉर्म को पहनने में वे गर्व महसूस करते थे और यह तथ्य कि वे चुस्त-तंदुरुस्त और आत्मविश्वास से लबरेज लोग थे, जो दिल से फौजी थे और जो काम वे करते, उसमें उन्हें जबरदस्त आनंद मिलता था।

उन्होंने आगे कहा, "जब हम बच्चे थे, हम पार्टियों में मेस में जाते थे और वे पार्टियाँ सुबह तक चलती थीं, हालाँकि हम बच्चों को टी.वी. रूम से आगे जाने की इजाजत नहीं थी। हम वहाँ भुतहा फिल्में देखते और जमकर स्नैक्स खाते थे। सप्ताहांत पर पिकनिक होती थी रात में खरगोश का शिकार और मछली मारने के आयोजन होते, खुले आसमान के नीचे बने थिएटर में फिल्में देखी जाती थीं और तारों के नीचे बैठने में हम वक्त बिताते थे। शानदार जीवन था और मैंने बचपन में ही तय कर लिया था कि मुझे किस क्षेत्र में कॅरियर बनाना है!"

जब बिष्ट एन.डी.ए. की प्रवेश परीक्षा पास नहीं कर पाए तो उन्होंने दिल्ली के हंसराज कॉलेज में दाखिला ले लिया और तीसरा साल आते-आते शॉर्ट सर्विस कमीशन की परीक्षा पास कर ली, जिसके बाद ऑफिसर्स ट्रेनिंग एकेडमी (OTA), चेन्नई में प्रशिक्षण के लिए जाना पड़ा। जब बात आई सेना में शाखा चुनने की तो उन्होंने इन्फैंट्री चुनी, जिसमें उन्हें पैदल सिपाही की भूमिका मिली। बाद में, उन्होंने संभ्रांत 'पैराशूट रेजीमेंट' के लिए खुद पहल की, जिसे भारतीय सेना में कुछ बेहद कठिन विकल्पों में शुमार किया जाता है। इसमें उन्हें पीठ पर पैराशूट बाँधकर उड़ते विमानों से बाहर कूदने का प्रशिक्षण दिया गया।

उन्होंने कहा, "जो भी व्यक्ति सेना में भरती होना चाहता है, वह नीरस डेस्क जॉब के लिए ऐसा नहीं करता। मेरे साथ ही यह अनोखी बात नहीं है। सभी सैन्य अधिकारी सक्रिय गतिविधि में शामिल रहना चाहते हैं। आखिरकार, हमें इसी तरह रहने का प्रशिक्षण मिला होता है और हमारे अंदर कुछ-न-कुछ करने की खुजली मची रहती है।"

बिष्ट को ढेर सारा एक्शन देखने का मौका भी मिला। उन्होंने अपनी यूनिट के साथ लद्दाख में काम किया, सियाचिन ग्लेशियर में काम किया, जिसे दुनिया का सबसे ऊँचा रणक्षेत्र माना जाता है और साथ ही वर्ष 1999 में 'ऑपरेशन विजय' (या जिसे आम भाषा में कारगिल युद्ध कहा जाता है) में हिस्सा लिया। कश्मीर में 'ऑपरेशन रक्षक' और कांगो गणराज्य में चल रहे संयुक्त राष्ट्र के मिशन में भी वह सक्रिय ऑपरेशनों का हिस्सा बने। वह एक सजाए गए सैनिक की तरह लौटे और उनकी शर्ट के आगे सेना मेडल (एस.एम.) लगाया गया। उनके पिता ब्रिगेडियर बी.एस. बिष्ट, जो खुद भी सेना मेडल और एक विशिष्ट सेवा मेडल (वी.एस.एम.) से सम्मानित हो चुके थे, को उनपर गर्व था।

भालुओं से साझा करना पड़ा राशन

कश्मीर घाटी में जमा देनेवाली ठंड के एक दिन वापस जाते समय बिष्ट को अपना वह ऑपरेशन याद आ रहा था, जब उन्होंने और उनके लोगों ने अपनी जान हथेली पर रखकर लगभग 20 आतंकवादियों को मार गिराया था। वे आतंकी एल.ओ.सी. पार करके हथियारों के भारी-भरकम जखीरे के साथ सीमा में घुसे थे और कश्मीर में आतंक मचाने जा रहे थे।

वह कहते हैं, "वह सितंबर का खूबसूरत महीना था। मौसम जबरदस्त था।

सुहानी हवा चल रही थी। सड़कों पर पड़े तमाम रंगों के जंगली फूलों को देखकर लग रहा था, मानो किसी ने हमारे कदमों तले कारपेट बिछा दिया हो और सनोबर के पेड़ (Birch tree) के पत्ते, जिन्हें हम 'भोजपत्र' भी कहते हैं, पीले पड़कर नीचे गिरे हुए थे। सफेद छालें, जिनका उपयोग कभी लोग अपनी पत्नियों और महिला मित्रों के नाम प्रेम-पत्र लिखने में किया करते थे, वे भी वहाँ पड़े हुए थे। कभी-कभी हमें काले भालुओं की भी आवभगत करनी पड़ती थी, जो दोस्ताना दौरों पर जब निकलते थे तो हमारे तंबुओं में घुस जाते थे और हमारा राशन चुरा ले जाते थे। लेकिन किसी को उस पर आपत्ति नहीं होती थी, क्योंकि वहाँ इनसानों और भालुओं दोनों के लिए जरूरत से ज्यादा रसद सामग्री रखी रहती थी।"

उन्होंने आगे कहा, "मुझे यह बात अकसर कचोटती थी कि कितना खूबसूरत यह कश्मीर है और इसे किसकी नजर लग गई कि यहाँ इस कदर खराब हालात हो गए हैं?"

बिष्ट की कंपनी शमशाबादी रिज लाइन के पास तैनात की गई थी, जो कुपवाड़ा सेक्टर को माछिल सेक्टर से अलग करती थी। इसी रास्ते से आतंकी पाकिस्तान अधिकृत कश्मीर से भारत में घुसपैठ करते थे और उनका काम ही यह था कि वे इन मिशनों को विफल कर दें। बिष्ट उस समय कंपनी कमांडर थे, जिसका मतलब यह था कि उनके अधीन 100 सिपाही उनके आदेश का पालन करने के लिए रहेंगे। उन्होंने बताया, "हमने रिज लाइन के इर्द-गिर्द प्रत्येक किलोमीटर पर चौकियाँ बना रखी थीं। हालाँकि सेना में यह कहा जाता है कि आतंकी के दर्शन होना भगवान् के दर्शन होने के बराबर है। इसका मतलब यह कि इस तरह की मुठभेड़ें कभी-कभार ही होती थीं और बहुत कम लोगों को मुठभेड़ का यह अवसर मिल पाता था।"

लोग लगातार अपनी ड्यूटी निभा रहे थे, जब एक सुबह भारी हथियारों से लैस आतंकी पहाड़ों में देखे गए। उन्होंने बताया, "हमारे कमांडिंग ऑफिसर कर्नल लाओवे वर्मा एक कठोर, बुद्धिमान, खुद दूसरी पीढ़ी के ऑफिसर, ने आदेश दिया कि मुझे और मेरे साथ दो जूनियर कमीशंड ऑफिसर (जे.सी.ओ.) और हाई रैंक मिशन (जबरदस्त चुस्त-दुरुस्त और सर्वश्रेष्ठ प्रशिक्षण प्राप्त लोगों की यूनिट) को ऑपरेशनवाले क्षेत्र में हवाई मार्ग से नीचे उतारा जाएगा।"

उन लोगों को सी.ओ. ने सारी कार्रवाई की योजना से अवगत करा दिया। उन्होंने बताया गया कि उन सभी को 16 हजार फीट की ऊँचाई पर एक बंजर

और ठंडे पहाड़ पर उतारा जाएगा। उन सभी को चार दिन तक खुद को सँभालने लायक सामान ले जाना होगा और इस दौरान उन्हें आतंकियों की खोजबीन करनी होगी और उन्हें खत्म करना होगा। हर सैनिक को अपने साथ 26 किलो सामान ले जाना होगा, जिसमें खाना, हथियार, गोला-बारूद और ठंड से बचने के लिए कपड़े शामिल होंगे। कर्नल वर्मा ने अपने जवानों को यह स्पष्ट कर दिया कि उन्हें आतंकी चाहिए—जिंदा या मुर्दा। जब उनके लंबे-चौड़े सी.ओ. ने जोशीली आवाज में पूछा—'कोई शक?' तो उधर से उसी समान उत्साह में जवाब भी मिला—'नो, सर।' मुसकान बिखेरते हुए कर्नल वर्मा एक संतुष्ट व्यक्ति की तरह अपने तंबू में वापस लौट गए।

बिष्ट ने कहा, "लड़ाई में हर सिपाही हथियारों को तरजीह देता है, बजाय कि खाने के सामान को; क्योंकि हथियार जीवन और मृत्यु के बीच अंतर पैदा कर सकते हैं, जबकि अगर आप कुछ दिन के लिए खाना नहीं भी खाते तो ज्यादा फर्क नहीं पड़ता है।" जब हेलीकॉप्टर उन्हें उठाने के लिए पहुँचे तो वे सैनिक कार्रवाई के लिए पूरी तरह तैयार थे। टीम ने अपने साथ दो मध्यम स्तर की मशीनगन, रॉकेट लॉन्चर, फ्लेमथ्रोअर, लाइट मशीनगन और ढेर सारे कारतूस रख लिये थे। उन्होंने बताया, "मीडियम मशीनगन वैसे तो काफी भारी होती हैं, उनका वजन लगभग 16 किलो होता है, लेकिन पैराट्रूपर इसके हलके वर्जन को तरजीह देते हैं, जिसमें ट्राइपॉड नहीं होता। इस वजह से उसका वजन 12 किलोग्राम ही रह जाता है।" सैनिक अपने साथ एनर्जी बार, सूखे मेवे और एम.आर.ई. (मील, रेडी टू ईट) राशन, जिसमें पराँठे, सब्जी, पुलाव और सूजी का हलवा शामिल था, जिन्हें गरम पानी मिलाने पर वे खाने लायक तैयार हो जाते हैं। इसके अलावा, उनके पास स्टोव और कैरोसीन भी बैकपैक में थे, जो ऊँचाई वाले दुर्गम इलाकों की बेहद सख्त जरूरत होते हैं।

दुष्टों का घाटी में शिकार

सितंबर 2003

बड़ौत

बिष्ट और उनके जवानों को छह या सात के समूह में हेलीकॉप्टर से एक सामान्य से इलाके में नीचे छोड़ा गया, जहाँ आतंकवादियों के होने की आशंका थी। उन्होंने ऊपर से बस इतना ही देखा कि नीचे उतरने के क्रम में पेड़ उनके नीचे न

पड़ें और वहाँ केवल कठोर, चट्टानी, बंजर पहाड़ ही चारों तरफ मौजूद थे। उन्होंने बताया, "आतंकियों को एक नदी के नजदीक रिज के दूसरी तरफ देखा गया था; लेकिन जान-बूझकर हमें वहाँ नहीं उतारा गया, ताकि हम उनके सामने एक झटके के तौर पर आ सकें।" फौजियों ने रिज के ऊपर से चलना शुरू किया। उनके साथ गरम कपड़े, गरम बालाक्लावा टोपियाँ (चेहरे को छोड़कर कंधे के ऊपर के हर हिस्से को ढँकनेवाली टोपी) और मोटे मोजे अपने बैकपैक में भरे हुए थे। जब वे सबसे ज्यादा ऊँचाई पर पहुँच गए, तभी उन्होंने पसीने से भीगे हुए अंत:वस्त्र बदले और ठंड के कपड़े पहन लिये। वहाँ उनको एक युवा और सुंदर, हालाँकि खराब किस्मतवाले लेफ्टिनेंट के.डी. सिंह और उनकी सिख बटालियन की घातक टीम मिली, जिसमें कमांडो भी शामिल थे। वे लोग भी डावर से पैदल ही पूरा सफर कर वहाँ पहुँचे थे, जहाँ बिष्ट और उनकी टीम को उतारा गया था। वे अपने साथ 16 किलो वजनी मीडियम मशीनगन लिये हुए थे, जो कि पैराट्रूपर टीम की मशीनगन से ज्यादा भारी थी। लेकिन वे उसे लेकर रिज पार कर पाने में सफल हो चुके थे। बिष्ट ने विस्तार से बताया, "हमने अपने नक्शे निकाले और अपना ध्यान काम पर लगाया और योजना पर काम करने लगे। चूँकि उस पूरे इलाके को छानने में ज्यादा वक्त नहीं लगता और अँधेरा हो चला था, अत: हमने सात टीमें बनाईं और हर टीम में छह सदस्य रखे तथा एक-दूसरे से 500 मीटर की दूरी बनाकर, घात लगाकर रिज लाइन के सहारे आगे बढ़ने लगे। उधर, के.डी. सिंह और उनके लोगों ने गड्ढेनुमा हिस्से में नीचे उतरने का फैसला किया, जहाँ नदी बह रही थी और उन्हें आड़ दिलाने के लिए पेड़ भी थे। बिष्ट और उनके लोगों ने पप तंबू उठाए तथा 'इंतजार करो और निगरानी रखो' वाली नीति पर रात में बढ़ने लगे। उन्होंने वहाँ के हालात का जिक्र करते हुए कहा, "हाड़ कँपानेवाली ठंड थी और पाला मारने का भी खतरा था। चार लोग तंबू में सो रहे थे तो तीन बाहर पहरे पर तैनात थे। ठंड के कारण उनके दाँत किटकिटा रहे थे। हमें लगातार ड्यूटी को बदलते रहना था।"

23 सितंबर की सुबह रिज के नजदीक मौजूद लोगों ने गोलियों की आवाज सुनी। इसके साथ ही रेडियो सेट पर संदेश प्रसारित होने लगे कि लद्दाख स्काउट्स पेट्रोल आतंकियों के पीछे निकली है। लद्दाख स्काउट्स के पास महज इंसास राइफलें ही थीं और वे भारी हथियारों से लैस आतंकियों के आगे कमजोर पड़ रहे थे, क्योंकि आतंकियों के हमले में उनके तीन जवान घायल हो गए थे।

उन्होंने बताया, "यह सब हमसे दो किलोमीटर दूर बंजर इलाके में घटित हो रहा था। यह वही इलाका था, जहाँ पहाड़ काँटे की शक्ल में उभरे हुए थे और ढेर सारी नुकीली चट्टानें और बोल्डर चारों तरफ फैले थे।" उन्होंने अपने लोगों के साथ आगे बढ़ना जारी रखा। उन्होंने कहा, "हमारे लोगों में इस कदर जोश था कि हम दौड़ते हुए उस इलाके में जा पहुँचे थे। दरअसल, इस तरह के अभियानों में मुझे रायजादा बरबस ही याद आ जाते थे और उनके अंदाज का अनुसरण करते हुए मैं भी टीम में जोश जगाने के लिए उनके ही तरीके अपनाता था। मैं चीखता था, 'तेज भागो, नहीं तो हमारे लिए एक भी टेररिस्ट नहीं बचेगा!' अपनी टीम का उत्साह व जोश देखकर वाकई सीना गर्व से फूल उठता है।"

के.डी. को खोना

लेफ्टिनेंट के.डी. सिंह और उनकी टीम तब तक नदी के पास पहुँच गई थी। दुर्भाग्य से सुंदर और निडर के.डी., जो कि मात्र 23 साल के थे, के सिर में आतंकियों की गोली जा लगी। वह रॉकेट लॉन्चर से हमला कर रहे थे, जब एक गोली ने उन्हें निढाल कर दिया और वह युवा अधिकारी मौके पर ही ढेर हो गया। एक पैरा सब-टीम ने घातक प्लाटून की जगह ले ली और अधिकारी को बाहर निकालने के काम में जुट गई। उन्होंने के.डी. के प्रति भावुक होते हुए कहा, "के. डी. जांबाज सिपाही थे। वह लड़ने के लिए नीचे की तरफ गए और हमें उनके लिए गर्व है। देहरादून में मेरी वर्तमान पोस्टिंग के दौरान ब्रिगेड हेडक्वार्टर के मैदान का नाम लेफ्टिनेंट के.डी. सिंह की याद में रखा गया। मैं जब भी उस मैदान से गुजरता हूँ तो उस साथी के बारे में जरूर सोचता हूँ, जिसे कश्मीर में उस सुबह हमने खो दिया था। अगर वह जीवित होते तो आज 36 साल के हो गए होते और अपने क्षेत्र में काफी अच्छा कर रहे होते।"

आतंकवादियों से मुठभेड़ दोपहर 2 बजे तक चली। बिष्ट ने पाँच शवों की गिनती की। यही वह समय था, जब वह और रायजादा एक-दूसरे को कवर फायर देते हुए उस बोल्डर तक जा पहुँचे थे, जिसके पीछे 3 आतंकियों ने पोजीशन ले रखी थी और फायर कर रहे थे। शाम ढल रही थी। सैनिक निकलकर रात के लिए अपनी स्थिति तैयार कर रहे थे। रात जमा देनेवाली ठंड से सराबोर थी और हमारे लोग बिना तंबुओं के पूरी तरह खुले आसमान के नीचे मौजूद थे। स्थिति तब और विकट होने लगी, जब बारिश शुरू हो गई और उसके बाद बर्फबारी होने लगी।

फौजी अपने आप को बेहद खराब हालत में अनुभव करने लगे। वे ठंडे एवं भीगे हुए थे और उन्होंने ऑपरेशन शुरू होने के बाद से कुछ खाया भी नहीं था। बिष्ट ने कहा, "खाने की बात तो हमारे दिमाग से कोसों दूर थी, लेकिन ठंड जानलेवा होती जा रही थी। ठंड हमारी हड्डियों को भी चीर रही थी। हमारे दाँत कटकटा रहे थे। पानी की नमी हमारे जूतों में घुसने लगी थी और हमारे ऊनी कपड़े भी गीले होने लगे थे; लेकिन हमारे पास वहाँ ठहरने के सिवा कोई विकल्प नहीं था।"

अगली सुबह खोज दोबारा शुरू हुई और उन्होंने पाया कि चार और आतंकी ढेर किए जा चुके थे। बिष्ट कहते हैं, " 'खोजो और खत्म करो' ऑपरेशन, यानी SADO सबसे खतरनाक होता है। जब आप पहाड़ी इलाकों में मुठभेड़ में होते हैं तो आपको जरा भी आभास नहीं होता कि किस तरफ अगले बोल्डर के पीछे कोई छिपा है और आपके प्रतिक्रिया करने से पहले वह आपके चेहरे पर गोली मार सकता है।" उस सुबह वह एक आतंकी के पीछे पड़ गए, जो एक ऊँची चट्टान के पीछे से हमला कर रहा था। उसका ध्यान बँटाने के लिए बिष्ट ने उसे बातों में उलझाने का प्रयास किया। उससे उसका नाम पूछा और साथ ही यह भी कि वह यहाँ क्यों आया है? वह लड़का बमुश्किल 20 साल से ऊपर का रहा होगा। उसने कहा कि उसे बताया गया है कि कश्मीर स्वर्ग है और हिंदुस्तानी लोग कश्मीरियों को मार रहे हैं। लड़के ने बिष्ट से कहा, "हम उन्हें बचाने आए हैं। तू मेरे रास्ते से हट जा, नहीं तो तेरी बीवी बेवा हो जाएगी।" इसी बीच हमारे एक सिपाही ने उसकी तरफ ग्रेनेड फेंका, जिसमें से निकले छर्रे उसे जा धँसे और वह दर्द से छटपटाता हुआ पीछे की तरफ भागा। बिष्ट अब आराम से मौके की तलाश में थे कि उसे मार गिराएँ।

एक रात और बीत गई। 24 सितंबर की सुबह आतंकियों के 14 शव बरामद किए जा चुके थे। आर्टिलरी ऑफिसर ने वहाँ मौजूद लोगों को सलाह दी कि वे कवर ले लें, क्योंकि वह आर्टिलरी हमले की योजना बना रहा है। सिपाही ऊँची चट्टान के पीछे पोजीशन लिये हुए हैं और आर्टिलरी ऑफिसर अपनी बंदूक से उन्हें हमले के लिए सिग्नल दे रहा है। सात किलोमीटर दूर स्थित बोफोर्स तोपों और तमाम अन्य भारी हथियारों से आतंकियों की तरफ हमले शुरू हो गए। उन्होंने हाइवे पर बड़ोग के आसपास पोजीशन बना रखी थी। भारी गोलाबारी लगभग 45 मिनट तक चलती रही और नतीजा यह हुआ कि वहाँ बिल्कुल भी हरियाली नहीं बची। जब बंदूकों की गर्जना बंद हुई तो यह साफ हो गया कि लगभग सभी आतंकी मारे जा चुके हैं।

थके-माँदे और भूखे फौजी अपने भीगे एवं ठंडे कपड़ों में नीचे की तरफ बनाई गई झोंपड़ियों, जिन्हें 'ढोक' कहते हैं, की तरफ चल दिए। ये झोंपड़ियाँ बकरी चरवाहों, बक्कड़वाल घुमंतुओं ने जरूरत के वक्त के लिए बना रखी होती हैं। वहाँ उन्होंने अपने कपड़े सुखाए और कुछ गरम खाना खाया। चार दिन तक लगातार बर्फबारी होती रही और फौजियों ने वहीं से निगरानी जारी रखी। 28 सितंबर को खबर मिली कि सिख रेजीमेंट की पेट्रोलिंग के दौरान आतंकियों के पुराने दल से जुड़े दो आतंकियों से मुठभेड़ हुई है। एक को मारा जा चुका है, जबकि अन्य जगहों से यह सूचना मिल रही है कि आखिरी के तीन आतंकी ढोक में ही छिपे हुए हैं, जो कि रिज के ऊपर स्थित है। वे भी मुठभेड़ में मारे जा चुके हैं। जब मौसम ठीक हुआ तो हमारे जवानों ने रिज का दौरा किया और सभी 15 आतंकियों के शव बरामद किए। फिर वे डावर की तरफ नीचे की ओर उतरे, जहाँ 10 दिन बाद उन्हें वापस एयरलिफ्ट कराते हुए हेलीकॉप्टर से वापस ले जाया गया। उनकी खुशी इस कारण फीकी पड़ गई थी, क्योंकि नायक जोगिंदर सिंह, जो कि बिष्ट के रेडियो ऑपरेटर थे, शहीद हो गए थे। बिष्ट ने बताया, "हमने उन्हें गिरा देखा और पाया कि उन्हें सीने में गोली थी। वह हमसे कुछ कह भी नहीं पाए और वीरगति को प्राप्त हो गए।" आतंकियों के पास से ढेर सारा हथियार, गोला-बारूद और रेडियो सेट बरामद किए गए थे। कश्मीर के इतिहास में आतंकियों से मुठभेड़ के बाद हथियारों का इतना बड़ा जखीरा बरामद नहीं हुआ था और आर्मी चीफ जनरल निर्मल चंदर विज खुद जवानों को बधाई देने के लिए आए थे।

जब आर्मी चीफ सूबेदार भीम सिंह रायजादा से हाथ मिलाने के लिए मुड़े तो ठिगने कद के रायजादा ने सिर उठाकर उनकी तरफ देखा।

मृदुभाषी जनरल विज ने रायजादा से पूछा, "क्या यह आपका पहला ऑपरेशन है?"

सूबेदार ने विनम्र दिखने की कोशिश की, लेकिन वह अपनी जोशीली आवाज को नीचे नहीं रख पाए और गर्व से बोले, "सर, हम 21 साल से ये ही कर रहे हैं।"

आर्मी चीफ हँस पड़े और बटालियन के फोटोग्राफर ने इन पलों को यादगार के रूप में सहेज लिया। यह सामूहिक फोटोग्राफ ऑपरेशन में शामिल लगभग सभी टीम सदस्यों के घरों में गर्व से जगह बनाए हुए है। बिष्ट ने उस तसवीर को अपने स्टडी टेबल पर रखा हुआ है। उन्होंने कहा, "मैं उस तसवीर को देखता हूँ तो मुझे गलन भरी ठंड में सितंबर के वे दिन याद आ जाते हैं, जब हम साथ-साथ एक

मिशन पर थे। मैं के.डी. और जोगिंदर के बारे में सोचता हूँ, जो हमारे बीच से चले गए और उन लोगों के बारे में मुझे खयाल आता है, जो तसवीर में अपनी घिसी हुई वरदियों में मेरे पीछे खड़े थे। मेरे दिल में इन लोगों के लिए बेहद प्यार उमड़ आता है, क्योंकि मैं जानता हूँ कि ये लोग मेरे लिए हमेशा खड़े रहेंगे, यहाँ तक कि मौत से भी ये भिड़ जाएँगे। मैं जानता हूँ, क्योंकि मैं भी इनके लिए उसी तरह से मौजूद रहूँगा।" अपने लिए दूसरी ड्रिंक बनाते हुए उन्होंने कहा, "सेना को इसी बात के लिए जाना जाता है। यही कारण रहा कि मैं भी इसमें शामिल हुआ।"

पैराशूट रेजीमेंट—रेड डेविल बनो

मैरून बेरेट कैप पहननेवाले पुरुषों को क्या चीज खास बनाती है?

शुरू-शुरू में वे सभी स्वयंसेवक थे और उन्हें कठोर शारीरिक प्रशिक्षण के जरिए और मजबूत बनाया गया। परिणामस्वरूप, उन सभी में सकारात्मक सोच संक्रामक रूप से फैलती है और शारीरिक रूप से चुस्त रहने के कारण उनमें आक्रामक रहने की इच्छा बनी रहती है। उन्होंने हवा में छलाँग लगाई है और इस तरह उन्होंने अपने डर पर जीत दर्ज की। उनकी ड्यूटी हमेशा युद्ध के वाहनों में ही होती है—वे इस सम्मान पर गर्व करते हैं और किसी काम में विफल नहीं होते। वे हर चीज में ऊँचे मानक अपनाते हैं, चाहे युद्ध में कौशल दरशाने की बात हो या शांतिकाल में किसी भी जिम्मेदारी को निभाना हो। उन्होंने रक्षा में खुद को जिस तरह दृढ़ और निश्चयी साबित किया है, उसी तरह उन्होंने हमले करने के दौरान साहस का प्रदर्शन किया है। वे वास्तव में अलग इनसान हैं—हर शख्स एक शहंशाह है।

फील्ड मार्शल, फर्स्ट विस्काउंट मॉण्टगोमेरी ऑफ अलामीन

पूरी दुनिया में पैराट्रूपर मैरून बेरेट कैप लगाते हैं और प्यार से 'रेड डेविल' कहलाते हैं। पैराट्रूपर खुद को अन्य सैनिकों की अपेक्षा ज्यादा कठोर मानते हैं, जिसमें यह भी शामिल है कि वे दुश्मन के इलाके में उतरकर उनसे लोहा ले सकते हैं और वापस अपने इलाके में सुरक्षित लौट सकते हैं। वे हेलीकॉप्टर से रस्सियों के सहारे नीचे उतर सकते हैं। जहाँ दुश्मन के इलाके में हेलीकॉप्टर का उतरना मुमकिन नहीं होता, वहाँ वे अपना काम खत्म करके वापस लौट आते हैं। सभी पैराट्रूपर अपने सीने पर विंग भी पहनते हैं।

सभी भारतीय पैराट्रूपर स्वयंसेवक हैं। कुछ पैरा रेजीमेंट के माध्यम से सीधे

भरती होते हैं, जबकि कुछ को सेना की इकाइयों से लाया जाता है। अगर आप पैराट्रूपर बनने की ख्वाहिश रखते हैं तो आपको भारतीय सैन्य अकादमी, देहरादून या ऑफिसर्स ट्रेनिंग एकेडमी, चेन्नई से प्रशिक्षण के बाद यहाँ आवेदन करना होगा। कुछ चुनिंदा फौजी ही इसके लिए चयनित हो पाते हैं और उसके बाद जब उन्हें कठोरतम प्रशिक्षण के बाद पक्का यानी कन्फर्म किया जाता है तो वे हवाई फौजी के रूप में परिवर्तित हो जाते हैं, जिनके पास उड़ते विमान से कूदने की ताकत होती है और उनके साथ होता है पीठ पर पैराशूट।

□

3

वह जमीन की सतह से 30 फीट नीचे पतले से बोरवेल में फँसी हुई थी

लेफ्टिनेंट कर्नल राजेश उन्नीकृष्णन एक स्वतंत्र पैराशूट फील्ड कंपनी में तैनात हैं, जो कि सेना की कोर इंजीनियर्स का ही एक भाग है। वह उस अँधेरी रात को याद करते हैं, जब वह और उनकी टीम ने जमीन की सतह से 30 फीट नीचे जाकर एक बच्ची को बाहर निकाला था, जो एक पुराने तथा इस्तेमाल न होनेवाले बोरवेल में किसी वजह से जा गिरी थी।

26 मार्च, 2008, तेहरा गाँव,
आगरा से 20 किलोमीटर दूर

रात बिल्कुल अँधेरी और शांत थी। अगर आप ध्यान से सुनें तो आपको अप्राकृतिक रूप से साँस लेने और कीचड़ हटाने की आवाज सुनाई देगी। जमीन से 30 फीट नीचे सेना के चार जवान अपने हेलमेट में लगे लैंप की रोशनी में कठोर परिश्रम कर रहे थे। उनमें से तीन पास में खड़े थे, जो कि कीचड़ से भरा टोकरा उनकी तरफ खिसकाए जाने का इंतजार कर रहे थे। वे कीचड़ को एक बालटी में भरकर रस्सी के सहारे ऊपर खिंचवा रहे थे और बालटी खींचने का इशारा करने के लिए वे उस रस्सी को जोर-जोर से खींचते थे, जिसके बाद ऊपर मौजूद लोग बालटी को खींच लेते थे और कीचड़ पलटने के बाद दोबारा बालटी नीचे छोड़ते थे। सेना के कोर ऑफ इंजीनियर्स के एक हिस्से, लेकिन स्वतंत्र पैराशूट फील्ड कंपनी के कैप्टन राजेश उन्नीकृष्णन खुद भी 4 फीट चौड़ी अँधेरी सुरंग में नीचे उतरे हुए थे। अगर वह खड़े होने की कोशिश करते तो उसमें खड़े नहीं हो सकते थे। सुरंग में

कई घंटे तक अजीब तरीके से खड़े रहने से उनकी जाँघों की मांसपेशियों में खिंचाव हो रहा था। इसके बावजूद एक बेलचे से वह सुरंग को और गहरा करते जा रहे थे। अचानक एक सहमे हुए बच्चे की रोने की आवाज ने सन्नाटा तोड़ा। एक पल के लिए उन्होंने खुद को कठोर किया और दाँतों को कसकर रखते हुए कीचड़ को और तेजी से बेलचे से इकट्ठा करने लगे। लगभग 36 घंटे तक इसी तरह मेहनत करने के बाद उस नन्ही बच्ची को वहाँ से निकाला जा सका। उनको उसे बचाना था—इसके लिए चाहे कुछ भी करना पड़े!

25 मार्च, 2008
आगरा

सत्ताईस साल के कैप्टन राजेश उन्नीकृष्णन अपने ऑफिस में ही बैठे हुए थे, जब फोन की घंटी बज उठी। फोन के दूसरी तरफ उनके ऑफिसर कमांडिंग लेफ्टिनेंट राजीव कौल थे, जिन्होंने बताया कि दो साल की एक बच्ची वंदना तेहरा गाँव में सूखे बोरवेल में गिर पड़ी है। यह गाँव आगरा से 20 किलोमीटर दूर पड़ता है। राजेश को तत्काल अपने साथ तीन जवानों को लेकर गाँव पहुँचकर हालात का जायजा लेने को कहा गया। उन्होंने अपने सबसे बेहतरीन जवानों को अपने साथ लिया और 45 मिनट में तेहरा पहुँच गए। तेहरा पहुँचने के समय रात के नौ बज रहे थे और अँधेरा छाया हुआ था। हैलोजन लैंप की रोशनी में उन्होंने देखा कि लगभग 40 लोग उस बोरवेल के चारों तरफ एकत्र हैं। कोलाहल मचा हुआ था। रात के सन्नाटे को उस बच्ची के घरवालों की कराह चीर रही थी। बोरवेल में से डरी-सहमी बच्ची के भी रोने की आवाज आ रही थी।

अपना आठ साल पुराना अनुभव बताते हुए सौम्य और सहज राजेश (अब लेफ्टिनेंट कर्नल) ने बताया, "जब मैंने 6 इंच चौड़े या एक ज्योमेट्री बॉक्स जितनी चौड़ाई वाले गड्ढे में झाँककर देखा तो मुझे कुछ भी नजर नहीं आया; लेकिन बच्ची नीचे कहीं-न-कहीं जरूर थी, क्योंकि उसके रोने की आवाज साफ सुनाई दे रही थी। वंदना के माता-पिता उसे ढाढ़स बँधाने की कोशिश कर रहे थे और जब भी वे उससे कुछ पूछते तो वह उनका भलीभाँति जवाब देती, जिससे हम आश्वस्त थे कि वह ठीक है।"

फ्लैश लाइट की मदद से राजेश को उस बच्ची का सिर नजर आया। ऐसा लग रहा था कि वह गहरे गड्ढे में खड़े-खड़े फँस गई है। उसका दुबला-पतला शरीर कीचड़वाली दीवारों को दबाए हुए था। उसके माता-पिता ने बताया कि खेल-खेल में वह कुछ बड़े बच्चों के पीछे-पीछे भाग रही थी कि अचानक उसका पैर इस गड्ढे में चला गया और वह नीचे की तरफ सरकती चली गई। उस समय तक एक डॉक्टर भी मौके पर पहुँच गए थे और अपने साथ ऑक्सीजन सिलेंडर एवं एक ट्यूब भी ले आए थे। उसके जरिए नीचे ऑक्सीजन पहुँचाई गई, ताकि वंदना का दम न घुटे। बचाव कार्य अपने पूरे चरम पर आ चुका था।

बच्ची तक एक रस्सी लटकाई गई, जिससे पता चल पाया कि गड्ढा कितना गहरा है। पता चला कि 27 फीट नीचे बच्ची फँसी हुई थी। राजेश ने बताया, "यह वाकई चमत्कार ही कहा जाएगा कि बच्ची और नीचे नहीं चली गई थी। उत्तर प्रदेश में पानी का स्रोत इतना नीचे है कि बोरवेल के लिए कभी-कभी 150 फीट नीचे तक खुदाई करनी पड़ती है, लेकिन यह किस्मत की ही बात थी कि बच्ची ज्यादा नीचे नहीं गई थी।"

बचाव अभियान

यह निर्णय लिया गया कि उस गड्ढे की बगल में एक और गड्ढा खोदा जाए और दोनों गड्ढों को मिलाकर चौड़ा कर दिया जाए तथा बच्ची को निकाल लिया जाए। रात 11.30 बजे खुदाई शुरू की गई। एक बालटी के साथ विशालकाय एक्सकैवेटर को खुदाई के काम में लगाया गया। राजेश ने बताया, "जब काम शुरू हुआ तो बच्ची का रोना बंद हो गया। हमने यह अनुमान लगाया कि वह या तो बेहोश हो गई है या थककर सो गई है। मशीन के जरिए 12 फीट तक गड्ढा खोद डाला गया। मशीन ने बाहर कीचड़ का पहाड़ बना डाला था। सुबह 4 बजे के आस-पास 15 फीट की खुदाई करने के बाद लोगों को यह अहसास हुआ कि मशीन अब उससे नीचे की खुदाई नहीं कर पाएगी, यानी बाकी का काम लोगों के जरिए ही हो सकता था। चार लोग गड्ढे की खुदाई के लिए लगाए गए और गाँव के जुझारू लोग भी अपने फावड़े-कुदाल लेकर मौके पर जुट गए थे। उनमें कुछ लोग ऐसे भी थे, जो वाकई कुएँ खोदने के पेशेवर जानकार थे और वे काफी तेज व प्रभावशाली तरीके से काम कर रहे थे।

"तब तक 25 फौजी और मौके पर भेज दिए गए और उन्होंने भी गड्ढा खोदने

का काम अपने हाथ में ले लिया। रात भर काम चलता रहा और लोग तभी रुक रहे थे, जबकि उन्हें पानी पीना होता था। सुबह 11 बजे तक हम लोग 27 फीट की गहराई तक जा पहुँचे थे, जहाँ वंदना अटकी हुई थी। हमने तय किया कि 5 फीट की खुदाई और की जाए, ताकि जमीन के समानांतर सुरंग बनाकर बच्चे के नीचे तक पहुँचा जा सके। यह भी जोखिम था कि कीचड़ के कारण उसका दम घुट सकता है। इसी बीच वंदना ने दूध माँगा, जो एक छोटे से कप में भरकर नीचे रस्सी के सहारे उस तक पहुँचाया गया। मुझे नहीं पता कि वह दूध पी सकी या सब नीचे ही गिर गया। बाद में उसके लिए नीचे ग्लूकोज बिस्किट भी उसी प्रकार पहुँचाए गए।"

राजेश ने आगे बताया, "दोपहर एक बजे तक हम लोगों ने 30 फीट गहरा गड्ढा खोद डाला और तब दोनों गड्ढों को जोड़ने की योजना पर काम शुरू किया। हमारी चार लोगों की मूल टीम ने यह संवेदनशील ऑपरेशन अपने हाथ में ले लिया और छोटे फावड़ों व कुदालों की मदद से जमीन के समानांतर सुरंग खोदनी शुरू की। हमारे लोग बिना रुके काम कर रहे थे। वे भूखे भी थे और थक भी गए थे; लेकिन उनका जज्बा उन्हें रुकने नहीं दे रहा था। समय-समय पर वे बच्ची की डरी-सहमी आवाज सुन पा रहे थे और यही चीज उन्हें रुकने-थमने नहीं दे रही थी।"

राजेश आगे बोले, "यह बेहद थकाऊ काम था। सुरंग महज 4 फीट चौड़ी थी और बेहद छोटी जगह होने के कारण वहाँ काम कर पाना मुश्किल था। एक व्यक्ति अपने पुट्ठों पर बैठकर खुदाई कर सकता था, जबकि बाकी के लोग कीचड़ इकट्ठा करके उसे ऊपर भेज रहे थे। ऐसे मोड़ पर काम धीमा पड़ जाता है, क्योंकि दर्द बढ़ने लगता है। स्पष्ट रूप से कहूँगा कि बच्चे की कातर कराह ही हमारे लिए सबसे बड़ा प्रेरणास्रोत थी। वह जिंदा रहने के लिए संघर्ष कर रही थी।"

उन्होंने कहा, "हैरतअंगेज रूप से जब लोगों ने समानांतर गड्ढा खोदना शुरू किया था, तब दोनों गड्ढों के बीच की दूरी 7 फीट रखी गई थी; लेकिन जैसे-जैसे हम नीचे उतरते गए, यह चौड़ाई बढ़कर 14 फीट हो गई थी। अँधेरे की वजह से हम अनजाने तौर पर उलटी दिशा में खुदाई करने लगे थे। अब दोनों गड्ढों को सुरंग से जोड़ने के लिए ज्यादा खुदाई करने की जरूरत थी। वहाँ पर काम करना खतरनाक था, क्योंकि सभी लोग 30 फीट नीचे थे और सुरंग को ऊपर से किसी तरह का सहारा नहीं था।"

सुरंग महज 4 फीट चौड़ी थी तथा राजेश 6 फीट के थे और अपनी जंघाओं के सहारे टिककर वह सुरंग को हलकी ताकत से खोद रहे थे। तभी सुरंग की छत का हिस्सा उन पर गिर पड़ा और वे कीचड़ में दब गए। बाहर मौजूद उनके जवानों

में थोड़ी घबराहट फैली, लेकिन जल्दी ही उनके पैर सिपाहियों के हाथ लग गए, जिसे पकड़कर राजेश को बाहर खींच लिया गया। वह बुरी तरह कीचड़ से लथपथ हो गए थे। उनकी आँखें, कान, मुँह आदि में कीचड़ भर गया था। बाहर निकलकर राजेश ने खुद को साफ किया। इस घटना ने राजेश को उस बच्ची को बचाने के लिए और दृढ़ संकल्पित कर दिया।

ऑफिसर कमांडिंग, जो कि बाहर से यह ऑपरेशन देख रहे थे, इस बात से चिंतित हो उठे कि सुरंग खोदने के दौरान जमीन धँस जा रही है। चूँकि उनकी प्राथमिकता अपने लोगों की हिफाजत थी, इसलिए उन्होंने टीम को बैरल या ड्रम का इस्तेमाल करने का आदेश दिया, ताकि सुरंग की छत उन पर न गिरे, अन्यथा वह इस ऑपरेशन को बंद करने को कह देंगे। 200 लीटर वाले कुछ बैरल नीचे गड्ढे में उतारे गए। बचाव दल उस बैरल के सहारे सुरंग खोदने में जुट गया। लेकिन इसमें समय ज्यादा लग रहा था। राजेश ने एक अहम खुलासा करते हुए बताया, "रात 8 बजे हम चारों ने त्वरित निर्णय लेते हुए तय किया कि हम बिना बैरल के सुरंग की खुदाई करेंगे। हम इस कदर दृढ़ प्रतिज्ञ थे कि हमें ऑपरेशन को वापस लेने से कहीं ज्यादा बेहतर मर जाना लगा, हालाँकि हमने बैरल ऊपर नहीं भेजे। हम नहीं चाहते थे कि ओ.सी. को पता चले कि बैरल का इस्तेमाल हम नहीं कर रहे हैं।"

हाथ में सर्च लाइट और टॉर्चवाले हेलमेट के साथ लोग सुरंग खोदते रहे। राजेश ने याद करते हुए कहा, "सुरंग सँकरी होती जा रही थी तो हम लोगों को पेट के बल लेटकर आगे की खुदाई करनी पड़ रही थी। हमने खुद को रस्सियों से बाँध रखा था, ताकि सुरंग धँसने की दशा में बाहर खींचा जा सके।"

जैसे-जैसे वे लोग बोरवेल के गड्ढे के करीब पहुँचे, उन्होंने इलेक्ट्रॉनिक स्टेथेस्कोप का इस्तेमाल करना उचित समझा। सामान्य तौर पर इसका इस्तेमाल बम निष्क्रिय करनेवाले ऑपरेशन में किया जाता है, ताकि छिपाकर रखे गए विस्फोटक डिवाइस का पता लगाया जा सके। जैसे ही यह अपने आस-पास डिवाइस होने की संभावना पाता है, तुरंत बीप सिग्नल मिलने लगता है। उनको उम्मीद थी कि यह डिवाइस बच्चे की दिल की धड़कन को महसूस कर लेगा। जब वे सुरंग के 13 फीट अंदर थे, तब इलेक्ट्रॉनिक स्टेथेस्कोप अचानक बीप सिग्नल देने लगा। कीचड़ से सने सभी लोगों के चेहरे पर खुशी दौड़ गई। सभी लोग बच्ची के बेहद करीब थे। इसके बाद उन लोगों ने बाहर मौजूद टीम से हैंडसेट पर बात की। यह तय किया गया कि मोटरोला हैंडसेट को बोरवेल में नीचे बीप मोड पर डाला जाए। राजेश ने कहा, "हम उम्मीद कर रहे थे कि हमारा स्टेथेस्कोप उस सटीक दिशा में

उस हैंडसेट को पकड़ लेगा, जहाँ तक हमें पहुँचना है; क्योंकि नीचे कुछ समझ में नहीं आ रहा था कि खुदाई किस ओर की जाए? यह प्रयोग बिल्कुल सटीक साबित हुआ, हालाँकि इससे बच्ची को थोड़ा डर भी लगा, क्योंकि उसकी कुछ समझ में नहीं आ रहा था कि कैसी आवाज उसके आसपास हो रही है!"

हलके हाथों से लगातार खोदते हुए वह एक खुली जगह तक पहुँच गए। उन्होंने महसूस किया कि वह बोरवेल तक पहुँच गए हैं, तो उन्होंने अपने हाथ से उस छेद में टटोलना शुरू किया। राजेश ने बताया, "मैं उस बच्ची के पैर छू पा रहा था। फिर मैंने उसे पकड़कर खींचना चाहा, लेकिन वह हिली नहीं। अँधेरे में टटोलते हुए मुझे महसूस हुआ कि वह कुछ जड़ों की वजह से वहाँ फँसी हुई थी। उन्होंने उन्हें खींचकर तोड़ा। फिर बेहद सहजता से उन्होंने बच्ची को खींचा और अपनी तरफ ले आए। वह बड़े आराम से उनकी गोद में आ गई, लेकिन डरकर रोने लगी। उसे अपने करीब रखकर उन्होंने भरोसा दिलाया कि वह सुरक्षित है। फिर सीढ़ी के सहारे वह गड्ढे की तरफ पहुँचे और ऊपर से नीचे गिराए गए कंबल में बच्ची को लपेटकर एक अन्य अधिकारी के हाथों ऊपर भिजवाया। उस दिन 26 मार्च था और रात के 9.40 बज चुके थे।

राजेश जब तक 30 फीट गहरे गड्ढे से निकले, तब तक वंदना के माता-पिता उसे लेकर आगरा के एस.एन. मेडिकल कॉलेज पहुँच चुके थे। कैप्टन और उनके लोग यूनिट की तरफ लौट आए। वे बेहद थके हुए और भूख से बेहाल थे। वे दो दिन और दो रातों से सोए नहीं थे। लौटते समय कीचड़ से लथपथ थका-माँदा उनका चेहरा बेहद सुकून में नजर आ रहा था। हालाँकि मिट्टी और कीचड़ न केवल उनके बालों और कपड़ों में चिपक गई थी, बल्कि उनके गले और दाँतों के बीच की खाली जगह में भी जमा हो गई थी।

जैसे-जैसे दिन बीते, राजेश को वंदना की बेहतरी की खबरें टी.वी. खबरों के जरिए मिलती रहीं। वह जब भी खाली समय पाते, टी.वी. पर अपडेट लेने के लिए अपने कमरे की तरफ ही भागते। दो महीने बाद उन्होंने बच्ची के घर जाने का फैसला किया। उन्होंने सौम्य मुसकान के साथ बताया, "मैं गाँव में पहुँचा और उस घर को खोजने लगा। मुझे बताया गया कि वंदना के माता-पिता उसे लेकर कहीं चले गए हैं। मैं उससे फिर कभी नहीं मिल पाया।" बचाव दल का नाम अवॉर्ड के लिए भेजा गया; लेकिन केवल दो फौजियों को ही सेनाध्यक्ष की तरफ से सम्मान प्रमाण-पत्र हासिल हुआ। राजेश को अवॉर्ड नहीं मिला। लेकिन जब आप उनसे इसका जिक्र करते हैं तो वह चौंककर देखते हैं।

चेहरे पर मुसकराहट से उभरी रौनक के साथ वह कहते हैं, “वंदना बच गई, मेरे लिए यह सबसे बड़ा अवॉर्ड है।”

एक और दुःखद घटना

वंदना के बचाव कार्य के कुछ दिनों बाद ही कैप्टन राजेश उन्नीकृष्णन को एक और एस.ओ.एस. कॉल मिली। आगरा के नजदीक के ही एक गाँव में एक छोटा बच्चा उसी तरह के बोरवेल के गड्ढे में फँस गया था। उसी दल को दोबारा बचाव कार्य के लिए भेजा गया। इस बार वह बच्चा लगभग 70 फीट की गहराई तक जा फँसा था। बोरवेल के गड्ढे की चौड़ाई लगभग 8 इंच व्यास के बराबर रही होगी। राजेश ने याद करते हुए बताया, “उस बच्चे के माँ-बाप मेरे पास आए। उन्होंने हमारे पहले के अनुभवों के बारे में सुन रखा था और वे बहुत विश्वस्त थे कि हम उनके बच्चे को भी बचा लेंगे।”

दल ने तत्काल काम शुरू कर दिया। वही तकनीक दोबारा अपनाई गई और बोरवेल के गड्ढे के समानांतर एक और गड्ढा खोदा जाने लगा। राजेश ने बताया, “वह 109 घंटे तक चला बेहद थकाऊ और दुष्कर काम था। हमने तय किया कि हम तब तक बाहर नहीं आएँगे, जब तक कि बच्चे को सकुशल निकाल नहीं लेंगे।” गड्ढा खोदते-खोदते वे लोग बच्चे तक पहुँच गए। राजेश ने बताया, “मैंने जब बच्चे को अपनी तरफ खींचा तो मुझे सड़ांध की बू आई। उसकी छाती की हड्डियाँ उसके दिल में घुस गई थीं और उसकी मौत हो चुकी थी।”

राजेश ने बच्चे का शव ऊपर इंतजार कर रहे उसके माँ-बाप को सौंप दिया। वह खुद लंबे समय तक इस सदमे से बाहर नहीं निकल सके थे—वह रोते हुए वहाँ बैठे रहे। विडंबना ही है, इस बार उन्हें चीफ ऑफ आर्मी स्टाफ की तरफ से बहादुरी से भरे प्रयास के लिए प्रशंसा-पत्र से सम्मानित किया गया। उन्होंने बेहद शांत भाव से कहा, “मैं इसे अपनी वरदी के साथ नहीं जोड़ना चाहता। यह मुझे केवल इस बात की याद दिलाता है कि मैं बच्चे को नहीं बचा सका।” हालाँकि, ऐसे समय में वह उन लोगों को याद करके अपना मन हलका कर लेते हैं, जिनकी जानें उन्होंने बचाईं।

‘कोर ऑफ इंजीनियर्स’ के साथ बनें इंजीनियर

आप एक ही समय में इंजीनियर और आर्मी ऑफिसर दोनों बन सकते हैं। सेना में युवाओं के लिए सीधी भरती का विकल्प होता है, जो ‘कोर ऑफ

इंजीनियर्स' में शामिल होना चाहते हैं। अगर आप बारहवीं की परीक्षा में फिजिक्स, केमिस्ट्री और मैथेमेटिक्स यानी पी.सी.एम. में 70 फीसदी से अधिक अंक हासिल करते हैं और सेना की मेरिट लिस्ट में जगह बना लेते हैं तो आपको साक्षात्कार एवं शारीरिक योग्यता परीक्षा के लिए सीधे बुलावा आता है। सेना आपको अपने कॉलेज से इंजीनियरिंग की पढ़ाई कराएगी और साथ ही आपको स्टाईपेंड यानी वजीफा भी देगी। कोर्स खत्म करने के बाद आपको इंदिरा गांधी राष्ट्रीय मुक्त विश्वविद्यालय यानी इग्नू (IGNOU) से डिग्री भी मिलेगी।

कोर्स पूरा करने के बाद आपको विकल्प दिया जाएगा कि आप पोस्ट ग्रेजुएट की पढ़ाई के बाद कोर ऑफ इंजीनियर्स में शामिल होना चाहेंगे या आई.एम.ए. या ओ.टी.ए. से ट्रेनिंग हासिल करने के बाद ? चुने हुए अधिकारियों को तीन साल की इंजीनियरिंग डिग्री की पढ़ाई के लिए पुणे की खूबसूरत वादियों के बीच स्थित 'कॉलेज ऑफ मिलिटरी इंजीनियरिंग' में रखा जाता है और उन्हें इग्नू से डिग्री दिलाई जाती है।

अगर आप एक इंजीनियरिंग ग्रेजुएट हैं और सेना में बतौर इंजीनियर शामिल होना चाहते हैं तो इसके लिए आपको सम्मिलित रक्षा सेवा परीक्षा यानी सी.डी. एस. की लिखित परीक्षा में शामिल होना होगा और आई.एम.ए. में प्रशिक्षण हासिल करना होगा। 'इंडियन आर्मी कोर ऑफ इंजीनियर्स' में लड़ाकू इंजीनियर्स को तीन समूहों में बाँटा गया है—मद्रास सैपर्स, बंगाल सैपर्स और बॉम्बे सैपर्स। हर समूह में कई इंजीनियर रेजीमेंट्स बनाई गई हैं। लड़ाकू इंजीनियर रेजीमेंट का काम युद्ध में लड़नेवाले सैनिकों को हरसंभव तकनीकी सहायता मुहैया कराने का होता है, चाहे वह पुल बनाने का काम हो, हेलिपैड तैयार करना हो, दुश्मन की तैयार की गई बारूदी सुरंग को ढूँढ़ना और उन्हें निष्क्रिय करना हो आदि। वे दुश्मनों की राह में माइनफील्ड भी बिछाने का काम करते हैं और दुश्मन के बनाए पुलों को जरूरत पड़ने पर ध्वस्त करने का भी काम करते हैं।

उन्हें 'सैपर्स' और 'माइनर्स' भी कहा जाता है। 'सैपिंग' से आशय उस प्रक्रिया से है जिसके तहत छोटी-छोटी खाइयाँ खोदनी होती हैं। उन्हें आड़े-तिरछे पैटर्न पर खोदा जाता है, ताकि हमला करनेवाले जवान उनमें छिपकर रह सकें और दुश्मन की नजर से बचकर आगे बढ़ सकें। 'कोर ऑफ इंजीनियर्स ऑफिसर' बड़े इंजीनियरिंग संगठनों, जैसे मिलिटरी इंजीनियरिंग सर्विस, यानी

एम.ई.एस. में ऊँचे पदों पर भी पहुँचते हैं। इसका काम बड़ी-बड़ी इमारतों के रख-रखाव और निर्माण से जुड़ा होता है, जो सेना के तीनों अंगों—थल, जल, वायु और सीमा सड़क संगठन यानी बी.आर.ओ. के तहत राष्ट्रीय राजमार्ग, पुल, एयरफील्ड और तमाम अन्य निर्माण से जुड़े कामों में बखूबी योगदान करते हैं।

इंजीनियरों की बड़ी भूमिका स्कूल, अस्पताल और सेवारत फौजियों के रहने के लिए घर तैयार करने में होती है और इसके साथ-साथ वे दूर-दराज के इलाकों, जैसे लद्दाख, स्पीति, अरुणाचल प्रदेश आदि को देश के बाकी हिस्सों से जोड़ने के काम में भी शमिल होते हैं। सेना में इंजीनियर के तौर पर आपको यह सब या इनमें से कुछ कामों में शामिल होने का अवसर मिलेगा।

□

4

हमारा लक्ष्य था—बिना क्षति पहुँचाए सफलता हासिल करना

कर्नल एस.एस. शेखावत, स्पेशल फोर्सेज—भारतीय सेना में सबसे ज्यादा सम्मानों से नवाजे जानेवाले सेवारत अधिकारी और 'लोकतक लेक ऑपरेशन' के नायक—ने अपने चुनिंदा साहसिक कारनामों को साझा किया।

8 सितंबर, 2008, रात के 1 बजे
लोकतक लेक, मणिपुर

घनी अँधेरी रात है। 30 फीट गहरी लोकतक झील दूर तक फैली है, मानो यह कोई अंतहीन महासागर हो, जिसके पानी में मल्लाहों के पतवारों को चलाने से हलचल हो जा रही थी। तीन पतली डोंगियाँ, जो कि 8 फीट लंबी रही होंगी, झील की शीतल गहराई में अपने रास्ते पर बढ़ रही थीं। हर एक में हथियारों से लैस फौजी गोते लगानेवाले कपड़ों में बैठे हुए थे। काले निओप्रीन वेटसूट में अपनी पीठ पर TAR-21 राइफल बाँधे, पैरा स्पेशल फोर्सेज के लेफ्टिनेंट कर्नल सौरभ सिंह शेखावत ने खुद को अँधेरे से बिल्कुल मेल खाता हुआ बना रखा था। यहाँ तक कि अगर वह अपने चेहरे के सामने अपने हाथ और हट्टी-कट्टी मांसपेशियों से भरी भुजाएँ भी ले आते तो उन्हें देख नहीं सकते थे। इससे उन्हें संतोष हुआ—यानी कि दुश्मन भी उन्हें नहीं देख सकता था। चौंकाने की कला का एकमात्र बेहतरीन पहलू था, जो उनकी टीम के 12 सदस्यों को यह सुनिश्चित कर रहा था कि वे जिस आत्मघाती मिशन पर आए हैं, उसमें से वे जीवित वापस जा सकते थे। उसके ओजस्वी चेहरे पर साहस की मुहर साफ झलक रही थी। शेखावत ने खुद से प्रण

किया कि वह अपने लोगों का सिर किसी भी कीमत पर नीचा नहीं होने देंगे। तब, सिर नीचे रखकर उन्होंने डोंगी को आगे बढ़ाना जारी रखा।

अक्तूबर 2016
दिल्ली

कितने लोगों को यह अवसर हासिल हो पाता होगा कि वे भारतीय सेना के सबसे ज्यादा सम्मानित अधिकारी के हाथों बनी हुई कॉफी पी सकें? एक शख्स, जिसने तीस बार बहादुरी का सम्मान हासिल कर रखा हो, तीन बार माउंट एवरेस्ट पर चढ़ चुका हो, मुक्त रूप से नीचे उतरा हो, घुड़सवार, मैराथन धावक, जिसने जिंदगियाँ भी बचाईं, खुद को अनेक बार जोखिमों में डाला और खुद भी कई बार जोखिम उठाए। मैं आश्वस्त हूँ कि बहुतों ने तो नहीं ही ऐसे शख्स के हाथों बनी कॉफी पी होगी! लेकिन मुझे यह सौभाग्य मिला। वर्ष 2016 के एक धुंध भरे अक्तूबर के महीने की सुबह मैं नई दिल्ली स्थित इंस्टीट्यूट फॉर डिफेंस सर्विसेज एंड एनालिसिस में ऊर्जावान् अब कर्नल सौरभ सिंह शेखावत, कीर्ति चक्र (KC), शौर्य चक्र (SC), सेना मेडल (SM), विशिष्ट सेवा मेडल (VSM) से साक्षात्कार के लिए मिलने पहुँची। उन्होंने ओजस्वी अंदाज में मेरे लिए कॉफी बनाने का प्रस्ताव रखा और मैंने तत्काल हामी भर दी। उन्होंने जल्दी ही मेरे हाथों में भाप निकलता गरम कॉफी से भरा मग थमा दिया और मैं उनके साहसिक कारनामों को सुनने के लिए उनके ऑफिस के सोफे पर आराम से बैठ गई।

लोकतक झील ऑपरेशन के बारे में बताते हुए कर्नल शेखावत ने कहा, "वह घुप्प अँधेरी रात थी। चाँद तो निकला ही नहीं था उस रात। मैं खुद को विश्राम देने के लिए अपनी कॉफी का इंतजार कर रहा था। और यही वह वजह थी कि वह समय मैंने हमला करने के लिए चुना था।"

बारह लोगों की स्पेशल फोर्स के लोग, जो कि सेना के सबसे मजबूत फौजी थे, वे फ्री फॉलर्स, तैराक, हथियारों और बिना हथियार के लड़ने में माहिर थे, खासतौर पर सबसे ज्यादा खतरनाक मिशनों के लिए प्रशिक्षित थे। वे झील में साढ़े तीन घंटे डोंगी चलाकर अपने लक्ष्य के बेहद करीब जा पहुँचे थे। उन्होंने लगभग 7 किलोमीटर का सफर तय किया था। उनका लक्ष्य था एक आतंकी शिविर को नष्ट करने का, जो कि लोकतक झील के टापू पर बनाया गया था। जहाँ हम जा रहे थे,

उसके चारों तरफ 10 फीट ऊँची घास थी, जिसकी वजह से वह दिन में भी दिखाई नहीं पड़ता था; जबकि हम रात में उस जगह की तरफ बढ़ रहे थे। उनके साथ एक गाइड भी था, जिसके भाई को आतंकवादियों ने अगवा कर रखा था, लेकिन वह किसी तरह भाग निकला था और घर आ गया था। आतंकवादियों ने उसे मार डालने की धमकी दी थी, जिसकी वजह से वह फौजियों को छिपने की उस जगह तक ले जाने के लिए तैयार हुआ था। गाइड ने फुसफुसाकर बताया कि वे लोग बेहद करीब पहुँच गए हैं। अतः शेखावत ने नाइट-विजन दूरबीन निकाली और डोंगी पर बने प्लेटफॉर्म पर चढ़कर ऊपर देखने लगे। इस प्लेटफॉर्म की वजह से उन्हें 10 फीट ऊँची घास के दूसरी तरफ चारों ओर देख पाने में सहूलियत हो रही थी।

टापू उन लोगों के सामने ही था। गाइड ने तीन झोंपड़ियों की पहचान की, जहाँ आतंकी छिपे हुए थे। एक के आगे आग जल रही थी और एक संतरी झोंपड़ी की छत पर पहरा दे रहा था। नीचे की तरफ हथियारों से लैस दो लोग थे। चारों तरफ स्थानीय लोगों की झोंपड़ियाँ थीं। शेखावत को पहले ही आगाह कर दिया गया था कि निर्दोष लोगों को नुकसान नहीं पहुँचना चाहिए। उन्होंने कहा, "न्यूनतम हानि किसी भी ऑपरेशन में सबसे कठिन काम होता है। हमें हमेशा यह बताया जाता है कि भले ही आतंकवादी भाग निकलें, लेकिन किसी नागरिक को नुकसान नहीं पहुँचना चाहिए।" यही कारण था कि स्पेशल फोर्सेज टीम इस तरह के हमले की महीने भर पहले से योजना बना रही थी और उसी तर्ज पर अभ्यास कर रही थी। इस दौरान उन्होंने तीस से ज्यादा बार अभ्यास किया था, ताकि यह सुनिश्चित किया जा सके कि आखिरी मौके पर कुछ भी गलत न हो जाए।

जमा देनेवाला पानी

शुरुआती योजना कुछ इस तरह थी कि स्पेशल फोर्सेज टीम तैरकर उस टापू तक पहुँचेगी, यानी उसे 7 किलोमीटर तैरना था। इसे लेकर एक हफ्ते का प्रशिक्षण भी शुरू हुआ। वे बर्फीले ठंडे पानी में लंबी दूरी तक तैरे भी। शेखावत ने बताया, "चूँकि यह टॉप सीक्रेट ऑपरेशन था, इसलिए हमें गाँववालों के सो जाने के बाद प्रशिक्षण शुरू करना पड़ता था, जो कि लगभग रात 11 बजे से तड़के 3 बजे तक चलता था। उसके बाद मछुआरे जाग जाते थे और यहाँ मछलियों के लिए चले आते थे। तो सबकुछ अँधेरे में ही होना होता था।" हालाँकि जल्दी ही उन्हें अहसास हुआ कि कितनी भी मशक्कत कोई कर ले, सात घंटे से कम में कोई पाँच किलोमीटर से ज्यादा तैर नहीं पाएगा। इसके साथ ही पानी का तापमान दो से पाँच डिग्री सेंटिग्रेड

तक था और वेटसूट, जो कि ठंड से भी बचाता था, यहाँ विफल साबित हो रहा था; क्योंकि ठंड हड्डियों तक पहुँच जा रही थी। एक हफ्ते के अभ्यास में हर साथी का वजन तीन किलो तक घट चुका था, दो को इंटेंसिव केयर यूनिट (आई.सी.यू.)में भरती कराना पड़ा था, क्योंकि रात में ठंडे पानी में उतरने के कारण वे गंभीर रूप से बीमार पड़ गए थे। इस तरह कर्नल शेखावत को उस योजना को छोड़ना पड़ा, क्योंकि उन्होंने महसूस कर लिया था कि यह काम नहीं करेगा।

उन्होंने तय किया कि वे स्थानीय मछुआरों की तरह ही डोंगियों के सहारे टापू तक पहुँचेंगे। उन्होंने सकुचाई हुई हँसी के साथ कहा, "तब तक हमें नहीं पता था कि डोंगी चलाना यानी साइकिल चलाने जैसा ही होता है—जब तक आप उसे ठीक से चलाना नहीं जान जाते, मुश्किल तभी तक की होती है। एक बार सीख लेने के बाद आप उसे चलाते जाते हैं।" बीस दिनों तक धीरे-धीरे वे लोग उसमें विशेषज्ञ बन गए। उन्होंने बताया, "हम तेजी से और बिना आवाज एवं मनचाहे तरीके से अपनी नावों को चला सकते थे और आड़े-तिरछे भी निकालने में माहिर हो गए थे; क्योंकि झील में मिट्टी के ढूहे भी तैरते रहते हैं, जिससे नाव के टकराने का खतरा रहता है। हमने यह भी सुनिश्चित किया कि हमारा अभ्यास स्थानीय लोगों को पता न चलने पाए, ताकि पूरी तरह से गोपनीय रह सके। चूँकि झील बहुत बड़ी थी, इसलिए हमने उस हिस्से में अभ्यास करना चुना, जो अमूमन सुनसान रहता था।"

इस बीच, आतंकवादी बिल्कुल पागलों की तरह हरकतें कर रहे थे। वे एक के बाद एक जघन्य वारदातों को अंजाम दे रहे थे। उन्होंने मणिपुर के मुख्यमंत्री के घर पर भी हमला कर दिया था। विधासभा के सत्र के दौरान हमला किया और बच्चों को अगवा करके बाल सेना बना रहे थे तथा स्थानीय लोगों से पैसे की वसूली कर रहे थे। कोई भी उनका विरोध कर पाने में सक्षम नहीं था। किंतु 6 सितंबर को तो उन्होंने हर तरह की सीमा ही पार कर दी थी, जब उनके समूह ने गोरखा राइफल्स की यूनिट पर हमला कर दिया। अब तक सेना ने किसी भी नागरिक को नुकसान न पहुँचाने की नीति पर चलते हुए हर तरह से अपने हाथ बाँध रखे थे, लेकिन इस घटना के बाद उच्च अधिकारियों ने कर्नल शेखावत और उनके जवानों को आतंकी शिविर नष्ट करने का हुक्म जारी दिया।

हमला

रात के दो बज रहे थे, जब डोंगियाँ उस टापू तक जा पहुँचीं। कर्नल शेखावत

ने अस्थायी प्लेटफॉर्म पर खड़े होकर अपनी दूरबीन से उन झोंपड़ियों की तरफ देखना शुरू किया, जिनकी तरफ उस गाइड ने इशारा किया था। उन्होंने कुछ हरकत शुरू की। लंबा-चौड़ा होने के कारण पूरी डोंगी उनके हिलने से असंतुलित होने लगी। अंतत: वह पलट गई और शेखावत समेत सभी छह जवान जमा देनेवाले पानी में उलट गए। सैनिकों को अपने नायक की इस हरकत ने चौंकाया; लेकिन उन्होंने कोई आवाज नहीं की। उन्होंने डोंगी सीधी की और वापस उसमें चढ़ गए। साथ ही, इस बात का ध्यान भी रखा कि इस बार डोंगी पलटने न पाए।

शेखावत को ठंडी हवा की चुभन का अहसास हो रहा था और हवा उनके ठंडे व भीगे सिर को चीर रही थी। वह ठंड से काँपने लगे और अपने लोगों को डोंगी आगे बढ़ाने से रोक दिया। उन्होंने कहा, "हवा के झोंके जो मैं महसूस कर रहा था, वे टापू की दिशा में ही बह रहे थे। ऐसे में हमारी पतवारों की आवाजें टापू तक पहुँच सकती थीं। मैं कोई जोखिम नहीं उठाना चाहता था।" डोंगी को मोड़ दिया गया और सारे लोग बहते हुए बायोमास में प्रवेश कर गए और टापू की तरफ पहुँचने के लिए राह बनाने लगे। इस तरह उन्हें टापू के नजदीक पहुँचने में डेढ़ घंटा लग गया। अब उन्हें उनकी राह में मिट्टी का भारी टुकड़ा मिल गया और उन्होंने अपनी डोंगी वहाँ टिका दी, ताकि वे सभी स्थिर रह सकें। सभी 12 फौजी डोंगियों के प्लेटफॉर्म पर चढ़ गए और अपने नाइट विजन दूरबीन से टापू की ओर देखने लगे। उस टापू पर कुल 13 झोंपड़ियाँ थीं, जिनमें से 3 आतंकियों के कब्जे में थीं, जबकि बाकी में मछुआरे रह रहे थे।

निर्दोष लोगों को नुकसान न पहुँचने देने का जिम्मा होने के कारण कर्नल शेखावत के मन पर यह बहुत बड़े बोझ की तरह था और उन्होंने खुद हर शख्स के साथ इस बात की तस्दीक की कि वे क्या देख रहे थे। वह इस बात से भी सशंकित थे कि उन्होंने अपने लोगों को बुलेटप्रूफ जैकेट नहीं पहनने दी थी, क्योंकि डोंगी पलटने की दशा में उनके डूबने का खतरा था। वे लाइफ जैकेट पहने हुए थे, जिसे दुश्मन आसानी से निशाना बना सकता था। शेखावत ने याद करते हुए बताया, "हमारे खुफिया नेटवर्क ने हमें बता रखा था कि आतंकियों के पास खासे प्रभावशाली एवं भारी-भरकम हथियार हैं। इसमें 7.62 RPD मशीनगन, एक एम 79 ग्रेनेड लॉञ्चर (लीथोड), एम16 और एके-47 असॉल्ट राइफल और कंधे पर रखकर हमला करनेवाला रॉकेट प्रॉपेल्ड ग्रेनेड (RPGs) भी था, जिसमें टैंक को नष्ट कर देने की क्षमता होती है।" उन्होंने देखा कि तड़के 3 बजे के आसपास वहाँ

तैनात गार्ड मचान से नीचे उतरा। तभी कर्नल ने अपने जवानों को हमला करने का आदेश दे दिया।

मारने के लिए शूट करो

"हममें से छह कंधे से कंधा मिलाकर हर नाव के प्लेटफॉर्म पर खड़े हो गए। हमारे हथियार आतंकवादियों की उन तीन झोपड़ियों की तरफ थे। मैंने उन्हें फायर करने का आदेश दे दिया। कहर बनकर सब वहाँ टूट पड़े। हमारे लोगों ने असॉल्ट राइफलों, मशीनगनों, मल्टी-ग्रेनेड लॉञ्चरों से फायर झोंक दिए थे। आतंकी संतरी और पेरिमीटर पेट्रोल ने कर्नल शेखावत और उनकी टीम पर जवाबी हमला किया। लेकिन शेखावत के मशीनगनरों के ताबड़तोड़ हमले से उन्हें मौका नहीं मिला और उन्हें पीछे हटना पड़ा। हमला लगभग चार मिनट तक चला और पूरी तरह नेस्तनाबूद करने के बाद ही रुका। जब कर्नल शेखावत पूरी तरह संतुष्ट हो गए कि शिविर का सफाया हो चुका है, तभी वे रुके। इसके बाद फौजियों ने झील में छलाँग लगा दी और तैरकर टापू पर पहुँच गए। उन्होंने देखा कि एक घायल महिला एम16 गन के साथ थी, जिसे गोली लगी थी। बाकी सभी मारे गए आतंकवादियों के शव वहाँ पड़े थे। उस महिला को डेक्सामीथाजोन इंजेक्शन दिया गया, ताकि उसे लगे सदमे से उसे बाहर लाया जा सके और उसके जरूरी अंगों की कार्यप्रणाली प्रभावित न हो। इसके बाद उसे अस्पताल भेज दिया गया, जहाँ उसकी जान बच गई।

इस ऑपरेशन का सबसे उजला पहलू यह रहा कि किसी भी आम नागरिक को खरोंच तक नहीं आई और न ही शेखावत की टीम का कोई सदस्य घायल हुआ। स्पेशल फोर्सेज के लोग इसके बाद डोंगी से ही वापस अपने कैंप लौट गए। उनके चेहरों पर संतोष के भाव साफ थे। लौटने पर उन्हें ताजा गरम चाय मिली। कर्नल शेखावत ने कहा, "वह मेरे जीवन की सबसे बेहतरीन चाय थी।" उन्हें इस कारनामे के लिए 'कीर्ति चक्र' से सम्मानित किया गया, जो कि शांतिकाल में भारतीय सेना का सर्वोच्च सम्मान है।

एवरेस्ट पर अपना दोस्त खोना और पर्वतारोहण की अन्य यादें

कॉफी खत्म करने के बाद कर्नल शेखावत अपनी कुरसी पर पीछे की तरफ झुक गए और वर्ष 2004 की एक खौफनाक साहसिक यात्रा को याद करने लगे, जब वह माउंट नन पर चढ़ रहे थे, जो कि हिमालय के भारतवाले हिस्से में

एल.ओ.सी. के पास सबसे ऊँची चोटी थी। उन्होंने कहा, "70 डिग्री के कोण वाली चढ़ाई पर बढ़नेवालों में मैं सबसे आगे था और मुझे ही मेरे पीछे आ रहे लोगों के लिए रस्सियाँ बाँधने का काम भी करना था। ऐसा लग रहा था कि मैं ऊपर तक नहीं पहुँच पाऊँगा, क्योंकि मुझे एक अन्य व्यक्ति के साथ बाँध दिया गया था। चूँकि यह बेहद आसान लग रहा था, अतः मैंने एक बुनियादी भूल कर दी। मैंने खुद को बाकी के लोगों से अलग कर लिया और पहाड़ के एक निकले हुए हिस्से पर पैर रखकर अपनी कुल्हाड़ी फिक्स करने लगा। अचानक पहाड़ का वह निकला हुआ हिस्सा टूट गया और मैं गिर पड़ा। चूँकि हम तिरछी जगह पर थे, अतः नीचे की तरफ हमारे साथी एक कतार में खड़े थे। उन्होंने जब मुझे गिरते देखा तो दूसरी तरफ कूदने की बजाय उनमें से दो मेरी तरफ ही कूद पड़े और मुझे कसकर पकड़ लिया।"

उनके गिरने से जो गति बनी, उससे शेखावत उन दोनों को भी अपने साथ खींच ले गए। चूँकि वे दो अन्य लोगों से रस्सियों से बँधे हुए थे, अतः सभी पाँच लोग नीचे की ओर गिरने लगे और तेज ढलान होने के कारण वे बर्फीले पहाड़ से काफी तेजी से नीचे गिरने लगे। सौभाग्य से, शेखावत और बाकी लोगों ने कुल्हाड़ी से बर्फ में मारना जारी रखा और कुछ ही देर में वे सभी पाँच लोग 800 फीट नीचे आने के बाद किसी तरह रुक पाए। उनकी जान बच गई, लेकिन उनके कपड़े फट गए और जगह-जगह चोट के कारण खून बहने लगा। उन सभी को पूरे शरीर में खरोंचें आ गई थीं। भावुक होकर शेखावत बोले, "उस पल मुझे यह सीख मिली कि किस तरह सेना में आपके लोग मौत सामने देखकर भी आपके लिए खड़े रहते हैं और अंत तक साथ नहीं छोड़ते।"

साल भर बाद उनको 'एवरेस्ट समिट' का वैसा ही मौका मिला। उन्होंने विनम्रतापूर्वक कहा, "मैं तीन बार एवरेस्ट पर पहुँच चुका हूँ। मुझे वे तारीखें भी याद हैं—23 मई, 2001; 22 मई, 2003 और 2 जून, 2005।" उनके लिए सबसे कठिन चुनौती वर्ष 2005 में थी। उन्होंने बताया, "थल और वायु सेना की टीमें एक साथ समिट पर चढ़ाई कर रही थीं। उस समय अच्छा मौसम मात्र दो दिनों के लिए था और वायुसेना की टीम ने उसी दौरान चढ़ने का फैसला किया था। वे समिट तक तो पहुँच गए थे, लेकिन लौटने के दौरान मौसम बेहद खराब हो गया था और बिल्कुल नजदीक की चीजें भी नजर नहीं आ रही थीं। तेज हवाओं में उनके दल के एक सदस्य स्क्वाड्रन लीडर चैतन्य और उनका शेरपा गाइड मुख्य टीम से बिछड़ गए थे।"

शेखावत ने बताया कि उन्हें वायु सेना दल के नायक की तरफ से उस अधिकारी को खोजने की मदद करने का संदेश प्राप्त हुआ। उन्होंने कहा, "मौसम बहुत ज्यादा खराब था और हवा भी 100 किलोमीटर प्रति घंटे की रफ्तार से दौड़ रही थी तथा शेरपा सरदार और मैं ऊपर की ओर बढ़ने की कोशिश कर रहे थे। लाख प्रयासों के बावजूद हम 45 मिनट में केवल 20 मीटर ऊपर ही चढ़ाई कर सके थे। मौसम इस कदर खतरनाक हो चुका था कि दो अनुभवी पर्वतारोही आगे ही नहीं बढ़ सके। शेरपा सरदार ने उनका हाथ पकड़ा और खींचते हुए बोला, "छोड़ दो सर, आई.ए.एफ. टीम तक पहुँचना संभव नहीं है। अगर हम यहाँ और ज्यादा देर तक रुके तो वापस भी नहीं लौट पाएँगे।"

शेखावत ने कहा कि उनके पैर जमने लगे थे। उन्होंने कहा, "सेना में हम नैतिक रूप से लोगों की मदद के लिए बँधे होते हैं और एक साथी अधिकारी की जान का सवाल भी यहाँ था। मैं इस बात से खिन्न था कि हम ऊपर नहीं चढ़ पा रहे थे; लेकिन अंततः मुझे शेरपा सरदार की सुननी ही थी।" वे दोनों कैंप में वापस लौट आए, जबकि शून्य के आसपास दृश्यता में उन्हें अपना रास्ता भी नहीं सूझ रहा था। अपने रेडियो सेट पर बेहद खिन्न और निराश शेखावत ने चैतन्य और उनकी टीम के नायक से आखिरी बार बात की। वे कह रहे थे, "सर, मैं बेहद ठंड महसूस कर रहा हूँ।" शेखावत ने कहा, "हमें बाद में पता चला कि चैतन्य आगे बढ़ने में असमर्थ हो चुके थे, क्योंकि वह ठंड में जकड़ गए थे और थकान उन पर हावी हो चुकी थी। उनके शेरपा ने उन्हें समझाने और नीचे उतारने की काफी कोशिश की, लेकिन अंततः अपनी जान बचाने के लिए उन्हें छोड़कर वह आगे बढ़ गया। दिमाग में ऑक्सीजन की कमी के चलते चैतन्य भ्रमित होकर खुद को सँभाल न सके और संभवतः उतरने के क्रम में कहीं नीचे गिर पड़े। हम उन्हें ढूँढ़ नहीं सके। उनके स्कीइंग सेट का एक हिस्सा ही मिल सका। हमने चैतन्य को 29 और 30 मई की रात को खो दिया।"

चैतन्य को खोने के कुछ दिन बाद कर्नल शेखावत जब सेना की महिला टीम को लेकर समिट की ओर जाने लगे, तब वह दुःखद पल उनके दिमाग में घूम रहा था, जब वे उनको बचा नहीं सके थे। 2 जून को टीम एवरेस्ट समिट पर पहुँच गई थी; लेकिन उस मुकाम को हासिल करने के बावजूद खुशी और उत्साह नदारद था। यात्रा से लौटते समय एक महिला अधिकारी बेहद थकान से भर उठी और उसे भी 'हाइपोक्सिया' हो गया था। यह अमूमन एक ऐसी स्थिति होती है,

जो पर्वतारोहियों के साथ हो ही जाती है और वह भी तब, जब वे समुद्र-तल से 8,000 मीटर की ऊँचाई पर होते हैं। चैतन्य के सामने भी ऐसा ही कुछ वाकया पेश आया था। शेखावत ने बताया, "उस पल आपका दिमाग आपके शरीर को निर्देश तो दे रहा होता है, लेकिन आपका शरीर उस पर अमल करने से इनकार कर देता है। हमारी टीम बहुत मजबूत थी; लेकिन फिर भी, उस महिला अधिकारी को नीचे उतारने में हमारे लोगों और शेरपा को काफी मशक्कत और मानसिक मजबूती का परिचय देना पड़ा। हर चार घंटे पर मुझे उनको डेक्सामीथाजोन का इंजेक्शन देना पड़ता था, ताकि उनके जरूरी अंगों को दोबारा सक्रिय किया जा सके। उनको कैंप तक वापस लाने में हमें 26 घंटे लग गए। समिट पर फतह से ज्यादा बड़ी उपलब्धि हमारे लिए यही थी।"

एक स्काइडाइविंग विपदा

कर्नल शेखावत ने एक स्काइडाइविंग के दौरान के अनुभव को भी साझा किया, जो कि वर्ष 2013 का था, जब वह जोरहाट में अपनी यूनिट सँभाल रहे थे। उन्होंने कहा, "हम भारतीय अपनी पीठ पर थैला बाँधकर कूद जाते हैं। वे हमारे पैरों के बीच में लटक जाते हैं और हमें पेंग्विनों की तरह चलना पड़ता है; लेकिन स्काइडाइविंग के दौरान उनसे किसी तरह की दिक्कत नहीं होती। मैंने अमेरिकियों को भी हवाई जहाजों से कूदते देखा है। वे उसी थैले को अपने सामने बाँधते हैं, अतः मैंने भी तय किया कि मैं भी उस थैले को आगे बाँधकर देखता हूँ। फरवरी 2013 में एक रूटीन फ्री फॉल के दौरान उन्होंने थैले को अपने सामने बाँध लिया और जहाज से कूद पड़े। साथ में उनका एक साथी भी था (साथी, यानी buddy—लड़ाई के हालात में एक-दूसरे को पकड़े हुए और सहारा देने के लिए साथ-साथ नीचे उतरते हैं) प्रमोद शिंदे, जो उनके बाद कूदा था।

"स्काइडाइविंग के प्रशिक्षण के दौरान हमें यह सिखाया जाता है कि आपको धरती की तरफ सिर करके कूदना है। लेकिन जिस पल मैं विमान से कूदा, मेरा सिर स्वतः आकाश की ओर हो गया; क्योंकि जो बैग मैंने अपने आगे की तरफ बाँध रखा था, उसकी वजह से एरोडायनेमिक एंगल बदल गया था।" उसने घूमने का प्रयास किया तो हवा के तेज बहाव में चक्कर खाने लगा और उसके घूमने की गति तेज होती चली गई। उन्होंने कहा, "इस तरह से घूमना इस कदर बुरा था कि मैं कुछ ही सेकंड में उलटियाँ करने लगता।" शेखावत ने तेजी से अपना पैराशूट

खोल लिया। दुर्भाग्य से, वह उनके पैरों के बीच में फँस गया, क्योंकि वह तो हवा में घूम रहा था। उन्होंने बताया, "ऐसे हालात में बेहतर होता है कि आप उस पैराशूट को काटकर अलग कर दें और रिजर्व में रखे पैराशूट को खोल लें।" अनुभवी फ्री फॉलर होने के चलते शेखावत ने जमीन से 900 फीट की ऊँचाई पर खुद को सीधा कर ही लिया और जमीन पर सुरक्षित उतर आए।

इस बीच, शिंदे ने शेखावत को पैराशूट में से निकलने की जद्दोजहद करते देखा। एक सक्षम स्काइडाइवर होने के चलते वह किसी भी व्यक्ति तक तेजी से मदद के लिए पहुँच सकते थे। शिंदे ने अपना पैराशूट नहीं खोला और शेखावत की तरफ तेजी से लपके। उधर शेखावत ने तो खुद को पैराशूट से जैसे-तैसे निकाल लिया, लेकिन शिंदे यह अहसास नहीं कर पाए कि वह तेजी से धरती की तरफ जा रहे हैं और उनके एवं धरती के बीच महज 750 फीट की दूरी ही बची थी। अचानक उनका इमरजेंसी पैराशूट खुल गया और उधर शिंदे ने उसी वक्त अपना सामान्य पैराशूट भी खोल लिया था। अब दोनों पैराशूट फँस गए। जल्दी-जल्दी शिंदे ने मुख्य पैराशूट को काटकर खुद से अलग किया और अपने इमरजेंसी पैराशूट से जमीन पर उतर आए। शिंदे के साहस पर शेखावत अभिभूत होकर बोले, "उन्होंने मेरे लिए उस दिन अपनी जान की बाजी लगा दी थी।"

सिर में गोली लगी

शेखावत से पूछिए कि उनके अनगिनत पदकों के पीछे किसकी प्रेरणा रही और वह कौन सी चीज है, जो उन्हें हर बार अपनी जान जोखिम में डालने से हिचकने नहीं देती, तो वह मुसकराकर आपको जवाब देंगे, "मैं खुद को चुनौती देना पसंद करता हूँ। मुश्किल-से-मुश्किल हालात को सँभालने में मुझे निजी तौर पर संतोष मिलता है। सेना मेरे प्रति बेहद उदार रही है, लेकिन मैं अवॉर्डों के लिए यह सब नहीं करता।"

आज शेखावत जो भी हैं, उसके लिए वह स्पेशल फोर्सेज से मिले प्रशिक्षण को श्रेय देते हैं। वह कहते हैं, "मैं मेजर दीपेंद्र सिंह सेंगर, एस.एम., जो कि मुझसे वरिष्ठ हैं, को देखता हूँ, जिन्होंने छह गोलियाँ खाईं या मेजर आशीष सोनल, वी.आर.सी., जिनको श्रीलंका में ऑपरेशन के दौरान सिर में गोली लगी थी और आज तक नहीं निकली; लेकिन वह पुस्तकें लिखते हैं या कर्नल इवान जोसफ क्रैस्टो, के.सी., हमारे पूर्व कमांडिंग ऑफिसर, जो बहुचर्चित टिंबर ट्रेल चेयर कार

बचाव कार्य के लिए जाने जाते हैं, के बारे में सोचता हूँ तो खुद को सौभाग्यशाली मानता हूँ। मैं उसी तरह की आग अपने बहुत सारे छोटे साथियों में देखता हूँ। स्पेशल फोर्सेज में हम सभी के दिमाग के अंदर कुछ-न-कुछ अतिरिक्त तरंगें हिलोरें मार रही होती हैं। वे ही चीजें हमें बार-बार खुद को जाँचने-परखने को कहती हैं।"

मैंने उनसे एक फोटो के लिए निवेदन किया, ताकि मैं अपने निजी एलबम में उसे लगा सकूँ, तो वे मुसकराते हुए सहमत हो गए। मैंने भारतीय सेना के सबसे ज्यादा सम्मानित अधिकारी से विदा ली। उस समय वह बिना काठी के घुड़सवारी और शो जंपिंग के लिए जा रहे थे और जाते-जाते उन्होंने कहा कि वह इंतजार करेंगे कि जीवन में उनके लिए अगली चुनौती क्या है ?

स्पेशल फोर्सेज के बारे में और अधिक जानकारी के लिए पेज 179 पर देखें।

□

चुनौतियों में

वे कैसे रोमांच हासिल करते हैं?
वे विमानों से छलाँग लगाते हैं, विंग सूट में उड़ते हैं, एवरेस्ट पर चढ़ते हैं, दक्षिणी ध्रुव पर साहसिक स्की करने जाते हैं। और हाँ, इसमें महिला अधिकारी भी शामिल रहती हैं!

5

विमानों से छलाँग लगाकर मुझे महसूस होता है कि मैं जिंदा हूँ!

सेना के सबसे ज्यादा चर्चित 'स्काइडाइवर कोर ऑफ सिग्नल' के लेफ्टिनेंट कर्नल सत्येंद्र वर्मा (सेवानिवृत्त) ने विमानों और इमारतों से छलाँग लगाने के रोमांच को साझा किया।

16 दिसंबर, 2012
अरब सागर से 10,000 फीट की ऊँचाई पर
मुंबई के नजदीक

ज्यादातर मुंबई वासियों के लिए यह दिसंबर की एक सामान्य-सी दोपहरी थी; लेकिन अरब सागर से 10,000 फीट ऊपर हेलीकॉप्टर में बैठे लेफ्टिनेंट कर्नल सत्येंद्र वर्मा के लिए यह दोपहर कुछ अलग ही थी। काले और नारंगी विंग सूट के अंदर वह किसी मिशन पर निकले सुपर हीरो जैसे लग रहे थे। चॉपर के खुले दरवाजे से नीचे झाँकते हुए वर्मा ने अरब सागर के नीरस और दूर तक फैले नीले फैलाव को देखा, जो मुंबई की तटरेखा के किनारों के कारण एक गोलाकार लकीर बना रहा था।

हमेशा की तरह उन्होंने मन-ही-मन सभी आपातकालीन प्रक्रियाओं को याद किया, जो किसी अचानक आई परेशानी से बचाने में काम आएँगी। बाहर जाते हुए उन्होंने अपने बूटों से जुड़े धुएँ वाली आग को सक्रिय किया। नारंगी धुएँ के गुबार से हेलीकॉप्टर का केबिन भर गया और लगभग उसी पल एक चौंकानेवाला माहौल वहाँ बन गया। वर्मा ने जल्दी से अलार्म बजानेवाले पायलट से कहा, "यह मैं हूँ। बस, निकल रहा हूँ।" मुसकराहट भरकर उन्होंने थम्स-अप किया और अपने डैने फैलाकर नीचे उतर पड़े।

अक्तूबर 2016
दिल्ली

मैं शुक्रगुजार हूँ उबर राइड के स्थगित होने का और एयरफोर्स स्टेशन, पालम (जहाँ मैं रहती हूँ), पर खराब इंटरनेट कनेक्टिविटी का भी, जिसकी वजह से दूसरी राइड को पाने में देर हुई। इस वजह से मुझे कनॉट प्लेस पर दिलेर स्काइडाइवर से मिलने में तय समय से लगभग आधा घंटा विलंब हुआ। चूँकि वह वर्ल्ड विंग सूट फ्लाइंग चैंपियनशिप के लिए अगले दिन यूनाइटेड स्टेट्स की स्काइडाइव सिटी जीफर हिल्स जाने की तैयारी कर रहे थे और काफी जल्दी में थे, इसलिए उन्होंने आधे रास्ते में मुझसे मिलने की हामी भर दी थी।

और इस तरह उस दिन माल्चा मार्ग रेस्तराँ में बेक्ड फिश और स्टीम्ड राइस के लंच पर मैं अपने पुराने सहपाठी सत्येंद्र वर्मा से मिली, जो 27 साल पहले स्कूल के दिनों में आगरा के सेंट जॉन्स कॉलेज में टूटी-फूटी साइकिल से आते थे और उनके बाल उनके माथे पर आगे की तरफ लटके रहते थे। वह अब देश के सर्वाधिक चर्चित स्काइडाइवरों में शुमार हैं। हालाँकि वह अब छोटे बाल रखते हैं। इस बार हम दोनों ने क्लास की गपबाजी पर ठहाके नहीं लगाए, बल्कि कुछ गंभीर चर्चाएँ कीं, जो कि मौत को चुनौती देनेवाली उनकी उड़ानों से संबद्ध थीं और उनके जीवन का हिस्सा थीं और जिनके बारे में बात करने पर वह झेंप जाते हैं।

उन्होंने उस रोज की अपनी मन:स्थिति बयाँ करते हुए कहा, जब वह ऊँचाइयों से छलाँग लगाने वाले थे, "उस सुबह की विंग सूट फ्लाइट को लेकर मैं जानता था कि माहिम खाड़ी देखने में बिल्कुल शांत और सौम्य थी, लेकिन वहाँ नुकीली चट्टानें भी छिपी हुई हैं। विंग सूट पहनकर जब आप विमान से छलाँग लगाते हैं तो आप 200 किलोमीटर प्रति घंटा की रफ्तार से उड़ रहे होते हैं, जो कि सामान्य तौर पर चलनेवाली कारों से लगभग दोगुना रफ्तार होती है। उस समय यह जोखिम होता है कि आप अचानक भयावह घुमाव में फँस जाएँ, चक्कर खाते हुए ही नीचे गिरने लगें, जिसे सँभाल पाना अत्यंत मुश्किल होता है। यह सब जानते हुए भी विमान से छलाँग लगाने के लिए आपके पास फौलादी जज्बा तो होना ही चाहिए, किस्मत भी आपके साथ होनी चाहिए।" और यही कारण था कि सत्येंद्र ने कहा कि भले ही उन्होंने ढेर सारी छलाँगें लगा रखी हों, लेकिन वह इस बात के लिए आश्वस्त नहीं हो सकते कि अगलीवाली छलाँग कैसी होगी ? उस सुबह बिना गड़बड़ी के सबकुछ आसानी से पूरा हो गया।

समुद्र से लगभग 10,000 फीट की ऊँचाई पर हवा में तैरते हुए उनको महसूस हुआ कि वह ताकतवर गुरुत्वाकर्षण के कारण नीचे खिंचे चले जा रहे हैं; लेकिन उनके पंखों के बीच में बनी पॉकेट्स में हवा भरने से उनका विंग सूट उनको जमीन के समानांतर रखने में कामयाब हो रहा है। उन्होंने खुद को शिवाजी पार्क की तरफ मोड़ा और विशालकाय गिलहरी की तरह खुद को दो किलोमीटर तक उड़ाते रहे। उनको मात्र एक मिनट लगा अपने लक्ष्य 'अपनी सेना को जानें' मेले तक पहुँचने में, जहाँ उनको उतरना था। 4,000 फीट की ऊँचाई पर उन्होंने अपना पैराशूट खोल दिया। मछली का एक टुकड़ा काँटे से उठाते और उसे खाते हुए उन्होंने बताया, "वही पहली बार था, जब मैं सुकून महसूस कर रहा था। मेरे अंदर शांति का भाव पूरी तरह भरा हुआ था। बाकी जो भी हुआ, उसे मैंने हजारों बार किया था।

"इसी बीच, शिवाजी पार्क के कमेंटेटर रूम से जैसे ही मेरे आने का ऐलान हुआ, वहाँ मौजूद भीड़ ने धुएँ का गुबार उठता और अपनी तरफ आता हुआ देखा। लोगों ने अपनी आँखें मुझ पर गड़ा रखी थीं और कुछ तो दूरबीन लेकर आकाश में धुएँ से बनते रिबन को देख रहे थे और हैरान हो रहे थे कि कैसे बैट सूट में एक इनसान जादुई रूप से परिवर्तित हो गया, जो कि अब उनके ऊपर मँडरा रहा है।" उनकी खुशी और उत्साह की आवाज ऊपर आकाश तक पहुँच रही थी। इसी बीच सत्येंद्र ने धीरे-धीरे जमीन पर खुद को उतार लिया और बिल्कुल सटीक लैंडिंग करके वह लोगों के बीच पहुँच गए। उनका स्वागत वहाँ मौजूद ढेर सारे हँसते-खिलखिलाते बच्चों ने शानदार अंदाज में 'भारत माता की जय' के नारे लगाते हुए किया। जिज्ञासु बच्चे जानना चाहते थे कि वह एक इनसान हैं या एक विमान हैं? उनका इंजन कहाँ है? उनके पंख कैसे हैं? क्या वह बैटमैन या सुपरमैन हैं या कोई और हैं? इन सबके बीच उनसे हाथ मिलानेवालों की भीड़ जमा हो गई। उन्होंने अपनी पुरानी चिर-परिचित मुसकान के साथ अपनी यादों के बारे में बताते हुए कहा, "वह बहुत ही खास पल था।"

रोमांच के कीड़े ने काट खाया

आई.एम.ए. से प्रशिक्षण के बाद सत्येंद्र ने वर्ष 1991 में 'कोर ऑफ सिग्नल' में काम शुरू किया था। उन्होंने कहा कि ऑलिव ग्रीन यूनिफॉर्म से तो वह बचपन में ही वाकिफ हो गए थे, क्योंकि उनके पिता सेना में शारीरिक प्रशिक्षक थे। सेना के प्रति उनमें आकर्षण था, क्योंकि एक छोटे बच्चे के तौर पर वह अपने आस-पास खेल-कूद और जोखिम उठानेवाली भावना के साथ-साथ ही पले-बढ़े थे। उन्होंने

कहा, "ग्रेजुएशन की पढ़ाई के दौरान मैं खुद से पूछता रहता था कि क्या मैं दूसरी नौकरियों में इस तरह के साहसिक अवसर पा सकूँगा?" मैं अकसर इस निष्कर्ष पर पहुँचता था कि ऐसा संभव नहीं है।

"सेना ही एकमात्र संगठन था, जहाँ मैं जानता था कि जोखिम को जीवन जीने के तरीके के रूप में प्रोत्साहित किया जाता है।" हालाँकि उनको साहसिक खेल-कूद और एक फौजी के बीच के संबंध को समझ पाने में समय लगा, लेकिन वह कहते हैं कि अब वह इसे अच्छी तरह समझ गए हैं। उन्होंने बताया, "किसी व्यक्ति के चरित्र में शांति और निडरता वे लोग ही समाहित करते हैं, जो कि उस पल काम आता है, जब आप जंग में दुश्मन से आमने-सामने होते हैं।"

जोखिम उठानेवाले के तौर पर अपनी यात्रा में सत्येंद्र कहते हैं कि उन्होंने जीवन के लिए खतरनाक हालात में ही खुद को शांत रखने की कला का महत्त्व सीखा है। इसे साबित करने के लिए वह एक उदाहरण सामने रखते हैं।

एयरबॉर्न, एक ग्लाइडर पर, जिसे वह उड़ाना नहीं जानते थे

देहरादून, 1993

कैप्टन सत्येंद्र वर्मा एक सिंगल सीटर माइक्रोलाइट एयरक्राफ्ट में बैठे हैं, जो अजीबोगरीब आवाज कर रहा है। दरअसल, यह एक हैंग-ग्लाइडर है, जिसमें येज्दी मोटरसाइकिल का इंजन पहियों से बाँध दिया गया है। सिंगल सीटर होने के कारण इसमें प्रशिक्षक नहीं बैठ सकते हैं, इसलिए सत्येंद्र को खुद ही जमीन पर इसे सँभालना होगा, जब तक कि यह उड़ान नहीं भर लेता, जो कि सत्येंद्र के जीवन की पहली उड़ान भी है। वह कोई मौका चूकना नहीं चाहते और धैर्यपूर्वक एक टैक्सी दौड़ के बाद दूसरी लगा रहे थे और बाज जैसी निगाहोंवाले प्रशिक्षक पूरे घटनाक्रम पर नजर बनाए हुए थे। कई घंटों तक वह जमीन पर ही उड़ते रहे। यह अजीबोगरीब था कि वह इंजन स्टार्ट करते और माइक्रोलाइट को गति प्रदान करते, हवाई पट्टी पर उसे दौड़ाते और फिर उड़ान भरने से पहले ही उसे रोक देते। यह प्रक्रिया बेहद उबाऊ हो चली थी; लेकिन वह जानते थे कि सीखने का यही एक तरीका है।

इस बार उन्होंने इंजन स्टार्ट किया और हवाई पट्टी पर उसे दौड़ाना शुरू किया। जितनी तेजी से उन्हें निर्देशित किया गया था, वह उतनी तेजी से काम कर रहे थे। विमान येज्दी इंजन के चिर-परिचित आवाज के साथ गूँज रहा था और ऐसा

लग रहा था कि वह अपनी खिन्नता जाहिर कर रहा हो कि एक मोटरसाइकिल का इंजन विमान में लगाने का जघन्य काम किया गया है। हवाई पट्टी के आखिर में सत्येंद्र ने ऐक्सिलरेटर को जरूरत से कुछ ज्यादा दबा दिया और उसी क्षण हवा के झोंके से दबाव बन गया। जब तक वह यह महसूस करते कि क्या हुआ, भ्रमित युवा कैप्टन ने खुद को जमीन से 50 फीट ऊपर हवा में पाया। नीचे वह अपने खतरनाक प्रशिक्षक को देख रहे थे।

सत्येंद्र एक एयरक्राफ्ट में थे और उन्हें बिल्कुल पता नहीं था कि कैसे उड़ते हैं। जैसे ही उन्हें इन चीजों का आभास हुआ, वह ठंडे पड़ने लगे। लेकिन तत्काल उन्हें समझ में आ गया कि घबराना कोई विकल्प नहीं है। उन्होंने उस स्थिति में दूसरों को लड़खड़ाते और गिरते हुए देखा था, क्योंकि वे लोग घबरा गए थे। उन्होंने खुद को आश्वस्त किया कि यह महज एक हैंग ग्लाइडर है, जिसमें इंजन लगा है और इससे पहले भी वह ढेर सारे हैंग ग्लाइडर्स उड़ा चुके हैं। खुद को शांत करने के बाद उन्होंने इंजन बंद कर दिया और ग्लाइडर के पंखों को खींचा, ताकि ग्लाइडर नीचे उतरने लगे। अपने प्रशिक्षक का खौफनाक चेहरा उनकी आँखों के आगे घूम रहा था और वह यह सुनिश्चित करना चाहते थे कि जरा सी भी उथल-पुथलवाली हरकत न होने पाए, जिससे विमान को दुर्घटनाग्रस्त होने का मौका मिले। उन्होंने देखा कि हवा की वजह से एयरक्राफ्ट को रनवे से ऊपर उठने में मदद मिली थी। विमान को मुक्त रूप से नीचे जाने देने पर सत्येंद्र विमान को जमीन के एक खुरदुरे हिस्से पर उतारने में सफल हो गए। जैसे ही विमान जमीन पर चलने लगा तो सुकून पाकर उन्होंने अपनी आँखें बंद कर लीं। आँखें उन्होंने तभी खोलीं, जब उन्हें अपने प्रशिक्षक की हाँफती हुई आवाज सुनाई दी, जो अपने भटके हुए शिष्य को देखने पहुँचे थे। शिक्षक ने अपने छात्र को एक पल के लिए घूरा और फिर दोनों के चेहरे पर सुकून भरी मुसकराहट फैल गई।

उड़ते विमान से छलाँग

देहरादून की हवा से भरी उस सुबह को बीते 23 साल हो चुके थे, लेकिन सत्येंद्र के मन में वह घटना बिल्कुल स्पष्ट रूप से याद थी। वह जब भी किसी नए खेल में हिस्सा लेने जाते या किसी नए उपकरण का प्रयोग कर रहे होते तो खुद को याद भी दिलाते हैं। उन्होंने बताया, "मैं खुद को याद दिलाता हूँ कि पहले दिन कुछ भी गलत हो सकता है और अगर ऐसा होता है तो खुद को शांत रखना पहली अनिवार्यता है, जो मेरा जीवन बचा सकती है।"

उन्होंने कहा कि जब पहली बार वह स्काइडाइविंग के लिए जा रहे थे या अनूठी पैराग्लाइडिंग फ्लाइट पर, जो कि एक घंटे से ज्यादा समय तक चला और तब भी, जब कुआलालंपुर टॉवर से छलाँग लगाते समय भी उन्होंने खुद को वही बात याद दिलाई थी। वह दिन था, जब सत्येंद्र, अब आर्मी एडवेंचर विंग के एक स्काइडाइवर और बेस जंपर, मलेशिया के कुआलालंपुर टॉवर में एलिवेटर से ऊपर जाते समय नीचे नजर आ रही कारों को देख रहे थे, जो 920 फीट की ऊँचाई से खिलौने जैसी लग रही थीं, उन्होंने टॉवर की छत से छलाँग लगा दी और अपनी पीठ पर बँधा पैराशूट भी नहीं खोला। वह बेस जंपिंग का अभ्यास कर रहे थे, जिस खेल में किसी व्यक्ति को स्थिर जगह, जैसे कि पुल, एंटिना, स्पान (पुल) या धरती (base) से छलाँग लगानी होती है, न कि उड़ते हुए विमान से।

मैंने उनसे पूछा कि उड़ते हुए विमान से छलाँग लगाना आसान तो हो नहीं सकता। क्या उनका दिमाग उनसे यह नहीं कहता कि वापस चले जाओ और बैठो?

उन्होंने स्वीकार करते हुए कहा, "ऐसा होता है; लेकिन शरीर और मन के इस संघर्ष की लड़ाई की वजह से ही स्काइडाइविंग इस कदर आकर्षक है।" उन्होंने कहा, "आपके सभी प्राकृतिक भाव आपको बताते हैं कि छलाँग लगाना पागलपन है। तब एड्रेनलिन आपकी नसों में दौड़ने लगता है। तब आप सबकुछ दरकिनार करके अपने मन को शांत करते हैं और अपने आत्मविश्वास के बारे में सोचने लगते हैं, जो आपने अपने प्रशिक्षण के दौरान हासिल किया होता है। पीठ पर बँधे पैराशूट के बारे में सोचते हैं और यह भी कि आगे क्या-क्या हो सकता है और बेहद आराम से कूद पड़ते हैं। इससे मुझे अहसास होता है कि मैं जीवित हूँ और अपनी भावनाओं एवं इंद्रियों को नियंत्रित कर सकता हूँ; और यह मेरे लिए बहुत महत्त्वपूर्ण है।"

पहली स्काइडाइव

सत्येंद्र के बारे में जब मैंने कॉलेज में सुना, तब वह सेना में शामिल होने की तैयारी कर रहे थे। मुझे याद है कि वह और उनके कुछ और दुबले-पतले साथी नेशनल कैडेट कोर (NCC) की वरदी में अकड़कर चलते-फिरते नजर आते थे; और साथ ही एक चिट्ठी भी डाक के जरिए मेरे पास आई थी, जब मैं दिल्ली में पत्रकारिता की पढ़ाई करने चली गई थी। इसमें उसने बताया था कि उसने वह पा लिया है। उसके बाद जल्दी ही हम एक-दूसरे के संपर्क से दूर चले गए। तो उसे स्काइडाइविंग के कीड़े ने कब काटा होगा?

उन्होंने बताया, "शुरुआत में मैं महज एक आर्मी ऑफिसर बनना चाहता था।" फिर उन्होंने विस्तार से बताया कि यह संभवत: तब हुआ, जब उन्होंने सेना के एक खास हिस्से आर्मी एडवेंचर विंग की तरफ से लगाए गए एक कैंप में हिस्सा लिया। इसमें सेना साहसिक खेलों को बढ़ावा देती है। "मैंने पहली छलाँग तब लगाई थी, जब मैं कुल 23 साल का था। यह छलाँग एक सिंगल इंजन, फिक्स विंग वाले बीवर विमान से लगाई गई थी। इस विमान का सामान्य तौर पर इस्तेमाल कृषि मंत्रालय क्लाउड सीडिंग के लिए करता है।" उन्होंने स्वीकार किया कि तब उनको जरा भी आभास नहीं था कि एक दिन वह इस कदर बेहतरीन स्काइडाइविंग करेंगे कि आर्मी एडवेंचर विंग में तैनात कर दिए जाएँगे और एक प्रशिक्षक की भूमिका निभाने लगेंगे! उन्होंने कहा, "वहाँ मुझे सेना की एक स्पोर्ट्स स्काइडाइविंग टीम बनाने का अवसर मिला। वह तो मेरे जीवन का एक मील का पत्थर साबित हुआ। मुझे ढेर सारे उत्साही युवकों से मिलने का मौका मिला, जिन्होंने स्वेच्छा से मेरी टीम का हिस्सा बनना स्वीकार किया था और हम अंतरराष्ट्रीय प्रतिस्पर्धाओं में देश का प्रतिनिधित्व करने की दिशा में आगे बढ़ गए।"

इस तरह साल गुजरते रहे। वह बेस जंपिंग और विंग सूट फ्लाइंग की दिशा में आगे बढ़ते रहे; हालाँकि उन्होंने समय से पहले सेना से रिटायरमेंट ले लिया, लेकिन वह सबसे सफल स्काइडाइवरों में सर्वोच्च स्थान पर रहे, जिनके खाते में 2,000 स्काइडाइव, 53 बेस जंप और 300 से ज्यादा विंग सूट फ्लाइट दर्ज हैं।

बहुत कम ऊँचाई से छलाँग लगाने के कारण पैराशूट खोलने के लिए काफी कम समय मिलता है, जिसकी वजह से बेस जंप को सबसे ज्यादा खतरनाक माना जाता है और उसके आगे विमान से स्काइडाइविंग काफी सहज मानी जाती है। मैंने जब उनसे इसके बारे में पूछा तो उन्होंने कहा कि इसमें अत्यधिक जोखिम होने के कारण अमूमन जगहों पर यह प्रतिबंधित होती है और यह तथ्य है कि शहरों की ऊँची इमारतों, पुलों और अन्य जगहों से छलाँग लगाना लगभग हमेशा गैर-कानूनी रहता है। जिन लोगों ने आइफल टॉवर या सेंट लुई आर्क से छलाँग लगाने की कोशिश की है, उन्हें गिरफ्तार कर लिया गया। मैं उनकी बहुचर्चित बेस जंप के बारे में जानना चाहती थी, जो उन्होंने दिल्ली के 771 फीट ऊँचे पीतमपुरा टी.वी. टॉवर के 450 फीट चौड़े मंच से वर्ष 2010 में लगाई थी। उन्होंने मुझे उसकी पूरी कहानी बताई, जो पूरे मीडिया में छाई हुई थी और उनके बारे में मैंने टुकड़े-टुकड़े में ही पढ़ा था।

अक्तूबर 2010, दिल्ली

अक्तूबर की यह सुहानी हवाओं वाली सुबह है और सुबह की पौ फटने को है। लेफ्टिनेंट कर्नल सत्येंद्र वर्मा भारत में अपनी पहली बेस जंप के लिए तैयार हैं। चूँकि यह पहली बार है कि सेना की तरफ से बेस जंप आजमाया जा रहा है, स्वाभाविक रूप से यहाँ जबरदस्त उत्साह, कौतूहल और मीडिया की दिलचस्पी चारों तरफ नजर आ रही है। लगभग सभी टेलीविजन चैनलों और अखबारों ने अपने संवाददाताओं को मौके पर तैनात कर रखा था। वर्मा ने अपने दोस्त विंग कमांडर कमल सिंह ओबर की मदद से अपना पैराशूट बाँधा। विंग कमांडर कमल भी खुद एक चर्चित हस्ती थे; क्योंकि वह पहले भारतीय थे, जिन्होंने आर्कटिक और अंटार्कटिक में स्काइडाइव किया था।

पीतमपुरा पहुँचने पर उन दोनों को चरमराई हुई पुरानी खस्ताहाल लिफ्ट से टॉवर के ऊपर चढ़ना पड़ा और उसके बाद टूटी-फूटी लोहे की सीढ़ी से टॉवर के आखिरी छोर तक दोनों पहुँचे। वहाँ से नीचे देखने पर कमजोर दिलवालों की तो धड़कनें ही रुक जातीं! टॉवर के टॉप पर वे एक सँकरे लोहे के प्लेटफॉर्म पर जा खड़े हुए। वर्मा नीचे 450 फीट की गहराई देख रहे थे और अपना हेलमेट एवं उसमें लगा कैमरा ठीक कर रहे थे और पीठ पर बँधे पैराशूट को जाँच रहे थे। ओबर अपने दोस्त को स्थिर रखने के लिए उन्हें पकड़े हुए थे और सहारा दे रहे थे। सत्येंद्र ने उन पलों को याद करते हुए कहा, "अक्तूबर में हवा ज्यादा चलती है और जंप के लिहाज से यह खतरनाक भी हो सकता है। मौसम विभाग के लोगों ने मुझे बताया था कि सूर्योदय के बाद हवाएँ तेज हो जाती हैं और इसलिए मैंने पौ फटते ही जंप करने का फैसला किया।" जंप करने से एक दिन पहले ही सुबह के उसी समय वह टॉवर के टॉप तक गए थे और वहाँ से हालात का जायजा लेने के लिए और अपनी भावनाओं पर काबू रखने के लिए दो घंटे तक वहाँ रहे थे।

जंप वाली सुबह से पहले की रात काफी तेज हवाएँ चली थीं और तब वह अपने कार्यक्रम को स्थगित करने की सोच रहे थे; लेकिन जब सुबह हुई और वह दोबारा टॉवर पर चढ़े तो हवा बिल्कुल थम-सी गई थी। प्लेटफॉर्म पर खड़े उनके दोस्त ओबर ने खूब जोर से चीखकर कहा, "इंडिया!" सत्येंद्र ने सभी जीवन-रक्षक भावनाओं को दबा दिया और टॉवर से खुद को फेंक दिया। यहाँ तक कि नीचे मीडिया और सेना के लोग साँस थामे उन्हें देख रहे थे। वह पहले 3 सेकंड में ही 200 फीट नीचे पहुँचं चुके थे, तभी उन्होंने पैराशूट खोल दिया।

उन्होंने कहा, "एक बार पैराशूट खुलने के बाद मैं सुरक्षित नीचे पहुँच जाता हूँ। मैं लगभग 1,500 जंप्स तब तक कर चुका था और मेरे मन में किसी तरह का डर नहीं रह गया था।"

उन्होंने कहा, "उस जंप की राह में तमाम चुनौतियाँ आ खड़ी हुई थीं।" उनको सूचना एवं प्रसारण मंत्रालय से जंप की मंजूरी हासिल करने में साल भर लग गए थे, क्योंकि वह यह समझा पाने में समर्थ नहीं हो पा रहे थे कि उतनी ऊँचाई से कोई क्यों कूदना चाहता है? वे इस बात से सशंकित थे कि अगर कोई हादसा हो गया तो मंत्रालय की बदनामी होगी। मुसकराते हुए उन्होंने बताया, "मैं कुआलालंपुर गया, जहाँ कुआलालंपुर टॉवर के ऊपर से जंप करने का प्रशिक्षण हासिल किया; क्योंकि इसका आकार यहाँ के टॉवर के लगभग एक समान था। भले ही यह ज्यादा ऊँचा था, लेकिन मैं यह जानता था कि छोटे टॉवर से जंप करने में यह जोखिम रहेगा कि पैराशूट खोलने का समय भी कम मिलेगा। साथ ही, मुझे एक बहादुर लोहार भी चाहिए था, जो उस ऊँचाई पर लोहे का मजबूत प्लेटफॉर्म तैयार करता।" सौभाग्य से, हर चीज तय योजना के अनुरूप होती चली गई और एक नया राष्ट्रीय रिकॉर्ड तैयार हो गया। विंग सूट फ्लाइंग उनका अगला मोरचा था, जिस पर उन्हें जीत दर्ज करनी थी।

चिड़ियों की तरह उड़ना

सत्येंद्र ने विंग सूट फ्लाइंग से लेकर अमेरिका में बेस जंपिंग के प्रशिक्षण के सिलसिले में दौरे में अपने शौक पूरे किए। उन्होंने कहा, "मैंने सुना था कि वहाँ आसपास विंग सूट ट्रेनिंग सप्ताहांत कोर्स के तौर पर दी जाएगी तो मैंने तत्काल अपना नाम लिखा लिया। विंग सूट फ्लाइंग को आप हवा में ट्रैकिंग भी कह सकते हैं। नीचे गिरने के बजाय आप गुरुत्वाकर्षण का इस्तेमाल करते हुए एक निश्चित दिशा में आगे बढ़ सकते हैं।" यह अनुभव इतना मजेदार था कि वह तुरंत इससे जुड़ गए। जब सत्येंद्र भारत वापस लौटे तो कुछ दिनों बाद उन्होंने 700 अमेरिकी डॉलर खर्च करके बिल्कुल नया बैट सूट मँगवाया। तब उन्होंने माहिम खाड़ी के ऊपर से उड़ान भरी और उसके बाद अमेरिका के नीदरवॉन में वर्ष 2015 में आयोजित 'एफ.ए.आई. विंग सूट परफॉरमेंस फ्लाइंस वर्ल्ड कप' में हिस्सा लिया, जहाँ उन्होंने एशियाई प्रतिभागियों में वर्ष 2015 के सभी रिकॉर्ड अपने नाम कर डाले।

तो क्या जिस इनसान ने मौत को मात देनेवाली चीजें बिना किसी परेशानी के कर डालीं, उसे भी कभी डर लगा था? वह हँसते हुए कहते हैं, "बहुत बार। ईमानदारी से कहूँ तो कोई भी काम जब आप पहली बार करते हैं तो उसमें हमेशा डर समाया होता है। अहम बात यह है कि इनसान को तैयारी करके रहना चाहिए, हर संभव बचाव के उपाय करने चाहिए और फिर भी अनजाने और अनपेक्षित हालात से जूझने के लिए तैयार रहना चाहिए। इन्हीं सब कारणों से मेरा एड्रेनलिन मुझे इन सबके प्रति प्रेरित करता है और हर मौका मेरे लिए उपयोगी साबित होता है।"

और रोमांच के उनके लिए क्या मायने हैं? इस पर वह कहते हैं, "शारीरिक और मानसिक चुनौतियों को बेहद सतर्कता के साथ आगे बढ़ाना; लेकिन इससे जुड़े शारीरिक डर को दूर भी करना।" वह कहते हैं, "मेरे पास सेना में रहते हुए युद्ध लड़ने का बहुत कम अनुभव है; लेकिन किसी ऑपरेशन में घुसपैठिए से आमना-सामना हो जाए तो मैं कहूँगा कि यह किसी भी युवा के लिए सबसे बड़ा रोमांच होगा। सेना में रहते हुए हम जो भी साहसिक खेल-कूद की गतिविधियाँ करते हैं—चाहे वह विमान से कूदना हो, माउंट एवरेस्ट पर चढ़ना हो या भयानक लहरों पर सफर करना हो—इन सबका आखिरी उद्‌देश्य आपके मन से डर को निकालना होता है, ताकि आप अपनी मातृभूमि की उचित तरीके से सेवा कर सकें।"

सत्येंद्र ने वर्ष 2013 में सेना से स्वैच्छिक सेवानिवृत्ति ले ली। तब उन्होंने मजाकिया लहजे में मुझसे कहा था कि वह अपनी लंबी झाड़ीनुमा दाढ़ी रखने का सपना पूरा करेंगे। वह अब इंटरनेट और मोबाइल एसोसिएशन के साथ जुड़ गए हैं और साथ-ही-साथ स्काइडाइविंग, बेस जंपिंग पेशेवर के तौर पर अपना स्वतंत्र कॅरियर भी आगे बढ़ा रहे हैं; और हर बार जब भी हम मिलते हैं तो वह अपने उसी पुराने बचपनवाले बालों की स्टाइल में मिलते हैं और मुझे हैरान कर देते हैं। इन वर्षों में उनके खाते में बहुत सारी उपलब्धियाँ जमा हैं। वर्ष 2014-15 में उनको 'तेनजिंग नोर्गे नेशनल एडवेंचर अवॉर्ड' से सम्मानित किया गया। 'माउंटेन ड्यू रियल हीरोज' अभियान का वह चेहरा भी बने। संभवत: आपने माउंटेन ड्यू की बोतलों पर लगे स्टिकर और प्रिंट विज्ञापनों एवं उनकी विज्ञापन फिल्मों में विंग सूट फ्लायर के तौर पर अपने टी.वी. पर भी उन्हें जरूर देखा होगा।

जिस कोल्डड्रिंक के लिए वह मॉडलिंग करते हैं, उसकी कैच-लाइन को लेकर उन्हें जरा छेड़ते हुए मैंने पूछा, "तो क्या डर के आगे जीत है?" उन्होंने

अंग्रेज एयरोनॉटिकल इंजीनियर नेविल सूत को उद्धृत करते हुए कहा, "समय-समय पर अपने जीवन को खतरे में डालने से आपको रोजाना की घिसी-पिटी जिंदगी से निपटने के उपाय सूझने लगते हैं।" यह एक अच्छा कथन था, जिसके बाद मैंने साक्षात्कार का समापन करने का फैसला किया और अपना डिक्टाफोन बंद किया और देखा कि टेबल पर चॉकलेट ब्राउनी डेजर्ट जादुई तरीके से रख दी गई थी और वह मुझे बुरी तरह से अपनी तरफ खींच रही थी।

□

6

मेरी गायब उँगली पर्वतारोहण की ट्रॉफी है

तीन बार के एवरेस्ट फतेह करनेवाले लेफ्टिनेंट कर्नल रणवीर सिंह जामवाल, वी.एस.एम., जाट रेजीमेंट ने बताया कि कैसे जम्मू का एक छोटा बच्चा, जो एक सैनिक के तौर पर सेना में दाखिल हुआ, कैसे एक अधिकारी के रूप में बढ़ा और एक चर्चित पर्वतारोही बन गया।

25 अप्रैल, 2015, दिन 11.55 बजे
खुंबू ग्लेशियर

बर्फीली हवाओं और दूर तक सफेद बर्फ के सागर के फैलाव के बीच एक युवा, नाटा और गठीले शरीरवाला पर्वतारोही कड़ी मेहनत से फूँक-फूँककर एक समय में एक कदम रखते हुए धीरे-धीरे आगे बढ़ रहा है। उनके साथी एक कतार में उनके पीछे-पीछे चल रहे हैं। ये पर्वतारोही माउंट एवरेस्ट की राह पर हैं और शून्य से नीचे तापमान पर धीरे-धीरे पैर घसीटते हुए आगे बढ़ रहे थे कि अचानक, बिना किसी चेतावनी के उनके पैरों के नीचे से जमीन खिसकने लगी। चौंककर उन्होंने देखा कि पहाड़ हिल रहे हैं। यह दृश्य इस कदर भयावह था कि उनके दिल में डर बैठने लगा। यह जगह भी इस कदर बंजर है कि उन्हें छिपने की कोई जगह नहीं नजर आ रही थी और वे खौफ के मंजर को सामने देखकर कुछ भी कर पाने में खुद को असहाय महसूस कर रहे थे। उधर पहाड़ उनकी तरफ बढ़ता हुआ दिख रहा था।

माउंट एवरेस्ट और लोत्से-नुप्तसे के बीच स्थित चोटी पर खुंबू ग्लेशियर बर्फ की नुकीली धार के समुद्र की तरह फैला हुआ ग्लेशियर है। यह दुनिया का सबसे

ऊँचा और बहुत अस्थिर ग्लेशियर है और संभवत: सबसे खतरनाक जगह भी मानी जाती है। मेजर रणवीर सिंह जामवाल और उनकी टीम यहाँ वर्ष 2015 में आए विकराल भूकंप में फँस गई थी और वह मौत एवं बरबादी का दिल तोड़ देनेवाला वाकया पीछे छोड़ आए।

सितंबर 2016
सेना भवन, दिल्ली

हमेशा प्रसन्नचित्त रहनेवाले और खूबसूरत रणवीर सिंह जामवाल, वी.एस. एम., उर्फ जैमी, जो अब एक लेफ्टिनेंट कर्नल हैं, से मेरी मुलाकात आर्मी एडवेंचर विंग के दिल्ली ऑफिस में हुई, जहाँ वह फिलहाल तैनात हैं। जब वह बताना शुरू करते हैं कि उन्होंने दुनिया भर की लगभग दर्जन भर चोटियों पर चढ़ाई की है, जिसमें चोटियों का बादशाह एवरेस्ट भी शामिल है, जहाँ उन्होंने एक या दो नहीं, बल्कि रिकॉर्ड तीन बार फतह हासिल की है, तो वे अपने हाथों का कुछ ज्यादा ही प्रयोग करते हैं। फिर भी, यह तथ्य मुझे काफी चौंकाता है कि मेरा ध्यान उनकी गायब उँगली पर नहीं गया, जब तक कि उन्होंने मुझसे हाथ नहीं मिलाया था। उस उँगली को वह 'पर्वतारोहण का इनाम' कहते थे और जिसे फ्रॉस्टबाइट की वजह से काटना पड़ा था। वह इस उपलब्धि से भरे नुकसान की खट्टी-मीठी कहानी सुनाने के लिए खुशी-खुशी तैयार हो गए।

लेकिन, उससे पहले उन्होंने उस दिन की घटनाओं के बारे में दी जानकारी को पूरा किया, जिस दिन नेपाल में भूकंप की वजह से वह और उनकी टीम खुंबू ग्लेशियर में फँस गई थी। उन्होंने माना कि वह घटना उनके जीवन में सबसे खौफनाक याद के रूप में दर्ज रहेगी। उन्होंने कहा, "वह दृश्य ही इतना भयावह था कि मजबूत-से-मजबूत दिल में भी डर बैठा सकता था। मैं नौसिखिया पर्वतारोही नहीं हूँ; लेकिन मैं स्वीकार करता हूँ कि इसने मुझे अपनी उग्रता से बुरी तरह हिला दिया था, यहाँ तक कि मैं पहले भी कुछ बुरे हिम-स्खलन देख चुका हूँ; लेकिन इसके जैसा कभी नहीं देखा था।"

अपने पीछे स्थित दीवार पर सेना के जवानों के बीते कुछ सालों के बड़े साहसिक कारनामों से भरी तसवीरों के आगे बैठे जामवाल ने उस डरावने दिन को

याद करते हुए एक-से-एक छोटी बात भी बताई, मानो ये सब कल की ही बातें हों। उन्होंने कहा, "चूँकि वहाँ न छिपने की जगह थी और न ही शरण लेने की, हम सब स्तब्ध-से अपने साथियों के साथ खड़े थे और अपने चारों तरफ तबाही मचती हुई देखने को मजबूर थे। एक बार जब धरती हिलनी बंद हुई, तब हमने धीरे-धीरे नीचे की तरफ बढ़ना शुरू किया। यह चमत्कार ही कहा जाएगा कि हम सब सुरक्षित बच गए।"

खौफ का एक दिन
25 अप्रैल, 2015

खुद को सँभालते हुए जामवाल ने कहा कि उनके लोगों में घबराहट नहीं फैली। 70 डिग्री के कोण पर बनी ढलान से नीचे उतरना कतई आसान नहीं होता। हिम दरारें बर्फ में छिपी रहती हैं और आपका एक गलत कदम आपके लोगों को डुबो सकता है और वे दर्दनाक मौत के शिकार हो सकते हैं। तापमान और गिर गया था और हवा के थपेड़े पूरी ताकत से हम पर हमले कर रहे थे। हालाँकि जिद्दी टीम ने बेस कैंप तक का अपना सफर पूरा किया और दो किलोमीटर का सफर उन्होंने 40 मिनट में पूरा किया।

वे जब कैंप में बर्फ से लथपथ सफेद भूत बनकर पहुँचे तो उनका शरीर जमने की ओर अग्रसर था; जबकि उस जगह सबकुछ बरबाद हो चुका था और यह देखकर वे हताश होने लगे थे। जामवाल याद करते हुए कहते हैं, "ज्यादातर तंबू उड़ चुके थे। कुरसियाँ और रेडियो सेट जमीन पर बिखरे हुए पड़े थे। कोई नहीं जानता था कि कितने लोग मारे जा चुके हैं! जो जिंदा थे, वे भी जमीन पर पड़े तड़प रहे थे और मदद की गुहार लगा रहे थे।" जो इस खौफनाक हालत में भी किस्मत से बच गए थे, वे नीचे की तरफ उतरने को व्यग्र थे; क्योंकि आशंका थी कि एक और भूकंप आ सकता है और तब शायद कोई न बचे।

लोगों की सबसे पहली प्रतिक्रिया सुरक्षित नीचे उतरने की थी और वह भी जितनी जल्दी हो सके; लेकिन जामवाल और उनकी टीम के लिए यह संभव नहीं था। अपने चारों तरफ जब उन लोगों ने नजर दौड़ाई तो दो तंबू अब भी कुछ बचे-से लग रहे थे। उनमें राशन और दवाएँ रखी हुई थीं। जामवाल ने अपने लोगों को कहा कि ऊपर से यही सिग्नल आ रहा है। उन्होंने कहा, "हम कायरों की तरह नहीं

भागेंगे। हम यहाँ रुकेंगे और जिन्हें हमारी मदद की जरूरत होगी, हम उनकी मदद करेंगे।" किसी सैनिक ने असहमति नहीं जताई। उन्होंने कहा, "हमारी सेना की यह सबसे बड़ी खूबी है। हमें प्रशिक्षण से इस कदर कठोर और जिद्दी बनाया जाता है, जो कि इस तरह के कठिन हालात के समय साफ नजर आता है।" इसलिए, सैन्य दल ने सबसे पहला काम जो किया, वह तिरंगे पर पड़ी बर्फ को हटाकर उसे दोबारा उस जगह स्थापित किया। 17 हजार फीट की ऊँचाई पर तिरंगा एक बार फिर लहराने लगा और वे लोग जरूरतमंदों की मदद में जुट गए। लेकिन उससे पहले जामवाल ने सैटेलाइट फोन से उन सभी लोगों को अपने घर पर फोन करने के लिए कहा और हर किसी को अपनी खबर देने के लिए 5 सेकंड का वक्त दिया, ताकि वे अपने घरवालों को बता सकें कि वे सुरक्षित हैं।

अगर ईश्वर ने हमें अब तक नहीं मारा तो वह आगे भी नहीं मारेगा

जामवाल और उनके लोगों ने बचाव अभियान शुरू किया। आर्मी मेडिकल कोर (AMC) से मेजर रितेश गोयल अपनी टीम के चार सैनिकों के साथ रात भर जागे और घायलों की देखभाल की। बाकी लोगों ने तंबुओं को दोबारा खड़ा किया, बिखरे पड़े सामानों को इकट्ठा किया और बर्फ में दबे लोगों की खोजबीन शुरू कर दी और जो कमजोर एवं घायल अवस्था में थे, उन्हें खाना तथा दवाएँ बाँटीं। छिट-पुट अफवाहें भी चल रही थीं कि एक और भूकंप आ सकता है और खुंबू ग्लेशियर ही टूटकर नीचे आ सकता है। लेकिन जामवाल ने अपने जवानों से कहा, "अगर ईश्वर ने अब तक हमें नहीं मारा है तो वह आगे भी हमें नहीं मारेगा। मैं आपके साथ हूँ, और हम कायरों की तरह यहाँ से नीचे नहीं भागेंगे। हम दूसरों की मदद करेंगे।"

पंद्रह दिनों के लिए जामवाल और उनकी टीम बेस कैंप पर ही मौजूद रही। उनके तंबुओं के बाहर तिरंगा लहरा रहा था। वे बचे हुए लोगों की तलाश कर रहे थे, उन्हें प्राथमिक चिकित्सा और खाना पहुँचा रहे थे और साथ ही उन्हें नीचे की तरफ सुरक्षित जगहों पर भेज रहे थे। एक बार जब वे संतुष्ट हो गए कि वहाँ जिसे भी मदद की जरूरत थी, उसे मदद पहुँचा दी गई है तो उन्होंने फिर वहाँ पड़े कूड़े और टूटे-फूटे सामानों को साफ करना शुरू किया और करीब 3,000 किलो कबाड़ को नीचे नामचे बाजार पहुँचाया, जिस पर नेपाल के विकास के लिए कार्यरत सागरमाथा प्रदूषण नियंत्रण समिति ने उनकी भूरि-भूरि प्रशंसा की। एक अमेरिकी पर्वतारोही, लेखक और फिल्म निर्देशक डेविड ब्रीशर्स, जिन्होंने सात बार एवरेस्ट

पर चढ़ाई की और पाँच बार चोटी तक पहुँचे, वे भी बेस कैंप पर ही फँसे हुए थे। वह भी सेना की टीम के तौर-तरीकों से इस कदर प्रभावित थे कि उन्होंने चाय के लिए उन सभी को आमंत्रित किया। उन्होंने अपने ऑटोग्राफ वाली डी.वी.डी. भी उन लोगों को दी और सेना के महान् योगदान की प्रशंसा करते हुए उन सभी से विदा ली। जामवाल ने कहा, "हम लोग नीचे उतरनेवालों में सबसे आखिरी लोग थे।" उन्होंने स्वीकार किया कि चोटी पर चढ़ने से कहीं ज्यादा खुशी उन लोगों को जरूरतमंदों की जान बचाने में मिली।

मुझे चाय का कप पकड़ाते हुए कर्नल जामवाल अपनी दूसरी दास्तान सुनाने की तरफ बढ़े, जिस अभियान में उन्हें अपनी खास पर्वतारोहण ट्रॉफी हासिल हुई थी, जैसा कि वह कहते हैं। यह उस हादसे के छह साल बाद मौका आया था, जब एवरेस्ट पर वह भूकंप में फँसे थे; जबकि इस बार वह उत्तराखंड की तरफ से 7,272 मीटर ऊँची माना चोटी पर चढ़ाई करने निकले थे।

मई 2009, तड़के 4 बजे
माना समिट कैंप

युवा मेजर जैमी और उनकी टीम ने जब माना समिट के लिए आखिरी कैंप छोड़ा तो उस समय मौसम काफी साफ था। रात में तारे टिमटिमा रहे थे और पर्वतारोहियों ने अपनी चढ़ाई शुरू कर दी थी। जामवाल याद करते हुए कहते हैं, "मौसम अच्छा होने से हमारा जज्बा भी काफी ऊँचा रहता है। उत्साह से लबरेज होकर हमने चढ़ाई शुरू कर दी और 400 मीटर ऊपर जाने के बाद बर्फ की दीवार नजर आने लगी।" जामवाल के चेहरे पर उन दिनों की यादों में खोने के भाव नजर आ रहे थे। उन्होंने कहा, "जब हम ऊँचाई पर पहुँचे तो सुबह के 6 बज रहे थे और अचानक मौसम खराब होने लगा तो हम आश्चर्य में पड़ गए।"

उन्होंने बताया कि बड़े ग्लेशियर अपना खुद का मौसम तैयार कर लेने की क्षमता रखते हैं और इसलिए मौसम विभाग ने भले ही धूप भरे मौसम का अनुमान लगाया था, घने काले बादल सिर के ऊपर मँडराने लगे थे और हमें चिंतित कर रहे थे। जामवाल ने उत्साह से कहा, "चोटी हमसे महज 300 मीटर दूर रह गई थी। 35 दिन की कठिन मेहनत के बाद हम यहाँ तक पहुँचे, लेकिन आसमान हमसे नाराज और नाराज होता जा रहा था।"

उन्होंने माना कि यह अभिमान न छोड़ने के पीछे एक लालच था और ऊपर

चढ़ने जाना था; लेकिन असली वजह तो यह थी कि वह और उनके लोग वापस नहीं लौट सकते थे; क्योंकि हमने जो रस्सियाँ रास्ते की पहचान के लिए बाँधी थीं, वे हिमपात की वजह से गायब हो चुकी थीं। उन्होंने कहा, "हम अगर नीचे उतरते तो जोखिम उठाना पड़ता और बिना रस्सियों के नीचे उतरना पड़ता। इसलिए हमने ऊपर पहुँचने का ही फैसला किया।"

सुबह 9 बजे तक तापमान –25 डिग्री सेल्सियस तक जा पहुँचा और हमारे अंदर जमा देनेवाले कारक प्रवेश करने लगे। सभी लोग ठंड से काँप रहे थे, जबकि वे ऊपर चढ़ रहे थे। उन्होंने बताया, "हम अपने हाथों को सुन्न होता हुआ महसूस कर रहे थे। उनमें कुछ महसूस ही नहीं हो रहा था। ग्लेशियर के अंदर चलना और रस्सियों को बाँधना अपनी कीमत वसूल करने लगा था। हमें अपना बाहरी दस्ताना जल्दी ही निकालना पड़ा और अंदरवाला दस्ताना गीला हो चुका था।" दिन के 11 बजे के आसपास वह साफ समझ चुके थे कि उनकी एक उँगली में फ्रॉस्टबाइट का असर हो गया है। इस बात को खुद तक ही रख उन्होंने अपनी टीम के साथ आगे बढ़ना जारी रखा। 1 बजे दोपहर तक वे लोग माना चोटी पर पहुँच गए। भयानक ठंड और परेशानी के बावजूद लोगों के चेहरे पर जीत की मुसकराहट तैर रही थी।

चूँकि उनकी पुरानी रस्सियाँ बर्फ में खो चुकी थीं, अतः उन्होंने रस्सियों का दूसरा सेट निकाला और उसके सहारे 300 मीटर नीचे उतर आए और रात 8 बजे तक अपने कैंप में पहुँच गए। जामवाल ने बताया, "हमें भयानक मौसम में लगभग 17 घंटे तक खुले में ही रहना पड़ा।" उन्होंने कैंप पहुँचते ही तत्काल प्राथमिक चिकित्सा शुरू कर दी और अपनी उँगली को गरम पानी में घंटों डाले रखा। लेकिन उन्होंने स्वीकार किया कि वह चढ़ाई के दौरान ही अपनी उँगली को देखकर समझ गए थे कि इसका काम तमाम हो चुका है। और इस तरह हमारे हीरो को अपने बाएँ हाथ की रिंग फिंगर गँवानी पड़ी। लेकिन अपनी शादी की अँगूठी को दाएँ हाथ की उँगली में पहनने के अलावा उनके जीवन में और कोई अंतर नहीं आया। अगले छह महीने में वह अपने उसी काम पर वापस आ गए, जो उन्हें सबसे प्रिय था।

एक सिपाही के रूप में वह सेना में भरती हुए

जामवाल सेना में अधिकारी के तौर पर भरती नहीं हुए थे और उन्होंने मुझे यह बात किसी स्कूली बच्चे की मानिंद मुसकराते और आँखों में ठहाके समेटे हुए बताई। उन्होंने मेरे चेहरे पर चौंकने के निशान भी पकड़ लिये थे। उन्होंने कहा,

"जी, मैडम। मैं एक सिपाही के तौर पर भरती हुआ था, जिस प्रकार मेरे पिता और मेरे दादाजी मुझसे पहले सेना में भरती हुए थे।" जब वह मुझे अपनी कहानी सुना रहे थे तो मैं हैरान होकर यही सोच रही थी कि सेना किस तरह लोगों को ऊपर उठाने में और उन्हें रैंक हासिल करने में मदद करती है, बशर्ते वे वाकई प्रेरित व प्रोत्साहित रहते हों और अपने काम में जी–जान उड़ेल देते हों! अपने दादा और पिता से प्रेरित जामवाल ने छोटी उम्र में ही तय कर लिया था कि उनके लिए केवल एक ही काम बना हुआ है। जम्मू का यह डोगरा लड़का, जिसने सपना देखा था ऑलिव ग्रीन यूनिफॉर्म पहनने का, नेशनल डिफेंस एकेडमी (एन.डी.ए.) की प्रवेश परीक्षा में शामिल हुआ, सेना में अधिकारी बनने का इंतजार करता रहा; लेकिन दुर्भाग्य से परीक्षा पास नहीं कर सका।

उन्होंने कहा, "मैं जब एन.डी.ए. में नहीं जा सका तो मैंने सेना में सिपाही बनने का फैसला किया। मुझे आर्मी में ही जाना था।" और उन्होंने बिल्कुल वही किया। उस समय वह साढ़े 17 साल के थे। उन्होंने सेना में बतौर सिपाही भरती पाई और उनको इन्फैंट्री यूनिट में भेज दिया गया। वह वर्ष 1994 से दिसंबर 1997 तक वहाँ रहे। इस दौरान उन्होंने संघ लोक सेवा आयोग (UPSC) की तरफ से आर्मी कैडेट कॉलेज (ACC) की परीक्षा दी और एक अधिकारी का प्रशिक्षण हासिल करने के लिए चुन लिये गए। उन्होंने वर्ष 1998 में ए.सी.सी. से प्रशिक्षण लेना शुरू किया और वर्ष 2002 में उत्तीर्ण हुए। जब वह घर लौटे तो उनके कंधे पर दो स्टार चमचमा रहे थे और उन्होंने अपने रोमांचित दादा को सलामी ठोंकी। पूरे परिवार में उत्साह की कोई सीमा नहीं थी उस दिन। लेकिन उस समय तक कोई नहीं जानता था कि लेफ्टिनेंट रणवीर सिंह जामवाल को अपने जीवन में बहुत ऊपर तक जाना है; उन ऊँचाइयों को छूना है, जो इस ग्रह पर किसी के लिए भी खुली चुनौती पेश करती हैं।

जामवाल ने जाट रेजीमेंट में अधिकारी के रूप में पदोन्नति पाई। उन्होंने कहा कि उनके लिए यही अपने आप में सबसे बड़ी उपलब्धि थी और उन्होंने कभी नहीं सोचा था कि वह एक दिन पर्वतारोही बनेंगे। अचानक एक दिन उनकी बटालियन को गुलमर्ग में स्थित हाई एल्टिट्यूड वॉरफेयर स्कूल (HAWS) के बारे में बताया गया। पर्वतारोहण के बारे में पूर्व में कोई जानकारी न होने के बावजूद उनको सर्वश्रेष्ठ छात्र के तौर पर चुना गया और जल्दी ही एक अन्य स्कीइंग कोर्स के लिए भेज दिया गया। वर्ष 2006 में उनको HAWS में ही तैनात कर दिया गया,

लेकिन इस बार एक प्रशिक्षक के तौर पर उनको स्कीइंग और पर्वतारोहण के बारे में ट्रेनिंग देने के लिए। उसके बाद जल्दी ही उनको 'सर्च एंड रेस्क्यू कोर्स' के लिए स्विट्जरलैंड भेज दिया गया।

पूरी दुनिया में पहाड़ों पर फतह

उन्होंने बताया, "स्विट्जरलैंड के दौरे ने मेरी सोच को पूरी तरह बदलकर रख दिया। मैंने देश के बाहर तब तक कदम नहीं रखा था। सेना का शुक्रिया, मैं अब एक पर्वतारोही बनकर स्विट्जरलैंड भी पहुँच गया। वह एक खूबसूरत अनुभव था। हम उस देश के कोने-कोने में घूमे और लोगों को बचाने का कौशल सीखा। वे हमें पहाड़ी इलाकों में लेकर गए और स्विस-इटैलियन सीमा पर भी। हेलीकॉप्टरों से हमें पहाड़ों के ऊपर छोड़ दिया जाता था। हमने वहाँ ढेर सारी चीजें सीखीं और इसी बहाने से दुनिया के उस खूबसूरत हिस्से को भी देखने का सुअवसर मिल पाया।"

जब वह वापस लौटे, उन्होंने अपने प्रशिक्षण का इस्तेमाल करना शुरू किया और छोटी-छोटी चढ़ाइयों, जैसे कश्मीर में मशोई और उत्तराखंड में माना, जहाँ उनकी उँगली को नुकसान पहुँचा; लेकिन उनके अंदर पहाड़ों पर जीत हासिल करने की भूख और ललक बढ़ती ही चली गई। वे अपनी राह में आनेवाले हर पहाड़ को पार कर जाना चाहते थे। तब से ही वह सेना के पर्वतारोहण कार्यक्रम का हिस्सा बने हुए हैं। वर्ष 2012 में वह एवरेस्ट अभियान के लिए डिप्टी लीडर चुने गए। उसके बाद जल्दी ही सितंबर 2012 में उन्होंने इंडो-कजाख अभियान में कजाख सेना के साथ चढ़ाई की और उसके कुछ ही समय बाद उनको ब्रिटिश टीम के साथ चढ़ाई अभियान का हिस्सा बनने का मौका मिला। उन्होंने तय किया कि वह दुनिया भर की सात चढ़ाइयों को पूरा करेंगे, जिसे किसी भी पर्वतारोही का सबसे बड़ा सपना माना जाता है। उन्होंने एक के बाद एक ऊँचे-से-ऊँचे पहाड़ों पर चढ़ने का क्रम शुरू किया। वर्ष 2010 में वह अफ्रीका में माउंट किलिमंजारो; वर्ष 2011 में अर्जेंटीना के माउंट एकॉन्कागुआ; वर्ष 2014 में रूस के माउंट एल्ब्रस, जिसे यूरोप की सबसे ऊँची चोटी माना जाता है, फतह की और वर्ष 2015 में ऑस्ट्रेलियाई महाद्वीप के कार्टसेनेज पिरामिड या पुनकाक जाया पर चढ़कर अपने अभियान को एक मुकाम तक पहुँचाया।

कुछ महीनों बाद जब मैंने इस कहानी को अंतिम रूप दिया और कर्नल जामवाल से कुछ मुद्दों को लेकर बात की तथा उन्हें बताया कि मैं पुस्तक की

संपादक बनने की इच्छा पूरी करना चाहती हूँ तो उनका फोन बंद हो गया और कई घंटों तक मेरे संदेश बिना पढ़े हुए ही उनके फोन में कैद रहे। अंत में, उन्होंने मुझे याद किया और मेरे फोन पर कुछ हरकत हुई तो मैं बेचैन-सी फोन की ओर लपकी। संदेश में लिखा था—'सॉरी मैडम, देर से जवाब देने के लिए। सिएटल में तड़के 3 बजे हैं। मैं अगले कुछ ही घंटों में अलास्का के लिए फ्लाइट पकड़ने जा रहा हूँ। वहाँ से मैं माउंट डेनाली पर चढ़ाई के लिए आगे बढ़ूँगा। मैं अगले सात अभियानों की ओर अग्रसर हूँ।' इसके बाद उन्होंने मेरी सारी शंकाओं का इत्मीनान से समाधान कर दिया।

मेरी इच्छा है कि किस्मत जैमी का साथ दे और वह मेरी पुस्तक की प्रति जल्दी ही पाएँ। पुस्तक को पढ़ते हुए वे उस समय को याद करें, जब उन्होंने सेना भवन में मुझे अपने अनुभवों के बारे में बताना शुरू किया था—"मैं अब तक पाँच महाद्वीपों में स्थित चौबीस पहाड़ों पर चढ़ाई कर चुका हूँ, मैडम। पर क्या करूँ, ये दिल माँगे मोर!"

□

7

हम उस अभियान पर मारे जा सकते थे, लेकिन हमारे साथ ऐसा नहीं हुआ

कर्नल आनंद स्वरूप, एस.एम., इंजीनियरिंग रेजीमेंट, लैंड एडवेंचर के लिए 'तेनजिंग नोर्गे राष्ट्रीय सम्मान' से विभूषित, ने दक्षिणी ध्रुव पर अपनी टीम के साथ स्कीइंग अभियान का अनुभव साझा किया।

7 मई, 1998
कुमाऊँ के माउंट पंछुली के रास्ते में

भारतीय सेना के नौ दिलेर पर्वतारोही 22 हजार फीट की ऊँचाई पर स्थित माउंट पंछुली द्वितीय की तरफ पूरे उत्साह से बढ़ रहे थे और अचानक वे खराब मौसम में फँस गए। कम ऊँचाई के बादलों और भारी बर्फबारी ने उन्हें आपदा से बचानेवाले अपने तंबुओं के अंदर रहने को विवश कर दिया था। दो दिन तक वे जमा देनेवाली ठंड में बाहर निकल ही नहीं सकते थे। यह ठंड ऐसी थी, जो हड्डियों को छेदकर बाहर निकलने की ताकत रखती थी। अब उन लोगों की हालत भूख से भी बेहाल होने लगी थी। अब तक सारा राशन खत्म हो चुका था और उनके पास दो विकल्प बचे हुए थे—या तो वे भूख से लड़ते हुए तंबुओं के अंदर तब तक जमे रहें, जब तक मौसम ठीक नहीं हो जाता, जिसे वे अपने अनुभव के आधार पर जानते थे कि कुछ दिन तक ही चल सकता है या दूसरा विकल्प यह था कि वे शून्य स्तर की दृश्यता (विजिबिलिटी) में वापस लौटने के बारे में सोचें और राह तलाशने का प्रयास करें। इसके साथ ही तेज हवाओं की गर्जना, बर्फ की चकाचौंध, फ्रॉस्टबाइट और तल-रहित हिम दरारों में फँसकर गहराई में चले जाने का खतरा बना हुआ था।

अभियान के लीडर कैप्टन आनंद स्वरूप ने सख्त फैसला लिया। उन्होंने तय किया कि वे लोग नीचे लौटेंगे।

बाहर कदम रखते ही उन्होंने महसूस किया कि वे निराशाजनक तरीके से खो गए हैं। एक हिम-स्खलन उनके दस्तानों, जूतों और चश्मों को अपने साथ बहा ले गया। बहुतों को मौसम के हवाले छोड़ गया। अब वहाँ जो कुछ भी बचे-खुचे कपड़े मौजूद थे, उससे उन्होंने अपने शरीर को जैसे-तैसे ढँका, एक-दूसरे को रस्सियों के सहारे पकड़े रखा और पर्वतारोही नीचे तीखी ढलान पर थके-माँदे, भूख से व्याकुल उतरने लगे। उन्हें दिशा का पता नहीं चल रहा था कि वे सही जगह की तरफ जा रहे हैं या नहीं; हालाँकि उनकी खराब किस्मत का अंत अभी नहीं होना था। अचानक ही उनके पैरों तले की बर्फ खिसक गई। वे खतरनाक ढंग से फँस गए और उन्हें अपने स्कीइंग के स्टैंड में लगे काँटों से खुद को सँभालना पड़ा; जबकि वे बर्फ की निचली सतह पर जाकर गहराई में फँस गए। अब हालत यह थी कि अगर उन लोगों में से एक भी असंतुलित होता तो सारे-के-सारे हजारों फीट नीचे चले जाते और दर्दनाक मौत के शिकार हो सकते थे। संयोग से, किसी ने भी गलत हरकत नहीं की और कुल्हाड़ी से अपने वजन को सँभालते हुए सभी नौ लोगों ने खुद को वहाँ से बाहर निकाल लिया और सुरक्षित स्थान पर पहुँच गए। यह भी संयोग ही रहा कि आकाश में छाए घने बादल भी छँट गए थे और वे थके-माँदे सुरक्षित अपने कैंप तक पहुँच गए। उनको लापता हुए तीन दिन बीत चुके थे। उन लोगों को मृत मान लिया गया था।

दस साल से ज्यादा समय बाद मुझे शांत और शर्मीले कर्नल आनंद स्वरूप, एस.एम., से दिल्ली स्थित इंजीनियर्स ऑफिसर्स मेस में मिलने का मौका मिला। चाय के दौरान उन्होंने मुझे बताया कि कैसे मौत के करीब मिले उस अनुभव ने जीवन के प्रति उनके नजरिए को बदल दिया! उन्होंने कहा, "हम उस अभियान पर मारे जा सकते थे; लेकिन ऐसा नहीं हुआ।" आनंद स्वरूप उस वाकये को मुसकराते हुए कुछ इस तरह बता रहे थे, मानो वे किसी और का अनुभव साझा कर रहे हों। उन्होंने बताया, "उस दिन के बाद से ही मैंने किस्मत पर भरोसा करना शुरू किया—यह कि हम में से हर किसी का दिन और समय तय है। उससे पहले हमारा कोई बाल भी बाँका नहीं कर सकता।" और इस नसीहत को जानने के बाद उन्होंने

कहा कि उनका सशक्तीकरण हो गया। उनके अंदर डर नाम की चीज नहीं रह गई और इस तरह, घर में डरकर रहने की बजाय पंछुली की घटना ने उन्हें ज्यादा-से-ज्यादा पहाड़ों पर चढ़ने के लिए ऊर्जा से लबरेज कर दिया। गर्व से भरी चोटियाँ ऊपर देखने में भले ही उनकी गरदन में ऐंठन पैदा करती हों, लेकिन वे उनके मन के विश्वास को नहीं हिला पाती हैं।

बेहद सौम्य व्यक्ति कर्नल आनंद स्वरूप का रिज्यूम काफी प्रभावशाली है। आप माउंट एवरेस्ट, चो ओयू, अन्नपूर्णा-प्रथम, कालिंदी, नंदा देवी एवं माना जैसी चोटियों पर जाने का साहसिक कारनामा कर चुके हैं और इनकी गिनती आप उँगलियों पर नहीं कर सकते; हालाँकि इस पुस्तक के लिए उन्होंने जिस दास्तान के बारे में बताया, वह इन सबसे बिल्कुल अलग है। यह दास्तान ग्लोब की ऐसी जगह पर स्थित है, जहाँ दूर-दूर तक बर्फ-ही-बर्फ बिखरी होती है और धरती पर बहुत कम इनसानों को ही इस जगह पहुँचने का मौका मिल पाता है। दुनिया के नक्शे पर इस जगह की चर्चा बहुत कम होती है और रात के भोजन के समय आप नेशनल जिओग्राफिक चैनल पर इन जगहों से जुड़े कार्यक्रम देखते होंगे। जी हाँ, हम बात कर रहे हैं दक्षिणी ध्रुव की। यह कहानी है जज्बे और दृढ़ निश्चयी सोच की। रोमांचक सफर पर जानेवाले एक समूह ने अंटार्कटिका से स्की करते हुए अपना सफर शुरू किया एवं 49 दिन और 10 घंटे में 1,170 किलोमीटर की दूरी तय करते हुए 'सेना दिवस' पर 15 जनवरी, 2011 के दिन भारतीय ध्वज फहरा दिया।

इस अभियान पर जानेवाले भारतीय दल ने उसी रास्ते पर आगे बढ़ना तय किया, जिस रास्ते पर ब्रिटिश पर्वतारोही कैप्टन रॉबर्ट फाल्कन स्कॉट एवं उनके चार साथियों ने सन् 1912 में अपना सफर शुरू किया था और वे अपने बेस कैंप की तरफ लौट नहीं सके थे तथा बीच रास्ते में ही बर्फ के तूफान में फँसकर रह गए थे। उनकी मौत हो गई थी। कर्नल स्वरूप ने शाम को इंजीनियर्स ऑफिसर्स मेस में बताया, "साहसिक यात्राओं पर जानेवालों को विफल अभियान जैसी चुनौतियाँ ज्यादा लुभाती हैं। इस तरह से हम उन लोगों का सम्मान करते हैं, जिन्होंने हम जैसा ही जज्बा दिखाया होता है, भले ही वे उसमें सफल न हो पाए हों।" इसके बाद उन्होंने अपने रोमांचक सफर के बारे में बताना शुरू किया—वर्ष 2010 में भारतीय सेना ने दक्षिणी ध्रुव पर स्की एक्सपेडिशन पर स्वरूप को आठ लोगों के साथ भेजा। वे लोग लाल और काले रंग के स्नोसूट में-40 डिग्री सेल्सियस तापमान में इनसानों द्वारा खींचे जानेवाली स्लेज गाड़ियों के साथ आगे बढ़ने के हौसले के साथ विदा हुए। 49 दिन लंबे अभियान के बाद उन लोगों का सफर चिली के दक्षिणी हिस्से में

स्थित शहर पुंटा ऐरेनास के होटल 'डिआगो डे अल्माग्रो' में पूरा हुआ, जहाँ उन्होंने लंबे समय के बाद स्नान किया। इतने लंबे समय से वे एक ही कपड़े में समय बिता रहे थे। यह रही स्वरूप की कहानी!

दुनिया के अंतिम छोर की यात्रा

26 नवंबर, 2010
अंटार्कटिक

अंटार्कटिक के हर्क्युलिस इनलेट में खुले नीले आकाश के नीचे आठ लोग मुसकराते हुए (या उतनी चौड़ी मुसकान बिखेरते हुए, जितनी सेना के नियम के अनुसार स्वीकृत है) फोटो खिंचवाने के लिए विशेष मुद्रा में खड़े थे। नरम नारंगी रंग का सूरज क्षितिज पर टँगा हुआ नजर आ रहा था और यह वह जगह थी, जहाँ उसे अगले छह महीने तक लगातार टिके रहना था, क्योंकि यहाँ अगले छह महीने तक दिन ही रहना था। तसवीरें लेने के बाद उन लोगों ने आँखों पर चश्मे चढ़ाए और स्की पहनकर एक कतार में अपने लंबे ट्रैक रूट पर दक्षिणी ध्रुव की ओर बढ़ गए। वे अपने साथ स्लेज भी खींच रहे थे, जिसमें अगले 50 दिनों की जरूरतें पूरी करनेवाली चीजें भरी हुई थीं। इनमें सुखाया हुआ खाना, ड्राई फ्रूट, पॉपकॉर्न, मोड़कर रखे जा सकनेवाले स्टोव—जो टरबाइन ईंधन से चलाए जा सकते थे, एक लीटर के थर्मस फ्लास्क—जिनमें बर्फीले पानी को पिघली हुई अवस्था में रखा जा सकता था और हर सुबह पिघली बर्फ का पानी इकट्ठा किया जाना होता था। इसके अलावा तंबू, दवाएँ, म्यूजिक प्लेयर्स, पेन ड्राइव्स में जमा इ-बुक्स, एक सैटेलाइट फोन और उसे चार्ज करने के लिए एक सोलर पैनल भी इसमें शामिल था। चारों तरफ बिखरी सफेदी के बीच तिरंगा लहरा रहा था। वे लोग हर दिन लगातार आठ घंटे तक स्की करते, हर घंटे दस मिनट के लिए रुकते और आराम करके फिर आगे चल देते। उनके साथ उनका साथी सूरज लगातार एक दिशा में रहता था। उसकी मौजूदगी के बावजूद शाम 7:00 बजे के बाद हर दिन वे एक जगह ठहर जाते और अपने तंबू लगा देते। जल्दी-जल्दी अपने पसीने से भीगे मोजे बदल देते, ताकि फ्रॉस्टबाइट से बच सकें। वे अपने दस्तानों से लैस हाथों और ऊनी मोजों के इस कदर आदी हो चुके थे कि पसीने से भीगने के बावजूद उन्हें उतारना उनके लिए दर्द भरा अनुभव हो जाता था; क्योंकि बाहर की ठंड के प्रभाव

में आते ही उनमें सुइयों की चुभन का अहसास होने लगता था।

कर्नल आनंद स्वरूप ने बताया, "हमने जब अपना अभियान शुरू किया था, तो हमारे लिए हर चीज नई थी। हालाँकि हमारे पास बेहतरीन चीजें थीं और अच्छा प्रशिक्षण भी मिला हुआ था, इसके बावजूद मौसम हमेशा से हमारे लिए अनिश्चितताओं से भरा होता था। हमने कभी यह नहीं महसूस किया था कि बर्फीली हवाओं में स्लेज खींचना कितना दुश्कर हो सकता है और तब, जबकि नीले आकाश के नीचे जमा देनेवाले तापमान पर बर्फ मौजूद हो! कभी-कभी हवा बिल्कुल थम-सी जाती थी और कभी-कभी 100 किलोमीटर प्रति घंटे की रफ्तार पकड़ लेती थी।" रोमांचक सफर करनेवालों को ये सारी चीजें लुभाती और प्रेरित करती हैं। ग्रीनलैंड में प्रशिक्षण के दौरान उन लोगों ने इन सबसे मुकाबले के लिए अच्छी तैयारी कर रखी थी; लेकिन जल्दी ही उन लोगों ने महसूस किया कि बर्फ में स्कीइंग करना तब बहुत मुश्किल हो जाता है, जब आप समुद्र तल से 3,000 फीट से 10,000 फीट ऊपर ध्रुवों पर होते हैं और बर्फ की मोटाई में अंतर होने लगता है। वहाँ ध्रुव का अंत होता है। स्वरूप ने कहा, "वहाँ नेविगेशन भी कठिन होता जाता है। चुंबकीय क्षेत्र भी समान तरीके से व्यवहार नहीं करते, इसलिए कंपास भी ठीक से काम नहीं करते।" सबसे आगे रहनेवाले लीडर को देखना मजेदार होता है कि वह स्कीइंग करते हुए सीधे जाते हुए दिखता है; जबकि लीडर सोच रहा होता है कि वह कोण बनाते हुए आगे बढ़ रहा है।

विचित्र बर्थडे केक

उन लोगों के लिए मुश्किल घड़ी तब सामने आई, जब लांस नायक खिलाप सिंह, जो कि उस अभियान के आधिकारिक फोटोग्राफर थे, की एक आँख के अंदर फोड़ा हो गया। दो दिन में ही सनबर्न एवं अल्ट्रावॉयलेट किरणों के कारण वह और ज्यादा बढ़ गया और हालत यह हो गई कि उनकी आँख खुल ही नहीं पा रही थी। इसके अलावा, वह स्पष्ट रूप से देख भी नहीं पा रहे थे। उन्हें भयानक दर्द भी हो रहा था। चूँकि किसी डॉक्टर ने स्वेच्छा से इस अभियान पर आने की हामी नहीं भरी थी, इसलिए राइफलमैन सेवांग मोरुप ने मरहम-पट्टी की और दर्द-निवारक दवा उन्हें दी। कर्नल स्वरूप ने बताया, "हम लोग खिलाप को लेकर वाकई चिंतित हो गए थे, लेकिन तीसरी रात को उसका फोड़ा खुद ही फूट गया और वह जल्दी-जल्दी ठीक होने लगा।"

उस अभियान पर खुशनुमा पल भी खूब थे। उन लोगों ने लांस नायक परशुराम गुरुंग का जन्मदिन भी मनाया। गुरुंग की हेयरकटिंग स्टाइल अद्‌भुत थी। उनकी जिम्मेदारी थी कि वह सभी लोगों के चेहरे-मोहरे की उचित देखभाल करेंगे और दक्षिणी ध्रुव के कठिन वातावरण में भी वह लोगों को स्मार्ट बनाए रखेगा। हलवा और ड्राईफ्रूट मिलाकर एक केक तैयार किया गया और तालियों के बीच बर्थडे ब्वॉय ने केक काटा। "हम लोग खुशी से झूम रहे थे, नाच रहे थे और कठोरतम हालात में भी हम पर किसी तरह की परेशानी के भाव नहीं थे, किसी तरह का दबाव नहीं था।" स्वरूप ने बताया कि इसके लिए टीम के सदस्यों का शानदार व्यवहार ही एकमात्र वजह थी। उन्होंने बताया कि साहसिक अभियानों पर जाते समय सबसे बड़ी खूबी आपकी टीम के चयन को लेकर होती है। टीम का सदस्य शारीरिक रूप से सर्वश्रेष्ठ स्थिति में होना चाहिए। उन्होंने कहा, "टीम के सदस्य को शारीरिक रूप से तो चुस्त-दुरुस्त होना ही चाहिए, अंत में मानसिक रूप से भी उसका नजरिया स्वस्थ होना चाहिए। एक सकारात्मक नजरिया कठिन-से-कठिन चुनौतीपूर्ण हालात में भी आपकी मदद करता है। यह जीवन और मृत्यु के बीच अंतर पैदा कर देता है और जुझारूपन एवं हार मान लेने के बीच के अंतर को दरशाता है।"

अंततः दक्षिणी ध्रुव

दक्षिणी ध्रुव के इस महा अभियान के ढेर सारे यादगार पल ऐसे थे, जो लोगों को ताउम्र ताजगी का अहसास कराते रहेंगे। इनमें बिल्कुल अलग-थलग पड़े थिएल पहाड़ों के निकट कैंप करना और तेज हवाओं के कारण घिसी बर्फ के टीले को पार करना, बर्फीले तूफान के शांत होने का इंतजार करते अपने-अपने तंबुओं में घुस जाने के लिए दौड़ लगाना और हवाओं के हलका होने पर तंबुओं से बाहर निकल आना आदि कुछ ऐसी ही यादें लंबे समय तक खुशनुमा अहसास कराती रहेंगी। दिन बीतते गए और वे लोग अंततः दक्षिणी ध्रुव (90 डिग्री दक्षिण, 0 डिग्री पश्चिम) पर जा पहुँचे। यह कारनामा 15 जनवरी, 2011 के ऐतिहासिक दिन पूरा हुआ और अंटार्कटिक के साहसिक नक्शे पर सदा-सदा के लिए भारत के भी कदम पड़े। उन लोगों ने सेना का ध्वज फहराया और इसके साथ ही तिरंगा भी लहराने लगा। वहाँ से उन लोगों को चार्टर ट्विन ऑट्टर विमान के जरिए वापस पुंटा एरिनास लाया गया। 50 दिनों तक जमीन से कटे रहने के बाद अंततः वे होटल

डिआगो डी अल्मैग्रो पहुँचे, जहाँ उन्होंने जमकर स्नान किया। वहाँ उन्हें अपने शरीर पर साबुन और शैंपू का अहसास हुआ। अपने वॉकमैन में गाना सुनते, पेन ड्राइव को वापस अपनी जेबों में डाले और अपने प्रियजनों को फोन कर इस हैरतअंगेज सफर के बारे में बताते उनकी खुशी देखी जा सकती थी। उन्होंने पश्चिमी अंटार्कटिक पर सफेद बर्फ की चादर पर जो अद्भुत समाँ देखा और जो महसूस किया, उसे वे शब्दों में बयाँ नहीं कर पा रहे थे। सैंटियागो में भारतीय दूतावास में गणतंत्र दिवस समारोहों से पहले उन्होंने जमकर मजे किए। समारोह में हिस्सा लेने के बाद वे नई दिल्ली की उड़ान पकड़कर वापस आ गए।

यहाँ ऐतिहासिक जीत से लौटी टीम का स्वागत करने के लिए सेनाध्यक्ष खुद मौजूद थे। उन्होंने गर्मजोशी से हाथ मिलाकर उन सभी का अभिनंदन किया। और इस तरह शानदार तरीके से कर्नल आनंद स्वरूप के जीवन का ऐतिहासिक और दिलचस्प साहसिक सफर पूरा हुआ।

18 गियरवाली साइकिल चलानेवाला लड़का

"जीवन या तो निडरता से जोखिम उठाने का नाम है या फिर कुछ भी नहीं है।" हेलन किलर के कथन को अपने जीवन का मंत्र माननेवाले कर्नल स्वरूप ने कहा कि वह इसे अपने जीवन में उतार भी चुके हैं। उन्होंने मुझे बताया कि एक साइकिल से उनके जीवन का साहसिक सफर शुरू हुआ था। जब वह पंद्रह साल के थे और सेंट फ्रांसिस कॉलेज, लखनऊ में पढ़ रहे थे, तब मर्चेंट नेवी में कार्यरत उनके एक रिश्तेदार ने उन्हें साइकिल उपहार में दी थी। उसमें 18 गियर थे और वह उसी समय साइकिल के दीवाने हो उठे थे।

हँसते हुए उन्होंने कहा, "मैं अकसर घर से बाहर निकलने के बहाने ढूँढ़ने लगा। स्कूल जाना-आना, ट्यूशन, माँ के बताए सामान लाना और अगर किसी साथी दोस्त की जरूरत हो तो वहाँ भी निकल जाना आदि सबकुछ साइकिल से ही होने लगा था। अकसर यूँ होता कि मैं एक दिन में लगभग 15 किलोमीटर साइकिल चलाता था।"

नौवीं कक्षा में आनंद स्वरूप ने राष्ट्रीय कैडेट कोर की जूनियर विंग में नाम लिखवा लिया और कैंप में शामिल होने लगे, जिसमें उन्हें राइफल चलाना और ग्लाइडर उड़ाने के बारे में बताया गया। एन.सी.सी. में उन्हें दार्जिलिंग के आधारभूत पर्वतारोहण पाठ्यक्रम के लिए भेजा गया और लखनऊ से दिल्ली साइकिल

अभियान पर भी वह निकले और खुद ही शिमला की तरफ भी बढ़ गए। यह सुनकर उनके अभिभावकों को भी एकबारगी झटका लगा। उन्होंने बताया, "पर्वतारोहण का कोर्स खत्म करने के बाद मैं तो बहुत कम पैसे में भूटान भी जा पहुँचा। मैं सोचता हूँ कि मुझे साहसिक कारनामोंवाले कीड़े ने काट लिया था और ये सब उसी के लक्षण थे। मुझे यह मौका उचित समय पर मिला और इन चीजों को आजमाने में मुझे आनंद आने लगा।" धीरे-धीरे उन्हें अहसास होने लगा कि जोखिमों ने उनके जीवन को एक मायने दे दिया और ग्रेजुएशन के बाद सेना उनका स्वाभाविक व पसंदीदा कॅरियर बन गया। उन्होंने कहा, "मैं इसके बारे में ज्यादा कुछ नहीं जानता था। मुझे बस इतना पता था कि यहाँ हैरतअंगेज कारनामे होते हैं।" उन्हें कोर ऑफ इंजीनियर्स में मौका मिला और वे बहुत से पर्वतारोहण के अभियानों का नेतृत्व करने के लिए निकल पड़े। अकसर वह कहते हैं कि अभियानों पर जाने की एवज में उन्हें अपनी वार्षिक छुट्टियाँ भी कुर्बान करनी पड़ती थीं। उन्होंने हँसते हुए कहा, "अगर मैं छुट्टी पर भी होता तो भी मैं अपना बैग बाँधकर पहाड़ों की तरफ ही भाग निकलता था। इसलिए मुझे ज्यादा फर्क नहीं पड़ता था।" उन्होंने स्वीकार किया कि कुदरत से वह इस कदर प्रेम के गंभीर रिश्ते में थे कि उनको कभी शादी करने का खयाल तक नहीं आता था। उन्होंने बताया, "मुझे लगातार अवसर मिलते गए और मैं रोमांचक काम करता चला गया और मेरा जीवन इस तरह परिपूर्ण हो गया कि मुझे यह सब सामान्य रूप से किया जानेवाला दैनिक कार्य लगने लगा तथा मैं इससे अलग कुछ और करने का सोच ही नहीं पाता था।"

हालाँकि, छुट्टियों में भी वह घूमना और चढ़ाई करना जारी रखे हुए हैं। उन्होंने कहा, "जीवन में इतने सारे रोमांचक सफर आपका इंतजार कर रहे हैं। चाहें तो दोनों ध्रुवों पर स्कीइंग करें, नाव से पूरी दुनिया का चक्कर लगा डालें, सड़क मार्ग से पूरी दुनिया की यात्रा करें या सभी महाद्वीपों की सबसे ऊँची ऊँचाइयों पर चढ़ने का जोखिम मोल लें! मैंने तो यह तय किया है कि रिटायर होने के बाद भी इनमें से कुछ आजमाने की कोशिश करूँगा, क्योंकि तब मेरे पास ज्यादा समय होगा।" निश्चित रूप से कर्नल आनंद स्वरूप का यह दौर इतनी जल्दी खत्म नहीं होने वाला है।

□

8

एवरेस्ट पर शारीरिक ताकत से ज्यादा मानसिक मजबूती मायने रखती है

मेजर दीपिका राठौर, वी.एस.एम., आर्मी ऑर्डिनेंस कोर से हैं। उन्होंने दो बार एवरेस्ट फतह किया और एवरेस्ट पर चढ़ने तथा रास्ते में मृत लोगों से मिलने का अनुभव साझा किया।

मई 2016
एवरेस्ट कैंप 3 के रास्ते में

नेशनल कैडेट कोर (NCC) की 18 से 20 की उम्र की महिला कैडेट्स का एक जत्था धीरे-धीरे एवरेस्ट कैंप 2 और कैंप 3 की तरफ बढ़ रहा था। उन लोगों ने देखा कि 70 डिग्री कोण पर 4,000 फीट की ऊँचाई तक जानेवाली बर्फीली ल्होत्से दीवार बर्फ से ढँकी हुई थी। वहाँ अजीबोगरीब आवाजें भी आ रही थीं और बीच-बीच में ऊपर से चट्टानें भी उनकी तरफ लुढ़कती चली आती थीं। लड़कियों ने अपने लीडर की तरफ देखा और रस्सियों को कसकर पकड़े हुए चढ़ना जारी रखा। अचानक एक जोड़ी दस्ताना और पानी की एक बोतल ऊपर से नीचे की तरफ लुढ़कती हुई उनकी तरफ आई। चौंककर लड़कियों ने पता करना चाहा कि ऐसा क्यों हुआ और कहीं इसके बाद कोई भारी-भरकम चीज तो उनकी तरफ नहीं आ रही है ? वे भ्रमित थीं। लेकिन उनकी टीम लीडर मेजर दीपिका राठौर की अनुभवी आँखों ने वहाँ पड़े एक सिर और दो पैरों को देख लिया था। उन्होंने कहा, "यह कोई शेरपा था, जो पर्वतारोहियों की टीम का नेतृत्व कर रहा होगा और संतुलन खो देने के चलते यहाँ गिरकर मर गया होगा!"

22,000 फीट की ऊँचाई पर उस शाम कैंप 3 पर स्थित सँकरी बर्फीली परत पर दीपिका ने लड़कियों को डरा-सहमा और खिन्न-सा पाया। वहाँ पर उसने उन लड़कियों को बताया कि एवरेस्ट पर शव पाया जाना कोई आश्चर्य की बात नहीं है, बल्कि इसे सामान्य रूप में लिया जाता है। उन्होंने बताया कि आपको ऐसे मृत पर्वतारोही भी मिल सकते हैं, जो थोड़ा सुस्ताने के लिए कहीं बैठे और फिर उठ ही नहीं पाए। ऐसे लोग, जिनमें ऊपर चढ़ने की हिम्मत और ताकत नहीं बची थी और वे कुछ देर आराम करने के लिए कहीं ठहर गए तथा जमा देनेवाली ठंड में वे नीचे भी नहीं उतर पाए और पस्त होकर वहीं निढाल हो गए और कुछ लोग हाई-एल्टिट्यूड पल्मनरी ओइडेमा (HAPO) या हाई-एल्टीट्यूड सिकनेस के शिकार हो गए। कम ऑक्सीजन के कारण लोग अपने लक्ष्य से भटक जाते हैं और उन्हें अजीबोगरीब अहसास (hallucination) होने लगते हैं, जिसमें वे अकेले ही आगे बढ़ जाते हैं, एक ही रास्ते पर ऊपर-नीचे आने-जाने लगते हैं और यहाँ तक कि वे अपने कपड़े भी उतार देते हैं; क्योंकि उन्हें गरमी होने का भ्रम होने लगता है। दीपिका ने पहले की चढ़ाइयों से मिले अनुभव को उन सबसे साझा किया। उसने उन सभी को एक-दूसरे से चिपककर रहने को कहा और उनसे कहा, "उम्मीद मत छोड़ो। उन अनुभवों से सीखो। वे सभी बहुत अच्छे पर्वतारोही रह चुके हैं। उनके साहस को सलाम करो और आगे बढ़ जाओ।"

दिसंबर 2016
जयपुर

जब मैंने अंततः मेजर दीपिका राठौर, वी.एस.एम. को साक्षात्कार के लिए तैयार कर ही लिया, जो कि बहुत मुश्किल काम था; क्योंकि वह हद से ज्यादा सफर पर रहती थीं और यहाँ तक कि उनको भेजी चिट्ठियों का भी जवाब नहीं मिल पाता था। वह जयपुर स्थित नेशनल कैडेट कोर के ग्रुप हेडक्वार्टर्स में प्रशिक्षण अधिकारी के तौर पर तैनात थीं। शारीरिक रूप से चुस्त-दुरुस्त, जोशीली और देखने में सुंदर दीपिका जब बात करती हैं तो उसमें भी उनका जबरदस्त उत्साह देखते बनता है और खासतौर पर तब, जब वह अपने आर्मी ऑफिसर बनने के सफर के बारे में बताती हैं। जब उन्होंने एवरेस्ट पर चढ़ने के रोमांच को बताना शुरू किया

तो उनकी आँखों की चमक और भी ज्यादा बढ़ गई। एवरेस्ट पर वह दो बार जा चुकी हैं। पहली बार, जब वह आर्मी एक्सपेडिशन पर स्वेच्छा से गई थीं, तब उनकी नई-नई शादी हुई थी और दूसरी बार, उन्होंने एन.सी.सी. की महिला कैडेट्स का एवरेस्ट तक नेतृत्व किया था। यही उनकी प्रेरणास्पद कहानी है, लेकिन निश्चित रूप से हम उनके एवरेस्ट के अनुभव को आपसे बाँटना चाहेंगे, जिसका सबसे दिलचस्प पहलू मृत लोगों से मिलने का है।

एक जमा हुआ पर्वतारोही

मेजर दीपिका राठौर ने कहा, "जब आप एवरेस्ट पर चढ़ते हैं तो आप मृत लोगों के बीच से निकलने के आदी हो जाते हैं।" उन्होंने अपने अनुभव के बारे में बताया कि जब वह अभियान के कैंप 4 के रास्ते में थीं, वह एक पुरुष पर्वतारोही की बगल में बैठकर आराम करने लगीं और उन्होंने सोचा कि वह भी चढ़ते-चढ़ते थक गया होगा और यहाँ आराम करने के लिए ही बैठा होगा। उन्होंने कहा, "मैं वहाँ कुछ पलों के लिए ठहरी, थोड़ा पानी पिया और फिर उठ गई आगे की चढ़ाई के लिए।" जब वह अगली सुबह लौटने लगीं तो उन्होंने महसूस किया यह तो किसी पर्वतारोही का बहुत करीने से सहेजकर रखा हुआ मृत शरीर है। ये साहब सुस्ताने के लिए यहाँ बैठे होंगे और फिर कभी उठ नहीं पाए।

ऐसा कहा जाता है कि इनसानों को एवरेस्ट नहीं जाना चाहिए और उन ऊँचाइयों पर मानव शरीर धीरे-धीरे मरने लगता है। फिर भी, इन जगहों के लिए पर्वतारोहियों में इस कदर आकर्षण भरा होता है कि वे जान जोखिम में डालकर बार-बार यहाँ आते हैं। उन्होंने कहा, "एवरेस्ट पर मानसिक मजबूती ज्यादा मायने रखती है, बजाय शारीरिक मजबूती के। मुझे लगता है कि अपने आप में जीवन की यही सच्चाई है।" और हमें भी इस अदम्य व साहसी जाँबाज महिला अधिकारी की बात को स्वीकार करना ही चाहिए, जो इसकी गंभीरता के बारे में बता रही थीं; क्योंकि वह दुनिया की सबसे ऊँची चोटी पर दो बार पहुँचकर जीत दर्ज कर चुकी थीं। इस उपलब्धि को जब आप राजस्थान के नागौर जिले से देखेंगे तो यह और भी बड़ी लगने लगेगी, जहाँ की दीपिका रहनेवाली हैं। उस इलाके में लड़कियों से संकोची और विनम्र बने रहने की अपेक्षा की जाती है और पुरुषों के प्रभुत्ववाले पेशों से दूर ही रहने को कहा जाता है। दीपिका ने बताया कि उनके अभिभावकों ने हमेशा उन्हें प्रोत्साहित किया और जो वह करना चाहती थीं, वह करने दिया और पारिवारिक आयोजनों में वह

भले ही घूँघट में नजर आएँ और अपनी परंपरा एवं संस्कारों को उचित सम्मान देती हों। साथ-ही-साथ वह ये भी याद करती हैं कि उन्होंने अपने सुंदर परनाना को गौरव के पल प्रदान किए और उन्होंने सेना की वरदी में मौजूद दीपिका के साथ फोटो खिंचवाई। उन्होंने ही दीपिका को सेना में जाने के लिए प्रेरित किया था।

दुनिया की सबसे डरावनी जगह

मई 2012

खुंबू आइसफॉल

मैंने जब दीपिका से एवरेस्ट से जुड़ी भुलाई न जा सकनेवाली किसी घटना को हमसे साझा करने का निवेदन किया तो उन्होंने खुंबू ग्लेशियर के डरावने अनुभव के बारे में हमें बताया, जो एवरेस्ट जाते समय रास्ते में पड़ता है। उन्होंने कहा, "मैं 26 साल की थी और महिला अधिकारियों के अभियान का हिस्सा थी। वह मेरी पहली एवरेस्ट यात्रा थी। हमने बेस कैंप छोड़ा और खुंबू ग्लेशियर, जो कि दुनिया में सबसे ऊँचाई पर स्थित ग्लेशियर है, की ओर बढ़ चले। खुंबू उस इलाके की सबसे डरावनी जगह है। वहाँ हर तरफ सफेद बर्फ ही बर्फ नजर आती है। पहाड़ों पर चढ़नेवालों को यह पता नहीं होता कि उनका अगला कदम उन्हें आगे बढ़ाएगा या हिम दरारों में फँसाकर कई फीट नीचे गड्ढे में पहुँचा देगा? यह भी ठिकाना नहीं होता कि कब हिम-स्खलन शुरू हो जाएगा और आप वहीं दफन हो जाएँगे! खुंबू से गुजरते हुए सभी लोगों की जुबान पर बस यही प्रार्थना होती है कि वे जितनी जल्दी हो सके, वहाँ से निकल लें।" दीपिका ने बताया कि वे लोग जब खुंबू आइसफॉल से गुजर रहे थे तो उन्होंने देखा कि आगे एक शेरपा मौजूद था। दीपिका को लगा कि उन्होंने उसे पहले भी देखा है। वह एवरेस्ट के पुराने खिलाड़ी थे, जिन्होंने आठ बार एवरेस्ट पर चढ़ाई की हुई थी। उनको देखकर लग रहा था कि वह भटक रहे हैं और जल्दीबाजी में हैं। वहाँ पर बने एक एल्युमिनियम के सीढ़ीनुमा पुल पर वह चढ़कर उस हिस्से को पार करने लगे, जो कि काफी चौड़ी हिम दरार को भरने के लिए बनाया गया था। दीपिका यह देखकर दंग थीं कि वह कितनी आसानी से उस पुल को पार कर रहे थे। यह सब वह अपनी मांसपेशियों के अभ्यासों के साथ ही करते जा रहे थे। किंतु अचानक उनका संतुलन बिगड़ गया और वे दीपिका की भयाक्रांत आँखों के आगे गहरी खाई में गिरते चले गए। दीपिका

की आँखों के सामने ही उनका शरीर चट्टानों से लड़कर टुकड़ों में बँट गया और सफेद बर्फ पर उनका लाल खून चारों तरफ बिखर गया।

दीपिका ने बताया, "यह मेरे लिए एवरेस्ट की सबसे खौफनाक यादों में से एक है। जब उस घाटी को पार करने के लिए सीढ़ी पर चढ़ने की मेरी बारी आई तो मैं उस सदमे व दुःख के कारण रो पड़ी और मेरे पैर डर से काँपने लगे। नीचे देखने पर मैं शेरपा की क्षत-विक्षत लाश देख पा रही थी। उनके शरीर का खून बर्फ पर बिखरा हुआ था और मैं इस कदर काँप रही थी कि मुझे लग रहा था कि मरने की अब अगली बारी मेरी ही आने वाली है।" लेकिन उन्होंने किसी तरह अपने मन को मजबूत किया और आगे बढ़ गईं।

एवरेस्ट पर दूसरी बार चढ़ाई

मई 2016

दीपिका की टीम में दस लड़कियाँ कैडेट थीं। एक जूनियर कमीशंड ऑफिसर (JCO) और दो नॉन कमीशंड ऑफिसर (NCO) थीं। उन लोगों ने नेपाल के जीरी गाँव से चढ़ाई शुरू की थी, जो कि काठमांडू हाइवे के बिल्कुल बगल में है। चूँकि ज्यादातर एवरेस्ट के अभियान—जिनमें एक वह भी था, जिसमें तेनजिंग नोरगे और एडमंड हिलेरी ने चढ़ाई की थी—जीरी से ही जाता है, इसलिए इसे 'गेटवे टू माउंट एवरेस्ट' कहा जाता है। लड़कियाँ 17 दिनों की चढ़ाई के बाद एवरेस्ट बेस कैंप तक पहुँचीं। 17,500 फीट की ऊँचाई पर नजारा इतना शानदार होता है कि आपके पास बयाँ करने के लिए शब्द कम पड़ जाते हैं। चारों तरफ अद्‌भुत दृश्य, आवाजें और अलग-अलग बोलियों एवं भाषाओंवाले लोग—रंग-बिरंगे तंबू, संगीत और दुनिया के कोने-कोने से पहुँचे पर्वतारोही, एक अलग ही दुनिया रच देते हैं। दुनिया की लगभग हर बोली आपको वहाँ सुनने को मिल सकती है; सैटेलाइट फोन बजते रहते हैं; गरम खाना आपके खाने से पहले ही देखते-देखते ठंडा हो जाता है, ताजे धुले हुए बाल अचानक जम जाते हैं और विचित्र आकार ले लेते हैं और आपको टूटती हुई बर्फ की आवाजों को लोरियाँ समझकर सोना पड़ता है। वे आवाजें उन पहाड़ों से आती हैं, जो आपके सामने विशालकाय जीवों की तरह लगते हैं, जिन पर आपको जीत हासिल करनी होती है। अगले नौ दिनों तक टीम को पूरी तरह अनुकूलन कार्यक्रम के दौर से गुजरना होता है, जिसके लिए 23 हजार फीट

की ऊँचाई पर कैंप 3 में जाना होता है और फिर बेस कैंप लौटना होता है। वहाँ वे मौसम का आकलन करके चढ़ाई अभियान शुरू करते हैं।

18 मई, 2016

अंततः मंजूरी मिल गई। आधी रात के समय लड़कियाँ उठीं, खुद को तरोताजा किया और अपनी पसंद का नाश्ता किया, जिसमें खिचड़ी, उबले अंडे, उपमा और पोहा शामिल था। इसके बाद उन लोगों ने सुबह 1 बजे से चढ़ाई शुरू की। दीपिका ने बताया, "ऊँचाई पर आपकी भूख कम हो जाती है। उन पाँच दिनों में मैंने बमुश्किल कुछ एनर्जी बार ही खाए होंगे।" दोपहर 2 बजे तक लगातार ऊँची चढ़ाई के बाद हम अत्यधिक संवेदनशील खुंबू आइसफॉल पहुँच गए। वहाँ कैंप 2 स्थित है, जो कि पूरी तरह चट्टानी इलाके में स्थित है, जिसे 'लोत्से वॉल की तलहटी' भी कहा जाता है। बादल तो सीधे उनके तंबुओं में ही घुस आए थे और लड़कियों ने अपना अंतिम गरमागरम खाना खाया। यहाँ के बाद से लड़कियों को पहले से पके हुए खाने पर ही निर्भर रहना था। यह खाना उन्हें तब भी खाना था, जब भूख न लगी हो, ताकि शरीर को ऊर्जा की कमी महसूस न हो; क्योंकि चढ़ाई के साथ उनकी भूख भी कम होने लगेगी। उन लोगों ने एक नींद लेने की भी कोशिश की; लेकिन उस ऊँचाई पर यह भी बहुत मुश्किल था, क्योंकि उस जगह पर शरीर के लिए खुद को व्यवस्थित कर पाना संभव नहीं हो पाता है।

अगली सुबह 6:30 बजे उन लोगों ने कैंप 3 के लिए चढ़ना शुरू किया, जिसमें लोत्से वॉल को बहुत सतर्कता से पार करने की जरूरत होती है, क्योंकि यह बिल्कुल खड़ी चढ़ाई के समान होता है और साथ ही ऊपर से चट्टान खिसकने और बर्फ के टुकड़े गिरने की संभावना बनी रहती है। उन लोगों ने अपनी दूसरी रात का विश्राम खड़ी ऊँचाई पर बने कैंप में किया, जहाँ रात में टॉयलेट जाना भी बहुत बड़ा काम माना जाता है। तीखी हवाएँ अजीबोगरीब आवाजों के रूप में डराती हैं और चाहे वे आराम कर रही हों या अगली सुबह आगे की तैयारी, उन हवाओं की आवाजें यों ही आती रहती हैं।

मौत का इलाका

तीसरे दिन लड़कियों ने कैंप 3 से चढ़ाई शुरू की और शाम 4:00 बजे तक कैंप 4 तक जा पहुँचीं। 28 हजार फीट की ऊँचाई पर बना यह कैंप जहाँ स्थित

है, उसे मौत के इलाके के रूप में भी जाना जाता है। यह सफेद दाँतेदार चाँद के आकार का दिखाई देता है। आकार का रंग गहरे कोबाल्ट नीले रंग का हो गया था और वहाँ से खड़ी ऊँचाई पर हमारा सफेद कठोर आकार का अंतिम लक्ष्य साफ नजर आता है और मानो आँखों में आँखें डालकर हमें चुनौती देता हुआ प्रतीत होता है। इस समय तक तापमान और गिर चुका था, हवा पतली हो चुकी थी और लड़कियाँ पहले से ही पस्त नजर आ रही थीं। उनको ज्यादा-से-ज्यादा पानी पीने की सलाह दी गई, ताकि वे डिहाइड्रेशन से लड़ सकें। उन लोगों को नन्हे तंबुओं में आराम करने की सलाह दी गई; लेकिन उत्साह और डर के चलते वे लोग ज्यादा देर तक उसमें रह नहीं सके। वे अपने परिवारों एवं दोस्तों के बारे में सोच रहे थे और साथ ही आगे उनके सामने आनेवाली चुनौतियों को लेकर भी अनुमान लगा रहे थे।

रात 9:00 बजे उन लोगों ने आखिरी लक्ष्य की तरफ कदम बढ़ाए। दीपिका ने बताया, "हमने जब कैंप 4 से शुरू किया तो चारों तरफ घुप्प अँधेरा था।" पर्वतारोहियों ने अपने हेडलैंप ले रखे थे। जो पीछे-पीछे आ रहे थे, वे आगे चल रहे लीडर की पतली रोशनी में आगे बढ़ रहे थे। हर सदस्य के साथ एक शेरपा था, जो कि उनका मार्गदर्शन भी कर रहा था और उनको सहयोग भी दे रहा था और हर सदस्य के लिए दो ऑक्सीजन सिलेंडर भी लेकर चल रहा था। जल्दी ही बर्फबारी शुरू हो गई और जैसे-जैसे बर्फ के फाहे उन पर गिरते, टीम का आगे बढ़ना और मुश्किल हो जाता; क्योंकि उनको एक-एक कदम फूँक-फूँककर रखना होता था। उनके ऊपर अलसाया हुआ चाँद भी उगने लगा था।

दीपिका ने याद किया, "हमारे चारों तरफ बर्फ गिर रही थी, हवा में ठंड का अहसास गहराता जा रहा था और थका देनेवाली चढ़ाई अंतहीन लगने लगी थी। टीम ने लगातार साढ़े पाँच घंटे तक चढ़ना जारी रखा। उनकी प्रगति सतर्कता से भरी हुई और धीमी थी।" रात 2:30 बजे नेतृत्व करनेवाले लोग दक्षिण चोटी पर पहुँच गए। वे जानते थे कि वहाँ से अंतिम चोटी मात्र 800 मीटर दूर ही थी। उन लोगों ने अपने पीछे धीरे-धीरे आनेवाले लोगों का इंतजार किया। दीपिका ने बताया, "हमने वहाँ लगभग एक घंटा बिताया, ताकि पूरी टीम एकत्र हो सके। हमारा शरीर धीरे-धीरे ठंडा होने लगा था। मैं तो कुछ देर में ही काँपने लगी थी और रक्त-संचार सुचारु रखने के लिए मैं लगातार अपने पाँव थपथपा रही थी।" वह जानती थी कि जब तक वह चलती रहेगी, तब तक रक्त-संचार बना रहेगा, जिसके घटने का

मतलब है—फ्रॉस्टबाइट का जोखिम बढ़ते जाना। उसको तब झटका लगा, जब साथ चल रहे शेरपा ने कहा कि वह बेहतर महसूस नहीं कर रहा था और कैंप पर वापस जाना चाहता था। अपनी टीम के साथ सफलता हासिल करने के लिए दृढ़ दीपिका ने उसे वापस भेज दिया और लड़कियों के साथ वहाँ रुकने का फैसला किया। उसने कहा, "मैं जानती थी कि मुझे उन सभी के साथ चोटी पर चढ़ना है। मैं ही उनकी सबसे बड़ी उम्मीद थी।"

शिखर

21 मई, 2016

एक बार जब टीम साथ आ गई तो उन लोगों ने आखिरी चढ़ाई की तैयारी शुरू कर दी। एक सँकरा व आड़ा-तिरछा टीला उनकी आँखों में आँखें डाले ललकार रहा था। इसे 'नाइफ रिज' यानी चाकू की नोक सरीखा टीला भी कहते हैं, जो कि वहाँ आस-पास ही कहीं पड़नेवाले 'हिलेरीज स्टेप' तक पहुँचने की राह में आखिरी बाधा है। दीपिका भले ही एवरेस्ट पर दूसरी बार जा रही हो, लेकिन वह जानती है कि हर अनुभव नया होता है। उसने खुद को सावधानी से खींचा और हर कदम पर गहरी साँस ली। सुबह 10:30 बजे वह लगभग शिखर पर पहुँच गई। उसके नीचे हर तरफ बादल उड़ रहे थे। वह जमा देनेवाली ठंड में वहाँ बैठ गई और अपना मोबाइल निकाल लिया, जिसे उसने बड़ी सावधानी से ऊनी मोजों में बंद करके रखा हुआ था, ताकि उसकी बैटरी बची रह सके।

उसने भावुकता भरी यादों में खोते हुए मुसकराकर कहा, "मैंने एक सेल्फी ली और मैंने देखा कि मेरे गाल आँसुओं से भरे हुए थे। उस पल मुझे ऐसा लग रहा था, मानो मैं ईश्वर के साथ बैठी हुई हूँ।"

अगले 30 मिनट तक दीपिका अकेले ही दुनिया की सबसे ऊँची जगह 29,029 फीट की ऊँचाई पर बैठी रहीं, अपने आँसुओं को नियंत्रित करती रहीं, क्योंकि वह जानती थीं कि एवरेस्ट पर शरीर में मौजूद पानी की कितनी अहमियत होती है। वह वर्ष 2011 की यादों में चली गईं, जब सुबह 5:00 बजे उन्होंने इसी शिखर पर पहली बार कदम रखे थे। वह दिन भी आज की ही तरह बेहद ठंडा और तेज हवाओं से भरपूर था। उन्होंने याद किया, "जहाँ हम इतनी मेहनत करके पहुँचे थे, वहाँ मैं पाँच मिनट भी रुक नहीं पाई थी। ठंड की वजह से हमारे कैमरे ठीक से काम ही नहीं कर

रहे थे। उस बार की शिखर की चढ़ाई की कुछ यादों में एक मेरी अकेले की तसवीर है और एक समूह की, जिसे डिस्कवरी चैनल के फोटोग्राफर ने लिया था। वह भी हमारे इस अभियान के साथ थे और अपनी रिपोर्ट तैयार कर रहे थे।"

वह अब भी उन यादों में खोई हुई थीं, जब 30 मिनट बाद 19 साल की एक कैडेट लालिरताउंगी, जो कि मिजोरम से आई थी, हवलदार बलराम सिंह के साथ उसके पास पहुँची। लालरिताउंगी दीपिका से चिपक गई और भावुक हो गई। दीपिका ने कहा कि हम लोग आखिरी शिखर से जरा नीचे हैं और हमें पाँच मिनट का सफर और करना बाकी है। एक-एक करके बाकी की लड़कियाँ भी वहाँ एकत्र हो गईं। दिन के 11:45 बजे पूरी टीम ने आखिरी शिखर पर चढ़ाई की। उस दिन मौसम बिल्कुल साफ था और आप अपने कदमों तले बादलों को तैरते हुए साफ देख सकते थे। उससे नीचे देखने पर आपको मकाऊ, मकालू, लॉत्से और कंचनजंगा की चोटियाँ सिर उठाए साफ दिखती हैं। हालाँकि बादलों की वजह से वे भी धुंध में ही सिर उठाने की कोशिश करती हैं। उन पर सूरज की किरणें पड़ती हैं तो वे चमक उठती हैं और उनसे बनी परछाईं का रंग नीला एवं सलेटी हो जाता है। हवा के थपेड़े उनके कानों में चीख रहे थे, लेकिन उनकी उपलब्धि के संगीत के आगे यह शोर टिक नहीं सका। वे लोग वहाँ टॉप पर 50 मिनट तक रहे और पूल टेबल के आकार जितनी चौड़ाई वाले शिखर पर एक-दूसरे के साथ झुंड बनाकर मौज-मस्ती करते रहे। इसके बाद उन्होंने नीचे उतरना शुरू किया। नीचे उतरते समय जहाँ भी उन लोगों ने शानदार नजारे देखे, अपनी बाँहें फैला दीं। निश्चित ही वे लोग आसमान छू सकते हैं; लेकिन जिन चट्टानी इलाकों से वे गुजरे, वहाँ से वे कुछ चूना पत्थर इकट्ठा करके ले आए।

नीचे उतरते समय दीपिका जबरदस्त तरीके से थकान महसूस कर रही थीं और प्यास से उनका बुरा हाल हो रहा था। दोनों ही हालात आपके साथ पहाड़ों पर खतरनाक रुख ले सकते हैं। उन्होंने साथ रखे दो लीटर के फ्लास्क को खोलने की कोशिश की, ताकि पानी पी सकें; लेकिन उनकी उँगलियों ने उस ठंड में उनका साथ नहीं दिया। फिर उन्होंने आइसबॉल बनाईं और उनमें से पानी खींचा तथा एक-एक कदम सँभालकर रखते हुए नीचे उतरना शुरू किया। वह जानती थीं कि इस रास्ते में ज्यादातर हादसे उतरने के दौरान ही होते हैं, क्योंकि शरीर बुरी तरह थका हुआ होता है और मौसम भी हावी होने लगता है। पूरी टीम शाम 3 बजे तक साउथ कॉल पर पहुँच गए और तय हुआ कि वे लोग रात भर यहाँ रुकेंगे। वे लोग अपने

तंबुओं में थकान से घिरे गिर पड़े। अगली सुबह उन लोगों ने बेस कैंप की तरफ सफर शुरू किया। यही वह जगह थी, जहाँ वे इतने दिनों की जद्दोजहद के बाद चैन से सो सकते थे; लेकिन ऐसा नहीं हो सका, क्योंकि वे अब भी खुद पर विश्वास नहीं कर पा रहे थे कि वे एवरेस्ट पर फतह करके लौट रहे हैं। यह वह जगह थी, जहाँ वे अपने खयालों और बातों में बार-बार पहुँच जा रहे थे।

दीपिका का सफर

दीपिका राजस्थान के नागौर जिले के एक मध्यवर्गीय परिवार में पलीं-बढ़ीं। वहाँ से उनका परिवार जयपुर आ गया। मुझे यह जानकर सुखद अहसास हुआ कि देश के अत्यधिक पिछड़े इलाके से आनेवाली लड़की सेना में अफसर बनने का सपना न केवल देखती है, बल्कि उसे हासिल भी कर दिखाती है। दीपिका को मेरे इस सवाल पर हँसी छूट जाती है। वह कहती हैं, "मेरे पिता सरकारी बैंक में मैनेजर हैं और मेरी माँ घर सँभालती हैं; लेकिन सेना में जाने के पीछे की प्रेरणा मेरे नानाजी कैप्टन एस.एस. शेखावत हैं, जो राष्ट्रपति के बॉडीगार्ड्स (PBG) में रह चुके थे। जब मैं छोटी थी तो उनको यूनिफॉर्म में देखती थी और शायद तभी से सेना में जाने की इच्छा मेरे अंदर पनपने लगी थी।"

दीपिका ने श्री भवानी कॉलेज में पढ़ाई की, जहाँ उन्हें एन.सी.सी. से जुड़ने का मौका मिला और इसके बाद सेना में जाने की उनकी इच्छा मजबूत होती चली गई। उन्होंने कहा, "मैंने पर्वतारोहण का कोर्स किया और एन.सी.सी. में रहते हुए कुछ अभियानों पर भी गई। जैसाकि अन्य पर्वतारोहियों के साथ होता है, दुनिया के सबसे ऊँचे पहाड़ों पर चढ़ना उनका लक्ष्य बन जाता है।" वर्ष 2014 में उत्तरकाशी में स्थित 'नेहरू इंस्टीट्यूट ऑफ माउंटेनियरिंग' से आधारभूत पर्वतारोहण का कोर्स किया और वर्ष 2005 में उनको 20,000 फीट की ऊँचाई पर स्थित माउंट थेलू की चढ़ाई पर जाने का मौका मिला। उसके बाद उन्होंने पीछे मुड़कर नहीं देखा और हालाँकि वह उस समय तक ज्यादा नहीं जानती थीं, लेकिन माउंट एवरेस्ट भी उनके मन के किसी कोने में स्थित था।

अप्रैल 2011 में, शादी के डेढ़ महीने बाद ही, दीपिका को लेह के निम्मू में पोस्टिंग मिल गई, जहाँ उनको एक सरकारी सर्कुलर मिला, जिसमें महिला टीम को एवरेस्ट अभियान के लिए आमंत्रित किया गया था और इच्छुक लोगों से आगे आने की अपील की गई थी। दीपिका ने कहा, "मेरा हमेशा से सपना रहा है कि मैं

एवरेस्ट पर बार-बार जीत हासिल करूँ। मैंने अपने पति से इस बारे में बात की, जिन्होंने मुझे आगे बढ़ाया।" उनका आवेदन स्वीकार कर लिया गया और इस तरह चमकती आँखोंवाली छोटी-सी लड़की, जो ऑलिव ग्रीन यूनिफॉर्म और चमचमाते बूटों में खूबसूरत नानाजी को देखकर उनके जैसा बनना चाहती थी, वह न केवल एक आर्मी ऑफिसर बन चुकी थी, बल्कि एक सिद्ध पर्वतारोही बनने की ओर भी अग्रसर थी। दीपिका की कहानी में हर किसी के लिए संदेश है, विशेष तौर पर लड़कियों के लिए, जिन्हें लिंग-भेद का शिकार बनाकर पीछे कर दिया जाता है—सपने देखने से भयभीत न हों, सपने जरूर सच होते हैं।

आर्मी एडवेंचर विंग : जोखिम उठानेवालों का मंदिर

जो किशोर अपने साहस और रोमांच से भरपूर सपनों को पूरा करना चाहते हैं और खुद को सेना के जाँबाजों जैसे पर्वतारोही लेफ्टिनेंट कर्नल रणवीर सिंह जामवाल, माइक्रोलाइट फ्लायर लेफ्टिनेंट कर्नल उज्ज्वल पांचाल, हॉट एयर बैलूनिस्ट लेफ्टिनेंट कर्नल दुरिग किशन और तमाम अन्य की तरह अनुकरणीय बनना चाहते हैं, तो उन्हें नई दिल्ली स्थित सेना भवन में जाकर 'आर्मी एडवेंचर विंग' (AAW) में जानकारी हासिल करनी चाहिए। वहाँ आपको सेना से जुड़ी हर जानकारी मिल जाएगी और दुनिया में कहीं भी, किसी भी तरह की साहसिक यात्रा पर जाने के बारे में आप जान सकेंगे, चाहे वह जैंसकर (Zanskar) नदी में रिवर राफ्टिंग हो या पहाड़ों पर टेरेन बाइकिंग या स्काइडाइविंग अथवा माउंट एवरेस्ट पर चढ़ाई की बात हो या प्रतिस्पर्धी कार रैलियों, जैसे 'रेड डी हिमालया' (Raid De Himalaya) में हिस्सा लेने का सवाल हो, हर जवाब आपको मिलेगा। सेना में अधिकारी बनना भारत में संभवत: एकमात्र ऐसा पेशा है, जो आपको काम के दौरान आपकी पसंद की साहसिक गतिविधियों में व्यस्त रहने के लिए वेतन दिलाता है।

एडवेंचर हमेशा से भारतीय सेना का अभिन्न अंग रहा है। ऐसा माना जाता है कि इससे व्यक्ति के अंदर साहस, दृढ़ निश्चय, उद्देश्य और मिल-जुलकर काम करने की भावना जैसे गुणों का विकास होता है, जो कि हमारी दिनचर्या में भी काम आता है और युद्धकाल के दौरान भी कई बार इनकी जरूरत पड़ती है। सेना को युवा जोश की जरूरत होती है, जो बहादुर हों, जिनके मन का विश्वास उस समय न हिलने पाए, जब बेहद कठिन दौर चल रहा हो। ऐसे लोग,

जो अपने साथियों के लिए जान भी हथेली पर लेकर चल सकते हों, ऐसे गुणों को एडवेंचर के जरिए ही उभारा और पोषित किया जा सकता है। एडवेंचर के जितने भी प्रोजेक्ट सेना करती है, वे सभी ए.ए.एन. के द्वारा तैयार किए जाते हैं। उनका समन्वय और उनको अमल में लाने का जिम्मा भी यही विंग उठाता है। इसमें जमीन, पानी और हवा में होनेवाले हर तरह के एडवेंचर शामिल हैं। यह विंग ही इंटर-सर्विसेज एडवेंचर गतिविधियों, जैसे—पैरासेलिंग, साइकिल टूर या कम ऊँचाई की ट्रेकिंग, चाहे वह राष्ट्रीय स्तर पर हो या अंतरराष्ट्रीय स्तर पर, संचालित करता है।

अधिकारी स्वेच्छा से कैसे जुड़ते हैं?

विशेषज्ञ, जैसे कि जामवाल, दिल्ली स्थित ए.ए.डब्ल्यू. में तैनात किए जाते हैं और वे सभी तीन शाखाओं—एयरो, एक्वा और लैंड की जिम्मेदारी सँभालते हैं। हर शाखा के प्रभारी अधिकारी होते हैं और वे एक खास प्रकार के एडवेंचर को सँभालते हैं। लक्ष्य यह होता है कि वे युवा अधिकारियों को मदद कर सकें और उनका मार्गदर्शन कर सकें, ताकि एडवेंचर के बारे में बारीक-से-बारीक जानकारी भी उन्हें दी जा सके और उनके लिए चीजों को सहज बनाकर उनके मनोबल को ऊँचा किया जा सके तथा इस तरह वे हिस्सा लेने के अवसरों पर भी नजर रख सकते हैं। अगर कोई अधिकारी अच्छा प्रदर्शन कर रहा होता है तो उसके प्रदर्शन पर गौर किया जाता है और उसे आगे भी तमाम अवसर प्रदान किए जाते हैं। अंततः उसके पास ऐसे मौके भी होते हैं कि वह अपनी पसंद के क्षेत्र में प्रशिक्षक की भूमिका भी निभा सकता है।

ए.ए.डब्ल्यू. हर साल सैकड़ों साहसिक गतिविधियाँ आयोजित करता है। इसमें ट्रेकिंग, रिवर राफ्टिंग अभियान, दुनिया का नाव से सफर या एवरेस्ट पर जाने के अभियान शामिल हैं। इन सभी की घोषणा सेना के इंटरनेट, जो कि केवल सैन्य अधिकारियों के लिए ही बनाई गई है, पर जारी की जाती है और इससे संबंधित सर्कुलर सभी फॉर्मेशंस और यूनिटों पर भी भेजे जाते हैं। वॉलंटियर्स को फॉर्म भरकर ए.ए.डब्ल्यू. को भेजना होता है। किसी खास गतिविधि के लिए एक बार जब जगह भर जाती है तो वेटिंग लिस्ट तैयार होती है और जो लोग पहले दौर में चयनित होने से रह जाते हैं, उन्हें अगली बार मौका मिलता है। हर एडवेंचर गतिविधि का एक केंद्र होता है, जहाँ वह संचालित होती है। उदाहरण के लिए,

नीले पानी में नौकायन मुंबई में, विंड सर्फिंग गोपालपुर में, स्कूबा डाइविंग हैवलॉक आइलैंड, अंडमान और वाइट वॉटर राफ्टिंग जैंसकर और गंगा में ही आयोजित होती हैं। उच्च अनुभवी प्रशिक्षक हर केंद्र पर तैनात किए जाते हैं, ताकि वे प्रतिभागियों को उस खेल से संबंधित सभी बारीकियों से अवगत करा सकें।

सभी एडवेंचर गतिविधियों की ग्रेडिंग बनी होती है, जो कि न्यूनतम से उच्चतम की ओर जाती है। युवाओं को निचले स्तर से शुरू करने के लिए प्रोत्साहित किया जाता है और धीरे-धीरे पैमाना बढ़ाने को कहा जाता है। सेना में कोई भी शख्स किसी भी अभियान के लिए अपनी इच्छा जाहिर कर सकता है। हालाँकि लगभग सभी खेलों में युवा और उम्रदराज लोगों का 50-50 का अनुपात रखा जाता है, ताकि अनुभव, सुरक्षा और उत्साह का उचित मिश्रण तैयार हो सके।

□

अतुलनीय

यहाँ उन जनरलों की कहानियाँ दी जा रही हैं, जिन्हें अपने हाथों से अपना पैर काटना पड़ा; एक मैराथन धावक, जिसने अपने पैर में धातु से बना ब्लेड लगाकर अपना शौक पूरा किया; एक क्वाड्रिप्लीजिक, यानी गरदन से नीचे जिसका पूरा शरीर पक्षाघात का शिकार हो, उसने ग्लाइडर उड़ाया; और एक पैराट्रूपर, जिसका पैराशूट बीच हवा में फेल हो गया, लेकिन वह अपनी दास्तान बताने के लिए आज भी जिंदा है!

9

मेरे शरीर का हर हिस्सा टूट चुका है, सिवाय मेरी मुसकान के

मेजर डी.पी. सिंह (रिटायर्ड), डोगरा, कारगिल युद्ध के विकलांग और चैंपियन मैराथन धावक, जिन्होंने यह साबित किया कि युद्ध खत्म भले हो जाए, लड़ाई और बहादुरी कभी खत्म नहीं होती और पाँव हमेशा मांसपेशियों एवं हड्डियों के बने ही नहीं होते।

नवंबर 2009, नई दिल्ली
अशोक होटल के पास,
एयरटेल दिल्ली हाफ मैराथन का शुरुआती बिंदु

यह एक साफ और चटख सुबह है। हवा में हलकी ठंड थी और मैराथन स्थल पर लोगों का उत्साह उमड़ रहा था। शौकिया धावक—तंदुरुस्त युवा, वरिष्ठ नागरिक, अधेड़ उम्र की महिलाएँ अपनी चौड़ी मुसकान बिखेरती हुईं और खिलखिलाते बच्चे—सुबह के सूरज की नारंगी रोशनी में अद्भुत माहौल बना रहे थे। उनकी टी-शर्टों पर स्टिकर/बिब पिन से टिकाए गए थे। आखिरी मिनट में जितना खा सकते थे, वे ग्लूकोज बिस्किट खा रहे थे और दौड़ के लिए तैयार हो रहे थे। उसी समय एक कार वहाँ आकर रुकी और पार्किंग लॉट में दो गाड़ियों के बीच अपनी जगह बनाने लगी। उसमें से एक युवा सिख सज्जन निकले, जिनकी आँखें चमक रही थीं और उनके साथ एक कैरिज भी था, जिससे यह आभास हो रहा था कि वह सेना से किसी-न-किसी तरह जुड़े होंगे।

उस मोर्टार ब्लास्ट को दस साल बीत चुके हैं, जिसने कारगिल युद्ध में मेजर

डी.पी. सिंह का एक पैर उड़ा दिया था, जिसकी वजह से उन्हें गैंगरीन हो गया था और घुटने से नीचे के हिस्से को काटकर अलग करना पड़ा था। इतने वर्षों में उन्होंने प्रोस्थेटिक पाँव के सहारे चलना सीख लिया था। अब वह उससे एक कदम आगे बढ़ना चाहते थे। उन्होंने एयरटेल नई दिल्ली हाफ मैराथन में हिस्सा लेने की योजना बनाई थी।

मेजर सिंह ने अपनी कार लॉक की और शॉर्ट्स एवं टी-शर्ट में दौड़ के स्टार्टिंग प्वाइंट की तरफ बढ़ चले। इसी दौरान लोगों की नजर उन पर पड़ी। वह हलका-सा लँगड़ाकर चल रहे थे और उनका कृत्रिम पैर लोगों का ध्यान खींच रहा था। उन्होंने काफी कोशिश की कि उनकी तरफ उठनेवाली सहानुभूतिपूर्ण नजर से खुद को अलग रख सकें, लेकिन संशयपूर्ण सवालों वाली मुसकानों को वह ज्यादा देर तक अनदेखा नहीं कर सके—'क्या वह वास्तव में दौड़ेंगे?' उनके साथ दौड़नेवालों के सहानुभूतिपूर्ण चेहरेवाले लोग यह सोच रहे थे कि वह शायद ऐसा नहीं कर पाएँगे। उन्होंने किसी से कुछ नहीं कहा, लेकिन खुद से यह वादा जरूर किया, 'मैं इन सबको गलत साबित करके रहूँगा।' उन्होंने दो चेस्ट नंबरों को देखा, जो उन्होंने अपने हाथों में ले रखे थे—एक 21 किलोमीटर की हाफ मैराथन के लिए था और दूसरा 6 किलोमीटर की दौड़ के लिए।

सितंबर 2016
गुड़गाँव

मैंने मेजर डी.पी. सिंह के गुड़गाँव स्थित अपार्टमेंट की घंटी बजाई और इसी बीच अपने बैग में रखे डिक्टाफोन की उपस्थिति सुनिश्चित करने के लिए जाँचने लगी। दरवाजा खुला और वह एक चमक के साथ मेरे सामने आ खड़े हुए। चमचमाती हरी टी-शर्ट और जीन्स में वह चमचमाती मुसकान बिखेरते हुए गर्मजोशी से मुझसे मिले और बोले, "गुड मॉर्निंग, मैडम!" सर्वोत्कृष्ट सैन्य अधिकारी, शारीरिक रूप से तंदुरुस्त, गरिमापूर्ण और बेहद अनुशासित। उन्हें देखकर कहीं से नहीं लग रहा था कि उन्होंने कृत्रिम पैर पहन रखे हैं। वह फुरती से चल रहे थे और उनकी ऊर्जा बाहर भी परिलक्षित हो रही थी। खास लोगों के लिए रीबॉक के विज्ञापन फिल्म में 'ऑड्स' या फुटवियर के साथ, जिसमें जूते की जोड़ी एक ही

पैर के लिए पहने नजर आते हैं, देखकर एक दिन पहले ही मुझे रोमांच-सा महसूस हो रहा था। अगर आपने इसे पहले न देखा हो तो मेरा सुझाव है कि जरूर देखें। यह फिल्म शुरू होती है स्टील ब्रिज पर मेजर सिंह की दौड़ के साथ, जिसमें कबीर बेदी अपनी गहरी आवाज में कहते हैं—"विषय यह नहीं कि एक इनसान तब दौड़ रहा हो जब उसे चलने के लायक न समझा गया हो। विषय है एक पाँव पर मैराथन पूरी करना, जबकि वाकई उन्हें घर बैठकर इसे होते हुए देखना चाहिए था!" इसमें उन्हें घर पहुँचकर यूनिफॉर्म पहनते हुए दिखाया गया है, जिसके बाद इस फिल्म में जिक्र किया जाता है। उन्होंने युद्ध में तो मौत को मात देकर खुद को उबार लिया, लेकिन अब जिंदगी की असली जंग उनके सामने खड़ी है। और विज्ञापन फिल्म का समापन इस लाइन के साथ होता है—'वे तो विषम हालातों में डिगे नहीं। सवाल ये है, क्या हम ऐसा कर सकते हैं?'

तथ्य यह है कि जब कारगिल युद्ध के घायल शेर मेजर डी.पी. सिंह बाजार जाकर प्रशिक्षुओं के लिए खरीदारी करते थे तो वह केवल एक ही पैर के जूते देखते थे। कारण कि उनके दूसरे पाँव में स्टील के ब्लेड लगे हुए थे। उनकी यही कहानी है। उन्होंने अपनी बात उस दिन से शुरू की, जब उन्होंने पहली बार हाफ मैराथन में हिस्सा लिया था।

उन्होंने बताया, "वर्ष 2009 एयरटेल दिल्ली हाफ मैराथन में मैंने 21 किलोमीटर और 6 किलोमीटर दोनों के लिए पंजीकरण कराया था, क्योंकि मैं आश्वस्त नहीं था कि मैं कितनी देर और दूर तक दौड़ पाऊँगा?

"मैंने सोचा कि अगर मैं 14 किलोमीटर तक अभ्यास के दौरान दौड़ सकता हूँ तो हाफ मैराथनवाले दिन मैं खुद को अगले 7 किलोमीटर तक तो खींच ही ले जाऊँगा। अन्यथा, मैं उस साल 6 किलोमीटर ही दौड़ूँगा और अगले साल 21 किलोमीटर के बारे में सोचूँगा; लेकिन अपने अभ्यास के दौरान मैं 9 किलोमीटर से ज्यादा जा ही नहीं पा रहा था।" मेरे हाथ में चाय का कप पकड़ाते हुए उन्होंने कहा, "लेकिन जैसे-जैसे मैं दौड़वाले दिन स्टार्टिंग प्वाइंट की तरफ बढ़ रहा था, मैंने देखा कि मेरे चारों तरफ लोग अविश्वास और सहानुभूति वाली नजरों से मुझे देख रहे थे और इससे मुझे अपना मन बनाने में बड़ी मदद मिली।" उन्होंने बताया, "मैंने तय किया कि अब तो चाहे कुछ भी हो जाए, मैं 21 किलोमीटर ही भागूँगा।"

और इस तरह, मेजर सिंह ने पूरे रास्ते कूदते हुए, हर कदम पर घुटनों से रगड़ खाते प्रोस्थेटिक लिंब से मिल रहे दर्द को पूरी तरह दरकिनार करते हुए हाफ

मैराथन पूरी की। उन्होंने अपने मन में उठ रही आवाजों को भी दरकिनार कर दिया, जो लगातार उनसे कह रही थीं कि 'रुक जाओ, लिफ्ट ले लो, शॉर्ट कट चुन लो।' उन्होंने दार्शनिकों वाले अंदाज में कहा, "हमारी सारी लड़ाइयाँ हमारे मन में चल रही होती हैं, जहाँ हमारे अंदर बैठे दो लोग तर्क-वितर्क कर रहे होते हैं। एक अच्छा और मजबूत होता है, दूसरा खराब और कमजोर होता है; हालाँकि मुझे मैराथन पूरी करने में 3 घंटे 49 मिनट लगे। मेरे अंदर का कमजोर मन मुझे लगातार दौड़ छोड़ देने के लिए बाध्य कर रहा था; लेकिन मैं जानता था कि अगर आज मैं यह नहीं कर पाया तो आगे की पूरी जिंदगी के लिए मैं आत्म-सम्मान खो दूँगा और अपनी ही नजरों में गिर जाऊँगा।"

जब वह फिनिश लाइन पर पहुँचे तो वहाँ उनका गर्मजोशी से स्वागत हुआ। लोग उन्हें चीख-चीखकर बधाइयाँ दे रहे थे। उन्होंने ऊपर देखा और सुखद आश्चर्य से भर उठे कि उनके लिए अनगिनत लोग तालियाँ बजा रहे थे और अविश्वास भरी नजरों से उन्हें देख रहे थे। लोगों की बॉडी लैंग्वेज में उनके प्रति सम्मान साफ झलक रहा था। वे खुशी से झूम रहे थे, चीख रहे थे और उनसे हाथ मिलाने के लिए लोग लाइन में खड़े थे। उस समय मेजर सिंह सभी से आँखें मिलाकर गर्व से मिल रहे थे। चौड़ी मुसकान उनके होंठों पर बिखरी हुई थी। उन्होंने कहा, "वह मेरे जीवन का सबसे ज्यादा मजेदार पल था। मैं उस पल कैसा महसूस कर रहा था, उसे बताने के लिए मेरे पास शब्द नहीं हैं। मैंने न केवल शारीरिक दर्द पर जीत हासिल की थी, बल्कि यह मेरी मानसिक कमजोरी पर भी बड़ी जीत थी। खुद के खिलाफ जीतना जीवन में सबसे कठिन चुनौती होती है और जो लोग ऐसा कर पाते हैं, उनके अंदर ही बदलाव लाने की ताकत खुद-ब-खुद आ जाती है।"

किनारे खड़े लोग यह महसूस नहीं कर सकते कि 21 किलोमीटर की दौड़ के दौरान प्रोस्थेटिक लेग का झटका सहनेवाले स्टंप बुरी तरह से ढीले पड़ चुके थे। दर्द के चलते वह बड़ी मुश्किल से अपनी कार तक चलकर जा पाए थे; लेकिन जैसे-तैसे उन्होंने अपने पैरों को घसीटते हुए खुद को वहाँ तक पहुँचाया। अंततः जब वह घर पहुँचे और जब उन्होंने अपना कृत्रिम पैर हटाया तो देखा कि घाव बिल्कुल ताजा हो गया था और उसमें से खून रिस रहा था। उसे भरने में लंबा समय लगेगा। लेकिन मेजर सिंह ने अपने मन से दर्द की भावना को झटक दिया और यही माना कि यह युद्ध में मिली एक और चोट है।

लेफ्टिनेंट कर्नल अनुपम गौड़ (सेवानिवृत्त),
सेना के विमानन कोर, हेलीकॉप्टर पायलट।

लेफ्टिनेंट कर्नल उन्नीकृष्णन, पैरा फील्ड कंपनी,
गहरे बोरवेल में गिरे बच्चे को बचाने का श्रेय।

कर्नल समीर सिंह बिष्ट, एस.एम., पैराशूट रेजीमेंट,
कश्मीर आतंकवाद-निरोधक विशेषज्ञ।

कर्नल एस.एस. शेखावत, के.सी., एस.सी.,
एस.एम., वी.एस.एम., स्पेशल फोर्सेज,
भारतीय सेना में सर्वाधिक
अलंकृत अधिकारी।

लेफ्टिनेंट कर्नल सत्येंद्र वर्मा (सेवानिवृत्त),
सिग्नल कोर, स्काइडाइवर और बेस जंपर।

लेफ्टिनेंट कर्नल रणवीर सिंह जामवाल, वी.एस.एम., जाट रेजीमेंट, तीन बार एवरेस्ट पर चढ़ने का गौरव प्राप्त।

कर्नल आनंद स्वरूप, ए.एम.**, इंजीनियर कोर, दक्षिणी ध्रुव के लिए स्की अभियान के नेता।

मेजर दीपिका राठौर, वी.एस.एम., सेना आयुध कोर, दो बार एवरेस्ट पर चढ़ने का गौरव प्राप्त।

मेजर डी.पी. सिंह (सेवानिवृत्त), डोगरा रेजीमेंट, कारगिल युद्ध में एक पैर गँवाया; उसके बावजूद मैराथन चैंपियन।

मेजर संदेश कदम (बीच में), पैराशूट रेजीमेंट, ए.एन. 32 एयर क्राफ्ट से 8,500 फीट से बिना पैराशूट खोले कूदे।

कर्नल इवान क्रेस्टो, एस.सी., स्पेशल फोर्सेज, टिंबर ट्रेल केबल कार हादसे के बचाव-कार्यों के नायक।

मेजर जनरल इयान कारडोलो (सेवानिवृत्त), ए.वी.एस.एम., एस.एम., गोरखा राइफल्स, 1971 युद्ध के नायक।

पूर्व जेंटलमैन कैडेट नवीन गुलिया, माइक्रोलाइट पायलट, साहसी, गरदन से नीचे पूरे शरीर के पक्षाघात के शिकार।

मेजर राज चौधरी, इंजीनियरिंग कोर, राष्ट्रीय स्तर की राइफल शूटर।

मेजर शैलेश त्रिपाठी, सिग्नल कोर, कंप्यूटर एक्सपर्ट और साइबर योद्धा।

कर्नल सुनील शेओरान, एस.एम., स्पेशल फोर्सेज,
25 साल के सेवाकाल में 19 देशों की यात्रा।

लेफ्टिनेंट मणिवानन पी, टेरिटोरियल आर्मी,
आई.ए.एस. एवं सैन्य अधिकारी।

मेजर जनरल एस.के. राजदान (सेवानिवृत्त),
के.सी., पैराशूट रेजीमेंट, व्हीलचेयर पर भारत के पहले
जनरल रैंक के ऑफीसर।

लेफ्टिनेंट कर्नल हसीब खान, जम्मू व कश्मीर लाइट इन्फैंट्री।

मेजर मैरियन एंटोनी, सेना सेवा कोर।

मेजर जॉन डैनियल, स्पेशल फोर्सेज,
समुद्री गोताखोर व जंगल युद्ध विशेषज्ञ।

इंडियन मिलिट्री एकेडमी की पासिंग आउट परेड के बाद युवा कमीशंड अधिकारी।
(साभार : एस.एस.बी. क्रैक)

नवयुवा कमीशंड अधिकारी अपनी गौरवान्वित माँ के साथ।
(साभार : एस.एस.बी. क्रैक)

एक जेंटलमैन कैडेट अपने 6 ब्रेवो मेस यूनिफॉर्म के साथ।
(साभार : एस.एस.बी. क्रैक)

महिला कैडेट्स जबरदस्त ट्रेनिंग करते हुए।

देहरादून स्थित इंडियन मिलिट्री एकेडमी की आलीशान बिल्डिंग।

एक जेंटलमैन कैडेट सैल्यूट करते हुए।

आई.एम.ए. देहरादून के एक इंस्ट्रक्टर। *(साभार : एस.एस.बी. क्रैक)*

लेफ्टिनेंट कर्नल एम.एस. धोनी को टेरिटोरियल आर्मी से जुड़ते समय रैंक लगाने का क्षण, जो उनके लिए बचपन से देखे एक सपने का सच होना था। *(साभार : ए.डी.जी.पी.आई.)*

एक आई.एम.ए. देहरादून में। *(साभार : एस.एस.बी. क्रैक)*

प्रशिक्षण में सबसे महत्त्वपूर्ण पक्ष युद्धकला होती है।

आर्मी एडवेंचर सेल द्वारा युवा अधिकारियों को स्काई डाइविंग, पर्वतारोहण एवं नदियों में राफ्टिंग करने जैसे साहसिक खेलों में भाग लेने के लिए अवसर व प्रोत्साहन दिया जाता है।

माउंट एवरेस्ट की चढ़ाई करते हुए कैडेट्स।

ससत्रुगी से दक्षिणी ध्रुव अभियान पर निकले कैडेट्स।
हवा के कटाव से बर्फ पर बने टीले।

एक जहाज से कूदते भारतीय सेना के जाँबाज।

15 जुलाई, 1999, कारगिल
एक धमाके ने बदल दिया जीवन

सुबह के लगभग 5.30 बजे होंगे। मेजर डी.पी. सिंह अब भी बिस्तर पर ही थे और उठने की तैयारी कर रहे थे, जब हवा में कानफोड़ू धमाके की आवाज से पूरा इलाका थर्रा गया। धातुओं के ढेर सारे टुकड़े, तेज धारदार चाकू उनके शरीर में जा धँसे और उनको उनके गद्दे से जकड़ दिया। उस समय उनको पता नहीं था कि उनके तंबू के बगल में ही एक मोर्टार शेल आकर गिरा और फट गया। सेकंड भर में मेजर सिंह बेहोश हो गए। उनके शरीर से खून फव्वारे की तरह बहने लगा; लेकिन उन्हें पता नहीं था कि उनके आस-पास क्या हो रहा है?

जब सिपाही उनके तंबू के पास पहुँचे तो उनको खून से लथपथ पाया। उनका पेट फट गया था, उनकी आँतें बाहर नजर आ रही थीं और उनके दाएँ पैर से मांस के लोथड़े बाहर निकल आए थे और घुटनों के नीचे से सफेद हड्डी साफ नजर आ रही थी। सिपाहियों ने तत्काल उनको कंबल में लपेटा और वहाँ तक ले गए, जहाँ एंबुलेंस उन लोगों का इंतजार कर रही थी। वहाँ से उन्होंने अपने जीवन का लंबा सफर शुरू किया। ढाई घंटे के कीचड़-युक्त रास्ते से उन्हें नजदीक के अखनूर अस्पताल लाया गया। यह 60 किलोमीटर का सफर था और इस दौरान वह मौत के बिल्कुल करीब जा पहुँचे थे। जब उनको होश आया तो वह बेतहाशा दर्द से तड़प रहे थे, जो कि रह-रहकर तेज होता जा रहा था। उन्होंने कहा, "मुझे हलके तौर पर याद है कि मेरे रेजीमेंटल मेडिकल ऑफिसर (RMO) मुझे होश में रखने के लिए रास्ते भर लगातार मुझसे बातें करते जा रहे थे। लेकिन मैं बार-बार बेहोश हो जा रहा था।

"जब मुझे अस्पताल लाया गया तो स्ट्रेचर पर मुझे खून से सना देखकर सदमे से भरे वहाँ के युवा डॉक्टर ने मुझे मृत घोषित कर दिया था और सिपाहियों से कह दिया कि मुझे मॉर्चरी में लेकर जाएँ। किस्मत से एक अन्य डॉक्टर, जो कि एनेस्थेटिस्ट थे, भी वहाँ मौजूद थे और उन्हें लगा कि मैं जिंदा हूँ।" मेजर सिंह की मरने की कोई मंशा नहीं थी और इंटेंसिव केयर यूनिट (ICU) में जिंदगी की जंग लगातार जारी थी। जिस डॉक्टर ने उन्हें मृत मान लिया था, उसे ही उनके क्षत-विक्षत पैर में गैंगरीन के संकेत नजर आए।

अगर संक्रमित हिस्से को जल्दी अलग नहीं किया गया तो पूरे शरीर में जहर

फैल जाएगा। इसके बाद मेजर सिंह को हेलीकॉप्टर से ऊधमपुर कमांड हॉस्पिटल ले जाया गया। डॉक्टरों को पहले ही उनकी स्थिति से अवगत करवा दिया गया था और उनके वहाँ पहुँचते ही तत्काल ऑपरेशन को कहा गया था। सर्जन ने उनको पहले ही साफ-साफ बता दिया कि ऑपरेशन थिएटर में ही यह तय होगा कि सिंह का कितना पाँव बचाया जा सकता है! दिलेर फौजी सिंह ने डॉक्टर से चिंता न करने को कहा और ऑपरेशन के लिए आगे बढ़ने की सलाह दी।

मेजर सिंह जब सर्जरी से उबरे तो उन्हें अपने घुटने से नीचे के पाँव के कटे होने का पता चला। काफी दिनों तक इस युवा सिख को अलग कर दिए गए पैर के बाद कष्टकारी समय बिताना पड़ा और इस दौरान वह जिंदगी और मौत से जूझते रहे। एक तरफ जहाँ उनका परिवार उनको लेकर चिंतित रहता था, वहीं लोहे के समान कठोर सिंह ने अपना टेप रिकॉर्डर मँगवाया और आई.सी.यू. में भरती तमाम मरीजों को परेशान करते हुए अपनी पसंदीदा फिल्म 'शोले' के साउंडट्रैक, गुरुवाणी सुनते और नर्सों को चुटकुले सुनाकर अपना समय बिताना शुरू किया। बम के नुकीले टुकड़ों ने उनके पेट व आँतों को फाड़ दिया था और ऑपरेशन के बाद वे आपस में मिल गई थीं, जिससे उनका शरीर खाना नहीं पचा पा रहा था। हालाँकि जीने की उनकी दृढ़ इच्छा-शक्ति ने हर दर्द और परेशानी को भुला डाला।

उनको पेट की सर्जरी के लिए आर्मी रिसर्च एंड रेफरल हॉस्पिटल, दिल्ली, लाया गया। यहाँ कई मीटर तक छोटी आँतों को काटकर अलग कर दिया गया। जब वह सर्जरी से उबरे तो उनको प्रोस्थेटिक लिंब सेंटर, पुणे ले जाया गया। वहाँ जब उनका वजन किया गया तो वह मात्र 28 किलो के निकले। लेकिन वहाँ से उनकी सेहत में सुधार आना शुरू हो गया। उनको वहाँ कुछ पुराने दिलचस्प फौजी मिले, जिनमें कारगिल युद्ध में विकलांग हुए अन्य जाँबाज भी शामिल थे, जिन्हें वहाँ प्रोस्थेटिक अंग लगाने के लिए लाया गया था। मेजर सिंह उन दिनों को याद करते हुए कहते हैं, "हम चुटकुले सुनाते, गाने गाते, युद्ध की गप-शप करते और यहाँ तक कि क्लबों में भी जाते थे, जहाँ मैं तो एक पैर पर ही नाचता था। चूँकि हम सभी एक ऐसे समूह का हिस्सा बन गए थे, जिसमें हर किसी ने अपने शरीर का कोई-न-कोई अंग गँवाया हुआ था। अतः हम आपस में ही इनसे जुड़ी हँसी-मजाक की बातें करते और खूब ठहाके लगाते। हमने अपनी चोटों को युद्ध के मेडल की तरह पहन लिया था।"

100 प्रतिशत विकलांगता के कारण सिंह को इन्फैंट्री से हटाकर आर्मी

ऑर्डिनेंस कोर में डेस्क जॉब दे दी गई थी। हालाँकि उन्होंने गोल्फ खेलना और स्क्वैश खेलना शुरू किया था, फिर भी एथलेटिक्स के प्रति उनका उत्साह जोर मार रहा था। उन्होंने सेना में दस साल गुजारे थे और यहाँ तक कि कारगिल से कन्याकुमारी तक की कार रैली में भी वर्ष 2005 में हिस्सा लिया था, लेकिन जल्दी ही वह इन सबसे ऊब गए थे। उन्होंने कहा, "मैंने सेना में एडवेंचर के लिए भरती ली थी, न कि ऑफिस में बैठकर कागजी काम करने के लिए।" वर्ष 2007 में वह मेडिकल पेंशन पर बाहर आ गए। दो साल बाद ही उन्होंने पहली हाफ मैराथन में हिस्सा लिया।

ब्लेड रनर

एयरटेल हाफ मैराथन मेजर सिंह के जीवन में टर्निंग प्वाइंट बन गई। उस हैरतअंगेज दौड़ के बाद के.डी. सिंह को जीवन का नया अर्थ मालूम चला। उन्होंने कहा, "उस दौड़ को पूरा करने के बाद जो आनंद मैंने पाया, उसकी तुलना जीवन में किसी भी अन्य चीज से नहीं की जा सकती। यही तो मैं चाहता था।" कुछ हफ्तों बाद एक गोल्फ कोर्स में उनकी मुलाकात बड़ी मूँछोंवाले लेफ्टिनेंट जनरल मुकेश सभरवाल से हुई, जो सेना में एडजुटेंट जनरल थे। के.डी. सिंह की उपलब्धि से गौरवान्वित लेफ्टिनेंट जनरल सभरवाल ने पूछा, "बेटे, मैं आपके लिए क्या कर सकता हूँ?"

मेजर सिंह ने उनसे निवेदन किया कि उन्हें एक ब्लेड मुहैया कराया जाए, जिससे उन्हें दौड़ने में सहूलियत हो सके, और जनरल ने उनसे किया वादा बखूबी निभाया। आर्टिफिशियल लिंब सेंटर से साढ़े तीन किलोग्राम वजन के ब्लेड को आयात करने के लिए कहा गया, जो उनके जीवन को बदल देगा। वह उसके फिट होने का इंतजार नहीं कर पाए और दौड़ना शुरू कर दिया। हालाँकि दोनों ही लक्ष्य अत्यधिक कठिन थे।

ब्लेड शुद्ध धातु का बना होता है। इसमें न कोई मांसपेशी होती है और न दौड़ के दौरान लगनेवाले झटके को सहने के लिए गद्दे के रूप में कॉर्टिलेज ही होता है। अपना अनुभव बताते हुए मेजर के.डी. सिंह ने कहा, "जब पहली बार मैं उसे पहनकर दौड़ा तो मेरा घुटना खून से भीग गया था। दौड़ते समय हर बार जब मेरे घुटने उस पर पड़ते तो मेरे वजन का करीब ढाई गुना ज्यादा ताकत से मुझे झटका वापस मिलता था। यह झटका दौड़ के दौरान हर वक्त मेरे साथ चलता रहता था।"

लेकिन किसी भी सूरत में उन्होंने दौड़ना बंद नहीं किया। वर्ष 2011 में उन्होंने पहली हाफ मैराथन दौड़ 2 घंटे 40 मिनट में पूरी की। जब उन्होंने यह दौड़ खत्म की, तब तक उनका पैर काफी सूज चुका था और यहाँ तक कि ब्लेड को हटा पाना भी दुष्कर हो गया था। काफी दिनों तक वह अपने बिस्तर से भी नहीं उठ पाते थे। खुद पर उपहास करते हुए उन्होंने कहा, “इतने भीषण दर्द के बाद कोई बेवकूफ ही होता, जो दोबारा दौड़ने की सोचता; लेकिन मैंने वह बेवकूफी बार-बार की।”

घाव भरने के बाद वह सड़क पर दोबारा लौटे। समय बीतने के साथ उनका कटा हुआ पैर सख्त होता चला गया। लेकिन इतने सालों के बाद भी दर्द बना रहता है। उन्होंने बताया, “हर बार मैं जब भी कदम बढ़ाता हूँ और मेरे शरीर का वजन ब्लेड को पकड़े रखनेवाले स्टंप पर पड़ता है, मैं कराह उठता हूँ। यह असर पूरे रास्ते मेरे दिमाग में बना रहता है। लेकिन उपलब्धि को लेकर मेरी भावना हर चीज को संतुलित कर देती है। यह दर्द मुझे दौड़ने से नहीं रोक सकता।”

विपरीत हालात के खिलाफ दौड़

मैराथन दौड़ की धुन उन पर सवार है। पहली तीन मैराथन तो उन्होंने अपने प्रोस्थेटिक पर चलते हुए पूरी की। उसके बाद वह भारत के पहले ‘ब्लेड रनर’ बन गए। इसी से संतुष्ट न होते हुए उन्होंने विकलांगों का एक समूह तैयार किया—‘द चैलेंजिंग वंस’। इसमें देश भर से 1,150 सदस्य शामिल हो चुके हैं। उन्होंने बताया, “विचार यह है कि इसके जरिए यह सामने लाया जाए कि विशेष क्षमतावाले लोग, जो कि शारीरिक रूप से विकलांग नहीं हैं—वे ही चुनौती देनेवाले हैं।” 150 से ज्यादा सदस्य देश भर में आयोजित होनेवाले कार्यक्रमों में हिस्सा लेते हैं। के.डी. सिंह खुद 21 हाफ मैराथन में हिस्सा ले चुके हैं, जिसमें दो 12 हजार फीट पर आयोजित हुई थीं और 13 जनवरी, 2017 को उन्होंने अकेले फुल मैराथन में हिस्सा लिया तथा अनोखे अंदाज में अपना जन्मदिन मनाया। अपनी पहली हाफ मैराथन, जिसे उन्होंने 3 घंटे 40 मिनट में पूरा किया था, उन्होंने रफ्तार और सहन-शक्ति बढ़ाते हुए हाफ मैराथन का समय 2 घंटे 10 मिनट तक पहुँचा दिया है। उनके नाम चार ‘लिम्का बुक ऑफ वर्ल्ड रिकॉर्ड’ दर्ज हैं—वह भारत के ‘पहले विकलांग मैराथन धावक’ हैं, भारत के ‘पहले ब्लेड रनर’ हैं, पहले ब्लेड रनर हैं जिसने सबसे ज्यादा ऊँचाई पर दौड़ में हिस्सा लिया और ‘लिम्का पीपुल ऑफ द ईयर’ अवॉर्ड, 2016 जीता। वह न केवल विकलांगों के लिए रोल मॉडल बन चुके हैं, बल्कि वह निजी जिंदगी में जद्दोजहद करनेवाले हर शख्स के लिए प्रेरणा हैं।

एक लंबा सफर

मेजर के.डी. सिंह ने बताया कि उनका जीवन काफी संघर्षों से भरा हुआ है। जब वह दूसरी कक्षा में थे, तो उनके पिता की नौकरी झूठे आरोपों के कारण चली गई। इस वजह से माँ पर भी घर सँभालने की जिम्मेदारी आ गई। के.डी. सिंह को रुड़की में उनके दादा के पास भेज दिया गया। वहाँ कैंटोनमेंट में स्थित केंद्रीय विद्यालय आते-जाते समय सैन्य माहौल से वह रूबरू होते रहते थे। उन्होंने कहा, "मेरे दादा-दादी ने मुझे सिख धर्म की अच्छी बातें सिखाईं, जो मेरे अंतर्मन में बैठ गईं और मैं हमेशा यह महसूस करता था कि सेना भी उसी के अनुरूप समान स्तर की सहनशीलता, वीरता और निस्स्वार्थ बलिदान की भावना से परिपूर्ण है। जहाँ भी कुछ गड़बड़ होती है, वहाँ हालात सँभालने वे पहुँच जाते हैं, हालात को सँभालते हैं और बिना कुछ अपेक्षा या उम्मीद किए वहाँ से चुपचाप लौट जाते हैं।"

उन्होंने बताया कि सेना में जाने का उनका सपना सच तो हुआ, लेकिन इसके लिए काफी उतार-चढ़ाव से गुजरना पड़ा। पहला झटका उनको तब लगा, जब वह ग्यारहवीं कक्षा में फेल हो गए और एन.डी.ए. में जाने से वंचित रह गए। उन्होंने कहा, "जब भी मैं बच्चों से मिलता हूँ, मैं उन्हें एक बात जरूर बताता हूँ कि छोटे-छोटे झटकों और परेशानियों से कभी निराश नहीं होना चाहिए और अपने सपनों को पूरा करने का जोश बरकरार रखना चाहिए।" स्वाभाविक रूप से, मेजर सिंह ने छोटी विफलताओं को अपने बड़े सपनों की राह का रोड़ा नहीं बनने दिया और अपने लिए जो भी तय कर रखा था, वह हासिल किया। स्कूल से पासआउट होने के बाद उन्होंने बैंक क्लर्क की परीक्षा दी और उसमें सफल हो गए। लुधियाना जाने के बाद उन्होंने इलाहाबाद बैंक में काम शुरू कर दिया और आगे की स्नातक की पढ़ाई निजी छात्र के तौर पर करने लगे। उन्होंने जान-बूझकर इतिहास और अंग्रेजी विषय चुने, जिसमें वे कमजोर थे। उनका विश्वास था कि इससे उन्हें ज्यादा सीखने को मिलेगा। दूसरी चुनौती उन्होंने अंग्रेजी बोलने को लेकर दूर की, जिसमें उनको काफी परेशानी होती थी। उन्होंने बताया, "चूँकि मैं अंग्रेजी बोलने को लेकर आत्मविश्वास नहीं रखता था, इसलिए मैं शीशे के सामने खड़ा हो जाता था और ऊँची आवाज में अंग्रेजी के अखबारों को पढ़ना शुरू किया। मेरे पड़ोसियों के लिए यह काफी कौतूहल भरा लगता था और वे हँसते हुए कहते थे—'सरदार पागल हो गया है!' लेकिन मेरी कठिन मेहनत ने अपना असर दिखाया। एक और विफल प्रयास के बाद सिंह ने अंततः आई.एम.ए. में प्रवेश पा लिया और सेना में जाने का

अपना सपना पूरा कर दिखाया। कारगिल युद्ध ने इसमें बाधा पैदा की। लेकिन सिंह कहते हैं कि पाँव गँवाने के बावजूद मैंने अपनी आस्था पर कभी सवाल नहीं उठाया। उन्होंने बताया, "मैंने खुद से कहा कि मैं जीवन में ज्यादा बड़ी चीजें हासिल करने के लिए बना हूँ।"

मेजर के.डी. सिंह अपना जीवन संपूर्णता में जी रहे हैं। हाफ मैराथनों में वह हिस्सा लेते हैं, सामाजिक उद्‌देश्यों के लिए कार्यक्रम आयोजित करते हैं, विकलांगों को प्रेरित करते हैं और ढेर सारे ऐसे काम करते हैं। शरीर में तीखे धातु के पचास टुकड़े चुभोए, टूटी हुई पसलियों, सुनने में परेशानी, कुहनी और घुटनों की चोटों, एक क्षतिग्रस्त लिवर और यूरिनरी ब्लैडर सरीखी परेशानियों से घिरे होने के बावजूद वह चुटकी लेते हुए कहते हैं, "मेरे शरीर में हर चीज टूटी हुई है, सिवाय मेरी मुसकान के!"

□

10

मैं 8,500 फीट की ऊँचाई से जमीन पर गिरा और पैराशूट नहीं खुला

मेजर संदेश कदम, पैरा, बताते हैं कि उन्होंने एएन-32 विमान से छलाँग लगाई और दुर्भाग्य से उनका पैराशूट ही नहीं खुला।

6 जनवरी, 2010

अपनी नियमित ऑलिव ग्रीन सैन्य वरदी में पीठ पर पैराशूट बाँधे 27 साल के कैप्टन संदेश कदम, जो कि उच्च कोटि के पैरा से जुड़े हैं, विमान के बाहर निकलनेवाले द्वार पर खड़े हैं और छलाँग लगाने के लिए पूरी तरह तैयार हैं। उनकी पीठ पर 20 किलो वजनी बैग बँधा हुआ है, जिसमें एक नमूना राइफल उनके एक तरफ रखी है और वे अपनी 27वीं फ्री फॉल के लिए पूरी तरह तैयार हैं। कॉम्बैट फ्री फॉल के जरिए पैराट्रूपरों को हथियारों, गोला-बारूद और राशन से लैस करके दुश्मन के इलाके में 8,000 फीट की ऊँचाई से छोड़ा जाता है, ताकि वे लगभग 72 घंटे तक दुश्मन के इलाके में ऑपरेशन को अंजाम दे सकें और उन्हें किसी पर निर्भर रहने की जरूरत न पड़े। वह एक चमकदार दोपहर थी, लेकिन हवा में चुभनेवाली ठंड भी थी। मेजर कदम को अपने चेहरे पर एक झोंका महसूस हुआ, क्योंकि गेट खुल चुका था और एयरफोर्स के इंस्ट्रक्टर ने चटक आवाज में जैसे कहा—'ग्रीन ऑन गो।' कदम ने खुद को विमान से मुक्त कर लिया और पेट नीचे करके अपनी बाँहें फैला दीं और क्लासिकल फ्री फॉल वाली स्थिति में उड़ने लगे। ऐल्टिमीटर उनकी बाईं कलाई में बँधा हुआ था। उनको पता था कि वह कब 5,000 फीट की ऊँचाई पर पहुँच जाएँगे, जब उनको पैराशूट खोल देना होगा। वह 200

मील प्रति घंटे की रफ्तार से नीचे जा रहे थे और उनकी नसों में एड्रेनलिन का संचार तेज होता जा रहा था। वह लगातार पंख फैलाए बाज की स्थिति में खुद को बनाए हुए थे। हवा उनके चेहरे पर कोड़े बरसा रही थी। हर सेकंड बीतने के साथ जमीन उनके करीब आती जा रही थी।

जैसे ही ऐल्टिमीटर ने 5,000 फीट दिखाया, कदम ने पैराशूट हैंडल को छोड़ दिया और झटका लगने का इंतजार करने लगे, जो कि संकेत होता है कि पैराशूट ने अपना काम सँभाल लिया है और नीचे गिरने की रफ्तार घट जाएगी; लेकिन वैसा हुआ नहीं। हैरान मेजर संदेश कदम ने खुद को हलका-सा मोड़कर ऊपर देखा। उन्होंने कहा, "मेरे ऊपर महज नायलॉन की रस्सियाँ उड़ती नजर आईं और जिस बैग में पैराशूट रखा था, वह बिना खुले हुए मेरे ऊपर तैरता दिखा।" वह जीवन के लिए खतरे वाली स्थिति में फँस चुके थे।

2 जनवरी, 2017
आगरा

वाकई, पैराट्रूपर संदेश कदम को किसी भी स्थिति में जिंदा नहीं बचना चाहिए था। उन्होंने विमान से 8,500 फीट की ऊँचाई से छलाँग लगाई थी और जब उनका पैराशूट नहीं खुला, तब वह 22वीं मंजिल के अपार्टमेंट की ऊँचाई पर रहे होंगे। उनका ऐल्टिमीटर 200 मील प्रति घंटे की टर्मिनल वेलॉसिटी दिखा रहा था। और फिर भी वह यहाँ हैं—लंबे, तंदुरुस्त और जोशीले, अब एक मेजर, जो कि साइकिल खड़ी करके चौड़ी मुसकान लिये चले आ रहे हैं। वाकई, उनको देखकर लगता है मानो कोई भूत चला आ रहा हो! मेजर संदेश कदम बचने की एक ऐसी अविश्वसनीय दास्तान हैं, जिनके बारे में जानने-सुनने के लिए आप उतावले रहेंगे। उन्होंने इनसानों के लिए सीमाएँ बनानेवाले नियमों को धता बताते हुए साबित कर दिया कि इनसान को सीमाओं में नहीं बाँधा जा सकता; लेकिन जब आप उनसे इस बारे में कहेंगे तो वह सौम्यतापूर्वक हँसते हुए इसे दरकिनार कर देंगे और कहेंगे कि "यह किसी पैराट्रूपर के जज्बे और इच्छा-शक्ति को दिखाता एक उदाहरण भर है।" यह रही उनकी कहानी—

कदम बताते हैं कि उस दिन पैराशूट न खुलने के बावजूद वह नहीं घबराए, क्योंकि उनको ऐसे हालात से निपटने का प्रशिक्षण दिया गया है। ऐसे हालात से

निपटने के लिए उन्हें बताया गया है कि आपको अपनी फ्री फॉल को बाधित करना होता है और उन्होंने कमोबेश वैसा ही किया। उन्होंने अपने पैराशूट वाले बैग को झटका दिया, ताकि अगर कहीं कुछ फँसा हो तो वह हट जाए और पैराशूट खुल जाए। फिर भी कुछ नहीं हुआ। इस बीच उन्होंने हवा के थपेड़ों के बीच अपने शरीर को दाएँ-बाएँ घुमाना शुरू किया, जिसे पैराट्रूपर 'बैरल रोल' कहते हैं। ऊपर उड़ रही नायलॉन की रस्सियाँ उनके शरीर से लिपटने लगीं और कसने लगीं। अब उन्होंने अपने शरीर के आगेवाले हिस्से को आकाश की ओर कर लिया था। पूरी तरह से बचाव के उपायों में खोए हुए संदेश कदम ऐल्टिमीटर से अपनी ऊँचाई भी देखते जा रहे थे और उनके बाएँ हाथ में रस्सियाँ लिपटती जा रही थीं। वह जानते थे कि उनकी जमीन से दूरी तेजी से कम हो रही है और अगर रिजर्व पैराशूट समय पर नहीं खुला तो उनके गिरने की गति तोड़ी नहीं जा सकेगी।

यहाँ तक कि वह हवा में असहाय घूम रहे थे। एक अन्य जोरदार झोंके से उनका शरीर दूसरी दिशा में घूमने लगा और मेजर कदम का रस्सियों से लिपटा बायाँ हाथ मुक्त हो सका और तत्काल उनको इमरजेंसी पैराशूट खोलने का मौका मिला और उन्होंने बिना देरी किए उसे खोल दिया। इधर, दाएँ हाथ से उन्होंने अपने मुख्य पैराशूट की रस्सियों को काटकर खुद से अलग कर दिया। उनके शरीर के अंदर की बेचैनी के चलते पेट का पित्त मुँह में भर गया था। साथ ही, वह अपने अंदर बढ़ रही उथल-पुथल को भी महसूस कर रहे थे; लेकिन उन्होंने खुद को जैसे-तैसे शांत रखा। उन्होंने मुझे बताया, "मैं जानता था कि रिजर्व पैराशूट भी लगभग मुख्य पैराशूट की ही तरह है और एक बार अगर यह खुल गया तो मेरे नीचे गिरने की गति वैसी ही रहेगी।" उन्होंने स्वीकार किया कि हालाँकि वह तब तक चिंतित हो उठे थे, लेकिन उस पैराशूट ने उनके अंदर उम्मीदें भर दी थीं।

दुर्भाग्य से, रिजर्व पैराशूट में भी कुछ दिक्कत थी। उसे 2.5 सेकंड में खुल जाना चाहिए था। लेकिन संदेश कदम अब भी चट्टान की तरह गिरते जा रहे थे। इस बार, वाकई भयभीत मेजर कदम ने देखा कि वह मलपुरा ड्रॉपिंग जोन में नहीं गिर रहे हैं, जहाँ की मिट्टी थोड़ी नरम बनाई जाती है, ताकि उतरने में आसानी हो। उन्होंने यह भी गौर किया कि पैराशूट पूरी तरह नहीं खुला था और वह जमीन की तरफ तेजी से बढ़ते जा रहे थे। अतुलनीय रूप से खुद को शांत रखते हुए उन्होंने अंत तक धैर्य नहीं छोड़ा और खुद को मिले प्रशिक्षण को लगातार याद रखने को लेकर अलर्ट रहे।

उन्होंने बताया, "शुरुआती छलाँग के दौरान जब हम लैंडिंग जोन के करीब पहुँचते हैं तो 500 मीटर ऊपर अपने प्रशिक्षकों को हम देख पाते हैं, जो जमीन पर मेगाफोन लेकर लगातार चीख रहे होते हैं—'जमीन नजदीक, छोटा पोजीशन! जमीन नजदीक, छोटा पोजीशन!' यह संदेश हमारे लिए आदर्श चेतावनी होती है कि हमें अपने शरीर को समेट लेना है।" तेज गति से जमीन पर गिरने के बावजूद कदम ने स्वत: अपना शरीर समेट लिया। उन्हें 'छोटा पोजीशन' शब्द याद आ गया था। उन्होंने अपने घुटने मोड़ लिये और अपने टखने एक साथ कर लिये, ताकि जमीन पर दोनों पाँव एक साथ पड़ें और गिरने पर लगनेवाला झटका बराबर बँट जाए।

विमान से कूदने के महज 20 सेकंड के अंदर संदेश कदम जोरदार तरीके से जमीन पर गिरे। आगरा-धौलपुर हाई-वे के पास वह एक खुदी हुई नहर में गिरे, जिसके चारों तरफ खेतों में फसल बोई हुई थी। उनकी आँखें खुली हुई थीं। उनके पाँव एक साथ थे। ऊपर उनका रिजर्व पैराशूट आधी खुली अवस्था में नजर आ रहा था। वह अपने कंधे पर टिके बैग के ऊपर गिरे थे, जिसकी वजह से संभवत: उनकी रीढ़ की हड्डियाँ टूटने से बच गई थीं और धीरे-धीरे वह बेहोशी की हालत में पहुँच गए।

उन्होंने बताया, "जब मैं जमीन पर गिरा तो मुझे ऐसा लगा जैसे मैं किसी रहस्यमयी ब्लैक होल में जा रहा हूँ। मैं कुछ भी देख नहीं पा रहा था और आश्वस्त हो चुका था कि मेरे लिए अब सबकुछ खत्म हो चुका है, क्योंकि मेरे इर्द-गिर्द घुप्प अँधेरे के सिवा कुछ नहीं था; और तभी मैंने किसानों की आवाजों को सुना। उनमें से किसी एक ने पैराशूट अलग किया, जो मेरे ऊपर आ गया था और इसी वजह से मेरे सामने अँधेरा छा गया था और अचानक प्रकाश पड़ने से मेरी पलकें हिलने लगीं। मुझे उनकी आपस की बातें अब भी कुछ याद हैं। वे हैरानी से कह रहे थे—अरे, यह तो जिंदा है!" मेजर संदेश कदम वहाँ पड़े हुए थे, अपनी आँखें खोले हुए। वे न तो बोल पा रहे थे, न साँस ही ले पा रहे थे। वह पूरी तरह सदमे में थे। वह कमर से नीचे के हिस्से को महसूस नहीं कर पा रहे थे और हालाँकि वह अपने ऊपरी हिस्से को महसूस कर सकते थे, लेकिन उनके अंदर हिलने तक की ताकत नहीं रह गई थी।

कोमा के करीब पहुँच चुके कदम को सर्च पार्टी ने उठाया और उनको एयर फोर्स स्टेशन हेल्थ सेंटर ले गई। वहाँ उनको दर्द-निवारक दिए गए और जिस विमान से उन्होंने छलाँग लगाई थी, उसी एएन-32 में उनको दिल्ली ले जाया गया। डॉक्टरों ने पाया कि उनकी रीढ़ तो सही-सलामत थी; उनके घुटनों में कुछ नुकसान

पहुँचा था और लिगामेंट में चोटें थीं। उनके टखने, जिन पर शरीर का पूरा भार पड़ा था, उनमें फ्रैक्चर था और पंजे की छोटी हड्डियों—टार्सल और मेटाटार्सल—में भी फ्रैक्चर हुआ था। डॉक्टरों के तो आश्चर्य का ठिकाना नहीं था कि कोई व्यक्ति 8,500 फीट से नीचे गिरकर भी जिंदा बच सकता है! जाँच में पाया गया कि मुख्य पैराशूट का स्प्रिंग टूट गया था, जिसकी वजह से वह खुल नहीं पाया था। उसे खोलने की जद्दोजहद के कारण रिजर्व पैराशूट को खोलने में देर हुई। किस्मत से वह खुला और इस वजह से उनके गिरने की रफ्तार कुछ धीमी हुई, जिसके चलते संभवत: उनकी जान बच गई।

हवा में उड़ने का ख्वाब

संदेश कदम 18 साल के थे, जब एन.डी.ए. में उनका चयन हुआ था। उन्होंने बताया, "9 साल की उम्र में मेरा दाखिला नाशिक के भोंसले मिलिट्री स्कूल में कराया गया था। मैं हमेशा से सशस्त्र बल में जाना चाहता था और हवा में उड़ना चाहता था।" मेडिकल जाँच में उनकी रीढ़ के एल4 और एल5 में हलका जुड़ाव पाया गया, जिसकी वजह से वह एयर फोर्स में जाने से वंचित रह गए। पायलटों की रीढ़ बिल्कुल पुष्ट होनी चाहिए, ताकि इमरजेंसी में विमान से निकलने की जरूरत पड़े तो सीट से मिलनेवाले झटके को वे सह सकें, जो उनको विमान से झटककर हवा में फेंक देती है। एन.डी.ए. और आई.एम.ए. के प्रशिक्षकों के समझाने पर, जो कि पैराट्रूपर थे, कदम ने सर्वोत्कृष्ट पैराशूट रेजीमेंट की ओर कदम बढ़ाए। वह भी हवा में रखने का एक अन्य माध्यम है और यह पहले की तुलना में ज्यादा मजेदार भी है। वह हालाँकि जल्दी ही समझ गए कि एक पैराट्रूपर बनना उतना आसान नहीं है, जितना उन्होंने सोचा था।

कुछ अनोखी परंपराएँ

एक बार जब उन्होंने पैरा रेजीमेंट के लिए इच्छा जाहिर कर दी तो उन्हें 90 दिनों के पैरा प्रोबेशन कोर्स के लिए भेज दिया गया, जिसमें बहुत सारी चीजों के साथ 20 किलो वजन के साथ हथियार लादकर 30 किलोमीटर दौड़ना, अधिकारियों के साथ घुलना-मिलना, जिनमें ऐसे लोग भी शामिल थे, जो जिस शीशे के गिलास में कुछ पीते थे, उसे तोड़कर खा जाने का हैरतअंगेज काम भी कर दिखाते थे। गिलास के शीशे चबाना पैरा की विचित्र परंपरा थी, जिसकी महिलाएँ अकसर शिकायत

करती थीं कि युवा अधिकारी उनके घर डिनर के लिए आए और उनके महँगे गिलास के सेट को बरबाद कर गए!

प्रोबेशन पूरा करने के बाद अधिकारियों को पैरा बेसिक कोर्स के लिए 'पैराट्रूपर ट्रेनिंग स्कूल' (PTS) आगरा भेज दिया गया। उन्होंने बताया, "यह चार सप्ताह का कोर्स था, जिसमें दो सप्ताह जमीनी प्रशिक्षण दिया जाना शामिल होता है। जमीनी प्रशिक्षण पूरा होने के बाद पहली चीज जो हमारी परखी जाती है, वह है ऊँचाई से डर।"

पी.टी.एस. में इस जाँच का भी मजेदार अंदाज होता है। वॉलंटियर्स से 15 मीटर ऊँचे प्लेटफॉर्म पर चढ़ने को कहा जाता है और उनके साथ एक कवच बँधा होता है, जो पंखे से जुड़ा होता है, जो उनके गिरने की रफ्तार को नियंत्रित रखता है। जिन्हें ऊँचाई से डर लगता है, वे उस प्लेटफॉर्म से कूद नहीं सकते और वे स्वत: छँट जाते हैं। जो मूल जमीनी प्रशिक्षण पूरा कर लेते हैं, उनको हवा के अनुभव के लिए भेज दिया जाता है।

उन्होंने कहा, "वे आपकी पीठ पर 14 किलो वजनी पैराशूट बाँध देते हैं और विमान में ले जाते हैं। वह विमान 1,250 फीट की ऊँचाई पर उड़ रहा होता है, जिसमें एक तरफ 40 लोग बैठे होते हैं। हमें विमान के पीछे बने एग्जिट डोर के पास एकत्र किया जाता है, जहाँ एक-एक को बारी-बारी से कवचनुमा वस्तु से टिककर नीचे देखने को कहा जाता है और फिर वापस सीट पर भेज दिया जाता है। जो वहाँ घबरा जाते हैं, उन्हें कोर्स से हटा दिया जाता है। जो रोमांच से भरकर मजे से उन पलों को जीते हैं, उन्हें आखिरी हफ्ते के प्रशिक्षण में पाँच बार स्टैटिक लाइन जंप कराया जाता है।"

लोगों के बीच मौजूद बादशाह

छलाँग लगवाने के लिए विमानों को एक तय ऊँचाई तक जाना होता है। विमान के अंदर एक प्रकार की ट्रैफिक लाइट होती है। जब लाल बत्ती जलती है तो इसका मतलब होता है—रुकें, पीली बत्ती का मतलब—तैयार हो जाएँ और हरी बत्ती जलने का मतलब—आगे बढ़ना शुरू कर दें। इसके बाद पैराट्रूपर विमान के आखिरी छोर तक रैंप के सहारे पहुँचते हैं और एक-एक करके छलाँग लगाते जाते हैं। वहाँ मौजूद प्रशिक्षक यह सुनिश्चित करने के लिए खड़े रहते हैं कि दो छलाँगों के बीच कम-से-कम एक सेकंड का अंतर रहे, ताकि किसी के भी पैराशूट आपस में उलझने से बच सकें।

चूँकि यह बिल्कुल स्थिर छलाँग होती है, अतः 20 फीट लंबी नायलॉन की रस्सी से पैराशूट को विमान से बाँधकर रखा गया होता है। जब अंतिम पैराट्रूपर विमान से छलाँग लगाता है तो वह उस रस्सी को काट देता है और पैराशूट खोल देता है। यह प्रशिक्षण इस कदर गहन होता है कि पैराट्रूपरों को खाते, पीते और सोते समय केवल पैरा जंप्स के बारे में ही खयाल आते हैं। मेजर कदम ने बताया, "हमें सिखाया जाता है कि जमीन पर उतरने के दौरान हमारे कदम सबसे पहले जमीन को छूने चाहिए। दोनों पैर साथ में हों और घुटने से लेकर पंजे तक अलग न हों तथा हलका-सा मुड़े हुए हों। हमारे बीच एक चुटकुला बड़ा चर्चित रहता है कि अगर कोई पैराट्रूपर बिस्तर से कभी गिरा तो उस समय भी उसके पैर एक साथ जमीन पर पड़ेंगे, घुटने मुड़े हुए रहेंगे।"

उन्होंने बताया, "पैराट्रूपर होना अपने आप में खास है। आप लोगों के बीच खुद को बादशाह जैसा महसूस करते हैं।" उन्होंने कहा कि जल्दी ही उनको छलाँग लगाने में इतना रोमांच होने लगा कि वह कोई भी मौका छोड़ नहीं पाते थे। मुसकराते हुए उन्होंने बताया, "अगर एक यूनिट को पैरा जंप के जरिए 'रेजिंग डे' समारोह मनाने का मौका मिला या कहीं कमांड जंप की जगह निकली, उसके लिए आवेदन करनेवाला मैं पहला व्यक्ति होता हूँ।" साढ़े चार साल में ही उन्होंने 37 स्टैटिक लाइन जंप में हिस्सा ले लिया था।

इसके बाद उनको फ्री फॉल कोर्स में शामिल होने का मौका मिला, जिसमें 15 जगहें खाली थीं और तत्काल भर भी गईं। उन्होंने कहा, "हमारे साथ एयरफोर्स के प्रशिक्षक भी छलाँग लगाते थे और हमारे सिर पर हेलमेट एवं उसमें कैमरे फिट होते थे। वे हमारी छलाँग को रिकॉर्ड करते थे और हमारी गलतियों को दिखाकर दूर करने का प्रयास करते थे।" कदम ने सबसे ज्यादा ऊँचाई 12,500 फीट से छलाँग लगाई है। उन्होंने बताया, "फ्री फॉल करनेवालों को और ऊँचाई से भी छलाँग लगाने की छूट है; लेकिन उनको ऑक्सीजन सिलेंडर साथ रखने की जरूरत होगी, क्योंकि ऊपर हवा बहुत पतली हो जाती है।" उनकी 26वीं छलाँग में गड़बड़ी हो गई थी, क्योंकि उनकी पीठ पर बँधा थैला पैरों में जा फँसा था। इस वजह से उनका संतुलन बिगड़ गया था, हालाँकि आनन-फानन में उन्होंने अपनी पोजीशन को व्यवस्थित किया और जमीन पर सुरक्षित उतर आए थे। जब वह 27वीं छलाँग के लिए निकले तो पिछली बार की छलाँग का अनुभव उन्हें याद था। उन्होंने कहा, "लोग कहते हैं कि आपकी पहली छलाँग ही सबसे बढ़िया होती है, क्योंकि आपको

चिंता नहीं होती कि क्या गलत होगा? जैसे–जैसे आपका अनुभव बढ़ता जाता है, आपका आत्मविश्वास भी उसी हिसाब से चुनौतियों से मुकाबला करने के लिए बढ़ता जाता है।" संदेश कदम अपने प्रशिक्षण के आखिरी हिस्से में ही थे, जब उनके साथ गंभीर हादसा ही गया।

मैं अपने सीने पर चिड़िया चाहता हूँ

उस दुर्भाग्यपूर्ण छलाँग को बीते सात साल हो चुके हैं और मेजर कदम अब पूरी तरह से सामान्य जीवन जी रहे हैं। वे बास्केटबॉल और टेनिस जैसे खेल नहीं खेलते, जहाँ पैरों की तेज गतिविधि जरूरी होती है; लेकिन वह रोज 15 किलोमीटर साइकिल चलाते हैं, गरमियों में घंटे भर तैराकी करते हैं। उन्होंने कहा, "मैं अपने लोगों के साथ रोज सुबह पीटी करता हूँ, वेट ट्रेनिंग और नियमित जिम में कसरत करता हूँ। जीवन फिलहाल श्रेष्ठतम अवस्था में है, लेकिन एक छोटी–सी इच्छा अब भी है, जिसे पूरा करना है। मैं जब चाहूँ, दुबई में स्काइडाइविंग के लिए जा सकता हूँ; लेकिन उससे पहले मैं ऐसे सटीक आकार में आ जाना चाहता हूँ, ताकि अपनी बची हुई तीन फ्री फॉल्स को पूरा कर सकूँ, जिससे कि मैं कॉम्बैट फ्री फॉलर बनने की योग्यता हासिल कर सकूँ। मैं अपने सीने पर वह तमगा पहनना चाहता हूँ।" वह अपने उस लक्ष्य पर काम कर रहे हैं और संभवत: दो साल और लगेंगे यह मुकाम हासिल करने में। अत्यधिक तैराकी और साइक्लिंग पैरों की मांसपेशियों को मजबूत बनाने के उनके एजेंडे में सबसे ऊपर है। जब मैंने खुशमिजाज कदम और उनकी साइकिल को विदा कहा, तो मैं अत्यधिक आश्वस्त थी कि अगली बार जब मैं उनसे मिलूँगी तो उनके सीने पर उनकी मनोवांछित चिड़िया जरूर बनी होगी। कुछ लोग बने ही इसलिए होते हैं, ताकि वे अपने पंख फैला सकें और उड़ते रहें।

□

11

जब उनको आसमान से छोड़ा गया, उस दौरान वे जीवन और मृत्यु के बीच लटके हुए थे

हवलदार कृष्ण कुमार (रिटायर्ड) उस चर्चित टिंबर ट्रेल केबल कार हादसे के बाद के बचाव अभियान को याद करते हैं कि किस तरह कर्नल इवान क्रेस्टो, शौर्य चक्र, पैरा (एस.एफ.) ने अदम्य साहस का परिचय दिया था!

13 अक्तूबर, 1992

हिमाचल प्रदेश के परवानू में एक अजीबोगरीब हादसा हुआ, जिससे पूरा देश सन्न रह गया था। टिंबर ट्रेल होटल की दो शाखाओं (एक सड़क के किनारे और दूसरी पहाड़ों में तीन किलोमीटर ऊपर) के बीच संचालित केबल कार का तार टूट गया और कार बीच रास्ते में ही फँस गई। उस कार में दस पर्यटक थे, जिसमें चार महिलाएँ और एक बच्चा भी जीवन-मृत्यु के बीच फँस गए थे। इस बचाव कार्य में तत्काल सेना से मदद माँगी गई।

यह कहानी कुछ इस तरह है कि एक हिंदू महिला, जो कि उस खराब किस्मत वाली केबल कार में फँसी हुई थी, बेचैनी से अपने ईश्वर से जान बचाने की गुहार लगा रही थी कि तभी हवा में उड़ते हुए एयरफोर्स का हेलीकॉप्टर वहाँ पहुँचा। घटनास्थल पर राष्ट्रीय एकता और धार्मिक सहिष्णुता का अनोखा संयोग देखने को मिला। हेलीकॉप्टर को ग्रुप कैप्टन फली होमी मेजर उड़ा रहे थे, जो कि एक पारसी पायलट थे और उस हेलीकॉप्टर में तीन पैरा कमांडो थे—मेजर इवान क्रेस्टो (गोवा के एक ईसाई), हवलदार कृष्ण कुमार (रोहतक के एक जाट) और हवलदार

जोगा सिंह (एक युवा सिख)। ऊपर हवा में स्थिर हेलीकॉप्टर से क्रेस्टो रस्सी के सहारे नीचे उतरे और उस महिला समेत नौ लोगों की जान बचाई।

यह कहानी बचाव कार्य की अद्भुत मिसाल है। चूँकि मेजर क्रेस्टो बचाव कार्य के हीरो थे, जो कि कर्नल के पद तक पहुँचे और अब सेवानिवृत्त हो चुके हैं, अत: मुझे बताया गया कि वह अब ऑस्ट्रेलिया में बच्चों को गणित पढ़ाते हैं। इस ऐतिहासिक वाकये के अनुभव को उनसे जान पाना संभव नहीं हो सका, क्योंकि उनसे संपर्क नहीं हो सका। इसलिए हमने सूबेदार कृष्ण कुमार (सेवानिवृत्त), जो कि उस समय हवलदार थे और बचाव दल के साथ थे, से उन पलों के अनुभव जानने की कोशिश की। वह दिल्ली में ही बस चुके हैं।

मदद के लिए एक आवाज

13 अक्तूबर, 1992
नाहन, हिमाचल प्रदेश

1 पैरा (स्पेशल फोर्सेज) यूनिट में एक छोटा सा समारोह चल रहा था। हवलदार कृष्ण कुमार का 38वाँ जन्मदिन था उस दिन। उस सुबह उन्होंने ईश्वर से यही प्रार्थना की थी कि ज्यादा-से-ज्यादा लोगों की मदद में उनको सक्षम बनाए। 14 साल पूर्व जमीन से 1,155 फीट ऊपर टिंबर ट्रेल अभियान में मेजर इवान क्रेस्टो के रस्सियों के सहारे नीचे उतरकर एक छोटी रोप ट्रॉली में फँसे पर्यटकों को बचाने की घटना के बारे में बताते हुए उन्होंने कहा, "वह दिन तो बिना किसी घटना के बीत गया।"

कृष्ण कुमार अब 62 साल के हैं; लेकिन जब वह उस दिन की घटना के बारे में बताना शुरू करते हैं तो ऐसा लगता है कि उन पलों की छाप उनके मन-मस्तिष्क पर अमिट हो चली है और मानो यह कल की ही घटना हो! उन्हें याद है, उस समय रात के 8:00 बजे थे। उन्होंने खाना खा लिया था, कपड़े बदल लिये थे और रात्रि विश्राम के लिए तैयारी कर ही रहे थे कि उनको निचले तल से तेजी से आवाजें आती हुई सुनाई पड़ीं। उन्होंने कहा, "वह मेरा हवलदार मेजर था, जो किसी से बात कर रहा था। वह रात में किसी अभियान के बारे में बात कर रहा था। मुझे कुछ गंभीरता समझ में आई और आनन-फानन, वह मेरे पास ऊपर पहुँचा। तब तक मैं अपनी कॉम्बैट वरदी दोबारा पहन चुका था।"

कृष्णा तेजी से बटालियन स्टोर की तरफ दौड़े और वहाँ से अपने हथियार लिये और अपने कमांडिंग ऑफिसर कर्नल (बाद में मेजर जनरल) पी.सी. भारद्वाज और मेजर (बाद में कर्नल) क्रेस्टो के पास दौड़ते हुए पहुँचे। वे लोग जोंगा में थे और उन्हें देखकर गाड़ी रोक ली। कृष्णा ने कहा, "जोंगा की हेडलाइट में खड़े सी.ओ. साहब ने मुझे बताया कि एक केबल कार में सवार दस के आस-पास पर्यटक केबल टूट जाने के कारण बीच में फँस गए हैं और यह हादसा कालका-शिमला रोड पर परवानू में हुआ है। क्रेस्टो साहब ने इस अभियान के लिए बडी के तौर पर मुझे चुना है।"

उन्होंने बताया कि वे हादसे वाली जगह पर जा रहे हैं, अत: बचाव कार्य में काम आनेवाले और सामान स्टोर से एकत्र कर लें और सिपाहियों की टीम के साथ मौके पर पहुँचें। कृष्णा ने पहाड़ी पर चढ़ने में काम आनेवाले सामान, जैसे कि रस्सियाँ, कैरबाइन (धातु की रिंग, जो कि स्प्रिंग क्लिप के सहारे रस्सियों को जुड़ा रखने में काम आती है), दस्ताने और यहाँ तक कि स्काइडाइविंग में काम आनेवाले पैराशूट भी ले लिये, क्योंकि पता चला था कि ट्रॉली 1,155 फीट ऊपर फँसी है। उन्होंने कहा, "मैंने 5,000 छलाँगें लगाई हैं, इसलिए मैं जानता था कि अगर जरूरी हुआ तो हम पैराशूट के सहारे भी बचाव कार्य कर सकते थे, ताकि अगर हम गिरें भी तो हमारे पास पैराशूट खोलने का विकल्प मौजूद रहेगा।"

जवान टिंबर ट्रेल होटल तक रात 11:00 बजे तक पहुँच गए। यह रोप-वे होटल की दो शाखाओं के बीच संचालित होता है, एक जो कि सड़क के किनारे पर है और दूसरा होटल वहाँ से तीन किलोमीटर दूर पहाड़ी पर है। ट्रॉली का तार दूसरे सिरे पर पहुँचने से थोड़ा पहले ही टूट गया था, जिसकी वजह से ट्रॉली बीच रास्ते में लटककर झूलने लगी थी। कृष्णा ने बताया कि अँधेरे में कुछ नजर नहीं आ रहा था। उन्होंने बताया, "हमें किसी तरह की आवाज भी आती हुई नहीं सुनाई दे रही थी। किसी को पता नहीं चल रहा था कि ट्रॉली के साथ क्या हुआ है? सी.ओ. ने पहले ही तय कर लिया था कि ऑपरेशन दिन के उजाले में हेलीकॉप्टर की मदद से किया जाएगा।"

होटल में रात बीतने का इंतजार करते क्रेस्टो, कृष्णा और उनके लोग चंडी मंदिर हेलिपैड पर पहली उड़ान पकड़ने के लिए पहुँच गए। एक छोटे चेतक हेलीकॉप्टर ने वहाँ से उड़ान भरी, जिसमें दो पायलट, मेजर क्रेस्टो, कर्नल भारद्वाज और हवलदार कृष्णा मौजूद थे। वे लोग उस फँसी हुई ट्रॉली के इलाके में पहुँच गए

और हालात का जायजा लेने लगे। कृष्णा ने कहा, "एक तरफ का तार टूटकर नीचे गिर गया था और उसका दूसरा सिरा बराबर के तार में उलझ गया था। हम किसी भी स्थिति में ट्रॉली का संतुलन बिगाड़ना नहीं चाहते थे, क्योंकि हमें नहीं पता था कि वह ट्रॉली कितनी देर तक वहाँ पर रुक सकती थी। पायलट ने हेलीकॉप्टर को ज्यादा-से-ज्यादा नीचे ले जाने का प्रयास किया, लेकिन नीचे से गुजर रहे बिजली के तार और पहाड़ी की आड़ी-तिरछी ऊँचाई की वजह से उसे ज्यादा नीचे ले जा पाना संभव नहीं था। हेलीकॉप्टर को वहाँ बचाव कार्य चलने तक हवा में टिकाए रखने की चुनौती थी। हालाँकि पायलटों ने कहा कि वे ज्यादा देर तक ऐसा नहीं कर सकेंगे, क्योंकि वे ज्यादा प्रशिक्षित नहीं हैं और हेलीकॉप्टर भी काफी छोटा है। उन्होंने ट्रॉली के चारों तरफ तीन बार चक्कर लगाए और वापस चंडी मंदिर लौटने का फैसला किया।"

इसके बाद काफी बड़ा हेलीकॉप्टर एमआई-17 बुलाया गया, जो सरसावा मिलिट्री बेस से ढाई घंटे में परवानू पहुँचा। उसे देखकर पैरा कमांडो काफी खुश हुए, क्योंकि उनको इसी हेलीकॉप्टर के जरिए अपने ऑपरेशन का प्रशिक्षण दिया गया था और इसमें मौजूद एक पायलट—ग्रुप कैप्टन एफ.एच. मेजर (बाद में चल कर वह वायुसेना के चीफ बने)—से एक महीने पहले ही मुलाकात हुई थी। कृष्णा ने बताया, "हमें इसी चॉपर से रस्सियों के सहारे उतरना, चढ़ना और तमाम अन्य अभ्यास कराए गए थे, इसलिए हमारे अंदर इस ऑपरेशन को लेकर आत्मविश्वास भरा हुआ था।"

दोपहर बाद एमआई-17 हेलीकॉप्टर ने मेजर क्रेस्टो, हवलदार कृष्णा और युवा सिख जवान हवलदार जोगा सिंह के साथ उड़ान भरी। चॉपर ने दो बार उस जगह का चक्कर लगाया और जोखिमों का आकलन किया तथा पता लगाने की कोशिश की कि सटीक रूप से बचाव कार्य कहाँ से शुरू किया जा सकता है! योजना तय होने के बाद सावधानी से खुद को बिजली के तारों से दूरी रखते हुए चॉपर ट्रॉली के बिल्कुल ठीक ऊपर स्थिर हो गया। फिर मेजर क्रेस्टो ने स्वयं को हार्नेस (कवचनुमा वस्तु) से बाँध लिया और रस्सियों के सहारे सरकते हुए ट्रॉली के ऊपर पहुँच गए। यह ट्रॉली महज तीन मीटर व्यास के दायरे जितनी चौड़ी रही होगी।

खुद को सावधानी से संतुलित करते हुए उन्होंने ट्रॉली के ऊपर दो फीट चौड़ा छोटा-सा हिस्सा खोल दिया। कृष्णा ने याद करते हुए बताया, "घबराए हुए यात्रियों में शामिल एक छोटा-सा बच्चा तत्काल ऊपर चढ़ आया और मदद की गुहार करने

लगा।" कृष्णा भी तब तक आधे रास्ते तक नीचे उतर आए थे। उनके सी.ओ. ने उनसे वापस आने को कहा। पायलट इस बात से चिंतित थे कि कहीं चॉपर के पंख बिजली के तारों से टकरा गए तो सभी लोग गिर सकते हैं। कृष्णा से हेलीकॉप्टर के पीछे के हिस्से पर नजर रखने को कहा गया, क्योंकि चॉपर को उस बच्चे को उठाने के लिए थोड़ा और नीचे ले जाना पड़ा, जो ट्रॉली की छत पर चढ़ आया था।

क्रेस्टो केबल कार के ऊपर ही मौजूद रहे और उन्होंने उस बच्चे को दूसरी रस्सी से बाँधकर हेलीकॉप्टर में ऊपर खींचने का इशारा किया। इसके बाद एक महिला और उसके आठ साल के बच्चे को भी हिम्मत बँधाकर ऊपर खींचा। उन लोगों को भी उसी अंदाज में हेलीकॉप्टर में पहुँचाया गया। तब तक सूरज ढलने लगा था। रोशनी कम होने के कारण पायलट हादसे का जोखिम नहीं उठाना चाहते थे। डरे हुए पर्यटकों को संबल देने के लिए क्रेस्टो ने ट्रॉली पर ही रुकने का फैसला किया, जहाँ से पेशाब और गंदगी के कारण बदबू आ रही थी। खाली हार्नेस को वहीं छोड़कर पायलटों ने हाथ हिलाकर जाने का इशारा किया और हेलीकॉप्टर को लेकर वापस उड़ गए।

क्रेस्टो ने डरे हुए पर्यटकों के साथ ही रात बिताई। गाने गाते और चुटकुले सुनाते उन्होंने माहौल हलका करने की कोशिश की। उन्होंने उन लोगों को बताया, "मेरा भी चार साल का एक बच्चा है और अगर मैं इसे सुरक्षित नहीं समझता तो यहाँ कत्तई नहीं रुकता।" उन्होंने उन लोगों से थोड़ी हिम्मत दिखाने की अपेक्षा की। वास्तव में, कोई नहीं जानता था कि तार कितनी देर तक ट्रॉली को सँभाले रख सकता है और अगर यह टूटा तो ट्रॉली में मौजूद सभी लोग दर्दनाक मौत के शिकार हो सकते हैं; लेकिन क्रेस्टो ने यह संशय खुद तक ही सीमित रखा।

अगली सुबह जैसे ही कोहरा छँटा, चॉपर वापस आ गया। हाइवे पर भी तब तक लोगों की भीड़ इकट्ठा हो गई थी और वे अवाक् होकर वह सारा दृश्य देख रहे थे। इस वजह से वह हाइवे जाम हो गया था। लोग साँस थामे इस बचाव कार्य को आँखें फाड़े देख रहे थे। क्रेस्टो एक बार फिर ट्रॉली के ऊपर चढ़ गए और एक-एक करके हार्नेस के जरिए पर्यटकों को हेलीकॉप्टर में ऊपर भेजने का सिलसिला जारी रखा। हर बार जब भी हार्नेस नीचे भेजा जाता, वे उसमें एक टूरिस्ट को सेट करते और रस्सी को झटका देकर इशारा करते कि ऊपर खींचा जाए। ट्रॉली के ऊपर अपना संतुलन बनाए रखते हुए उन्होंने सात लोगों को हेलीकॉप्टर में सुरक्षित पहुँचाया।

हर बार जब भी कोई पर्यटक हेलीकॉप्टर में सफलतापूर्वक पहुँच जाता तो भीड़ की तरफ से तालियों की गड़गड़ाहट की आवाज उन लोगों तक पहुँच जाती। हार्नेस जब आखिरी बार नीचे भेजा गया तो क्रेस्टो ने खुद को उसमें फिट किया और ऊपर खींचने का सिग्नल दिया। जैसे ही उनको ऊपर चॉपर में चढ़ा लिया गया, भीड़ की तरफ से एक बार फिर तालियों की गड़गड़ाहट से वह इलाका गूँज उठा और उन लोगों ने हाथ हिलाकर बचाव दल को बधाई दी। नीचे मौजूद लोगों से लेकर चॉपर में बैठे लोगों तक एक ही भावना जोर मार रही थी। जज्बे और साहस की जीत से सभी रोमांचित हो उठे थे। इसके बाद टीम चंडी मंदिर स्थित हेलिपैड पर उतरी, जहाँ से चोटिल हुए लोगों को अस्पताल ले जाया गया।

पैरा कमांडोज ने भी विदा ली और वहाँ उनका इंतजार कर रहे वाहनों में सवार हुए और अपनी यूनिट में लौट गए। समाचार चैनल, अखबार और मैगजीन कई दिनों तक इस बहादुरी के कारनामे को पूरे देश में पहुँचाते रहे; लेकिन कमांडोज के लिए काम पूरा हो चुका था। उन्होंने कहा, "हमने कुछ देर आराम किया और दोबारा अपने दैनिक कार्य में लग गए। हमने केवल अपनी ड्यूटी की। यही वह चीज है, जिसके लिए हम प्रशिक्षित किए जाते हैं।" मेजर इवान जोसेफ क्रेस्टो को अदम्य साहस का परिचय देने के कारण 'कीर्ति चक्र' से सम्मानित किया गया और हवलदार कृष्ण कुमार और उनके सी.ओ. को 'शौर्य चक्र' प्रदान किया गया। मेजर क्रेस्टो को पैरा (एस.एफ.) के नेतृत्व का जिम्मा दे दिया गया। सेवानिवृत्त होने के बाद वह ऑस्ट्रेलिया में बस गए। उनसे साक्षात्कार के लिए मैं लाख प्रयासों के बावजूद संपर्क नहीं कर पाई; लेकिन जो भी उनको जानता था, उसने यही कहा कि उनकी बहादुरी प्रसिद्ध है। जब मैंने सूबेदार कृष्णा ने पूछा कि वह कैसे इनसान थे, तो उन्होंने जवाब दिया, "क्रेस्टो साहब एक हीरो थे, असल हीरो! उनको किसी चीज से डर नहीं लगता था। यूनिट में हम हमेशा उनको एक बहादुर शख्स के तौर पर ही जानते हैं। उस बचाव अभियान ने हमारे विश्वास को एक बार और साबित किया।"

□

12

मैंने अपने हाथों से खुकरी से अपना पैर काटकर अलग किया

सन् 1971 के भारत-पाक युद्ध के हीरो मेजर जनरल इआन कारडोजो, ए.वी.एस.एम., एस.एम., 4/5 गोरखा राइफल्स, ने अपने साहस की अविश्वसनीय-सी लगनेवाली कहानी सुनाई और विस्तार से यह बताया कि '71 की लड़ाई के दौरान क्यों उन्हें खुद अपना पाँव काटने की जरूरत पड़ी!

दिसंबर 1971

पूर्वी पाकिस्तान के काफी अंदर एक युवा आर्मी मेजर की बटालियन ने एक एयरफील्ड पर कब्जा कर लिया था; लेकिन वह बुरी तरह से घायल अवस्था में खून से लथपथ जमीन पर पड़ा हुआ तड़प रहा था और अपने दाँतों को दबाकर दर्द सहने की जी-तोड़ कोशिश कर रहा था। उनका गोरखा सहायक राइफलमैन बाल बहादुर नम आँखों के साथ उनके बगल में खड़ा था और अपने प्यारे 'कारतूस' साहब को इस दशा में देख रहा था और कुछ न कर पाने की हताशा से भर उठा था। एक बारूदी सुरंग के विस्फोट में मेजर इआन कारडोजो के दोनों पैर बुरी तरह जख्मी हो चुके थे। मांस के लोथड़ों में से अंदर की हड्डी साफ नजर आ रही थी। उनका बायाँ पैर तो और भी ज्यादा बुरी हालत में था—क्षत-विक्षत पंजा तो खून से लथपथ टखने से अलग होने के कगार पर आ गया था।

उन्होंने अपने सहायक को आदेश दिया, "मेरी खुकरी (एक गोरखा चाकू) लो और इस बेकार चीज को काटकर अलग कर दो।" असह्य पीड़ा की स्थिति में भी उनकी आवाज में दृढ़ता थी।

उस भरोसेमंद गोरखा जवान ने कहा, “मो गारनू सकदाइना, साहिब! डॉक्टर साहिब लाइ इंतजार गरनुस (मैं ऐसा नहीं कर पाऊँगा, सर! आपको डॉक्टर के लिए इंतजार करना पड़ेगा)।”

इस जवाब को सुनकर कारडोजो ने अपनी खुकरी उठाई, उसे हवा में ऊँचाई तक ले गए और पूरी ताकत से प्रभावित हिस्से के ऊपर वार कर दिया। इस झटके से उनके पाँव का खराब हिस्सा उनसे अलग हो गया। फिर उन्होंने अपने सहायक को बुलाया और उस कटे हुए हिस्से को बाहर जाकर जमीन में गाड़ने को कहा और अपनी आँखें बंद कर लीं। थकान से भरकर उन्होंने अपना सिर जमीन से टिका दिया।

छियालीस साल बाद। मैं नई दिल्ली स्थित 'यूनाइटेड सर्विसेज इंस्टिट्यूशन (USI) लाइब्रेरी' की तरफ बढ़ रही हूँ। मैं अपने तय कार्यक्रम से मात्र 15 मिनट दूर हूँ, जहाँ मुझे एक अविश्वसनीय घटना के बारे में सुनना है। वैसे तो मैं इस घटना के बारे में कई बार और कई जगहों पर पढ़ चुकी हूँ। मेजर जनरल इआन कारडोजो (सेवानिवृत्त), ए.वी.एस.एम., एस.एम., का आगमन हुआ। खूबसूरत और सफेद बालों से लकदक। उन्होंने नीले रंग का ब्लेजर पहन रखा था, जिसके कॉलर पर पहले विश्व युद्ध में शहीद हुए सैनिकों की याद में आयोजित शताब्दी वर्ष समारोह का बिल्ला चमक रहा था। दिग्गजों के बारे में लिखा था—'वे कभी बूढ़े नहीं होंगे, जैसे कि हम बूढ़े होने के लिए छोड़ दिए गए हैं।' हालाँकि जनरल ने चहकते हुए मुझसे कहा कि पैरों की मांसपेशियाँ उम्र बढ़ने के साथ कमजोर हो रही हैं और डॉक्टरों ने हाल में एक चुभे हुए टुकड़े का पता लगाया है, जो कि सन् 1965 की लड़ाई में किसी धमाके के दौरान मेरे सिर में धँस गया था। फिर भी, मुझे तो वह चिर युवा-से नजर आ रहे थे और उन पर उम्र का कहीं कोई भी असर नजर नहीं आ रहा था।

जब मैंने उनसे उस साहसिक कारनामे का जिक्र छेड़ा, जो अकसर देश भर में आर्मी के मेसों में आज भी बड़ी शिद्दत से युवा अफसरों के बीच ड्रिंक के दौरान चर्चा में रहता है, तो वह सकुचाते हुए उसे बताने की बजाय मुझसे कुछ हलकी-फुलकी बातें करने लगे। उन्होंने कहा, “मैं अपनी पत्नी से अकसर कहता हूँ कि बँगलादेश में जमीन का एक टुकड़ा मेरा भी है—एक फुट गुणा एक फुट, गुणा एक फुट—जो कि मेरे अपने ही पाँव के हिसाब से है।” और वह धुंध भरी ठंड की सुबह शांत यू.एसङआई. लाइब्रेरी में टेबल पर मेरे सामने बैठे हुए जनरल कारडोजो ने अपनी शानदार कहानी सुनानी आरंभ की।

दिसंबर 1971, सिलहट, बँगलादेश

भारत का पाकिस्तान से युद्ध खत्म हो चुका था। लगभग 90,000 पाकिस्तानी सैनिकों ने समर्पण कर दिया था। समर्पण के एक दिन बाद ही 4/5 गोरखा राइफल्स के मेजर इआन कारडोजो को बॉर्डर सिक्योरिटी फोर्स (BSF) के कमांडर ने अपनी चौकी के पास से इमरजेंसी कॉल किया। उनको आशंका थी कि पाकिस्तानी उन पर हमला कर सकते हैं। तीन लोगों के साथ कारडोजो और उनके गोरखाओं ने, जिनके अंदर डर नाम की चीज नहीं थी, मौके पर पहुँचकर हालात को सँभालने का आश्वासन दिया। पेट्रोलिंग टीम ने बी.एस.एफ. की लोकेशन की तरफ बढ़ना शुरू किया, लेकिन उनको यह अहसास नहीं था कि पाकिस्तानियों ने उस इलाके में बारूदी सुरंग बिछा रखी थी।

8.30 बजे सुबह, कारडोजो का एक पैर बारूद पर पड़ गया। जोरदार धमाका हुआ। उनका एक पैर उड़ गया और वहाँ केवल मांस के लोथड़े व हड्डियाँ ही बचीं। गोरखा बलों के लिए झटके की बात यह थी कि वह गिर पड़े थे। उनका एक पाँव टखने के पास से पूरी तरह से अलग हो गया था। उन लोगों ने अब तक होश में रहे कारडोजो को उठाकर किनारे रखा। भयानक पीड़ा से कराहते कारडोजो ने दर्द निवारक माँगा। यूनिट के डॉक्टर से फटी हुई आवाज में फुसफुसाकर उन्होंने कहा, "मुझे मॉर्फीन दो।"

डॉक्टर ने उनको याद दिलाया कि पाकिस्तानी गोलाबारी ने उनके मेडिकल इंस्पेक्शन (MI) रूम को तहस-नहस कर दिया है, जिसमें एक जे.सी.ओ. और चार जवान शहीद हो चुके हैं और सभी मेडिकल स्टोर भी नष्ट हो चुके हैं। कारडोजो ने कहा कि उनके पैर को काट दिया जाए; लेकिन डॉक्टर ने कहा कि उनके पास ऐसा कुछ भी नहीं है, जिससे क्षतिग्रस्त हिस्से को अलग किया जा सके। जल्दी ही दवाओं की कुछ व्यवस्था करके वे इलाज का इंतजाम करेंगे। सुबह 10.30 बजे कारडोजो दर्द से कराह रहे थे और धैर्य की आखिरी सीमा तक पहुँच चुके थे। खराब पाँव की वजह से उनका दर्द बेतहाशा बढ़ गया था और उसकी हालत देखकर वह समझ चुके थे कि उसे ठीक नहीं किया जा सकता है। निराश होकर उन्होंने खुद ही उसे काटकर अलग कर दिया।

डॉक्टर जब मौके पर पहुँचे तो कारडोजो ने जो कर दिया था, उसे देखकर झटका खा गए। कारडोजो ने कहा, "मुझे लेक्चर मत दो। इसे केवल बाँध दो, ताकि खून बहना रुक जाए।" उस समय तक कमांडिंग ऑफिसर भी मौके पर पहुँच गए थे। तब तक ढाका कब्जे में आ चुका था। समर्पण के दस्तावेजों पर दस्तखत हो रहे

थे और वी.आई.पी. आवागमन शुरू होने वाला था। सभी हेलीकॉप्टर वहाँ ही लगे हुए थे और कोई भी हेलीकॉप्टर घायल मेजर को भारत के सैन्य अस्पताल तक लाने के लिए उपलब्ध नहीं था।

हालाँकि पाकिस्तानी अस्पताल उस इलाके में काम कर रहे थे। कारडोजो के कमांडिंग ऑफिसर ने बताया कि उन अस्पतालों को उनकी चोटों के बारे में पता चल चुका है और वे इलाज करने को तैयार हैं। कारडोजो ने शुरू में तो मना कर दिया। फिर कुछ समझाने पर वह दो शर्तों पर तैयार हुए। पहला कि चूँकि वह पाकिस्तानियों पर भरोसा नहीं करते हैं, इसलिए सर्जरी के दौरान कमांडिंग ऑफिसर मौके पर ही मौजूद रहेंगे, ताकि यह सुनिश्चित हो सके कि डॉक्टर दूसरे पैर को हाथ भी नहीं लगाएँगे। दूसरी शर्त यह कि वह किसी भी हालत में पाकिस्तानी खून नहीं चढ़वाएँगे। कमांडिंग ऑफिसर ने जब कहा कि वह बेवकूफी भरी बातें कर रहे हैं, तो कारडोजो ने जवाब दिया, "सर, मैं एक बेवकूफ की मौत मरना पसंद करूँगा, लेकिन अपनी रगों में किसी पाकिस्तानी का खून लेकर जिंदा रहना मुझे मंजूर नहीं है।" इसके बाद वह बेहोश हो गए। मेजर मोहम्मद बशीर ने उनका ऑपरेशन किया, जिन्होंने अपने काम को बखूबी अंजाम दिया। लेकिन कारडोजो उनका शुक्रिया अदा नहीं कर सके, क्योंकि दोबारा दोनों की मुलाकात नहीं हो सकी।

कारतूस साहब

बहादुर गोरखा सेना के जवान उनको 'कारतूस साहब' कहकर बुलाते थे, क्योंकि वे जवान साफ-साफ कारडोजो नहीं बोल पाते थे। गोरखाली बोलनेवाले जनरल कारडोजो को 1/5 गोरखा राइफल्स में कमीशन मिला था, लेकिन उन्होंने सन् 1965 और 1971 की लड़ाइयाँ 4/5 गोरखा राइफल्स में रहकर लड़ीं। उनके नाम से काफी चीजें पहली बार हुईं। उदाहरण के लिए, वह पहले एन.डी.ए. कैडेट थे, जिनको एकेडमी में बहादुरी के लिए स्वर्ण और रजत दोनों पदकों से सम्मानित किया गया। मात्र 23 साल की उम्र में सेकंड लेफ्टिनेंट के तौर पर उनको बहादुरी के लिए भारत का पहला 'सेना मेडल' प्रदान किया गया। अरुणाचल प्रदेश के दापोरिजो क्षेत्र में सफल पेट्रोलिंग के लिए उनको यह सम्मान दिया गया। उन्होंने लट्ठों से बने बेड़े को डूबने से बचाने के लिए अपने लोगों के साथ जमा देनेवाले पानी में छलाँग लगा दी थी और आदिवासियों का हमला टलवा दिया था, जो कि जहरीले तीरों और धनुष से युद्ध करते थे।

वह पहले ऐसे विकलांग अधिकारी थे, जिन्होंने इन्फैंट्री बटालियन को कमांड किया था। और एक ऐसे शख्स के तौर पर भी वह पहले ही कहे जाएँगे, जिसने अपने हाथों से अपना पाँव काट दिया था! ऐसा करने के लिए भी अपार साहस चाहिए होता है। इसलिए उनसे मेरा पहला सवाल यही था, "किस चीज ने आपको इतना निर्भीक बनाया?"

उन्होंने हाजिर-जवाबी से कहा, "अरे नहीं, मैं बेखौफ नहीं हूँ। मैं नहीं समझता कि कोई भी बेखौफ हो सकता है—सिवाय गोरखाओं के। हर किसी को किसी-न-किसी चीज से डर लगता है। कुछ लोगों को काफी सारी चीजों से डर लगता है। आपको डर पर जीत हासिल करनी होती है।" जनरल ने ऐसा ही कुछ किया था, जब वह मात्र 17 साल के थे और एन.डी.ए. के कैडेट थे।

साइकिल चलाना भी नहीं जानता था ये कैडेट

जब 17 साल के इआन एन.डी.ए. जाने के लिए अपना बैग तैयार कर रहे थे तो उनके चिंतित माता-पिता ने संक्षिप्त बातचीत के लिए उनको बुलाया। उनकी माँ ने उनसे कहा, "इआन, कभी ऐसा कुछ मत करना, जिससे हमें शर्मिंदगी उठानी पड़े।"

उनके पिता ने कहा, "तुम एक दिन लोगों को कमांड करोगे। इसलिए कभी डर जाहिर मत करना। डर और साहस एक ही सिक्के के दो पहलू हैं। अगर तुम साहस का परिचय दोगे तो तुम्हारे लोग नरक में भी तुम्हारे साथ होंगे, लेकिन अगर तुम डर गए तो वे कहीं भी अच्छा प्रदर्शन नहीं करेंगे।"

इआन ने यह सीख सदैव के लिए गाँठ बाँध ली। जब वह ज्वाइंट सर्विसेज विंग में शामिल होने के लिए देहरादून के क्लेमेंट टाउन पहुँचे (बाद में चलकर इसे एन.डी.ए. बना दिया गया और इसे पुणे कैंपस में स्थानांतरित कर दिया गया), उनके सामने सबसे बड़ी समस्या यह थी कि वह साइकिल चलाना नहीं जानते थे। उन्होंने कहा, "मैं मुंबई में रहता था, जहाँ हमारा घर एक व्यस्त सड़क से सटा हुआ था। मैं जानता ही नहीं था कि साइकिल पर कैसे चढ़ते और उतरते हैं?" इसका नतीजा यह हुआ कि वह साइकिल से कई बार गिरे और अंततः वह खराब हो गई।

उनको दोबारा साइकिल नहीं मिली और उन्हें स्पष्ट रूप से याद है कि एक क्लास से दूसरी में जाने के लिए दौड़ लगानी पड़ती थी, जबकि उनके दूसरे कैडेट साथी साइकिल से आसानी से पहुँच जाते थे। उन्होंने माना, "मुझे कक्षाओं में पहुँचने में देर हो जाती थी। मेरा सुबह का नाश्ता छूट जाता था, रात का खाना छूट जाता

था और सजा भी भुगतनी पड़ती थी। छह हफ्ते में ही मेरा वजन 7 किलोग्राम कम हो गया था और मैं अपनी कक्षा में सबसे पीछे चला गया था।" पढ़ाई करना भी उनके लिए किसी झटके से कम नहीं था, क्योंकि वह यह मानकर एन.डी.ए. में आए थे कि उनको पढ़ना नहीं पड़ेगा। उन्होंने कहा, "मैं तो बुरी तरह से परेशान हो गया कि मुझे यहाँ विज्ञान, नागरिक शास्त्र, कला आदि कुल मिलाकर 36 विषय पढ़ने होंगे।" हालाँकि उनकी इज्जत बच जाती थी, क्योंकि वह खेल-कूद में काफी सक्रिय रहते थे। इस वजह से अपने डिवीजनल ऑफिसर के मन पर वह अपना असर छोड़ने में सफल हुए। अधिकारी ने कहा कि अगर वे अपनी गणित और हिंदी सुधार लें तो निश्चित रूप से इस कोर्स के दौरान अच्छा प्रदर्शन कर ले जाएँगे।

चूँकि इआन को दिन में समय मिलता नहीं था, अत: उन्होंने एकेडमी के नियम तोड़ने शुरू कर दिए। रात 10 बजे बत्तियाँ बंद होने के बाद वह कंबल के अंदर टॉर्च जलाकर गणित और हिंदी पढ़ते थे। इसका नतीजा भी हासिल हुआ—पाँचवें टर्म में वह क्लास में मेरिट में दूसरे नंबर पर आ गए। साथ-ही-साथ उन्होंने बॉक्सिंग भी शुरू कर दी थी और जल्दी ही वरिष्ठों की निगाह में भी आ गए थे; क्योंकि भले ही चाहे जितनी पिटाई उनकी हो जाए, वह हार नहीं मानते थे। उन्होंने एक वाकया का जिक्र किया, जब उनको बॉक्सिंग टीम के कप्तान से मुकाबला करना पड़ा था। जनरल ने बताया, "मैं उनसे लड़ना नहीं चाहता था, इसलिए मैंने अपनी फाइट कैटिगरी बदलवाने के लिए अपना वजन घटा लिया था।" हालाँकि, कैप्टन इआन से लड़ने को समान रूप से व्यग्र थे, इसलिए उन्होंने भी अपना वजन कम कर लिया था।

वह लड़ाई देखने के लिए पूरी एकेडमी वहाँ एकत्र हो गई थी। उन्होंने कहा, "मैं वहाँ सर्जेंट मेजर था और कोई मुझे पसंद नहीं करता था, इसलिए वे सभी मुझे हारते हुए देखना चाहते थे।" भीड़ को भी निराशा नहीं हुई। इआन को बहुत बुरी मार पड़ी। लेकिन उन्होंने हिम्मत नहीं हारी और बाहर होने से उन्होंने इनकार कर दिया। इस वजह से उनकी नाक से खून बहने लगा और जबड़े कमजोर पड़ गए; लेकिन इसका परिणाम यह हुआ कि उनके सभी वरिष्ठ और अधिकारी उनके जज्बे एवं दम-खम से काफी प्रभावित हुए और उनको एकेडमी कैडेट कैप्टन बना दिया। यह पोजीशन एकेडमी के हेड ब्वॉय के बराबर होती है।

दुर्भाग्य से, इआन की एक ब्रिटिश अधिकारी से अदावत हो गई, क्योंकि बटालियन के सामाजिक कार्यक्रम में उनको एक भारतीय अधिकारी की नकल

उतारने को कहा गया, जिसे उन्होंने मना कर दिया था। अत: वह उस अधिकारी की आँखों में खटक गए। उक्त ब्रिटिश अधिकारी ने उनको अंजाम भुगतने की धमकी दे डाली और कहा कि वह उनको परेड का नेतृत्व नहीं करने देगा। लेकिन इआन अपनी बात पर अड़े रहे। वह उस समय तमाम एकेडमी मेडल्स में से एक की दौड़ में थे। हालाँकि, अब तक के घटनाक्रम से वह आश्वस्त हो चुके थे कि मेडल उनके हाथ से छूट चुका है। पासिंग आउट परेड रिहर्सल के दौरान उन्होंने गौर किया कि स्वर्ण और रजत पदक किसी अन्य कैडेट को दिए जाने वाले हैं। इससे वह आश्वस्त हो गए थे कि उनको तो नहीं ही मिलने वाला कोई भी मेडल। डी-डे के दिन उनकी हैरानी का ठिकाना नहीं रहा, जब न केवल उनको परेड का नेतृत्व करने को कहा गया, बल्कि उनका नाम दोनों ही मेडल्स विजेता कैडेट के रूप में घोषित भी किया गया, यानी दोनों मेडल्स के विजेता एकेडमी कैडेट कैप्टन इआन कारडोजो स्वयं थे। उन्होंने मुसकराते हुए कहा, "उस घटनाक्रम ने मुझे यह सीख दी कि अगर आप सही हैं और अपने सिद्धांतों पर अडिग हैं तो आपको कोई रोक नहीं सकता।"

असली लड़ाई

युवा कारडोजो की असली लड़ाई हालाँकि सन् 1971 के युद्ध के खत्म होने के बाद शुरू हुई। जनरल ने बताया, "क्योंकि मेरे पास एक पैर नहीं था, सेना मुझे बटालियन का नेतृत्व नहीं सौंप सकती थी।" यह साबित करने के लिए कि वह युद्ध में बटालियन का नेतृत्व कर सकते हैं, उन्होंने बैटल फिजिकल एफिशिएंसी टेस्ट में हिस्सा लिया, जिससे सेना ने उनकी अक्षमता को देखते हुए उन्हें छूट प्रदान कर दी थी। इसमें तय समय में दो किलोमीटर की दौड़ पूरी करनी थी। मुसकराते हुए उन्होंने कहा, "मैं वह दूरी बिना किसी विशेष प्रयास के दौड़ गया; जबकि सही-सलामत पैरों वाले सात अफसर मुझसे पीछे रह गए थे।"

एक अन्य घटनाक्रम ने उनकी सोच को सही साबित किया, जो कि महज किस्मत से हासिल हो गया था। मिलिट्री ऑपरेशंस डायरेक्टरेट, नई दिल्ली में तैनाती के दौरान उनको वाइस चीफ ऑफ आर्मी स्टाफ के साथ जम्मू व कश्मीर जाना पड़ा। वाइस चीफ ने चौकियों का हेलीकॉप्टर से दौरा किया और कारडोजो वाहनों का काफिला सड़क मार्ग से ले जा रहे थे। एक पोस्ट पर उन्होंने तय किया कि वह अपने पाठ्यक्रम के साथी से मुलाकात कर लें, जो कि 4,700 फीट हिल पर अपनी टीम का नेतृत्व कर रहे थे। जब वाइस चीफ वहाँ उतरे तो उन्होंने कारडोजो को

मौके पर पाया, जिन्होंने उनको सैल्यूट किया। यह तय था कि उन्होंने हेलीकॉप्टर को पीछे छोड़ दिया था।

उन्होंने रुखाई से पूछा, "आप कैसे पहुँचे यहाँ?"

कारडोजो ने जवाब दिया, "मैं तड़के 3 बजे चला और यहाँ तक चढ़कर पहुँचा, सर।"

उनके इस जवाब ने वाइस चीफ को प्रभावित किया। उन्होंने सेना अध्यक्ष को इस बारे में लिखा और कर्नल कारडोजो को 1/5 गोरखा राइफल्स, उनकी पहली बटालियन का नेतृत्व करने के लिए भेज दिया गया।

बालू में 40 किलोमीटर लंबा मार्च

4/5 गोरखा राइफल्स में अपने सेवाकाल का ज्यादातर हिस्सा बिताने के बाद कारडोजो 18 साल बाद अपनी पुरानी बटालियन में वापस आ गए। उन्होंने कहा, "वे लोग राजस्थान के रेगिस्तान में थे और मैं उन लोगों के बीच दो बोतल स्कॉच लेकर पहुँचा—मुझे पता चला कि वहाँ मुझे कोई जानता नहीं था और मुझे देखकर उन लोगों को खुशी नहीं हुई। वे एक ऐसा कमांडिंग ऑफिसर नहीं चाहते थे, जिसका एक पैर लकड़ी का हो, जिसकी वजह से वे यह सोचते थे कि शायद मैं उनकी सनकी बटालियन का नेतृत्व न कर पाऊँ!" लेकिन उनका नया कमांडिंग ऑफिसर उन्हें गलत साबित करने जा रहा था।

उन्होंने पूछा कि अगले दिन का क्या कार्यक्रम है? जिस पर उनको बताया गया कि एकमात्र कार्यक्रम रेगिस्तान में 40 किलोमीटर का मार्च है। हालाँकि वह शारीरिक गतिविधि के लिए तैयारी कर रहे थे और इसके लिए रोजाना 6 किलोमीटर की दौड़ लगा रहे थे। कारडोजो भलीभाँति जानते थे कि रेगिस्तान में मार्च करना एक अलग ही तरह की चुनौती है। उनको जीप उपलब्ध कराई गई थी, लेकिन उन्होंने सेकंड-इन-कमांड को कहा कि वह जवानों के साथ मार्च करेंगे; उन्होंने कहा, "मैंने अपने आप से कहा था कि अगर मैं उनके साथ मार्च नहीं कर पाया तो मैं इस बटालियन का नेतृत्व करने की योग्यता नहीं रखता।" अगली सुबह 5 बजे उन्होंने नक्शा, एक कंपास तथा एक गाइड मँगवाया और चलना शुरू कर दिया।

युवा और तगड़े गोरखा अच्छी प्रगति दरशा रहे थे। कर्नल कारडोजो, जो कि टखने न होने के कारण धीमे थे, उनके पीछे-पीछे चल रहे थे। एक घंटे बाद जब सैनिक अपने हथियार दुरुस्त करने के लिए रुके तो उन्होंने देखा कि वे पीछे-पीछे

चले आ रहे हैं। वह चलते रहे, आराम करने के लिए रुके नहीं। उनको चलता देखकर सिपाहियों ने आपस में फुसफुसाना शुरू किया—'बूढ़ो ले के भयो?' (इस बूढ़े शख्स के साथ दिक्कत क्या है?) जवान जानना चाहते थे कि सी.ओ. साहब ब्रेक क्यों नहीं ले रहे हैं?

इस पर उन जवानों को बताया गया कि सन् 1971 की लड़ाई में वह अपना एक पैर गँवा चुके हैं; लेकिन इसके बावजूद वे उन सैनिकों के साथ कदम-ताल कर रहे हैं। इस जानकारी ने उन सभी के मन में कारडोजो के लिए सम्मान बढ़ा दिया। जनरल कारडोजो ने मुझे बताया, "उस दिन सुबह 5 बजे से शाम 6 बजे तक मैंने मार्च किया। जब मैंने आखिरी पड़ाव देखा, मेरा आत्मविश्वास सातवें आसमान पर पहुँच गया। मैं जानता था कि अब मुझे कोई रोक नहीं सकता। विकलांगों की भाषा में हम इसे 'सशक्तीकरण' बोलते हैं। हालाँकि मैं भी विकलांग था, लेकिन मैं किसी भी सामान्य व्यक्ति की भाँति ही बेहतर था। जब मैं पहुँचा, मैंने कंपनी कमांडरों को बुलाया और कहा—''जेंटलमैन, अगर आप यह सोचते हैं कि आपने मुझे परख लिया तो इसे भूल जाएँ, क्योंकि मैंने स्वयं अपने आपको परखा है। अब से यह सुनिश्चित कर लें कि शारीरिक चुस्ती-फुरती के मामले में आपको मेरे पैमाने पर खरा उतरना होगा।"

बटालियन के लिए अगली शारीरिक चुनौती 150 किलोमीटर रूट मार्च की मैंने रखी, जिसे तीन दिन में पूरा करना था। जनरल कारडोजो ने कहा, "मैंने उसे भी पूरा किया।" इसके बाद लकड़ी के एक पैरवाले कमांडिंग ऑफिसर ने अपनी बटालियन को तब तक आगे धकेला, जब तक वह हर प्रतियोगिता जीतने नहीं लगी। उन्होंने साबित किया और उससे बढ़कर उन्होंने अपने लिए साबित किया कि सर्वश्रेष्ठ कमांडिंग ऑफिसर बनने के लिए उनको दो 'सामान्य' पाँवों की जरूरत नहीं है। टेबल के उस पार मुसकराते हुए उन्होंने कहा, "इससे यह सीख मिलती है कि जीवन में कभी हार नहीं माननी चाहिए।"

समुद्र में डूबता बच्चा

रूट मार्चों के कुछ समय बाद गोरखा अपने कमांडिंग ऑफिसर के प्रति गर्व और सम्मान से भर उठे तो त्रिवेंद्रम में पोस्टिंग के दौरान बटालियन को कोवलम बीच पर पिकनिक के लिए जाने का मौका मिला। जनरल ने बताया, "वह जून का महीना था। मॉनसून आने ही वाला था और समुद्र वाकई भयानक हो चला था।"

तभी अचानक वहाँ चीख-पुकार मच गई कि एक अधिकारी का बच्चा खेलते हुए समुद्र में चला गया है। वह बच्चा मदद के लिए पुकार रहा था, लेकिन किसी की हिम्मत नहीं हो रही थी कि वह उस भयानक लहरोंवाले पानी में कूद सके। एक अच्छा तैराक होने के कारण कर्नल कारडोजो ने खुद ही जाने का फैसला किया। उन्होंने तत्काल अपने कृत्रिम पाँव हटाए और खुद को दो युवा अधिकारियों के कंधे के सहारे कूदते हुए नम बालू को पार किया और उन दोनों से कहा कि वे पानी में कूदने में उनकी मदद करें।

एक बार पानी में जाने के बाद वह डूबते हुए बच्चे की तरफ तैरकर जाने लगे। ज्यादा ताकत लगाने के कारण 800 मीटर की दूरी उन्होंने जल्दी ही पार कर ली। उन्होंने कहा, "जब मैं उस बच्चे के पास पहुँचा तो वह बहुत घबराया हुआ था। मैंने उससे कहा कि बच्चे, मुझे मत छूना। अगर तुम मुझसे चिपक गए तो हम दोनों डूब जाएँगे। मैंने उससे कहा कि मैं तुमको चट्टानों की तरफ धकेलूँगा और उस पर चढ़ने में मदद करूँगा। तब तक कोई-न-कोई तुम्हें बचाने के लिए पहुँच जाएगा।"

अपनी पूरी ताकत से उन्होंने बच्चे को आगे चट्टानों की तरफ धकेला और यह सुनिश्चित किया कि वह अपनी सुरक्षा के लिए हाथ-पाँव मारकर चट्टान पर चढ़ जाए। चूँकि कारडोजो के पास एक पैर नहीं था, इसलिए वह खुद को चट्टानों पर नहीं चढ़ा सकते थे। इसलिए वह पीठ के बल तैरते हुए लगभग 45 मिनट में किनारे तक पहुँचे। इस घटनाक्रम ने बटालियन के मन से हर तरह का संदेह दूर कर दिया कि कमांडिंग ऑफिसर कारडोजो गंभीरता के मामले में बेजोड़ हैं। उनसे जुड़ी बातें बैरक-दर-बैरक घूमती रहीं एवं लंगर के दौरान चर्चा का विषय बनती रहीं। अब तक गोरखा जवान अपने 'कारतूस साहब' के प्रति गहरी आस्था और सम्मान से भर उठे थे। यह सम्मान उन्होंने जीवन भर के लिए हासिल कर लिया था, न केवल अपने सैनिकों से, बल्कि उन सभी से जो सेना में थे—और सेना से परे भी—उन लोगों से, जो उनको जानते थे।

इस आखिरी कथानक के साथ जनरल कारडोजो ने अपनी घड़ी की तरफ देखा और विदा लेने की इजाजत चाही। उनको किसी और से भी मिलना था और देर करना उनकी आदत में नहीं था। मैंने उनके साथ एक तसवीर खिंचवाने का आग्रह किया, जिसके लिए वह खुशी-खुशी तैयार हो गए। वह एक बहादुर इनसान हैं, जो अकादमी में प्रशिक्षक के गौरव के लिए लड़े, जिन्होंने सन् 1971 की लड़ाई में अपने देश के लिए हिस्सा लिया और जो फिलहाल युद्ध में विकलांग हुए सैनिकों

के अधिकारों के लिए अपनी पूरी जिंदगी लड़ते हुए बिता रहे हैं। वह सीधे खड़े होकर चलते हैं और आज भी मुंबई मैराथन में हर साल 11 किलोमीटर दौड़ते हैं। मैं उनको जाते हुए देख रही थी और यही सोच रही थी कि उनके जैसे और भी इनसान इस दुनिया में गढ़े जा रहे हैं।

□

13

जब आपके पास खोने को कुछ नहीं होता, तब वहाँ डर भी नहीं होता

एक्स-जेंटलमैन कैडेट नवीन गुलिया की ऐतिहासिक जीवन-यात्रा—वह माइक्रोलाइट पायलट, मोटर कार रैलिस्ट, एडवेंचरर, प्रेरणादायक वक्ता और गरदन के नीचे पूरी तरह से पक्षाघात से पीड़ित हैं।

29 अप्रैल, 1995
भारतीय सैन्य अकादमी
देहरादून

जेंटलमैन कैडेट नवीन गुलिया महज 22 साल के थे, जब उनके साथ वह हादसा हुआ। कुछ ही दिन रह गए थे, जबकि वे भी अपनी टोपी हवा में उछालते, सेना में अपनी निष्ठा की शपथ लेते और आई.एम.ए. से एक लेफ्टिनेंट के तौर पर अपनी वरदी पर दो सितारे लगाए हुए अपना प्रशिक्षण पूरा कर चुके होते! आर्मी ऑफिसर बनने का उनका बचपन का सपना पूरा होनेवाला था और जल्दी ही वह उस लड़की के दरवाजे पर दस्तक देने वाले थे, जिसको वह 14 साल की उम्र से ही दिल दे बैठे थे। आत्मविश्वास से लबरेज मुसकान के साथ वह उसका हाथ माँगना चाहते थे। किंतु अफसोस, वैसा नहीं होना था जैसा उन्होंने सोचा था।

पासिंग आउट परेड के कुछ दिन पहले ही 29 अप्रैल को इंटर-कंपनी बाधा पार करने की प्रतियोगिता के दौरान नवीन सैंग्रो कंपनी टीम का नेतृत्व कर रहे थे और उनकी ही टीम के किसी सदस्य से दुर्घटनावश उन्हें धक्का लग गया और वह 10 फीट ऊँचे रैंप से नीचे गिर पड़े और जमीन पर पूरी ताकत से उनकी गरदन का

निचला हिस्सा टकराया। उसके बाद वह कभी अपने पैरों के बल चल नहीं पाए। वह जीवन भर के लिए पक्षाघात के शिकार हो गए और उनकी उसी हालत में मैं पहली बार उनसे मिलिट्री हॉस्पिटल, खड़की, पुणे में सन् 1996 में मिली थी।

नवीन फाइटर थे। हादसे के बाद डॉक्टरों ने तीन दिन ही उनके बचने की उम्मीद की थी। उन्होंने कई महीने तक अपने सिर पर ट्रैक्शन लगवाकर कसरत की, ताकि उनकी रीढ़ सीधी हो सके। इसके बाद उनके हाथों में कुछ हरकत भी वापस आ गई। जब मैं उनसे मिली तो उसी समय उन्होंने व्हीलचेयर चलाना सीखा था और वह मिलिट्री हॉस्पिटल के पास ही स्थित 'क्वीन मैरीज टेक्निकल इंस्टिट्यूट फॉर डिफरेंटली ऐबल्ड सोल्जर्स' से कंप्यूटर कोर्स कर रहे थे। रोजाना वह खुद व्हील चेयर चलाकर 500 मीटर दूर स्थित संस्थान तक जाते थे, जहाँ संस्थान के पीछे के दरवाजे उनके लिए खोल दिए जाते थे। उन दिनों मैं 'इंडियन एक्सप्रेस' में बतौर संवाददाता स्वास्थ्य बीट पर काम करती थी और रोज नई खबरें खोजती रहती थी। वह पहले मेरी खबर बने और उसके बाद दोस्त बन गए।

बड डी, बीच में एक खाली जगह के साथ

अगस्त 2016

एयर फोर्स स्टेशन, पालम, दिल्ली कैंटोनमेंट

उस रात मैं खाना खाने के बाद अपने घर के बाहर टहल रही थी और देव आनंद साहब का एक छोटा-सा गाना मेरे ईयरफोन पर चल रहा था कि तभी एक एस.एम.एस ने मेरे फोन पर दस्तक दी। मेरे फोन की स्क्रीन पर उस मेसेज में लिखा था—'हाइ बड डी, क्या मैं फोन कर सकता हूँ?'

वह नवीन ही थे। आगे चलकर उन्होंने 'बडी' (buddy) को 'बड डी' (bud dy), बीच में एक खाली जगह के तौर पर लिखना शुरू कर दिया था। चूँकि हम दोनों ही अपने-अपने जीवन में व्यस्त हो गए थे और एक-दूसरे को ज्यादा समय नहीं दे पाए थे, मैंने तुरंत ही उनको फोन किया और उनको उत्साह से लबरेज पाया; क्योंकि उन्होंने उसी समय एक नया-नया माउथ-ऑर्गन (वाद्य यंत्र) खरीदा था।

उन्होंने बताया, "मैं अभी इसे बजाना सीख रहा हूँ, लेकिन मैं आपके लिए एक गाना बजा सकता हूँ इससे।" और जैसे-जैसे मैं चाँद की रोशनी में पेड़ों के

नीचे से गुजरती रही, मेरे कानों में एक प्यारी-सी मीठी धुन घुलती गई। यह जरा हट के थी और मैं सोच में पड़ गई कि अगर उन्होंने इस धुन के बारे में पूछ लिया तो शायद मैं बता नहीं पाऊँगी; क्योंकि मैं इसे पकड़ नहीं पा रही थी कि यह कौन से गाने की धुन है! लेकिन खुशकिस्मती रही कि उन्होंने नहीं पूछा। वह गुड़गाँव-फरीदाबाद के बीच स्थित असोला-भट्टी वाइल्ड लाइफ सैंक्चुरी में स्थित भारद्वाज झील पर पिकनिक मनाने के बारे में सोच रहे थे, जिसके बारे में हाल में ही उन्हें पता चला था। उन्होंने कहा, "वहाँ का पानी शानदान पैंगॉन्ग सो झील की ही तरह बिल्कुल नीला है। यहाँ से वह महज 40 किलोमीटर दूर है, लेकिन वहाँ फोर-व्हील ड्राइव के जरिए ही पहुँचा जा सकता है। मैं अपनी जीप से वहाँ जा सकता हूँ।"

तो, ये नवीन थे, मेरे बड डी—बीच में एक खाली जगह के साथ—वह खाली जगह, जिसे हम भरने का प्रयास कर रहे थे। नवीन के बारे में लोगों ने पहले यह सोचा कि वह गरदन के नीचे पूरी तरह पक्षाघात के शिकार हैं, लेकिन अब जबकि मैं उनको बरसों से जान रही हूँ, तो मैंने यह भी गौर नहीं किया कि कभी वह व्हीलचेयर पर चलते हैं—सिवाय कुछ मौकों के, जैसे उदाहरण के लिए, जब वह मेरे कमरे के सँकरे दरवाजे से व्हीलचेयर निकालने की कोशिश करते हैं और मेरा पसंदीदा पॉट गिरकर टूट जाता है।

आमतौर पर उनकी चहकती पत्नी खुशी हर जगह उनके साथ होती हैं और साथ में होता है हाल में घर का सदस्य बना तीखी आवाज में शोर करनेवाला एक पग, जिसका नाम उन्होंने 'चंपू चमगादड़' रखा है, जिनके साथ नवीन जीवन से लबरेज हैं—हमेशा तैयार किसी भी तरह की मदद, मार्गदर्शन, चुटकुले और लतीफे सुनाने या व्हीलचेयर पर घूम-घूमकर आपको मोमोज या समोसा परोसने के लिए। व्हीलचेयर पर पुणे के खड़की मिलिट्री हॉस्पिटल के चक्कर लगाने के बावजूद उनका जोश और शौक बिल्कुल भी कम नहीं हुआ है। वह खुद व्हीलचेयर खींचकर अस्पताल जाते व आते हैं और उन्होंने उसके पीछे लाल पेंट से किसी से लिखवा भी रखा है—'Do not Push'। हालाँकि एक-एक इंच खींचने पर वह दर्द से भर उठते हैं।

उस दौर की याद दिलाइए तो वह चुटकी लेते हुए कहते हैं कि तब बड़ा नागवार गुजरता था, जब लोग (अच्छी भावना से भी), यहाँ तक कि पूरी तरह से अनजान लोग, उनको पीछे से धकेलकर अस्पताल तक पहुँचा देते थे और उनकी धीमी प्रगति पर अफसोस जाहिर करते थे। मददगार लोग नहीं समझते थे कि नवीन

ऐसा केवल अपने हाथों को मजबूत बनाने के लिए करते हैं। वह बताते हैं, "कभी-कभी मुझे एक रैंप से नीचे उतरने में 30 मिनट तक लग जाते थे; और जैसे ही मैं नीचे उतरकर खुश होता, कोई-न-कोई यह सोचकर कि मैं ऊपर चढ़ने की कोशिश कर रहा हूँ, बिना पूछे मुझे धकेलकर ऊपर पहुँचा देता।"

एक निर्मम प्रतिज्ञा

पहली बार जब मैंने नवीन को देखा था तो वह अपनी रीढ़ की चोट से सामंजस्य बैठाने की कोशिश कर रहे थे, जिसने उनके जीवन को पूरी तरह से बदल दिया था। बारिश से भीगी पुणे की उस दोपहर में मैं नहीं समझ पा रही थी कि उस नौजवान से मैं क्या कहूँ, जिसका कॅरियर और जीवन अचानक एक भयानक हादसे की वजह से जमीन पर आ गिरा? उन्होंने मेरे लिए चीजें काफी आसान कर दीं। वह एक नर्स को चुटकुले सुनाकर जोर-जोर से हँस रहे थे और मुझे देखकर उन्होंने उस गरमाहट भरे माहौल में मुझे भी शामिल कर लिया। उस समय वह सरकार से भी लड़ रहे थे कि उनको ऑफिसर का दर्जा दिया जाए और उसी के अनुरूप पेंशन भी दी जाए, क्योंकि वह आई.एम.ए. का कोर्स खत्म होने के आखिरी दिन चोटिल हुए थे।

मैंने उन पर एक लेख लिखने का निर्णय लिया था और हम उनके कागजात और सेना के नियमों को लेकर छानबीन कर रहे थे, ताकि तथ्य उचित तरीके से सामने आ सकें। हालाँकि मुझे नहीं लग रहा था कि वह जो चाहते हैं, उसे हासिल कर पाएँगे; फिर भी मैंने लेख लिखा, क्योंकि वह अपना हक हासिल करने को लेकर काफी आश्वस्त थे। न केवल उनको पेंशन मिलनी शुरू हुई, बल्कि मैंने तब से ही गौर किया है कि उन्होंने जिस चीज के बारे में भी सोचा, वह सबकुछ हासिल किया।

उन्होंने कहा, "लोग कहते हैं कि अपंगता जीवन को धीमा कर देती है, लेकिन मैं ऐसा महसूस करता हूँ कि इससे आप चीजों को जल्दी-जल्दी करना शुरू कर देते हैं। आप एक मन:स्थिति विकसित कर लेते हैं कि जो भी करना है, अभी करना है। आप देखिए कि मैं जब से विकलांग हुआ हूँ, तब से मैंने हासिल करने की जुगत ढूँढ़ ली है। अगर मैं ठीक होता तो संभवत: मुझे कुछ भी पाने में दोगुना से ज्यादा समय लग जाता! मैंने तो वर्ष 2011 में, महज 38 साल की उम्र में अपनी आत्मकथा भी लिख डाली।"

हादसे के बाद जीवन

नवीन को केवल विकलांग लोगों के लिए रोल मॉडल भर बता देना उनके साथ न्याय नहीं माना जाएगा। वह हम सभी के लिए रोल मॉडल हैं, जो सपने देखते हैं और उनको पूरा करने का साहस हम नहीं बटोर पाते, और वह ऐसे लोगों के भी रोल मॉडल हैं, जिन्होंने अपनी क्षमताओं का आकलन खुद कर लिया और मान बैठे कि उनसे बहुत कुछ संभव नहीं है। वह अपनी ही पसंदीदा कहावत का जीता-जागता उदाहरण हैं, जो कहते हैं—'हमारी क्षमताएँ कभी हमें सीमाओं में नहीं बाँधतीं। हमारे विचार ऐसा करते हैं। अगर हम सोच लें कि हम कर सकते हैं तो हम जरूर कर गुजरेंगे।'

नवीन को इस बात का मलाल है कि जिस कैडेट ने उनको धकेला था, वह आज तक उनसे मिलने नहीं आया। उन्होंने बताया, "मैं उससे कहना चाहता था कि इस हादसे को लेकर अपने मन पर कभी बोझ मत रखना; लेकिन संभव है कि आत्मग्लानि के कारण वह मुझसे सामना न करना चाहता हो।" उन्होंने कहा कि मैंने कभी यह सोचा ही नहीं कि किसने मुझे धक्का दिया था, क्योंकि अब उसका कोई अर्थ नहीं है। लेकिन वह इस बारे में काफी सोचते हैं कि अब वह कैसे उन चीजों को पूरा कर सकते हैं, जो वह करना चाहते थे?

फ्लैशबैक अप्रैल 1995

देहरादून

जब सन्न रह गए नवीन को, जो कि भयानक दर्द से तड़प रहे थे और अपने ही शरीर को महसूस नहीं कर पा रहे थे, तो उनको देहरादून मिलिट्री हॉस्पिटल लाया गया, जहाँ डॉक्टरों ने देखा कि उनकी रीढ़ की हड्डी टूट गई है और उनका शरीर पक्षाघात का शिकार हो गया है, जो कि संभव है, हमेशा के लिए ही हो गया। एक ट्रैक्शन उनके सिर में स्क्रू के जरिए फिक्स कर दिया गया, जो उनके सिर को निरंतर एक ही अवस्था में बनाए रखता, यानी उसे हिलने-डुलने नहीं देता। डॉक्टरों ने तीन दिन के लिए ऐसा किया था। अगर उन तीन दिनों में वह बच जाते तो उनके पास जीवित रहने की ज्यादा संभावनाएँ थीं। नवीन ने न केवल उन तीन दिनों के दौरान जीवट दिखाया, बल्कि आगे जाकर भी उन्होंने सारे काम उसी तरह से किए, जिसे करने में सामान्य पैरों या पंखोंवाला व्यक्ति भी परेशानी महसूस करता। उनकी कहानी अविश्वसनीय है, साहस बढ़ानेवाली है, चाहे वह मानसिक हो या शारीरिक,

जिसके लिए उन्होंने सेना में जाने का फैसला किया था। अगर वह स्वस्थ होते तो उनके सीने पर कई मेडल चमक रहे होते।

नवीन ने कई महीने अस्पताल के बिस्तर पर पड़े-पड़े ही बिताए और इस दौरान ट्रैक्शन उन्हें लगा ही रहा। वह कहते हैं कि उस दौरान सिर के ऊपर छत पर एक मकड़ी को वह जाले बुनते हुए देखते रहते। उस दौरान वह मन में उन चीजों की लिस्ट बनाते, जो वह अब कभी नहीं कर पाएँगे। उन्होंने कहा, "मैं कभी आर्मी ऑफिसर नहीं बन पाऊँगा। मैं कभी लिख नहीं पाऊँगा। मैं अपने पैरों पर खड़ा नहीं हो पाऊँगा—लिस्ट तो अंतहीन थी। लेकिन तब मैंने खुद को उस चीज पर गर्व करना सिखाया, जो मेरे पास थी। मैंने खुद को गर्व करने लायक बनाने के लिए उन चीजों के बारे में सोचना शुरू किया कि मैं अब क्या-क्या कर सकता हूँ? मैं कभी हार मानने के सिद्धांत के बारे में समझ ही नहीं पाता हूँ। वैसा सोचने के लिए आपको वाकई न्यूनतम आत्मविश्वास चाहिए होता है और वैसा कभी मेरे अंदर आ ही नहीं सकता था।"

इसलिए नवीन ने अस्पताल के बिस्तर पर पड़े-पड़े ही ऊपर पुस्तक लटकाई और उसे पढ़ना शुरू किया। उन्होंने खाली चेसबोर्ड पर मेंटल चेस का अभ्यास शुरू किया और दो साल बाद जब अस्पताल से निकले तो उन्होंने एप्टेक से कंप्यूटर प्रोफिशिएंसी कोर्स की पढ़ाई की और कोर्स पास भी किया, जिसमें उन्हें 99 प्रतिशत अंक हासिल हुए। उनके काफी दोस्त थे, जो उनको सिंबॉयसिस इंस्टिट्यूट में रोजाना 40 सीढ़ियाँ चढ़ाकर ले जाते थे, जहाँ वह कंप्यूटर मैनेजमेंट में मास्टर्स डिग्री प्रथम श्रेणी से पूरा कर गुजरे। उन्होंने जीवन-यापन के लिए गणित एवं कंप्यूटर साइंस पढ़ाना शुरू किया और एक ड्राइविंग लाइसेंस पाने के लिए संघर्ष में जुट गए। जब कार निर्माताओं ने उनके लिए विशेष रूप से डिजाइन की जा सकनेवाली गाड़ी बनाने में दिलचस्पी नहीं ली तो उन्होंने खुद ही हाथ से संचालित होनेवाली किट के जरिए विकलांगों के लिए गाड़ी का डिजाइन तैयार किया, जो कि किसी भी कार से जोड़ा जा सकता था।

उनके उदाहरणों को देखिए, जब वह कहते हैं, "किसी भी व्यक्ति को अगर सशक्त बनाना है तो उससे हर चीज छीन लीजिए। जब आपके पास खोने को कुछ रह ही नहीं जाता, तब कोई डर भी नहीं रहता।" यह बात उनसे बेहतर भला कौन समझ सकता था? डॉक्टरों ने जब उनको 100 प्रतिशत विकलांग घोषित कर दिया, तब नवीन ने उन बाधाओं को चुनौती दी और जो भी लक्ष्य वह निर्धारित करते, उसे

हासिल करने के लिए जी-तोड़ कोशिशों में जुट जाते। कंधे के नीचे बहुत मामूली संवेदना के बावजूद उन्होंने खुद कार और मोटर-युक्त ग्लाइडर चलाना सीखा। उन्होंने कहा, "अभ्यास के जरिए आप कुछ भी कर सकते हैं और मैं कठोर परिश्रम करने से कभी पीछे नहीं हटा।"

उन्होंने वाहनों को नियंत्रित करने के लिए चीजों का डिजाइन तैयार किया, ताकि उनको किसी गाड़ी का क्लच, ब्रेक और एक्सिलरेटर हाथ में ही मिल जाए और वे उसे अपने हाथों से ही संचालित कर सकें, केवल कंधे ही इधर-उधर हिलाने पड़ें। उन्होंने कहा, "उड़ान भरना कार चलाने से ज्यादा आसान है। उसमें कंट्रोल बहुत कम जटिल होते हैं। स्टीयरिंग खींचिए और विमान ऊपर उठने लगता है। उसे नीचे धकेलिए तो वह नीचे आने लगता है। कार की तरह विमान उलटता-पुलटता नहीं। इसलिए मुझे विमान उड़ाना कार चलाने से ज्यादा आसान लगने लगा है।"

प्यार और उद्देश्य को पाना

जीवन के प्रति लगन ने उनके रोमांस के मोरचे पर भी बखूबी काम किया। उनकी ड्रीम गर्ल खुशी, जो कि गोवा मूल की हैं, उनको एक फोरम की वेबसाइट पर दिखीं और वह उनसे इतनी प्रभावित हुईं कि वह उनसे शादी करने के लिए सबकुछ छोड़कर दिल्ली आ गईं।

नवीन ने टाटा सफारी से दुनिया के सबसे ऊँचे दर्रे मारसिमिक ला तक के सफर से अपना एडवेंचर शुरू किया और 'लिम्का वर्ल्ड रिकॉर्ड' कायम किया। समुद्र तल से 18,632 फीट पर स्थित यह दर्रा, जैसा कि वहाँ स्थित मील का पत्थर दरशाता है, एवरेस्ट बेस कैंप (17,400 फीट) से 1,232 फीट अधिक ऊँचा है। नवीन के पास इस उपलब्धि से जुड़ी दिलचस्प कहानी भी थी और मैं इसे सुनने को उतावली हो उठी। नवीन जब अकादमी में थे तो मेरठ में स्कूल के दिनों से जिस लड़की के प्यार में वह थे, उसे हर रोज पत्र लिखते थे। हालाँकि कुछ समय के बाद उनके पास उस लड़की की चिट्ठियाँ आनी बंद हो गईं। फिर उन्होंने तय किया कि कमीशन हासिल करने के बाद वह उसके घर जाएँगे; लेकिन ऐसा हो नहीं सका था।

हादसे के कुछ दिन बाद ही वह इलाज के लिए दिल्ली भेज दिए गए थे और उनके आश्चर्य का ठिकाना न रहा, जब वह लड़की किसी साथी से उनके बारे में जानने के बाद उनसे मिलने के लिए हॉस्पिटल पहुँची। उसकी शादी हो चुकी थी और वह अपने पति के साथ उनसे मिलने पहुँची थी। नवीन ने महसूस किया कि

उसके माता-पिता ने बेटी से चिट्ठियों को दूर रखा होगा और उसे कहीं और शादी करने के लिए समझा लिया होगा! अस्पताल के बिस्तर पर उसे देखकर लड़की का दिल टूट गया और वह आत्मग्लानि से भर उठी। नवीन ने उसे घर जाने के लिए समझाया और वादा किया कि वह जल्दी ही ठीक हो जाएँगे और उसे बताएँगे कि किस तरह से उनकी सेहत में सुधार हो रहा है।

उन दिनों स्नेल मेल का जमाना था और फेसबुक तब तक अस्तित्व में नहीं था, अतः दोनों एक बार फिर अपनी-अपनी दुनिया में खो गए। जब नवीन ठीक हुए तो उनके पास उससे संपर्क के लिए कोई सूत्र नहीं रहा। उन्होंने जोर-जोर से हँसते हुए कहा, "चूँकि मैंने कह रखा था कि अपनी सेहत में सुधार की बाबत मैं उसे बताता रहूँगा, इसलिए मैंने सोचा कि किसी तरीके से चर्चित होने से उस तक भी मेरी बेहतरी की खबर पहुँच ही जाएगी और यही वजह रही कि मैंने साहसिक गतिविधियों में दिलचस्पी लेना शुरू किया और मैं विश्व रिकॉर्ड तक जा पहुँचा।" उस महिला ने उनको जी न्यूज चैनल पर देखा भी, जब उन्होंने विश्व रिकॉर्ड बनाया और मीडिया ने उसे कवर भी किया और इस वजह से वह उनके संपर्क में भी आ गईं और इस बात से आश्वस्त भी हुईं कि उनकी सेहत में सुधार आने लगा है। नवीन ने कहा, "हम अब भी मित्र हैं। हम दोनों ही अपनी-अपनी दुनिया में खुश हैं।"

खुशियाँ फैलाना

नवीन ने अपने जीवन के हर आयाम में खुशियों को ही केवल जगह दी हुई है और जो भी उनके संपर्क में आता है, उसे भी वह आनंद से सराबोर कर देते हैं। उन्होंने पोलियो से प्रभावित लोगों के लिए कारें डिजाइन की हैं, जरूरत के हिसाब से अलग-अलग कंट्रोल डिजाइन किए हैं। साथ ही, युद्ध और घुसपैठ के खिलाफ अभियानों में घायल या विकलांग हुए सैनिकों का प्रेरणादायक बातों से उत्साहवर्धन करते हैं। आक्रामक, जोशीला अंदाज और खुशहाल जीवन जीने के लिए जरूरी जद्दोजहद साझा करने के लिए वह अस्पतालों का दौरा करते हैं और युद्ध में घायल तमाम पूर्व सैनिकों और पक्षाघात के पीड़ितों को जीवन के नए मायने समझाते हैं।

नई दिल्ली स्थित 'वॉर वूंडेड फाउंडेशन' के सीनियर कोऑर्डिनेटर के तौर पर वह अपनी सेवाएँ दे रहे हैं और अब दिल्ली में ही दो एन.जी.ओ.—'अपनी दुनिया अपना आशियाना' (ADAA) और 'जन जागृति' संचालित करते हैं, जो सड़कों और गाँवों के बच्चों के लिए काम करती है। वर्ष 2005 में उन्होंने हरियाणा के एक

गाँव बरहाना को गोद लिया। यहाँ स्त्री–पुरुष जनसंख्या में अंतर का अनुपात देश में सबसे भयावह है। उन्होंने कहा, "यहाँ हर 1,000 लड़कों पर मात्र 376 लड़कियाँ हैं। हम गाँव में लड़कियों को आगे बढ़ाने का प्रयास कर रहे हैं और उनको जीवन में सफलता हासिल करने में मदद करते हैं, ताकि वे दूसरी लड़कियों और उनके माता–पिता के लिए प्रेरणा बन सकें।"

उनकी आत्मकथा—'इन क्वेस्ट ऑफ द लास्ट विक्ट्री' (In Quest of the Last Victory) की एक लाख प्रतियाँ पहले ही बिक चुकी हैं। लोगों में जिंदादिली पैदा करने और नेतृत्व करने के प्रयासों को पहचान भी मिली है और इसके लिए वर्ष 2005 में अनुकरणीय सेवा के लिए उनको चीफ ऑफ आर्मी स्टाफ की तरफ से प्रशंसा–पत्र भी प्राप्त हो चुका है और 2006 में तत्कालीन राष्ट्रपति ए.पी.जे. अब्दुल कलाम ने उनको 'नेशनल रोल मॉडल अवॉर्ड' से भी सम्मानित किया है। नवीन अब व्यस्त रहते हैं। वह अब घर नहीं आते, जबकि मैं उनको पसंद करती हूँ। फिर भी, वह अपनी कस्टमाइज्ड ऑलिव ग्रीन जीप में अपनी सदाबहार पत्नी खुशी सरोज, किशोर बेटे फ्राइडे और प्यारे कुत्ते चंपू को लेकर मेरे घर आते हैं तो बरसों की दूरी अपने आप खत्म हो जाती है। वह आज भी वैसे ही नजर आते हैं, जैसे 23 साल की उम्र में मैंने उन्हें पुणे में देखा था, जब वह अपनी व्हीलचेयर पर चलते–फिरते थे, जिसके पीछे लाल रंग से लिखा था—Do not push। जब वह अपनी शेखी बघारते हुए मुझे और खुशी को चिढ़ाते हैं कि वह कितने शानदार, दिखने में अच्छे और अविश्वसनीय रूप से हैरतअंगेज हैं, तो मैं बनावटी ऊब से अपनी आँखें घुमाने लगती हूँ। लेकिन वास्तव में यह सब सच है। मेरे जाननेवाले कुछ शानदार लोगों में वह सबसे प्रमुख हैं। जब भी मैं इस बारे में सोचती हूँ, मेरा दिल उत्साह से भर उठता है कि उन्होंने कितना लंबा और शानदार सफर तय कर लिया है!

यह लेख www.yourstory.com पर भी देखा जा सकता है।

□

फौजी बनने के लिए प्रशिक्षण

वे कैसे लंबे बालोंवाले बच्चों को सुपर हीरो में तब्दील कर पाते हैं, जो एक चलते-फिरते लक्ष्य पर निशाना लगाकर उसे उड़ा देते हैं और उसी जोश के साथ वे बालरूम में डांस भी कर लेते हैं, जिस जोश से वे घुड़सवारी करते हैं या आप कैसे वे कपड़े हासिल करते हैं, जो विपरीत लिंगी को पूरी तरह आपके सामने नतमस्तक कर दे!

14

25 वर्ष की उम्र में आप 100 लोगों का नेतृत्व करते हैं, जो आपके एक आदेश पर जान देने को तैयार रहते हैं

लेफ्टिनेंट मोहम्मद हसीब खान, जम्मू व कश्मीर लाइट इन्फैंट्री, अपने सफर के बारे में बताते हैं कि कैसे लंबे बालोंवाले कॉलेज छात्र से वे बेरहम युद्ध मशीन में तब्दील हो गए।

अकादमी में एक दिन

चुस्त-तंदुरुस्त और आत्मविश्वास से लबरेज, आँखों में गरमाहट और होंठों पर चमकदार मुसकान लिये हुए 22 साल के लेफ्टिनेंट मोहम्मद हसीब खान से मेरी मुलाकात महोव के यंग ऑफिसर्स कोर्स के दौरान हुई थी, जहाँ उन्होंने मुझे बताया था कि हर आर्मी ऑफिसर को किस तरह के कठोर प्रशिक्षण के दौर से गुजरना पड़ता है। अपनी घड़ी की तरफ देखते हुए उन्होंने कहा, "मेरे पास घंटे भर का समय है।" उन्होंने अपने बचपन की सबसे प्यारी यादों को मुझसे साझा करना शुरू किया।

उन पलों को महसूस करते हुए उन्होंने कहा, "हम लोग लखनऊ कैंटोनमेंट में रहते थे। मेरा चौथा या पाँचवाँ जन्मदिन था। मेरे पिता नायब सूबेदार मोहम्मद सलीम खान ने मेरे सभी दोस्तों को 'बॉर्डर' फिल्म दिखाई। उन्होंने हमारे घर के बाहर जमीन पर टी.वी. लगा दिया और हम सभी वहाँ बैठकर मुँह बाए फिल्म देखते रहे, जिसमें सन्नी देओल ने मेजर कुलदीप सिंह चाँदपुरी की भूमिका अदा की थी और वह वाकया वर्ष 1971 की चर्चित लोंगेवाला की लड़ाई पर आधारित था।" अपने बचपने पर हँसते हुए वह बताते हैं, "उस दिन के बाद से काफी लंबे अरसे तक हम बंदूकों के आकार की लकड़ियों को बंदूक समझकर अपने कंधों पर सँभालने की

कोशिश करते थे। मुझे लगता है कि सेना के प्रति मुझे पहली प्रेरणा वहीं से मिली।" हालाँकि खान ने तमाम बड़ी चीजें हासिल करना सीख लिया था। उन्होंने 'परमवीर चक्र' विजेता सूबेदार मेजर और ऑनरेरी कैप्टन बाना सिंह, पी.वी.सी., जिनके नाम पर सियाचिन ग्लेशियर की एक पोस्ट का नाम भी रखा गया, की पलटन में शामिल होने का मौका मिला।

खान अपने परिवार के साथ दिल्ली के द्वारका, सेक्टर 14 में रहते थे। चेन्नई स्थित ओ.टी.ए. से उनके पास फोन आया। अक्तूबर 2014 में उन्होंने चेन्नई के लिए ट्रेन पकड़ी। तीन दिन के सफर के बाद वह वहाँ पहुँचे। खान ने बताया कि जैसे ही उनको ओ.टी.ए. में दाखिले के बारे में जानकारी हुई, उसी दिन से उन्होंने दौड़ लगाना और जिम जाना शुरू कर दिया, ताकि अकादमी के लिए शारीरिक रूप से वह चुस्त-दुरुस्त बन सकें। मुसकराते हुए उन्होंने कहा, "लेकिन आपके अंदर जो छिपा हुआ खजाना है, उसे उनसे (सैन्य प्रशिक्षकों से) बेहतर कोई भी न तो तलाश सकता है, न तराश सकता है।"

19 साल में जेंटलमैन कैडेट

चेन्नई रेलवे स्टेशन पर इंतजार करते घबराए हुए 50 नौजवानों को ले जाने के लिए ओ.टी.ए. की बस आती है। वे युवा देश के हर हिस्से से आए थे, जो कि बेंगलुरु से लेकर बंगाल तक की विविधता लिये हुए थे और एक-दूसरे को जानते तक नहीं थे। लेकिन साल भर के अंदर वे जीवन भर के लिए दोस्त बन जाने वाले थे और यह ठान लेने वाले थे कि न केवल एक-दूसरे के लिए जिएँगे, बल्कि मौका पड़ा तो जान भी दे देंगे। ओ.टी.ए. में सात कंपनियाँ (पाँच जेंटलमैन कैडेट्स (GC) के लिए और दो लेडी कैडेट्स (LC) के लिए) होती हैं और हर कैडेट को एक कंपनी आवंटित होती है। जेंटलमैन कैडेट खान को नौशेरा कंपनी में शामिल किया गया था। दोपहर 1 बजे वह कंपनी ब्लॉक के बाहर अपने 49 साथियों के साथ आ खड़े हुए।

वरिष्ठ साथी निकलकर आए और अकादमी के अंदर हमारा स्वागत किया। उन लोगों ने कहा कि लड़कों को साबित करना होगा कि वे नौशेरा के लिए उपयुक्त हैं! यह साबित करना बहुत आसान और तेजी से किया जा सकता था। एक कठोर-से दिखनेवाले वरिष्ठ साथी ने मुसकान बिखेरते हुए कहा, "सड़क पर उँगलियों के जोड़ों के बल पर नौ पुश-अप्स करने के बाद तुम अंदर आ सकते हो।" एक-एक

करके सभी 50 लड़कों ने जरूरी पुश-अप्स कर लिये। कुछ ने दूसरों की तुलना में काफी आसानी से ऐसा कर दिखाया और वे अपना सामान उठाकर इमारत के अंदर जाने दिए गए। खान ने कहा कि उनके लिए वह परीक्षा काफी कठिन साबित हुई थी।

एक बार अंदर पहुँचने के बाद हर कैडेट अपने सीनियर के अंडरस्टडी हो गया और ओ.टी.ए. में प्रशिक्षण काल के तमाम महीनों के दौरान वे सीनियर्स उनके दोस्त, दार्शनिक या मार्गदर्शक साबित होते हैं। खान जेंटलमैन कैडेट अनुज कुमार के अंडरस्टडी बने। खान ने कहा, "महीनों तक वह मुझे हर चीज में मार्गदर्शन करते रहे—मुझे यूनिफॉर्म तैयार करने से लेकर टेबल मैनर्स और फिजिकल ट्रेनिंग (PT) तक।" उन्होंने कहा, "जब मैं अपना पी.टी. टेस्ट पास नहीं कर पाया तो उन्होंने मुझे अपने कमरे में बुलाया और वहाँ अभ्यास कराया। उनके मेरे आस-पास रहने से मुझे बेहतरीन सपोर्ट सिस्टम मिला।"

अकादमी में पहला महीना 'हनीमून पीरियड' कहा जाता है। गलतियों को चेतावनी के साथ माफ कर दिया जाता है, गंभीर सजा नहीं दी जाती और जेंटलमैन कैडेट्स को नियम सीखने के लिए समय दिया जाता है। किंतु वह दौर खत्म होने के बाद पूरा नरक टूट पड़ता है। अगर कोई नियम तोड़ा गया तो सजा की सुनामी आ जाती है। अगर कैडेट्स को पाँच मिनट के अंदर किसी टास्क या ड्यूटी के बारे में रिपोर्ट करने के लिए कहा जाता है और कुछ सेकंड की भी देरी हो जाती है तो उनको तुरंत झुक जाने और फ्रंट रोल करने को बोल दिया जाता है। ब्रेकफास्ट में देर तक रुकने का खामियाजा 20 बार पुश-अप्स करके भुगतना पड़ सकता है। अगर पढ़ाई के दौरान कैडेट्स का कमरा अव्यवस्थित नजर आता है तो उनको ब्लॉक के कई चक्कर दौड़कर पूरे करने के लिए तैयार रहना होता है। पट्टी परेड एक पवित्र ड्रिल होती है, जिसे आई.एम.ए. और ओ.टी.ए., दोनों ही जगहों पर धर्म मानकर पूरी गंभीरता से करना होता है।

सभी सैन्य अधिकारियों के पास इस दौर की बेहद खुशनुमा यादें होती हैं, भले ही प्रशिक्षण काल के दौरान वे समय-समय पर दुःखदायी और निराशाजनक लगती हों। यह वहाँ की आम धारणा है कि क्लार्क केंट जितनी देर में रिवॉल्विंग डोर से अपनी सुपरमैन पोशाक बदलकर सामने आ जाता है, एक जी.सी. से अपेक्षा की जाती है कि वह उतना तेज या उसके समकक्ष तेजी से व्यवहार करेगा। हर कोर्स के दौरान सभी 50 प्रशिक्षुओं को कतार में खड़ा कर दिया जाता है और तीन से चार

मिनट का समय दिया जाता है, जितनी देर में उनको एक विशेष प्रकार का कपड़ा पहनकर लौट आना होता है। यह कॉम्बैट से ही शुरू हो सकता है, यानी प्रशिक्षुओं को कॉम्बैट यूनिफॉर्म में पूरी तरह तैयार होकर आना होता है, जिसमें उनको टोपी, बेल्ट, डायरेक्ट मॉल्डेड सोल (DMS) बूट्स और सॉक्स भी पहनने होते हैं। उन सभी को पूरी तरह तैयार होकर तीन मिनट के अंदर कतारबद्ध होना होता है।

इतना करने के तुरंत बाद उनको दोबारा कमरों में भेजा जाता है—किसी और कपड़े में सामने आने के लिए। उदाहरण के तौर पर, पी.टी. ड्रेस में, जबकि समय दिया जाता है मात्र तीन मिनट। इसमें सफेद शॉर्ट्स, सफेद टी-शर्ट, सफेद मोजे और सफेद जूते। जिस पल वे उन कपड़ों में कतारबद्ध होते हैं, उसी पल उनको किसी भी प्रकार की ड्रेस, चाहे वह मुफ्ती का हो, बाहर जाने के लिए ढंग का सिविलियन कपड़ा हो, आसपास आने-जाने के लिए जूनियर के लिए सफेद शर्ट एवं ब्लैक ट्राउजर्स और सीनियर्स को ग्रे ट्राउजर्स में, जिस पर ओ.टी.ए. की टाई और ब्लैक ब्रॉग (मोटे चमड़े वाले) शूज भी पहनना होता है। जितनी जल्दी-से-जल्दी वे मुफ्ती में कतारबद्ध होते हैं, उतनी ही जल्दी उनसे कहा जा सकता है कि वे खेल-कूद वाली पोशाक में कतारबद्ध हो जाएँ, यानी कंपनी के तय रंग वाली टी-शर्ट (नौशेरा के लिए लाल), उससे मिलता-जुलता मोजा, ब्लैक शॉर्ट्स और सफेद जूते में उपस्थित होने का आदेश मिल सकता है। एक भी व्यक्ति अगर देर से पहुँचा तो पूरी कंपनी ही इस दौरान सजा भुगतने के लिए तैयार रहे।

उन्होंने कहा, "हालाँकि यह काफी खीझ पैदा करनेवाला प्रोग्राम होता है, क्योंकि पूरी कंपनी मात्र एक व्यक्ति के लिए दंडित हो सकती है; लेकिन इससे हमें यह भी सीखने को मिलता है कि अपने साथ वालों को कैसे आगे बढ़ाएँ और कैसे उनकी मदद करें, ताकि वे अपनी धीमी गति या समस्याओं से उबर सकें और दूसरों के लिए समस्या न बनें। इससे हमें एक टीम के रूप में काम करने की सीख मिलती है।" यह अकादमी के कुछ तरीकों में से एक होता है, जिससे कैडेट्स में दोस्ती की भावना और बहादुरी के अलावा भ्रातृत्व के गुण पैदा होते हैं। आर्मी अफसरों को इस मंत्र—'एक के लिए सब और सबके लिए एक' (one for all and all for one)! के साथ जीवन जीने की कला सिखाई जाती है। अभियानों के दौरान यह गुण काफी अहम हो जाता है, क्योंकि वहाँ जिंदगी दाँव पर होती है और दूसरों की जान बचाना जिंदगी जीने का सबसे बड़ा गुण है।

मजाक के तौर पर खान ने मुझे बताया, "पट्टी परेड में मुझे यह महसूस

हुआ कि मेरा कपड़ों का खजाना अचानक कितना ज्यादा भर गया था!" उन्होंने कहा, "चार जोड़ी जीन्स, चार शर्ट्स और दो जोड़ी जूते तब थे, जब मैं कॉलेज में था; जबकि ओ.टी.ए. में मेरे पास 25-25 ट्राउजर्स और 8 जोड़ी जूते हो गए। हम हर मौके के हिसाब से अतिरिक्त जोड़ी सामान रखते थे; क्योंकि किसी भी वजह से अगर किसी सामान में टूट-फूट या खराबी हो गई तो उसे यूनिफॉर्म का उचित हिस्सा नहीं माना जाता था और यह अक्षम्य अपराध की तरह गंभीरता से लिया जाता है।"

दिनचर्या

जी.सी. को तड़के 3:30 बजे उठ जाना होता है, एस.एस.बी. (शिट, शेव एंड ब्रश) के बाद बाहर से अपनी पी.टी. ड्रेस लेनी होती है। इसके बाद उन्हें चाय, कॉफी और बिस्किट दिया जाता है। सीनियर कैडेट बाहर कॉरिडोर में खड़े होकर चाय-बिस्किट लेते हैं, वहीं नए कैडेट्स को अपने कमरे में रिफ्रेशमेंट लेने की छूट होती है। सुबह 4:30 बजे तक सभी की रिपोर्ट कोई सीनियर साथी लेता है। इसमें दिन की पूरी गतिविधियों का निर्देश भी दिया जाता है। जिन लोगों ने गलतियाँ की होती हैं, उन्हें वहीं सजा भी सुना दी जाती है। सजा के लिए तय अपराधों में वरिष्ठ को आदर देने में भूल, टेबल मैनर में कोताही या कैंपस में साइकिल से चलने के दौरान एक साथ चार के समूह में न चलना आदि शामिल हो सकता है। आखिरी वाला अपराध तो ऐसा अजीबोगरीब है, जिसे आई.एम.ए. और ओ.टी.ए., दोनों जगह समान रूप से देखा जाता है। जी.सी. को हमेशा चार के समूह में ही रहना होता है। अगर उनमें से एक भी कम हुआ तो सभी को साइकिल से उतरकर दौड़ते हुए वहाँ जाना होता है, जहाँ वे साइकिल से जा रहे होते हैं।

सभी औपचारिकताएँ 5:30 बजे सुबह तक पूरी कर ली जाती हैं और सुबह की हाजिरी के लिए सभी कैडेट्स को अंग्रेजी के 'U' आकार में खड़े होना होता है। जूनियर साथियों में से कोई एक आगे आकर कंपनी की शपथ दिलाता है—"हम कंपनी के लिए लड़ेंगे (we will fight for the company); हम कंपनी के लिए जीतेंगे (we will win for the company); हम उसे वापस हासिल करेंगे, जो हमेशा से हमारा रहा है! (मतलब—चैंपियन बैनर) (we have to bring back what was always ours!- meaning, the championship banner)।" शपथ का समापन कंपनी के युद्धघोष—"शेरा! शेरा! नौशेरा!"— के साथ होती है। इसके बाद जूनियर कैडेट पी.टी. के लिए चले

जाते हैं और सीनियर ड्रिल के लिए। एक घंटे की आउटडोर एक्टिविटी के बाद 20 मिनट का अंतराल मिलता है, जिसमें सभी जी.सी. अपने कमरों में लौट आते हैं और कपड़े बदलकर 8:00 बजे से पहले नाश्ते के लिए एकत्र हो जाते हैं। नाश्ता 8:00 बजे से 8:40 बजे के बीच ही दिया जाता है।

जूनियर के तौर पर जी.सी. को मात्र 5 मिनट मिलते हैं शानदार नाश्ता खत्म करने के लिए। खान ने बताया, "अगर हम आउटडोर क्लास में कॉम्बैट यूनिफॉर्म में हैं तो हमें तेजी से ऑमलेट निगल जाना होता है और तेजी से दूध पीना होता है; साथ ही, हम अपनी पॉकेट में ब्रेड के टुकड़े ठूँस लेते हैं, ताकि दिन में प्रशिक्षण के बीच में कुछ पेट में डाल सकें।" वह एक घटनाक्रम के बारे में याद करते हैं कि कैसे उनको नियम न मानने के कारण सजा भुगतनी पड़ी थी।

उन्होंने बताया, "अकादमी में वह मेरा दूसरा सप्ताह था। मैं भूख से परेशान था और नाश्ता ले रहा था, तभी एक सीनियर वहाँ पहुँचा और घोषणा करते हुए कहा कि अचानक एक लेक्चर के लिए सभी को बुलाया गया है और हमें दो मिनट के अंदर मेस खाली कर देना है। मैंने चिकन का एक पीस अलग से बाद में खाने के लिए छोड़ रखा था। तभी मेरे सीनियर ने निकलने के लिए कहा। मैंने उनसे कहा, 'बस, निकल रहा हूँ, सर।' और खाना जारी रखा।" खान ने झेंपते हुए बताया, "उन्होंने एक बार और मुझसे कहा तो मैंने फिर वही जवाब दिया और चिकन खत्म करने की जी-तोड़ कोशिश करने लगा; जबकि मैं चाहता ही नहीं था कि वह खत्म हो। इसके बाद उन्होंने मुझसे अगले दिन सुबह 9:00 बजे अपने कमरे में मिलने को कहा।" जी.सी. खान की अगले दिन न केवल अच्छी-खासी पिटाई हुई, बल्कि 40 पुश-अप्स के 10 सेट भी पूरे करने पड़े। वह इस सजा से काफी खिन्न थे; लेकिन दूसरे सीनियर ने उनको अपने कमरे पर बुलाकर बड़े प्यार से समझाया, उनसे छोटी बात की और सॉफ्ट ड्रिंक व बिस्किट देकर खान का मन हलका किया।

कक्षा की दिनचर्या

अकादमी में जिंदगी एक सख्त और बेहतरीन ढाँचे में गुँथी अकादमिक दिनचर्या के साथ आगे बढ़ती है। लेक्चर सुबह 9:00 बजे से शुरू होते हैं। अकादमी में पढ़ाए जानेवाले विषयों में अंग्रेजी, सैन्य इतिहास, कंप्यूटर, विज्ञान एवं युद्ध तकनीक, हथियार प्रशिक्षण और फायरिंग होते हैं। ज्यादातर सुबह चार लेक्चर शेड्यूल में तय रहते हैं। 10:30 बजे से 10:50 बजे तक ब्रेक होता है। दोपहर 1:20

बजे जी.सी. लंच ब्रेक पर जाते हैं। 2:00 बजे तक वे अपनी कंपनी में लौट जाते हैं, कपड़े बदलकर वे कंपनी के रंग वाले कपड़ों में आ जाते हैं और अपने हथियार जारी कराते हैं। अगर जरूरत पड़ती है तो और अगली कक्षा के लिए निकल जाते हैं। शाम 3:00 से 4:00 बजे तक जी.सी. को यूनिफॉर्म प्रदान की जाती है, बैंक जाना हो तो वे जा सकते हैं, साइकिल दुरुस्त करानी हो तो वह भी कराने जा सकते हैं और अन्य जो भी जरूरी काम हों, उनके लिए जाने की छूट इस दौरान प्रदान की जाती है। शाम 4:30 बजे से 5:50 बजे तक वे कुछ ट्रूप गेम्स खेलते हैं, जिसमें बास्केटबॉल, वॉलीबॉल और हॉकी शामिल हैं, जिसमें उन सभी को हिस्सा लेना होता है और सीखना होता है। आगे चलकर वे इन खेलों को अपने जवानों के साथ खेल सकते हैं और इससे आपसी जुड़ाव बढ़ाने में भी मदद मिलती है, जो लड़ाई के मैदान में विशेष रूप से तब नजर आती है, जब लोग एक-दूसरे के लिए मौत से भी टकराने को तैयार रहते हैं। खान ने बताया, "खेलों ने हमें संबंध विकसित करना, टीम भावना पैदा करना और सहयोग करना सिखाया और हमने इस तरह एक-दूसरे को कवर करना भी सीखा।"

जब वे वापस कैंपस जाते हैं तो जी.सी. को चाय और बिस्किट दिए जाते हैं। उनको तरोताजा होने के लिए वक्त दिया जाता है और वे कपड़े बदलकर मुफ्ती वाली पोशाक में आ जाते हैं। शाम 6:45 बजे से 7:45 बजे तक वे अपनी-अपनी डेस्क पर होते हैं, जहाँ उन्हें दिन में पढ़ाए गए विषयों को दोहराना होता है। वहाँ से वे मनोरंजन कक्ष में जाते हैं और जिसे टी.वी. देखना हो, वह टी.वी. देखता है; जिसे स्नूकर खेलना हो, वह स्नूकर खेलता है या जिसे अखबार और जर्नल पढ़ने हों, वह उन्हें पढ़ भी सकता है। रात 8:00 बजे जूनियर कैडेट्स वहाँ पहुँचते हैं और ऊँची आवाज में खबरें पढ़ते हैं, जिसके साथ कोई प्रेरणादायक विचार या कथन भी सुनाते हैं। साथ ही, अगले दिन के कार्यक्रम के आदेश सुना दिए जाते हैं। 8:10 बजे सभी लोग रात के खाने के लिए कैडेट मेस की तरफ मार्च करते हैं।

हर शनिवार शाम को रोल कॉल के लिए सभी जी.सी. की परेड होती है। खान ने बताया, "यही वह समय होता है, जब हफ्ते के दौरान किसी गंभीर प्रकार की गलतियों के कारण सजा पाए हुए कैडेट्स के नामों की आधिकारिक रूप से घोषणा की जाती है। अपना नाम सुनकर बदकिस्मतों के चेहरे गिर जाते हैं। इसका मतलब यह होता है कि वे रविवार को बाहर नहीं जा सकेंगे। लेकिन इसमें भी जले पर नमक छिड़का जाता है।"

बेहतरीन या डरावना संडे

फ्रेशर के तौर पर ज्यादातर जी.सी. को संडे का दिन भयानक रूप से डरावना लगता है। इस दिन सीनियर कैडेट रैगिंग करने या सजा देने के लिए आजाद होते हैं। लेकिन जब वे सीनियर बनते हैं तो संडे का दिन खान और उनके साथियों के लिए मजेदार बन गया। आज अकादमी ने जी.सी. को बेसिक फोन रखने की छूट दे दी है; लेकिन वर्ष 2014 में जब खान प्रशिक्षण ले रहे थे, तब फोन पर प्रतिबंध था। इसलिए संडे को एक महत्त्वपूर्ण काम यह होता था कि वे एस.टी.डी. बूथ जाकर सबसे पहले घर फोन करते थे, दोस्तों और गर्लफ्रेंड्स (अगर आप किसी एक को हासिल कर पाने में सफल हुए तो) से जमकर बातें करते। खान ने बताया, "उस दिन हम सुबह 6:00 बजे उठते, जो कि अकादमी के पैमाने के हिसाब से काफी देर मानी जाती। दौड़ के लिए निकल जाते और पी.टी. व गेम्स के बाद अपने ब्लॉक में सुबह 8:00 बजे तक लौट आते थे।" तैयार होकर जी.सी. मस्ती करने निकल पड़ते। कुछ अपनी टूटी साइकिल की मरम्मत कराते, तो कुछ जरूरत के सामान, जैसे—साबुन, टूथपेस्ट या शेविंग क्रीम लेने कैंटीन चले जाते। जिन्हें हेयरकट की जरूरत होती, नेमप्लेट बदलवाने की जरूरत होती या बेरेट कैप ठीक करानी होती, वे संबंधित काम में संलग्न हो जाते। इस तरह लोग अपनी-अपनी जरूरतों को पूरा करने में ही मसरूफ हो जाते। लेकिन सभी को दिन के 11:00 बजे तक एकत्र होना होता, जो कि संक्षिप्त नाश्ते का समय होता, अत: वे सभी मेस में एकत्र हो जाते।

एक शानदार नाश्ता तैयार मिलता, जिसमें छोले-भटूरे, बिरयानी या डोसा बाँटा जाता। केवल वे लोग, जिन्होंने ड्रिल स्क्वैर टेस्ट, सैल्यूटिंग, मार्चिंग, परेड में कमांड देने (अकादमी पहुँचने के पाँचवें-छठे हफ्ते तक जिसमें निपुण हो जाना होता) के टेस्ट पास किया हुआ होता, उन्हें सादे कपड़ों में स्मार्ट अंदाज में तैयार होने की छूट होती। इसमें भी यह सुनिश्चित करना होता कि उन्होंने ओ.टी.ए. की टाई को करीने से बाँधा है या नहीं, और इतना सब होने के बाद उन कैडेट्स को छूट होती कि वे जहाँ चाहें, जा सकते हैं। यही जी.सी. का बाहर निकलने का माध्यम होता। खान ने कहा, "हम कुछ सार्वजनिक वाहनों को पकड़ते और मॉल पहुँच जाते। वहाँ विंडो शॉपिंग करते या बर्गर अथवा पिज्जा खाते।" पब में जाना सख्त मना था। सभी जी.सी. को शाम 4:00 बजे तक लौट आना होता था। इसके बाद उन सभी को साथ बैठकर हँसी-मजाक अथवा गाना गाना या एक-दूसरे की नकल उतारने आदि की छूट होती। शाम 6:00 बजे ऑडिटोरियम में किसी फिल्म का प्रसारण हो रहा होता। संडे को पूरी तरह बॉलीवुड के नाम समर्पित किया जाता

था और बुधवार को हॉलीवुड फिल्में दिखाई जाती थीं। उनमें से ज्यादातर तो ताजा रिलीज हुई फिल्में होती थीं और कभी-कभी युद्ध पर आधारित फिल्में अथवा मार-धाड़ से भरपूर फिल्में होती थीं। मौजूदगी जरूरी होती थी वहाँ सभी की और जिन कैडेट्स की नींद पूरी नहीं होती थी, वे फिल्म के दौरान अपनी नींद भी पूरी कर लेते थे; हालाँकि स्नैक्स और ड्रिंक—समोसा, रोल और मिल्क शेक्स—जो कि इंटरवल के दौरान बाहर स्टॉल पर लगाए जाते, वे बेहतर विकल्प होते।

एकता में अनेकता

भारत की धार्मिक और क्षेत्रीय विविधता का अकादमी में बेहतरीन मिश्रण पाया जाता है। खान उत्तर भारत के रोटी खानेवाले मुसलिम हैं; जबकि अकादमी में उनका साथी जी.सी. तेकेहेल मायुन नेपोलियन मणिपुर का चावल-प्रेमी ईसाई है, जहाँ मीट की परिभाषा में मेढक और कुत्तों को भी शामिल किया जाता है। पहले टर्म में फ्रेशर्स को चावल खाने से मना किया जाता है, ताकि वे दुबले-पतले बने रहें और ड्रिल टेस्ट को आसानी से पार कर लें। खान ने याद किया, "हालाँकि हमें इस तरह के प्रतिबंधों से बहुत फर्क नहीं पड़ता था। हम कभी-कभी तेकेहेल के लिए चावल का जुगाड़ कर लेते थे, जो रोटी खाने से बचता था।"

एक अन्य साथी जी.सी. गौथम आर तमिल है, जो हिंदी का एक शब्द भी नहीं बोल और समझ पाता था। खान ने कहा, "जब भी कोई आदेश हिंदी में पास होता तो हम सब उसे पूरा करने के प्रयास में जुट जाते थे; जबकि गौथम और तेकेहेल बेचैन होकर इधर-उधर देखते थे कि कोई अंग्रेजी में उन्हें अनुवाद करके बताए। हम सब जहाँ अंग्रेजी में बोलने का अभ्यास कर रहे थे, वहीं वे लोग हिंदी सीख रहे थे। अब गौथम हिंदी भाषी क्षेत्र बिहार में तैनात है और न केवल फर्राटेदार हिंदी बोल लेता है, बल्कि वहाँ की स्थानीय बोली के कौन से शब्द सीखने चाहिए, यह भी उसे पता है और हर समय हिंदी में ही व्हाट्सऐप पर लिखता है। अकादमी आपके साथियों को इस कदर आपस में घुला-मिला देती है कि आप जीवन भर के लिए मित्र बन जाते हैं। आप तरक्की करते हुए जनरल तक बन जाते हैं; लेकिन कोर्स के दौरान का साथी, चाहे जो भी रैंक हासिल कर ले, बिना बताए धड़ल्ले से आपके कमरे में घुस आएगा और दिल खोलकर बड़े प्यार से गालियाँ देगा, आपकी प्लेट से खाना उठा लेगा और आप उसे एक शब्द भी नहीं बोल पाएँगे।" यह बताते हुए वह भावुक हो गए।

25 साल की उम्र में आप 100 लोगों को कमांड करते हैं

खान ने बताया कि आर्मी ऑफिसर बनना उनका सपना था और यह सच भी हो गया। इंजीनियरिंग का छात्र होने के बावजूद उन्होंने इन्फैंट्री में जाने का फैसला किया, क्योंकि वह जमीन पर लड़नेवाले फौजी बनना चाहते थे। यह सेना की पहली लाइन होती है, जिसे युद्ध के लिए सबसे पहले भेजा जाता है। सेना में कॅरियर बनाने की इच्छा रखनेवालों के लिए खान का ये संदेश है—'अगर आप सरकारी नौकरी, शानदार जीवन-शैली, एक स्मार्ट यूनिफॉर्म और आकर्षक वेतन पाना चाहते हैं, लेकिन अपने देश के लिए अपनी जान जोखिम में डालने से डरते हैं तो कुछ और तलाशिए। सेना में बतौर अधिकारी आप अपने देश और बहुत सी जानों की सुरक्षा के प्रति जिम्मेदार होते हैं। 25 साल की उम्र में आप 100 लोगों का नेतृत्व कर रहे होते हैं, जो आपके एक आदेश पर लड़ने और जान देने के लिए तैयार रहते हैं। इसे किसी अन्य पेशे की तरह बिल्कुल न समझें। सेना का प्रमुख काम युद्ध लड़ना और देश की रक्षा करना है। वे सभी, जो इस पेशे के बारे में सोचते हैं, उन्हें इसके लिए तैयार रहना होगा।'

□

15

मैं ट्रुप गेम्स भी फुटबॉल की तरह खेलती हूँ; मैं राइफल से शूट कर सकती हूँ और मुझे खाली हाथ लड़ना आता है— हर महिला अधिकारी ऐसा करती है

आर्मी सर्विस कोर की मेजर मैरियन एंटनी बताती हैं कि कैसे उनको मिले प्रशिक्षण से वह विविधताओं से भरी चीजें आसानी से कर सकती हैं। खाली हाथ लड़ने से लेकर राइफल शूटिंग और एक काफिले का नेतृत्व और एक मैगजीन के संपादन तक का काम वे सँभाल सकती हैं।

मेजर मैरियन एंटनी से मेरी मुलाकात इस पुस्तक को लिखने के दौरान साउथ ब्लॉक में मेरे समय-समय पर आने-जाने के दौरान हुई। वह पब्लिक इन्फॉर्मेशन टीम की एडिशनल डायरेक्टरेट जनरल पद पर हैं और उन्होंने ही अधिकारियों को चुनने में मेरी मदद की, जिनसे मैं साक्षात्कार कर सकती थी। उन्होंने बाहर तैनात अधिकारियों से मुलाकात की व्यवस्था की और उन लोगों से संपर्क में मदद की, जिनकी लोकेशन का गोपनीयता की वजह से खुलासा नहीं किया जा सकता था, यहाँ तक कि मोबाइल फोन की कनेक्टिविटी भी उन जगहों पर उपलब्ध नहीं थी। ऑलिव ग्रीन यूनिफॉर्म में स्मार्ट तरीके से सजी मैरियन और किसी जेंटलमैन ऑफिसर में कोई अंतर नहीं था—निपुण, सक्षम और पुराने जमानेवाली नम्रता, जो कि सेना से अलग शायद ही कहीं दिखती हो। हम पुस्तक का काम पूरा करने ही वाले थे कि मुझे लगा कि उनको भी इस पुस्तक में होना चाहिए, भले ही वह इस पर कुछ प्रकाश डाल सकें कि सेना में महिला अधिकारियों का काम किस तरह से

विविधताओं से भरा हुआ और आकर्षक है! मैंने जब अपने इस विचार का जिक्र उनसे किया तो वह कुछ सकुचा-सी गईं; लेकिन जब इजाजत मिल गई तो अंततः हम साथ बैठे और बातें कीं। इस बार उन चीजों के मद्देनजर बातें नहीं हुईं, जिनकी अपेक्षा पुस्तक लिखने के दौरान मुझे उनसे होती रही थी; बल्कि इस बार तो एक महिला अधिकारी के तौर पर उनके सफर पर खुलकर बात हुई। यह रही मैरियन की कहानी।

दुबली-पतली और खूबसूरत, चेहरे पर सौम्य मुसकान और मृदु बरताववाली मेजर मैरियन एंटनी उस कहावत का बेहतरीन उदाहरण हैं—'हाव-भाव मायावी भी हो सकते हैं।' उनसे कभी सादे कपड़ों में मिलिए, जो कि कांजीवरम साड़ी हो सकती है, अगर वह किसी शादी समारोह में जा रही हों या जीन्स और एक टी-शर्ट हो सकती है, अगर वह मॉल जा रही हों और आपको शायद ही विश्वास हो कि अगर जरूरत पड़ी तो वह मारने के लिए शूट भी कर सकती हैं और खाली हाथों से लड़ भी सकती हैं।

उन्होंने अपनी सौम्य मुसकान बरकरार रखते हुए बताया, "हर सेना अधिकारी को पता होता है कि राइफल कैसे इस्तेमाल करते हैं और यह भी सिखाया जाता है कि कैसे हमला करें और अपना बचाव करें!" उनकी मुसकान उनके अंदर मौजूद कठोर स्त्री को पूरी तरह ढँके हुए थी।

कुछ समय लगता है, लेकिन जल्दी ही आप यह तथ्य समझ जाते हैं कि जब आप उनके दफ्तर में प्रवेश करते हैं तो वह खड़ी होकर स्वागत करती हैं और आपके लिए दरवाजा भी खोलती हैं। वह भारतीय सेना की अधिकारी हैं और शिष्ट व्यवहार के उन्हीं नियमों का पालन करती हैं, जैसा जेंटलमैन अधिकारियों को भी सिखाया जाता है।

मैरियन 22 साल की उम्र में सेना में शामिल हुई थीं। उनको सिविल सोसाइटी के जीवन के बाद यूनिफॉर्म में कॅरियर बनाने का जुनून था। उन्होंने कहा, "मेरे परिवार का कोई सदस्य सेना में नहीं था। मेरे पिता इटली में होटल व्यवसाय से जुड़े थे और मेरी माँ दुबई में काम करती थीं। बारहवीं तक मैं एक सैन्य अधिकारी बनने के बारे में सोचती भी नहीं थी, लेकिन कॉलेज के दौरान मैंने एन.सी.सी. में दाखिला लिया और सेना के जीवन और उनकी सोच के तौर-तरीकों से वाकिफ हुई।"

चेन्नई में स्टेला मैरिस कॉलेज में एक एन.सी.सी. कैडेट के तौर पर मैरियन ने दिल्ली में हुई गणतंत्र दिवस परेड में तमिलनाडु का प्रतिनिधित्व किया था।

एक होनहार छात्रा होने के कारण कॉलेज के दिनों में वह यूनिफॉर्म में कॅरियर की संभावनाओं के बारे में सोचती भी नहीं थीं। कैंपस रिक्रूटमेंट के दौरान उनका चयन एच.एस.बी.सी. और एसेंचर दोनों कंपनियों के लिए हुआ तो उन्होंने एसेंचर को चुना। हालाँकि डेढ़ साल काम करने के बाद उनकी मुलाकात कॉलेज के समय एन.सी.सी. में सीनियर रही एक साथी से हुई, जो फिलहाल सेना में थीं। उन्होंने सेना में खुद को मिले कुछ दिलचस्प अवसरों के बारे में बातें बताईं। मैरियन ने कहा, "उन्होंने मुझे भी एस.एस.बी. प्रवेश परीक्षा में शामिल होने को उकसाया, क्योंकि वह वाकई सैन्य अधिकारी बनकर खुशी महसूस कर रही थीं।" एस.एस.बी. में पास होने के बाद वह 'महिला विशेष भरती योजना' के तहत ओ.टी.ए. में शामिल हुईं।

उन्होंने बताया कि महिला कैडेट के तौर पर उनके साथ जीवन के यादगार पल जुड़े हुए हैं। छह महीने तक वह सुबह 5:00 बजे उठती थीं। एक घंटे पी.टी. के बाद पूरे दिन नॉन-स्टॉप कक्षाएँ और शारीरिक गतिविधियाँ चलती रहती थीं, जब तक कि उनको बिस्तर पर जाने के लिए नहीं कह दिया जाता था। वह बताती हैं, "वह बहुत कठिन दौर था। हम हर समय सक्रिय बने रहते थे। कार्यदिवसों पर हम बमुश्किल चार घंटे सो पाते थे।" ट्रेनिंग का सबसे कठिन दौर 25 किलोमीटर 'जोश रन' होता था, जो महिला कैडेट्स (LCs) को 10 किलो वजन लादकर और राइफल के साथ पूरा करना होता था। अब उस दूरी को बढ़ाकर 40 किलोमीटर कर दिया गया है।

ओ.टी.ए. से मार्च 2008 में पास होने के तुरंत बाद ही उनको जम्मू व कश्मीर में तैनात कर दिया गया। उन्होंने बताया, "मैंने आर्मी सर्विस कोर (ASC) चुनी थी। हमारा काम सेना के लिए जरूरी लॉजिस्टिक्स सपोर्ट को सँभालने का था, जिसमें राशन, गाड़ियाँ और अन्य सामग्रियों को भिजवाना शामिल होता था।" अपनी पहली पोस्टिंग से ही वह काफिला कमांडर के तौर पर सैनिकों के साथ तत्परता से सामानों को ले जाने लगीं। उनके काफिले में 30 से 40 गाड़ियाँ एक साथ चलती थीं और एक जगह से दूसरी जगह तक पहुँचने के दौरान वह जिम्मेदार अधिकारी थीं। उन्होंने बताया, "पूरे काफिले में मैं अकेली महिला रहती थी और पूरे दिन चलते रहने के बावजूद मुझे जरा-सी भी समस्या नहीं होती थी।"

वर्ष 2009 में जम्मू व कश्मीर के रियासी में पोस्टिंग के दौरान मैरियन को 5 किलोमीटर दूर तलवाना में एक तयशुदा कार्यक्रम के दौरान जाना पड़ा, जहाँ उस जगह वह अकेली महिला अधिकारी थीं और लगातार सेना की टुकड़ी से घिरी रहती

थीं। उन्होंने कहा, "मुझे इस बात का गर्व है कि मेरे सी.ओ. ने मेरी क्षमताओं पर भरोसा जताया और उन कार्यक्रमों को अंजाम देने के लिए मुझे चुना।" मैरियन की यह जिम्मेदारी थी कि वह उस इलाके के जवानों के लिए सूखे व ताजे राशन के अलावा ईंधन, तेल और ल्युब्रिकेंट्स (FOL) की व्यवस्था करतीं। उन्होंने कहा, "लोगों के मन में महिला अधिकारियों को लेकर तरह-तरह की आशंकाएँ रहती हैं कि अकेले किसी मोरचे पर वे कैसे रहेंगी? लेकिन मेरा विश्वास कीजिए, मैंने यहाँ से ज्यादा सुरक्षित कहीं महसूस नहीं किया।" उन्होंने यह तो माना कि महिला अधिकारी के तौर पर शुरू में तो उनको जवानों के सामने अपनी दक्षता साबित करनी होती है, क्योंकि ज्यादातर जवान गाँवों से आते हैं। उन्होंने माना, "महिला को रिपोर्ट करना और उसे अपना इंचार्ज मानना जवानों के लिए बिल्कुल नया अनुभव होता है; क्योंकि उन लोगों ने महिलाओं को पत्नी या माँ के रूप में ही देखा होता है। किसी पेशेवर के तौर पर उनका सामना महिलाओं से कभी हुआ नहीं रहता।" उन्होंने आगे बताया, "आपको कड़ी मेहनत करनी होती है, तब जाकर आप उनका भरोसा जीत पाते हैं। ए.एस.सी. में ज्यादातर काम एकाउंट्स, कागजात के, ठेकों पर काम कराने और लोगों से मोल-तोल करने से जुड़े होते हैं और अगर आप अपना काम जानते हैं तो वे आपको एक अच्छे जेंटलमैन अधिकारी के तौर पर समझ जाते हैं और तेजी से आपके अनुसार ढल जाते हैं।" मैरियन ने कहा कि "ट्रूप गेम्स, जैसे वॉलीबॉल और बास्केटबॉल को पुरुषों के साथ खेलने से आपसी जुड़ाव उसी तरह से बढ़ता है, जैसे अधिकारी जैसा व्यवहार करने और महिला होने की वजह से छूट न लेने से बढ़ता है।" उन्होंने बताया, "हर तरह के अवसरों के लिए महिला अधिकारियों की तैनाती धीरे-धीरे की जा रही है और सारी शंकाएँ समय के साथ दूर होती जाएँगी।"

मैरियन के मुताबिक, "सेना में होने की सबसे मजेदार बात यह है कि वहाँ एकरूपता जैसी चीज नहीं है। हर कार्यकाल के दौरान आपको कुछ-न-कुछ अलग करने का मौका मिलता है।" उन्होंने बताया, "मैंने जम्मू व कश्मीर में काफिलों का नेतृत्व किया, फौजियों के लिए राशन आपूर्ति का काम सँभाला, कंपोजिट फूड लैबोरेटरी के साथ काम किया; मुंबई में खाद्य सामग्रियों, जैसे कॉफी पाउडर और काजू आदि के पूरे देश में घूम-घूमकर नमूने एकत्रित किए।" वर्तमान में वह दिल्ली में तैनात हैं और सेना की पत्रिका के संपादक के तौर पर काम कर रही हैं, जहाँ वह कंटेंट और डिजाइन दोनों के मामले देख रही हैं। वह सेना के पब्लिक इन्फॉर्मेशन

ऑफिस से कंटेंट सपोर्ट और तसवीरों की अनुमति भी दिलाती हैं।

सेना में अपने कार्यकाल के दौरान उन्होंने हर तरह की टोपी पहनी है; लेकिन वह कहती हैं कि बेरेट कैप की बात ही कुछ और होती है। उन्होंने कहा, "मैंने सामाजिक जीवन भी देखा और वरदी वाला जीवन भी। सेना के साथ मुझे पूरा देश देखने का मौका मिला और हर तरह के दिलचस्प काम करने को मिले। इस अनुभव के आधार पर मैं कह सकती हूँ कि सामाजिक क्षेत्र में शायद ऐसी कोई नौकरी नहीं है, जो इस कदर विविधता से भरपूर हो।" तभी उनका फोन बजा और वह उसे अटेंड करने आगे बढ़ गईं। उन्होंने कहा, "जी सर! मैं देख लूँगी, सर।" उन्होंने मुझसे खेद भरी मुसकान के साथ पूछा कि क्या मुझे माफ कर सकती हैं? मैंने उनको आश्वस्त किया कि मुझे उनके माध्यम से जितना जानना था, मैंने जान लिया है और उनके अगले काम में व्यस्त होने के लिए मैं विदा लेती हूँ।

महिला अधिकारी के तौर पर सेना में भरती

महिलाओं को सेना में सन् 1992 में कॉम्बैट रोल की इजाजत मिली; लेकिन आर्म्ड फोर्सेज मेडिकल कॉलेज में वे सन् 1962 से सेवाएँ दे रही हैं। वर्तमान में महिला अधिकारियों का कार्यकाल सेना में दस साल का है, जिसमें उन्हें चार साल का कार्यकाल बढ़वाने की छूट है। इसे 'शॉर्ट सर्विस कमीशन' कहा जाता है। जगह की उपलब्धता, जरूरतों और उनके प्रदर्शन को देखते हुए महिला अधिकारियों को पूर्णकालिक कमीशन भी दिया जा सकता है।

महिलाओं की भरती कार्यक्रम

यू.पी.एस.सी. प्रवेश : 19 से 25 साल के बीच की महिलाएँ साल में दो बार यू.पी.एस.सी. परीक्षा में शामिल हो सकती हैं। सफल अभ्यर्थियों को एस.एस.बी. साक्षात्कार के लिए बुलाया जाता है। आवेदन करने के लिए आपको किसी मान्यता प्राप्त विश्वविद्यालय से किसी भी विषय में ग्रेजुएट या पोस्ट ग्रेजुएट होना अनिवार्य है।

एन.सी.सी. स्पेशल भरती : एन.सी.सी. महिला कैडेट के तौर पर दो साल थल सेना के सीनियर डिवीजन में बिताने और 'सी' सर्टिफिकेट में न्यूनतम 'बी' ग्रेड हासिल करने पर सेना में शामिल होने के लिए कैडेट आवेदन कर सकती हैं। महिला कैडेट की उम्र 19 से 25 साल के बीच होनी चाहिए। कोर्स में जगह के

बारे में एडिशनल डायरेक्टरेट जनरल ऑफ रिक्रूटिंग की तरफ से सूचनाएँ निकलती रहती हैं। ग्रेजुएशन कर रही फाइनल ईयर की छात्राओं को भी भरती में शामिल होने की इजाजत है, बशर्ते उन्होंने 50 प्रतिशत अंकों के साथ ग्रेजुएशन कर लिया हो।

एस.एस.सी.-तकनीकी भरती : इंजीनियरिंग कर रही छात्राओं को, जो कि 20 से 27 साल की उम्र तक की हों, इस माध्यम से भरती होने का मौका मिल सकता है। वे इंजीनियरिंग डिग्री कोर्स के दौरान चौथे साल या डिग्री पूरी करने के बाद इसमें शामिल हो सकती हैं। इंजीनियरिंग की किसी भी शाखा की छात्रा भरती आवेदन कर सकती है।

जज एडवोकेट जनरल (JAG) भरती : इस क्षेत्र में भरती विशेष रूप से कानून की ग्रेजुएट छात्राओं के लिए होती है। इस योजना में भरती की उम्र 21 से 27 साल है, जिसकी सूचना एडिशनल डायरेक्टरेट जनरल ऑफ रिक्रूटिंग की तरफ से जारी होती है और अमूमन हर साल अप्रैल एवं अक्तूबर में इसका नोटिस जारी होता है। इसके जरिए भरती पाने के लिए पात्रता के तौर पर अभ्यर्थी को एल.एल.बी. या एल.एल.एम. डिग्री हासिल करनी होती है और न्यूनतम अंक योग्यता 55 प्रतिशत तथा बार काउंसिल ऑफ इंडिया का सदस्य होना अनिवार्य है।

□

16

मैं साँप के बिल के पास खड़ा था और कोबरा को अपनी तरफ आता देख रहा था

मेजर जॉन डैनियल, पैरा (स्पेशल फोर्सेज), कॉम्बैट फ्री फॉलर, गहरे समुद्र के तैराक, जंगल युद्ध के विशेषज्ञ ने बताया कि स्पेशल फोर्सेज में प्रशिक्षण और जीवन कैसा होता है।

पैरा (स्पेशल फोर्सेज) के मेजर जॉन डैनियल को साक्षात्कार के लिए तलाश कर पाना आसान नहीं था। वह किसी भी एक जगह लंबे समय तक टिककर नहीं रहते थे। जब तक मैं उन्हें उनकी मूल यूनिट लोकेशन नॉर्थ-ईस्ट में तलाश पाई, तब तक वह दिल्ली चले आए थे। जब तक मैं उनका दिल्ली का नंबर तलाश पाई, तब तक वह कश्मीर जा पहुँचे। वह लगातार चलते रहते हैं और मोबाइल फोन कवरेज क्षेत्र से बाहर-अंदर होते रहते हैं। मेरी फोन कॉल्स का उनसे कभी भी संतोषजनक जवाब नहीं मिल पाता था। अंततः जब मैं उनसे मिली तो उन्होंने विनम्रतापूर्वक खेद जताया और बताया कि वह अपने अभियानों को लेकर किस कदर व्यस्त रहते हैं। उन्होंने कहा, "हम जंगलों में आतंकियों के पीछे दौड़ते-भागते रहते हैं। एल.ओ.सी. के आर-पार इन दिनों जबरदस्त मूवमेंट चल रही है।"

जिन लोगों ने स्पेशल फोर्सेज का विकल्प चुन रखा होता है, वे हमेशा खतरों के मुहाने पर पाए जाते हैं। वे इसे असली फौजीगीरी कहते हैं। डैनियल ने बताया, "हम अतिरिक्त खतरे उठाते हैं।" कश्मीर में ऑपरेशन के दौरान बीच-बीच में समय निकालकर तीन दिन उनसे बात हो पाई। फौलाद की तरह कठोर इन लोगों ने जिस ताकत के बल पर अपना जीवन देश के सबसे कठिन अभियान में झोंक रखा

था, वह था—इनको मिला प्रशिक्षण। इसलिए यहाँ उस पर ही एक नजर डालते हैं कि उसमें क्या-क्या समाहित होता है!

स्पेशल फोर्सेज प्रोबेशन

दिसंबर 2009

रोरिया, जोरहाट

26 साल के कैप्टन जॉन डैनियल हाथों में झाड़ू लिये हुए साँप के बिल के ठीक ऊपर खड़े थे और एक काले कोबरा को अपनी तरफ बढ़ता देख रहे थे। वह लगभग पाँच फीट लंबा रहा होगा। डैनियल की धड़कनें तेज होती जा रही थीं, लेकिन उन्होंने कोबरा पर अपनी नजर गड़ाए रखी। उनके आस-पास आधा दर्जन साँप, अलग अलग प्रजातियों के, भी मौजूद थे। वह जानते थे कि उनमें से ज्यादातर जहरीले नहीं हैं और वे या तो चूहे खानेवाले साँप हैं या पानी में रहनेवाले। अधिकतम नुकसान वे यही पहुँचा सकते थे कि काट सकते थे। लेकिन उनमें से तीन जहरीले साँपों को लेकर चिंता ज्यादा थी—एक, जिसके शरीर पर बैंड की तरह पीली और काली धारियाँ थीं, वह था करैत; दूसरा था वाइपर, जो कि अपने शिकार पर पूँछ से वार करता है और तीसरा कोबरा, जो कि उनकी तरफ बढ़ता चला आ रहा था।

असम की भीषण ठंड में डैनियल को अपने माथे पर पसीना महसूस हो रहा था। जब भी वह गहरी साँस भर रहे थे तो उनकी शर्ट की जेब में मौजूद नॉन-पैरा वॉलंटियर का फॉर्म आवाज करने लगता था। वह जानते थे कि उन्हें केवल इतना भर कहना है कि वह स्पेशल फोर्सेज में नहीं रहना चाहता और बाहर खड़े लोग उन्हें ऊपर खींच लेंगे। कुछ क्षण के लिए मन में आए इस विचार को उन्होंने झटक दिया। गहरी साँस भरकर वह एक तरफ हटे और झुककर उन्होंने कोबरा की पूँछ पकड़ ली और उसे दूसरी ओर झटक दिया। इस दौरान कोबरा के गुस्से में फुँफकारने पर उन्होंने अपना धैर्य नहीं खोया। उनके प्रशिक्षक 10 फीट ऊपर से यह सारा माजरा देख रहे थे। साँप के उनके हाथ में आते ही उन्होंने 'टन' की आवाज की और पुरस्कार-स्वरूप कहा—"शाबाश!"

साँप के बिल में एक झाड़ू के साथ भेजा जाना और उसकी सफाई करना ड्रिल का ही एक हिस्सा है, जिसे सभी पैरा (एस.एफ.) अधिकारियों को वाकिफ

होना होता है। उन सभी ने कई बार यह अभ्यास किया होता है। डैनियल ने प्रोबेशन के उन दिनों की सनसनीखेज यादों को मुसकान के साथ याद करते हुए कहा, "हम लोगों को साँपों को पहचानना और उन्हें सँभालना सिखाया जाता है। फिर एक टेस्ट के तौर पर हमें तीन मीटर गुणा दो मीटर क्षेत्रफल वाले गड्ढे में उनके साथ उतार दिया जाता है। यह मानसिक मजबूती का टेस्ट होता है।"

मौत के करीब पहुँचा देनेवाला प्रशिक्षण

सेना में स्पेशल फोर्सेज की आठ यूनिट होती हैं, जो कश्मीर से नॉर्थ-ईस्ट तक फैली होती हैं। दुनिया में सबसे खतरनाक फोर्स में गिनी जानेवाली ये यूनिटें निरंतर एक्शन में ही रहती हैं। जो अधिकारी इनमें शामिल होने की इच्छा रखते हैं, उन्हें दुनिया के सबसे कठिन प्रोबेशन दौर से गुजरना होता है। कोई भी सैन्य अधिकारी स्पेशल फोर्सेज के लिए अपनी इच्छा जता सकता है, चाहे वह देहरादून में आई.एम.ए. का ताजा-तरीन ग्रेजुएट हो, ओ.टी.ए. या किसी इन्फैंट्री यूनिट में काम कर रहा हो। सभी वॉलंटियर आठ स्पेशल फोर्सेज में से किन्हीं तीन यूनिटों के लिए अपना नाम दे सकते हैं। फिर उनको किसी एक यूनिट से बुलावा आ सकता है, जहाँ प्रोबेशन इस तरह से तैयार किए गए होते हैं, जो उन्हें अपनी मानसिक और शारीरिक क्षमता बढ़ाने में मदद करते हैं।

अन्य गतिविधियों के अलावा उनके प्रशिक्षण में लंबी दूरी की तैराकी, 40 किलोमीटर तक 40 किलो वजन लादकर दौड़ना, हाथ व पैर बाँधकर पानी में फेंक देना और साँप के बिल के पास लड़ाई जैसे हैरतअंगेज कामों में जूझना होता है। जो 90 दिनों तक यह सब झेल पाते हैं और अपने प्रशिक्षकों को प्रभावित कर पाने में सफल होते हैं, उन्हें भारतीय सेना के सर्वाधिक प्रतिष्ठित बैज से नवाजा जाता है। ये मानक इस कदर कठोर होते हैं कि 100 में से केवल 5 अधिकारी ही स्पेशल फोर्सेज का बैज धारण कर पाते हैं। ब्रिटिश स्पेशल फोर्सेज के मूल मंत्र—'जो हिम्मत करेगा, वो जीतेगा' (He who dares, wins) से प्रेरित होकर भारतीय स्पेशल फोर्सेज के बैज पर अपना मंत्र—'बलिदान' (sacrifice) अंकित होता है।

स्पेशल फोर्सेज का हर जवान एक प्रशिक्षित पैराट्रूपर और एक जबरदस्त तैराक होता है। घुसपैठ से लेकर बंधकों को छुड़ाने और मिलिट्री सर्जिकल स्ट्राइक्स तक हर तरह के अभियानों को सफलतापूर्वक अंजाम देने के लिए उन्हें प्रशिक्षण मिला होता है। पुरुषों को 25,000 फीट की ऊँचाई से ऑक्सीजन मास्क और

सिलेंडर के साथ छलाँग (कॉम्बैट फ्री फॉल) लगवाई जाती है, गहरे समुद्र में तैराया जाता है, स्नाइपिंग, फायरिंग, खाली हाथ रहने जैसे अन्य कौशलों से लैस कराया जाता है। ये फौजी पहाड़ों के युद्ध कौशल में भी बखूबी पारंगत होते हैं, क्योंकि भविष्य की ज्यादातर लड़ाइयाँ पहाड़ों में ही लड़ी जाने वाली होती हैं।

ये फौजी सांस्कृतिक और भाषाई तरीके से भी तैयार किए जाते हैं, ताकि दूसरे देशों में भी चलनेवाले अभियानों में वे सामंजस्य बैठा सकें। वे पश्तो, अरबी, चीनी, तिब्बती भाषाएँ बोल सकते हैं, जो उन्हें पचमढ़ी स्थित 'एजुकेशन स्कूल' और दिल्ली स्थित 'स्कूल ऑफ फॉरेन लैंग्वेजेज' में सिखाई जाती हैं। स्पेशल फोर्सेज के वॉलंटियर्स को सख्ती से बता दिया जाता है कि उन्हें औसत फौजी की अपेक्षा ज्यादा कठोर बनना है। जहाँ एक इन्फैंट्री के जवान को 40 मिनट की पी.टी. कराई जाती है, वहीं स्पेशल फोर्सेज के लिए यह अवधि डेढ़ घंटे की होती है। जहाँ इन्फैंट्री के जवान हाथों पर पुश-अप्स करते हैं, वहीं स्पेशल फोर्सेज के जवानों को उँगलियों पर पुश-अप्स करने होते हैं। जहाँ इन्फैंट्री के फौजी हथियारों के बल पर लड़ते हैं, वहीं स्पेशल फोर्सेज के जवानों को बिना हथियार लड़ने की ताकत पैदा की जाती है। सामान्य फौजी जमीनी हमलों के लिए प्रशिक्षित होते हैं, स्पेशल फोर्सेज यूनिटों को समुद्र और हवा के जरिए भी हमले करने में पारंगत बनाया जाता है।

डैनियल की दास्ताँ

डैनियल को सेना में जाने की प्रेरणा अपने पिता हवलदर पी.जी. डैनियल से मिली, जो 'कोर ऑफ इलेक्ट्रॉनिक्स एंड मेकैनिकल इंजीनियर्स' (EME) में बरसों तक रहे। इसके अलावा, नोएडा स्थित आर्मी पब्लिक स्कूल में पढ़ाई के दौरान भी उनको कुछ ऐसा ही माहौल मिला। उन्होंने बताया, "मैंने आठवीं से बारहवीं की पढ़ाई उक्त स्कूल से की। हमारे साथ के 25 में से 12 साथियों ने सेना का दामन पकड़ा। हम सबका यह सपना था और हम लगातार इस बारे में बातें करते और एक-दूसरे को आगे बढ़ाते जाते थे।" डैनियल एन.डी.ए. की मेरिट लिस्ट में जगह नहीं बना पाए थे और मोहाली स्थित 'आर्मी इंस्टीट्यूट ऑफ लॉ' से उन्होंने कानून की पढ़ाई का विकल्प चुना। इसके बाद उन्होंने सी.डी.एस. की परीक्षा दी और जुलाई 2005 में उनका चयन हुआ, जिसके बाद उन्होंने आई.एम.ए. से प्रशिक्षण हासिल किया। उन्होंने कहा, "मैं एयरफोर्स के लिए भी चयनित हुआ था, लेकिन आर्मी मेरी पहली प्राथमिकता थी।"

वह 22 साल के थे, जब वे आई.एम.ए. से ग्रेजुएट बनकर निकले। उनको 2 लद्दाख स्काउट्स में भेजा गया, जिनके पास मुख्यतया सियाचिन और लद्दाख का जिम्मा होता है। डैनियल ने बताया कि स्पेशल फोर्सेज में जाने की प्रेरणा उनको अकादमी के एक प्रशिक्षक मेजर विवेक जसरोटिया से मिली, जो स्वयं स्पेशल फोर्सेज से थे और बाद में अपनी यूनिट में सेकंड-इन-कमांड बन गए। वह पैरा (स्पेशल फोर्सेज) से ही थे। डैनियल ने कहा, "वह एक कमांडो डैगर (कमांडो कोर्स के सर्वश्रेष्ठ छात्र) विजेता थे और उन्होंने अनगिनत एक्शन देख रखे थे। हममें से ज्यादातर उनको अपना रोल मॉडल मानते थे और नॉर्थ-ईस्ट एवं कश्मीर में उनके करतबों से पूरी तरह मंत्रमुग्ध थे। मेरे मन में यह बात बैठने लगी थी कि असली फौजीगीरी तो स्पेशल फोर्सेज में ही है और वहीं जाने का मैंने तय कर लिया। प्राकृतिक रूप से मेरी पसंद पैरा (स्पेशल फोर्सेज) ही थी।" दो साल पहले ही विवाह के बंधन में बँधनेवाले डैनियल कहते हैं कि उनको ऐसा जीवन साथी मिला है, जो उनके स्पेशल फोर्सेज के जुनून को समझता है। उन्होंने बताया, "पिछले एक साल के दौरान हम लोग बमुश्किल 20 दिन साथ रहे होंगे और वह भी 11 महीने के अंतराल के बाद। स्पेशल फोर्सेज में बने रहना भी आसान नहीं है; लेकिन मैं तो बस, इसी के साथ रहना चाहता हूँ।"

डैनियल का प्रोबेशन

दिसंबर 2009

रात का 1 बज रहा है और 'नई दिल्ली राजधानी एक्सप्रेस' असम के मैरियानी रेलवे स्टेशन पर धड़धड़ाते हुए प्रवेश करती है तथा सुकून की साँस लेते हुए ठहर जाती है। रात की खामोशी में एक दुबला-पतला युवा अधिकारी क्रिउ कट में बाल कटवाए, जीन्स और मोटी **जैकेट** पहने हुए सेकंड ए.सी. कोच से नीचे उतरता है। अपने साथ लाए काले रंग के स्टील बॉक्स को भी खींचकर नीचे उतार लेता है। ये 26 साल के कैप्टन जॉन डैनियल हैं, जो स्पेशल सर्विसेज प्रोबेशन पर जाने के लिए पैरा (एस.एफ.) में रिपोर्ट करने पहुँचे हैं। डैनियल सियाचिन से सीधे वहाँ पहुँचे हैं, जहाँ कम ऑक्सीजन और ऊँचे इलाके के कारण उनके स्वास्थ्य पर काफी असर पड़ा है। उनको ले जाने के लिए एक जीप आई है, जिसमें उनके प्रोबेशन उस्ताद भी बैठे हैं। अब डैनियल को कपड़े बदलकर कॉम्बैट की यूनिफॉर्म में आने को बोला

गया और 20 किलो का एक बैकपैक उन्हें सुपुर्द कर दिया गया। उन्हें रूखे तरीके से उसे अपनी पीठ पर लादकर दौड़ते हुए यूनिट तक आने को कहा गया, जो वहाँ से 21 किलोमीटर दूर थी। डैनियल को यूनिट तक पहुँचने में तीन घंटे लगे चलते-दौड़ते, जबकि जीप से उनकी निगरानी लगातार जारी थी। उन्होंने कहा, "जिस पल आपकी ट्रेनिंग शुरू होती है, आपको अंदाजा हो जाता है कि आपकी किसी भी कमजोरी के निशान पर उनकी नजर होती है, चाहे वह शारीरिक हो या मानसिक।"

सुबह के 5 बज रहे थे, जब पूरी तरह से थके और निढाल डैनियल यूनिट कैंपस में दाखिल हुए। उनको बैरक में भेज दिया गया, जहाँ उन्हें अगले तीन महीने तक जवानों के साथ रहना था। एक घंटे के अंतराल और तगड़े नाश्ते, जिसमें पूड़ी, सब्जी और चाय दी गई थी, डैनियल को प्रोबेशन अधिकारी मेजर अमिताभ वालवालकर को रिपोर्ट करना था और घुटनों, जोड़ों एवं कंधे में हो रहे दर्द का हलका-सा भी अहसास उनको नहीं होने देना था। मेजर ने बोर्ड पर टँगे प्रशिक्षण कार्यक्रम के बारे में उनको बताया और डैनियल से उस कार्यक्रम के अनुसार चलने का निर्देश दे दिया।

वहाँ 3 अन्य अधिकारी और 20 जवान भी प्रोबेशन पर डैनियल के साथ पहुँचे हुए थे। उन लोगों को तब तक पता नहीं था कि अगले दो दिनों तक उन लोगों को नींद की झपकी भी लेने नहीं दी जाएगी। दिन भर उन लोगों को कठोर शारीरिक प्रशिक्षण में व्यस्त रखा गया और रात में भी तमाम काम उनसे कराए जाते रहे। उन लोगों से भारत की स्पेशल फोर्सेज के इतिहास, पैरा द्वारा चलाए गए अभियानों, दूसरे देशों में स्पेशल फोर्सेज के अभियानों, नगालैंड या जम्मू व कश्मीर में आतंकी समूहों की गतिविधियों आदि पर निबंध लिखवाए गए। उनके पास यूनिट की लाइब्रेरी का इस्तेमाल करने की छूट थी, जिसमें उनके मन-मरजी इस्तेमाल के लिए इंटरनेट की सुविधा दी गई थी। डैनियल ने बताया, "हमें रोजाना बमुश्किल दो से चार घंटे ही सोने को मिल पाता था।"

वॉलंटियर्स को छह कौशल सिखाए गए, जिसमें शामिल था—डिमॉलिशन, कम्युनिकेशन, मेडिकल, नेविगेशन, वीपंस, ट्रेनिंग और टैक्टिक्स। हर कौशल में पारंगत करने के लिए डेढ़ हफ्ते प्रशिक्षण दिया जाता और हर यूनिट के पूरा होने पर वॉलंटियर्स का बाकायदा टेस्ट लिया जाता। हर दिन उन्हें शारीरिक दक्षता टेस्ट भी पास करना होता था। दसवें दिन उन्हें 10 किलोमीटर की दौड़, बीसवें दिन 20 किलोमीटर की दौड़ और तीसवें दिन उनको 30 किलोमीटर की दौड़ करवाई जाती

थी। चालीसवें दिन उन्हें 30 किलो के बैकपैक के साथ 40 किलोमीटर की दौड़ करवाई गई। इसके अलावा, प्रोबेशनर्स को नेविगेशन अभ्यास, तैराकी परीक्षा और 8 किलोमीटर की नेविगेशन यात्रा भी करनी पड़ती थी।

डैनियल ने बताया, "शुरुआती दो हफ्ते तो पूरी तरह टॉर्चर के होते हैं। फिर धीरे-धीरे आपका शरीर और दिमाग उन हालात के मुताबिक ढल जाते हैं। आपको खुद पर भरोसा होने लगता है कि अब आप कुछ भी कर सकते हैं। नॉन-पैरा वॉलंटियर फॉर्म हमेशा आपकी जेब में होता है और अधिकारियों से लेकर एन.सी.ओ. (नॉन कमीशंड ऑफिसर) तक और हाउसकीपर से लेकर शेफ तक हर कोई आप पर भद्दी टिप्पणी कर रहा होता है कि आपसे नहीं हो पाएगा और जल्दी से वह फॉर्म भरो और निकल लो। अगर आप कहीं शिथिल नजर आए तो आप पर जुर्माना भी लग सकता है।" एक बार बुरी तरह नींद के आगोश में आए डैनियल को कक्षा में सोते हुए पकड़ लिया गया। उनको तत्काल दलदल में भेज दिया गया व कीचड़ और बदबूदार लीद में फ्रंट और साइड रोल करने की सजा दी गई।

डैनियल ने स्वीकार किया कि कभी-कभी उनके मन में यह विचार आता था कि सबकुछ छोड़कर घर लौट जाएँ; लेकिन छोड़ने के लगातार उकसावे के आते ही वह खुद को साबित करने के लिए फिर से दृढ़ हो जाते थे। हर किसी के वश में नहीं है तगड़ा होना। उनके साथ के तीन अन्य अधिकारियों में से एक ने तो दूसरे हफ्ते में ही छोड़ दिया और केवल दो ही स्पेशल फोर्सेज तक का सफर पूरा कर सके। प्रोबेशन कोर्स के लिए चयनित 30 जवानों में से मात्र 12 ही आखिरी दम तक टिक पाए। डैनियल ने बताया, "चयन प्रक्रिया इतनी कठोर है कि वर्ष 2012-13 के दो साल के कोर्स में, जिसमें मैं भी था, जिन 25 अधिकारियों ने प्रशिक्षण लिया, उनमें से केवल 1 ही स्पेशल फोर्सेज के लिए चयनित हो पाया।" डैनियल ने उस प्रोबेशन कोर्स में प्रशिक्षक की भी भूमिका निभाई थी। उन्होंने कहा, "हम अपने ऊँचे मानदंडों से कोई समझौता नहीं करते।"

किसी विशेष क्षेत्र में विशेषज्ञता से भी आगे जाते हुए फौजियों की मानसिक दृढ़ता की परीक्षा की जाती है। उन्होंने बताया, "दो वॉलंटियर्स में अगर एक जबरदस्त तैराक है, लेकिन वह रात भर ठंडे पानी में नहीं खड़ा रह सकता है तो उसे खारिज कर दिया जाएगा; जबकि अगर दूसरा हलकी-फुल्की तैराकी जानता है, लेकिन उसके अंदर जमा देनेवाले पानी में पूरी रात खड़े रहने की हिम्मत है तो उसे सेलेक्ट कर लिया जाएगा। हम ऐसे लोगों को खोजते हैं, जो कठिन समय में हाथ खड़े न कर

दें—खुशमिजाज स्वभाववाले ऐसे लोग, जिनमें दबाव झेलने की कुव्वत हो, इच्छा-शक्ति मजबूत हो और वे जिद्दी हों।"

वह एक उदाहरण से समझाते हैं कि सहन-शक्ति कैसे परखी जाती है! उन्होंने बताया, "हम लोग 30 किलोमीटर तक 30 किलो भारी वजन लेकर स्पीड मार्च करते हैं। यह काम हमें तीन घंटे और 30 मिनट में करना होता है। हम जैसे-तैसे वहाँ पहुँचने की जुगत में होते हैं, ताकि जल्दी से मुक्त होकर गरम पानी में नहा सकें और कुछ देर झपकी ले सकें; लेकिन जिस पल हम फिनिश लाइन पर पहुँचते हैं तो हमें नया आदेश मिल जाता है कि अब वहीं से 10 किलोमीटर का नेविगेशन मार्च करना है। हमारे प्रशिक्षकों की पूरी नजर हमारे चेहरों पर होती है और वे यही देखना चाहते हैं कि नए दबाव को देखकर कौन किस तरह से प्रतिक्रिया करता है, क्योंकि आगे चलकर एक-न-एक दिन ऐसा आएगा, जब दुश्मन के इलाके में आपको इस तरह के हालात से गुजरना पड़ेगा। इसलिए समय से पहले आपको खुद को उन हालात को ध्यान में रखकर आगे बढ़ाते जाना है।"

वॉलंटियर्स को शहरी इलाकों में भी ट्रेनिंग दी जाती है। उन्हें बड़ी इमारतों से रस्सियों के सहारे नीचे उतरने, बंद कमरों के दरवाजों को तोड़कर घुसने और शहरी माहौल में आतंकवादियों से लड़ने की तैयारी कराई जाती है। प्रोबेशन के अंत में जवानों की निष्ठा, गंभीरता, ललक, निर्णय लेने की कुशलता, साहस और दृढ़ इच्छा-शक्ति आदि का आकलन किया जाता है। सभी साथी और साथ ही प्रशिक्षक असेसमेंट फॉर्म भरते हैं, यानी आकलन करते हैं और अगर कोई ऐसा करने से मना करता है तो उसे तत्काल बाहर कर दिया जाता है।

प्रशिक्षण का अंत यहीं नहीं होता है। कोर्स के अंत में वॉलंटियर्स को वास्तविक अभियानों पर भेजा जाता है, जहाँ उनका असल जीवन के हालात में परीक्षण होता है। यह उनकी आखिरी असेसमेंट शीट होती है। डैनियल का प्रोबेशन मणिपुर में पैरा (एस.एफ.) के अभियान पर भेजकर पूरा हुआ था, जो 72 घंटे चला था। उन्होंने बताया, "हम सब जमीन से 72 घंटे तक कटे रहे, तीन दिन तक जंगल में कॉम्बिंग करते रहे, आतंकवादियों का पीछा करते रहे, जिन्होंने असम राइफल्स के दो जवानों को शहीद कर दिया था। अंततः हमने उन्हें ढूँढ़ निकाला। मुझे आतंकवादियों से मुठभेड़ का मौका मिला और हमने दो आतंकियों को मार गिराया, जबकि तीन घायल हुए थे।" जब वे लोग वापस यूनिट लोकेशन पर लौटे तो डैनियल के स्वागत में वहाँ सभी अधिकारी एकत्र हुए और उन्होंने मैरून बेरेट कैप और बड़े मग के पंच के

साथ उनका स्वागत किया। बेरेट को शराब में डुबोया गया था और उसे उनके सिर पर पहनाया गया। यह उनको मिला गौरव और उनकी पहचान था। उनको कहा गया कि वे उस कड़वे घूँट को पी जाएँ, और वहाँ मौजूद हर शख्स उनके लिए तालियाँ बजाकर उनका उत्साहवर्धन करने लगा। उनकी आँखें आनंद की अनुभूति से चमक उठीं। उन्होंने कहा, "वह पल मेरी जिंदगी का सबसे शानदार पल था।"

डैनियल ने बताया कि स्पेशल फोर्सेज के साथ उनका छह साल का अनुभव बहुत संतोषजनक रहा। उन्होंने कहा, "ज्वाइंट स्पेशल फोर्सेज प्रतियोगिता में मुझे जर्मनी में अपने देश का प्रतिनिधित्व करने का मौका मिला। एक मिशन पर मैं भूटान गया और मुझे गरुड़ एवं मार्कोस (एयरफोर्स और नेवी के कमांडो) के साथ प्रशिक्षण हासिल करने का मौका मिला। यही नहीं, मुझे तो अमेरिकी स्पेशल फोर्सेज के साथ भी प्रशिक्षण हासिल है। इसी तरह का जीवन मैं हमेशा से चाहता था।" फिलहाल वह सेना की तरफ से पैरा (एस.एफ.) की नई तैनाती पर कश्मीर में किसी अज्ञात लोकेशन पर तैनात हैं। जब मैंने उनसे कहा कि अपने कथनों की जाँच के लिए वह अपना इ-मेल जाँच लें, तो उन्होंने कहा कि वह शायद ही ऐसा कर पाएँगे, क्योंकि उन्हें पता नहीं होगा कि वे कब इंटरनेट कवरेजवाले इलाके में पहुँच पाएँगे। उनको अनेक शुभकामनाएँ देते हुए मैंने फोन रख दिया। मेजर जॉन डैनियल अपनी ड्यूटी पर वापस लौट चुके हैं।

सेना के कठोरतम जाँबाज

स्पेशल फोर्सेज भारतीय सेना के GI Joes हैं। वे ऐसे लोग हैं, जो हवा में छलाँग लगा सकते हैं, गहरे समुद्र में तैर सकते हैं, हर तरह के हथियार चला सकते हैं और नजदीकी मुकाबले में भी बेहद दक्ष होते हैं। डर तो वे जानते ही नहीं और किसी उद्देश्य के लिए अपनी जान की बाजी भी लगाने को तैयार रहते हैं। इन्हीं कारणों से उन्हें 'बलिदान' लिखा बैज हासिल भी हो पाता है। जो लोग स्पेशल फोर्सेज में काम कर रहे हैं, उनका कहना है कि केवल एक ही चीज उन सभी में समान रूप से पाई जाती है—उनके दिमाग में कुछ तार बिल्कुल ढीले होते हैं। उनका जीवन बहुत कठोर होता है, उत्साह से लबरेज होता है और जेम्स बॉण्ड की तरह उनके पास ढेरों अवसर होते हैं, लेकिन केवल कठोरतम शख्स ही यह सब कर सकता है। अगर आप सोचते हैं कि आप में भी वो सबकुछ है तो आगे देखिए कि आपको करना क्या होगा?

स्पेशल फोर्सेज पूरी तरह से स्वैच्छिक बल है। हर साल इसमें कुछ ही जगहें निकलती हैं, जिसके लिए एक जी.सी. अकादमी से सीधे आवेदन कर सकता है या जब उसे यूनिट में तैनाती मिल जाए तो आगे चलकर भी ऐसा कर सकता है। अब तक महिलाओं को स्पेशल फोर्सेज में शामिल होने की अनुमति नहीं मिली है। सभी वॉलंटियर्स को पैरा (स्पेशल फोर्सेज) बटालियनों में चुने जाने के लिए छह महीने के सघन प्रोबेशनरी दौर से गुजरना पड़ता है। सभी वॉलंटियर्स को पैराट्रूपर के तौर पर पहले साबित करना पड़ता है। पैराट्रूपर के तौर पर चुने जाने के बाद अभ्यर्थी को आगे की कठिन प्रक्रिया के लिए आवेदन करना होता है। इसके लिए साल में चार बार वह आवेदन कर सकता है, जो कि अभ्यर्थी पर ही निर्भर करता है कि वह कब आवेदन करना चाहता है!

इसे दुनिया के सबसे लंबे और कठोरतम प्रोबेशनों में से एक माना जाता है, जिसमें अभ्यर्थी को नींद से वंचित रखा जाता है; अपमान, थकान, मानसिक व शारीरिक कष्ट की इंतेहा से गुजारा जाता है। कुल मिलाकर इनसान की इससे बुरी स्थिति की कल्पना नहीं की जा सकती है। रगड़ने की दर काफी ऊँची होती है और बमुश्किल 10 प्रतिशत से ज्यादा लोग चुने जा पाते हैं। अगर किसी अभ्यर्थी का चुनाव हो गया हो तो भी उसे तब तक रेजीमेंट में औपचारिक रूप से शामिल नहीं किया जाता, जब तक कि वह 'बलिदान पढ़' को पूरा नहीं कर लेता, जिसके तहत उसे किसी अनजान जगह जाकर सक्रिय अभियान में हिस्सा लेना होता है। अगर उसने खुद को वहाँ साबित कर दिया, तभी उसे 'बलिदान' बैज पहनाया जाता है और औपचारिक रूप से रेजीमेंट का हिस्सा बनाया जाता है, जिसमें रम में भिगोई गई मैरून बेरेट कैप उसके सिर पर रखी जाती है।

कठोर प्रशिक्षण

सभी जवानों को हर तरह के हथियारों को चलाने में दक्ष बनाया जाता है, चाहे वह पिस्टल हो, मशीनगन, असाल्ट राइफल, कारबाइन, कलाशनिकोव, ग्रेनेड लॉञ्चर और रॉकेट लॉञ्चर हो। वे काबिल तैराक होते हैं और आकाश में उड़ते विमानों से छलाँग लगाने में माहिर होते हैं। इन कमांडोज को जमीन, हवा और पानी में लड़ने के लिए जबरदस्त तरीके से प्रशिक्षित किया जाता है। इनको घुसपैठ और दूसरे की सीमा में हवा एवं समुद्र के जरिए दुश्मन के इलाके में घुसने और बाहर आने का कौशल सिखाया जाता है। इसके अलावा फ्री फॉल कोर्स, जिसमें 33,500 फीट की ऊँचाई से कम-से-कम 50 बार छलाँग

कोर्स, जिसमें 33,500 फीट की ऊँचाई से कम-से-कम 50 बार छलाँग लगवाई जाती है। कभी-कभी इनको ऑक्सीजन सिलेंडर के साथ और कभी-कभी रात में छलाँग लगानी पड़ती है। इनको HALO (High Altitude Low Opening) और HAHO (High Altitude High Opening), दोनों तकनीकें सिखाई जाती हैं। कॉम्बैट डाइविंग प्रशिक्षण के लिए कमांडोज को नेवल डाइविंग स्कूल, कोच्चि भेजा जाता है।

प्रशिक्षण में 20 किलोमीटर लंबी दूरी की दौड़, खुफिया सूचना एकत्रित करना, पेट्रोलिंग, घात लगाकर हमला करने की रणनीति, काउंटर इंसरजेंसी, काउंटर टेररिज्म, गैर-परंपरागत युद्ध कला, गुरिल्ला युद्ध कला, छापा और तोड़-फोड़, मार्शल आर्ट्स, क्लोज-क्वार्टर बैटल, एडवांस वीपन कोर्स, स्नाइपिंग, डिमॉलिशन ट्रेनिंग, बचाव की कला, भाषाई गुण समेत तमाम अन्य चीजें शामिल होती हैं। स्पेशल फोर्सेज के सदस्यों को दूसरे देशों, जिसमें अमेरिका, इजराइल, ब्रिटेन, फ्रांस, रूस, मंगोलिया, कजाकिस्तान, उज्बेकिस्तान, किर्गिस्तान, बँगलादेश, म्याँमार, नेपाल, मालदीव, सेशेल्स, सिंगापुर, इंडोनेशिया और थाईलैंड के फौजियों के साथ वार्षिक युद्ध अभ्यास कराया जाता है।

□

लोकप्रिय मिथक टूटे

क्या आप सोचते हैं कि चमकदार लोगों के लिए सेना का विकल्प उपलब्ध नहीं है ? क्या महिलाएँ राइफल शूटर नहीं हो सकती हैं ? क्या इसमें शामिल होने के बाद आपका विदेश घूमने का सपना नष्ट हो जाता है ? आप इससे ज्यादा गलत नहीं हो सकते। आइए, इन मिथकों पर एक नजर डालते हैं!

17

महिलाओं के लिए नहीं है यह पेशा!

मिथक : *यह पेशा महिलाओं के लिए नहीं है।*

हकीकत : *मेजर राज चौधरी, इंजीनियर रेजीमेंट, कोर ऑफ इंजीनियर्स, बेटी, माँ, पत्नी और राष्ट्रीय स्तर की निशानेबाज।*

'हम अपने आप से भी कुछ वादे करते हैं'

नवंबर 2016

नसीराबाद

अजमेर के पास आर्मी कैंटोनमेंट में पौ फटने ही वाली है, जब सुबह के सन्नाटे को तोड़ते हुए हलके-हलके कदमों की आहट सड़क पर बढ़ती चली आ रही है। कँपकँपाती ठंड से भरी उस सुबह ट्रैकपैंट और एक पतले स्वेटर में एक अकेली धावक कंधे तक करीने से सजे बालों में गहरी साँस लेती और जॉगिंग करती हुई अपने रास्ते पर बढ़ रही थी। उसकी गरम साँसें उस ठंड में भाप के रूप में जेट की तरह बाहर आ रही थीं। गहरी साँस के रूप में उसकी भारी आवाज सन्नाटे को चीर रही थी।

थोड़ी थुलथुल और अभ्यास से बाहर रही राष्ट्रीय स्तर की निशानेबाज इंजीनियर रेजीमेंट की मेजर राज चौधरी वापस सही आकार में आने के लिए जी-तोड़ मेहनत कर रही थीं, क्योंकि अगले दो महीने बाद ही उनको एक प्रतियोगिता में हिस्सा लेना है। चूँकि हाल में ही उन्होंने एक बच्चे को जन्म दिया है, इस वजह से उनको फिटनेस ट्रेनिंग के लंबे दौर से गुजरना है। वह लंबे समय के बाद निशानेबाजी की ओर रुख करने जा रही हैं। उन्होंने खुलकर बताया, "यह एक तरह से शून्य से शुरुआत की तरह ही है। मैं एक बार में बमुश्किल एक किलोमीटर तक दौड़ पाती हूँ, फिलहाल। लेकिन मैंने अब तय कर लिया है कि मुझे वापस अपने फॉर्म में आना है।"

नई माँ बनने के अलावा राज चौधरी फौजी बीवी भी हैं और अपने बुजुर्ग माँ-बाप की देखभाल करनेवाली अकेली बेटी भी। लेकिन इन सबके ऊपर वह एक फौलादी इच्छा-शक्ति रखनेवाली आर्मी ऑफिसर हैं। उन्होंने मेरी आँखों में देखते हुए कहा, "हाँ, मेरे ऊपर ढेर सारे लोगों की जिम्मेदारियाँ हैं; लेकिन कुछ वादे हम अपने आप से भी करते हैं।"

एक बंदूक ने तय कर दिया कि मैं जीवन में क्या करना चाहती हूँ!

राज का बंदूकों के प्रति प्रेम 19 साल की उम्र में शुरू हुआ। वह एक शानदार छात्रा थीं, जो नई दिल्ली के किरोड़ीमल कॉलेज में भौतिकी की ऑनर्स डिग्री की पढ़ाई कर रही थीं और आई.ए.एस. अधिकारी बनना उनकी महत्त्वाकांक्षा में शामिल था। उसी समय के दौरान उनकी सहपाठी ने उनको मिरांडा हाउस में चलनेवाली एन.सी.सी. के बारे में बताया, क्योंकि उनके कॉलेज में एन.सी.सी. विंग में लड़कियों के लिए विकल्प नहीं था।

वहाँ वर्ष 2003 में एक कॉम्बैट इंजीनियरिंग ट्रेनिंग कैंप (सीईटीसी) लगा था, जहाँ उन्होंने जीवन में पहली बार एक असली बंदूक को छुआ। उन्होंने मुसकराते हुए कहा, "यह तो पहली छुअन में प्यार हो जाने जैसा था। साफ-साफ कहूँ तो मैं कभी खेल-कूद में शामिल नहीं रही। मैं न तो कोई खेल खेलती थी और न ही शारीरिक कसरत वगैरह करती थी। मैं पूरी तरह किताबी कीड़ा थी। लेकिन जिस पल मैंने वह बंदूक उठाई, मैं समझ गई कि मुझे जीवन में क्या चाहिए!" उन्होंने हैरतअंगेज रूप से जबरदस्त प्रदर्शन किया; जबकि उससे पहले उन्होंने राइफल उठाई भी नहीं थी और वह उन चार लड़कियों में शामिल हो गईं, जिन्हें राष्ट्रीय चैंपियनशिप के लिए चुना गया था।

उन्होंने कहा, "यह पहली बार ही था, जब मैंने ओलंपिक्स, कॉमनवेल्थ गेम्स और नेशनल गेम्स में सेलेक्शन के बारे में पता करना शुरू किया। दुर्भाग्य से वह नेशनल गेम्स चयन के लिए नहीं जा सकीं; क्योंकि उसका मतलब होता कि एक महीने तक पढ़ाई छोड़नी पड़ती, और भौतिकी विभाग के प्रमुख ने कहा था कि अगर मैं पढ़ाई से दूर रही तो प्रैक्टिकल में नंबर नहीं मिल सकेंगे।"

जब उन्होंने अपने पिता बॉक्सर और वेटलिफ्टर नायक सौदान सिंह चौधरी, जिन्होंने सेना से स्वैच्छिक सेवानिवृत्ति ले रखी थी, से अपने नए शौक के बारे में बताया तो उन्होंने उन्हें सेना में शामिल होने की सलाह दी, जो एकमात्र जगह थी,

जहाँ वह अपनी निशानेबाजी के जुनून को शांत कर सकती थीं। यह बात राज के दिल को छू गई। उन्होंने बताया, "मैंने सोचा कि अगर मैं सेना में भरती हो जाऊँ तो मुझे निशानेबाजी करने को मिलेगी।" मेरे अंदर आग जल चुकी थी! उन्होंने आर्मी सर्विसेज सेलेक्शन बोर्ड (SSB) के लिए फिजिकल ट्रेनिंग शुरू कर दी और यहाँ तक कि आई.ए.एस. प्रिलिम्स पास करने के बावजूद उन्होंने मुख्य परीक्षा नहीं दी, क्योंकि वह आर्मी ऑफिसर बनना चाहती थीं।

सेना के लिए प्रशिक्षण

2006, नांगलोई

हर रविवार सुबह देर तक राज चौधरी शांतिपूर्वक सोती थीं; लेकिन अब ऐसा नहीं था। उनके पिता उनको जबरन उठा देते थे और दौड़ने के लिए भेज देते थे। सेना के लिए उनका प्रशिक्षण शुरू हो चुका था। हट्टे-कट्टे और सफेद बालोंवाले नायक सौदान सिंह दो किलोमीटर दूर आम के बगीचे में साइकिल चलाने जाते थे और उनकी बेटी उनके साथ-साथ हाँफते-डाँफते दौड़ रही होती थी। हर बार जब वह रुकती तो वह भी रुक जाते और उसका उत्साह बढ़ाते हुए कहते, "शाबाश! आगे बढ़ो!" और वह फिर से दौड़ने लगती। राज ने स्वीकार किया, "शुरू में मैं एक किलोमीटर भी नहीं दौड़ पाती थी। मैं पेट में खिंचाव और ऐंठन से परेशान हो जाती थी और उनके बोलने का इंतजार करते हुए रुक जाती थी। लेकिन धीरे-धीरे मेरा दम-खम बढ़ने लगा।"

बगीचे तक की दूरी को कसरत में गिना नहीं जाता था। एक बार वहाँ पहुँचने के बाद उनके पिता उनको बगीचे के चारों तरफ दो किलोमीटर की दौड़ करवाते थे। दौड़ के बाद पार्क में ही उन्हें 'मंकी-बार' पर मेहनत कराते और उनके घुटने हवा में लटकाकर सिट-अप्स कराते। निढाल होकर राज वहीं बगीचे में बेसब्री से नाश्ते का इंतजार करतीं, जो उनकी माँ पूरे परिवार के लिए लेकर आती थीं। वे सभी पेड़ के नीचे बैठकर नाश्ता करते और वह साथ-ही-साथ आसपास चहचहाती चिड़ियों और गिलहरियों के लिए टुकड़े भी फेंकती जातीं।

ग्रेजुएशन पूरा करते ही राज ने एस.एस.बी. लिखित परीक्षा पास कर ली, जो कि उनके लिए बहुत आसान थी; क्योंकि वह एक बेहतरीन छात्रा थीं। फिजिकल एग्जाम भोपाल में हुआ, जो कि अपेक्षा से काफी कठिन था; लेकिन वहाँ पिता की

दी उनकी सख्त ट्रेनिंग उनके काम आई और उन्होंने बहुत आसानी से सब पार कर लिया। उन्होंने कहा, "मेरे पिता तो मेरे साथ भोपाल भी नहीं आए। उन्होंने मुझे अकेले ही भेजा और कहा कि आत्मनिर्भर बनो।" वह तो महज एक सीख दोहराते थे, जो उन्होंने उन्हें भी जीवन के शुरुआती दौर में सिखा दिया था। वह तो कॉलेज में दाखिला दिलाने के लिए भी उनके साथ नहीं गए थे। और उससे काफी पहले, आठवीं कक्षा में जब वह रोते हुए घर आई थीं कि उनके प्यार में दीवाने एक सहपाठी ने उनको एक रोमांटिक चिट्ठी लिख दी थी, तब भी पिता ने बीच में पड़ने से मना कर दिया था और रूखे अंदाज में उसे इस स्थिति से खुद निपटने को कहा था। उन्होंने कहा था, "अगर तुम चिट्ठी का जवाब देना चाहती हो तो लिखकर दो। अगर तुम उसे थप्पड़ मारना चाहती हो तो वापस जाओ और उसे थप्पड़ रसीद करो।" उन्होंने हृष्ट-पुष्ट राज के अंदर इतना गुस्सा भर दिया कि वह वापस स्कूल पहुँचीं और उस लड़के को ढूँढ़ा और कसकर एक थप्पड़ उसके गाल पर जमा दिया। उन्होंने कहा, "मैंने तब काफी राहत महसूस की, जब उसने पलटकर मुझ पर वार नहीं किया। शायद इसलिए, क्योंकि मैं क्लास मॉनिटर थी।"

कुछ साल बाद दिल्ली में एक सड़कछाप रोमियो, जिसमें इतना दुस्साहस आ गया था कि कॉलेज से शाम को घर लौटते समय उसने उनका हाथ पकड़ लिया था—उसे भी जवाब में थप्पड़ ही मिला था। उन दोनों में मार-पीट भी हो गई थी, लेकिन राज ने उसकी बाइक की चाबी छीन ली और आस-पास जमा हुई भीड़ की मदद से उसे पास के पुलिस स्टेशन तक भी पहुँचा दिया था। वहाँ से राज ने अपने पिताजी को बुलवाया, जो तत्काल पुलिस स्टेशन पहुँचे। पिताजी को अपनी साहसी बेटी पर गर्व हो गया था। उन्होंने बताया, "हमने एफ.आई.आर. दर्ज करवा दी थी, लेकिन जब लड़के ने विनम्रतापूर्वक माफी माँग ली और वादा किया कि अब वह किसी लड़की को परेशान नहीं करेगा तो हमने भी रिपोर्ट वापस ले ली।"

21 वर्ष की उम्र में अधिकारी

ऐसी बहुत सी लड़कियाँ हैं, जो भारी-भरकम नहीं होना चाहती हैं, क्योंकि वे निशानेबाजी के लिए फिट नहीं रह पाएँगी या वे जो अपना सारा पैसा बंदूकों पर खर्च कर दें और फिर खुद पर हँसें कि उनके पास अपने लिए कुछ नहीं बचा। राज चौधरी ने ऐसा किया। वह पहले एक सैनिक हैं और उसके बाद कुछ अन्य। जब राज का एस.एस.बी. में चयन हुआ तो उनको चेन्नई स्थित ओ.टी.ए. जाना

था। उनके पिता ने उनसे नहीं कहा कि अपना खयाल रखें, ढंग से खाना खाएँ या प्रशिक्षण के दौरान चोटिल होने से बचें। उन्होंने सख्ती से उन्हें चेताया कि किसी भी हाल में मेरा सिर नहीं झुकना चाहिए। मुझे यह नहीं सुनने को मिलना चाहिए कि तुम प्रशिक्षण अधूरा छोड़कर अकादमी से भाग आईं। और उन्होंने ऐसा किया भी नहीं। जब वह घर लौटीं तो वह शानदार तरीके से युवा लेफ्टिनेंट के यूनिफॉर्म में थीं और उनके सिर पर नीले रंग की इंजीनियरों की बेरेट कैप थी और कंधे के दोनों तरफ दो सितारे चमक रहे थे। यह देखकर उनके पिता की आँखें गर्व से नम हो गईं। अकादमी में निशानेबाजी को लेकर उनकी प्रतिभा पहचान ली गई थी और आर्मी मार्कमैनशिप यूनिट (AMU) ने उनसे खुद ही संपर्क किया। उन्होंने जल्दी ही उनसे संपर्क करने का वादा किया। इस बीच उन्होंने असम के तेजपुर में इंजीनियर रेजीमेंट ज्वाइन कर ली। वर्ष 2008 में उनको आर्मी वार कॉलेज (AWC), महू में यंग ऑफिसर्स कोर्स के लिए भेजा गया तो उनकी यूनिट के वरिष्ठ अधिकारियों ने उन्हें एक सौम्य चेतावनी के साथ रवाना किया—"चार्ली (C) ग्रेडिंग के साथ मत लौटना।"

वहाँ उन्होंने AI (इंस्ट्रक्टर, सेना में मिलनेवाली सर्वोच्च ग्रेडिंग) हासिल किया। हँसते हुए उन्होंने कहा, "मुझे वहाँ माइन्स, ब्रिजिंग, डिमॉलिशन और स्लाइड्स से पढ़ाए जानेवाले अन्य पहलुओं को सीखने में कोई समस्या नहीं हुई।" जैसे ही सब खत्म कर वह तेजपुर पहुँचीं तो साथ-ही-साथ उनका ए.एम.यू. का अटैचमेंट भी आ गया और अगस्त 2009 में उनको एक बार फिर महू जाना पड़ा—इस बार औपचारिक रूप से निशानेबाजी के तौर पर प्रशिक्षण लेने के लिए।

शूटिंग रेंज में पहले दिन उनके कोच उन्हें पेशेवर निशानेबाज समझ बैठे और उनसे आधे घंटे तक होल्डिंग पोजीशन में बंदूक रखने को कह दिया। यह एक ऐसी कसरत होती है, जिससे शूटर अपने दिमाग और हथियार पर नियंत्रण हासिल करते हैं। राज ने भी आधे घंटे तक सफलतापूर्वक बंदूक थामे रखा। लेकिन कुछ देर बाद उनका एक कंधा सुन्न हो गया और वह अपनी उँगलियाँ भी सीधी नहीं कर पा रही थीं। उसी समय उनके कोच ने समझ लिया कि वह बहुत अच्छी निशानेबाज हैं, जबकि वह अभी शौकिया या शुरुआती स्तर पर ही हैं। वह राज की मजबूत मानसिक शक्ति से काफी प्रभावित हुए, क्योंकि वह कसरत अभ्यस्त निशानेबाजों के लिए भी बहुत कठिन साबित होती है।

महीने के अंत तक आते-आते ए.एम.यू. की तरफ से 15 महिला अधिकारियों में से 8 को उनकी यूनिट वापस भेज दिया गया; लेकिन राज उनमें शामिल नहीं

थीं। उन्होंने कहा कि पहले दिन से उन्होंने तय कर लिया था कि वह ए.एम.यू. से खाली हाथ वापस जाने के लिए नहीं आई हैं। राज उन तीन महिला अधिकारियों में शामिल थीं, जिनको अंतिम रूप से नेशनल गेम्स के लिए चुना गया। आसनसोल में, वर्ष 2009 में प्री-नेशनल गेम्स की 50 मीटर स्पर्धा में उन्होंने स्वर्ण पदक जीता; लेकिन वह उस स्पर्धा में क्वालिफाई नहीं कर पाईं, जिसके लिए उन्हें प्रशिक्षण मिला हुआ था—10 मीटर एयर राइफल। वह निराश हुईं, लेकिन उन्होंने उम्मीद नहीं छोड़ी। वर्ष 2013 में उन्होंने प्री-नेशनल और आगे चलकर नेशनल गेम्स में स्वर्ण पदक जीता। वर्ष 2014 में नेशनल गेम्स में उन्होंने 10 मीटर एयर राइफल में नया रिकॉर्ड कायम किया। फाइनल में 208.8 अंक हासिल किए, जो कि किसी एथलीट के द्वारा कायम किया गया सर्वोच्च शॉट था और इसके लिए उन्हें 'बेस्ट एथलीट अवॉर्ड' से नवाजा गया।

निशाने पर लगाने के लिए प्रशिक्षित

राज चौधरी ने बताया, "निशानेबाजों को अपने दिमाग में चलनेवाले विचारों पर जबरदस्त नियंत्रण रखना पड़ता है। एक भी छोटा सा विचार या भाव पूरे इवेंट को प्रभावित कर सकता है। हमें अपने दिमाग को नियंत्रित करना सीखना पड़ता है।" इसके लिए योग, ध्यान और शारीरिक प्रशिक्षण के सख्त नियमों पर चलना पड़ता है। निशानेबाज जब फायरिंग करता है तो बैकग्राउंड में ढेर सारा शोर भी हो रहा होता है। इसलिए उनको अपने विचारों पर नियंत्रण रखना होता है, ताकि शोर की वजह से उनका ध्यान भंग न हो जाए। उन्होंने कहा, "हमारे आस-पास चाहे कुछ भी चल रहा हो, हमें उनसे अलग रहना होता है और हर तरह के हालात में शांत चित्त रखने के लिए बेइंतहा अभ्यास करते रहना होता है।"

पहली बार जब उनको उन निशानेबाजों के साथ लाया गया, जिनके पास 14 वर्ष का अनुभव था तो वह जरा सी भी घबराईं नहीं; लेकिन तब उन्होंने महसूस किया कि आप खुद पर जितना ज्यादा दबाव डालेंगे, उतना ही ज्यादा सीखते जाएँगे। राज ने कहा कि वह एक ऐसी लड़की से, जिसने कभी हाथों में राइफल उठाई न हो, यहाँ तक काफी लंबा सफर तय करके पहुँची हैं। भले ही वह पैदाइशी प्रतिभावान हों और कठोर परिश्रमी भी; लेकिन सेना ने उनको मौका दिया, प्रशिक्षक उपलब्ध कराए, प्रोत्साहन और तमाम अवसर भी प्रदान किए, ताकि वह एक किताबी कीड़ा से एक प्रसिद्ध निशानेबाज बन सकें। ठहरने की

उनकी कोई योजना नहीं थी, भले ही उस दौरान बड़े-बड़े आयोजन क्यों न हों! उनकी मुलाकात सुंदर सैपर्स (खंदक खोदने संबंधी) ऑफिसर मेजर पंकज कुमार मिश्रा से हुई, जो कि उनकी ही रेजीमेंट के थे। बाद में उनसे शादी भी हुई। उन्होंने 'टाइगर' और 'गॉर्जियस' नाम के दो सुनहले भूरे रंग के लैब्राडॉर पपीज पाले हुए थे, जो राज और पंकज के जीवन में आए नए बच्चे की वजह से थोड़ा ईर्ष्या कर रहे थे। फिलहाल उनकी बेटी आयशा दो महीने की हो चुकी थी।

उनके अनमोल खजाने में एक पतली-दुबली और चमकदार ब्लैकर (Bleiker) राइफल भी शामिल थी, जो 50 मीटर शूटिंग इवेंट के लिए शानदार विकल्प थी, की कीमत 5.6 लाख रुपए से ज्यादा थी। इसके अलावा, वॉल्थर ऐनाटॉमिक एयर राइफल 10 मीटर निशानेबाजी के लिए थी, जो ढाई लाख रुपए की थी और एक शूटिंग किट थी, जिसमें जैकेट्स, ट्राउजर्स और जूते थे, जिनकी कीमत डेढ़ लाख रुपए से अधिक थी। राज ने बताया, "अगर मैं मोटी हो गई तो मैं अपनी किट में नहीं फिट हो सकूँगी और इस वजह से भी मुझे अपना वजन कम करना ही पड़ेगा।" इन कीमती संपत्ति के अलावा उनके बैंक खाते में कुछ नहीं था, ऐसा वह दावा करती हैं। उनकी खिलखिलाहट से यह स्वाभाविक नजर आता है कि उनको इससे ज्यादा फर्क नहीं पड़ता। उन्होंने कहा, "हमें हर पल अभिप्रेरित रहना पड़ता है, क्योंकि हर कदम पर आपका मन कहता है—रुक जाओ; लेकिन आपका दिल आपसे जिद करता है—एक कदम और बढ़ाओ। आप अगला कदम तभी उठा सकते हैं, जब आप अभिप्रेरित हों।"

जो भी साहसिक खेलों या राइफल शूटिंग या एन.सी.सी. में जाना चाहते हैं या सेना में कॅरियर बनाना चाहते हैं, उनके लिए राज की यही सलाह है, "अगर आप कुछ अलग करना चाहते हैं, तो आगे बढ़ें! जो भी आप करना चाहते हैं, उसके लिए लगनशील बनें और आप पाएँगे कि आज नहीं तो कल निश्चित रूप से वह चीज आपसे जुड़कर रहेगी।" लड़कियों के लिए भी उनके पास एक संदेश है, "किसी शख्स या किसी रुकावट को अपने जीवन में हासिल करने के लिए जो सपने आपने देखे हैं, बीच में न आने दें। खुद से भी कुछ वादे करें और उन्हें पूरा कर दिखाएँ।" राज ने भी खुद से वादा किया है कि वह वर्ष 2020 के ओलंपिक्स में हिस्सा लेंगी।

मिशन ओलंपिक्स

कर्नल अमित बिष्ट, डायरेक्टर, मिशन ओलंपिक्स, नई दिल्ली स्थित सेना भवन में बैठते हैं और क्षमतावान् सैन्य अधिकारियों के लिए बिल्कुल ललचानेवाले अवसर लेकर आते हैं और कहते हैं, "अगर आप खेल-कूद के प्रति जुनूनी हैं और ओलंपिक्स अगर आपको आकर्षित करता है तो हमारे पास आइए, हम आपको इसके लिए प्रशिक्षित करेंगे।" अपने दफ्तर में बैठे कर्नल बिष्ट बेहद सौम्य और सहज आवाज में मुसकराते हुए मिलेंगे। वह खुद भी एक अच्छे पर्वतारोही रह चुके हैं और उनके पास 3,500 घंटे का हेलीकॉप्टर उड़ाने का अनुभव है। सेना में खिलाड़ियों को किस तरह के अविश्वसनीय अवसर उपलब्ध हैं, उन सभी कार्यक्रमों के बारे में उन्होंने मुझे बताया।

डायरेक्टरेट जनरल ऑफ मिलिट्री ट्रेनिंग ने वर्ष 2001 से 'मिशन ओलंपिक्स' शुरू किया। इसका उद्देश्य सेना में मौजूद बेहतरीन खिलाड़ियों का चयन और उनको प्रशिक्षण प्रदान कर ओलंपिक तक पहुँचाने का है। इस कार्यक्रम का सर्वश्रेष्ठ उदाहरण कर्नल राज्यवर्धन सिंह राठौर, एवी.एस.एम. हैं, जिन्होंने वर्ष 2004 के एथेंस ओलंपिक में भारत के लिए निशानेबाजी में इतिहास में पहला रजत पदक जीता। यह कारनामा सूबेदार मेजर विजय कुमार, एवी.एस.एम., एस.एम. ने वर्ष 2012 के लंदन ओलंपिक में दोहराया और भारत को एक और रजत पदक दिलाया।

जब उनसे पूछा गया कि वे खिलाड़ियों की पहचान और उनकी देखभाल कैसे करते हैं, तो कर्नल अमित बिष्ट ने बताया, "हम भारतीय खेल प्राधिकरण के साथ समन्वय कायम करते हैं। उन लोगों को बेहतरीन प्रशिक्षकों के साथ काम करने का मौका मुहैया कराते हैं और देश, और जरूरत पड़ने पर विदेश में भी प्रशिक्षित कराते हैं।" देश में मौजूद पाँच मिशन ओलंपिक केंद्रों पर यह कार्यक्रम चलता है, जिसमें पुणे स्थित आर्मी स्पोर्ट्स इंस्टीट्यूट भी शामिल है, जहाँ सेना के 551 उच्च कोटि के खिलाड़ियों को एथलेटिक्स की अलग-अलग विधाओं, जैसे आर्चरी, बॉक्सिंग, डाइविंग, फेंसिंग, वेटलिफ्टिंग और रेसलिंग में प्रशिक्षित किया जाता है। अन्य केंद्रों में ए.एम.यू. होव, जहाँ सेना के 128 प्रतिभाशाली निशानेबाजों को प्रशिक्षण दिया जाता है; पुणे में आर्मी रोविंग नोड है, जहाँ सेना के 85 नाविकों को प्रशिक्षित किया जाता है; मुंबई स्थित आर्मी यार्टिंग नोड, जहाँ सेना के 56 सेलर्स को प्रशिक्षण मिलता है और मेरठ स्थित

आर्मी इक्वेस्ट्रियन नोड, जहाँ शोजंपिंग, ड्रेसेज और क्रॉस-कंट्री में प्रतिभा तराशने का विश्व स्तरीय प्रशिक्षण ढाँचा मौजूद है और मौजूदा समय में वहाँ 39 घुड़सवारों का प्रशिक्षण कैंप संचालित होता है। कर्नल बिष्ट ने बताया, "हमने खेल की एक नई विधा—स्पोर्ट्स क्लाइंबिंग—की भी पहचान की है। इस खेल को वर्ष 2020 के टोक्यो ओलंपिक्स में पहली बार शामिल किया जा रहा है और सेना की टीम को वेलिंटन कैंटोनमेंट में प्रशिक्षण दिया जा रहा है, जहाँ अप्राकृतिक दीवारें तैयार कराई गई हैं।"

'मिशन ओलंपिक्स' केंद्रों पर खिलाड़ियों को प्रशिक्षित करने का काफी फायदा मिला है और राष्ट्रीय स्तर पर इन केंद्रों ने ढेरों पदक जीते हैं। वर्ष 2016 में सूबेदार जीतू राय, एस.एम., ने 'राजीव गांधी खेल रत्न अवॉर्ड' जीता; सूबेदार गुरप्रीत सिंह ने निशानेबाजी के लिए दो 'अर्जुन अवॉर्ड' जीते और सूबेदार आर.पी. शेल्का ने रोविंग के लिए 'ध्यानचंद अवॉर्ड' जीता। मेजर राज चौधरी एक प्रतिभाशाली निशानेबाज हैं, जिनके पदकों की गिनती राष्ट्रीय खेलों में प्रभावशाली तरीके से आगे बढ़ रही है। कैप्टन रुचि त्रिखा ने फेंसिंग (तलवारबाजी) में शानदार प्रदर्शन किया है और फिलहाल वह ओलंपिक्स के लिए प्रशिक्षण ले रही हैं।

युवा अफसर मिशन ओलंपिक्स में कैसे शामिल होते हैं?

कर्नल बिष्ट ने विस्तार से बताया, "हम उन अधिकारियों को चुनते हैं, जो खेल-कूद में अच्छा कर रहे होते हैं या जिनके अंदर खेलों के प्रति ललक नजर आती है। सेना खेल-कूद को व्यापक रूप से आगे बढ़ाती है और दैनिक स्तर पर इंटर-यूनिट, इंटर-ब्रिगेड और इंटर-कमांड प्रतिस्पर्धाओं के माध्यम से अच्छे खिलाड़ियों की पहचान करना आसान होता है। उन्हें राष्ट्रीय स्तर की प्रतिस्पर्धाओं के लिए अवसर मुहैया कराए जाते हैं। अच्छे खिलाड़ियों के संग्रह में से सर्वश्रेष्ठ खिलाड़ियों को आगे के प्रशिक्षण के लिए भेज दिया जाता है। हम अपने प्रशिक्षण का स्तर ओलंपिक के समकक्ष बना रहे हैं।" आगे उन्होंने कहा, "हमारे केंद्रों पर मौजूद प्रशिक्षक ओलंपियन हैं, पेशेवर खिलाड़ी और प्रशिक्षक हैं, जो कि भारत और विदेश दोनों जगहों से यहाँ काम कर रहे हैं। आधारभूत ढाँचे से लेकर डायटीशियन तक और डॉक्टरों से लेकर विशेषज्ञों तक—हर विधा के लिए हमारे पास मौजूद सुविधाएँ सर्वश्रेष्ठ हैं और हम खर्च में कोताही

नहीं बरतते। भारतीय खेल प्राधिकरण (SAI) के समन्वय से उच्च कोटि के खिलाड़ियों को अंतरराष्ट्रीय प्रतिस्पर्धाओं के लिए यहाँ से भी चुना जाता है, ताकि उन्हें बेहतरीन अनुभव मिल सके। हर एथलीट का हम भलीभाँति खयाल रखते हैं और टिकट खरीदने से लेकर उनके ठहरने की व्यवस्था तक के लिए प्रशासनिक सहयोग प्रदान करते हैं और अलग से अधिकारियों को भेजते हैं। खिलाड़ियों को केवल अपने खेल पर एकाग्रता रखने की अपेक्षा हम करते हैं।" विजयी मुसकान के साथ उन्होंने पूछा, "अन्य कौन सा संस्थान है, जो आपके लिए इतना कुछ करेगा?"

'मिशन ओलंपिक्स' ने टोक्यो ओलंपिक्स पर अपनी निगाह गड़ा रखी है। उन्होंने कहा, "इसके लिए हमारे खिलाड़ी बेहद कठोर परिश्रम कर रहे हैं। इंतजार करिए और देखिए।"

□

18

ये बिना दिमाग वाला काम है!

मिथक—*सेना में होने के लिए आपको स्मार्ट होना जरूरी नहीं है।*

हकीकत—*मेजर शैलेष तिवारी, कोर ऑफ सिग्नल्स, सफेद हैट, कंप्यूटर विशेषज्ञ और साइबर योद्धा।*

योद्धाओं को भविष्य की लड़ाई के लिए शायद बंदूकों की जरूरत न पड़े

काल्पनिक युद्ध का दृश्य

भविष्य में किसी समय; खुला समुद्र

इसकी तसवीर पर गौर करें—यह युद्धकाल है। मित्र जहाज लंबे सैन्य अभियान के खत्म होने के बाद घनघोर अँधेरे में अपने देशों की ओर रुख किए हुए लौट रहे हैं। हजारों मील दूर बैठा हुआ हैकर अपने लैपटॉप पर कुछ जालसाजी कर रहा है और इसी बीच उनके रडार की पहचान करनेवाले यंत्रों को पकड़ लेता है और उनको बदल देता है। घर लौट रहे जहाजों को अचानक यह लगने लगता है कि दुश्मन जहाज भी उसी दिशा में बढ़े आ रहे हैं। अलार्म बज उठते हैं, हमले के लिए बंदूकें तैयार कर दी जाती हैं और नजदीक आ रहे जहाजों पर हमले हो जाते हैं। कुछ ही देर में वे लपटों में बदलकर तबाह हो जाते हैं। इस अप्रत्याशित हमले में भयानक तबाही और मौतों का मंजर वीभत्स रूप में सामने आता है। नेवल यूनिटों में इस सफलता पर तब तक जश्न का माहौल होता है, जब तक कि खोजी दस्ता मौके पर नहीं भेजा जाता, ताकि नुकसान का आकलन कर सके। तब वह दस्ता यह हृदय-विदारक झन्नाटेवाला खुलासा करता है कि उन लोगों ने अपने ही लोगों को मार गिराया है, जो दुश्मन को तबाह करके अपने वतन लौट रहे थे। किसी को पता

नहीं चलता कि यह भ्रम कैसे पैदा हुआ था ?

विभिन्न देशों की सशस्त्र सेनाओं की इंटरनेट कंटेंट सिक्योरिटी का जिम्मा सँभालनेवाली आई.टी. सिक्योरिटी कंपनी 'ट्रेंड माइक्रो' के चीफ फाइनेंशियल ऑफिसर महेंद्र सिंह नेगी कहते हैं, "भविष्य का युद्ध ऐसा ही हो सकता है।" उन्होंने यह खुलासा किया कि 'ट्रेंड माइक्रो' के शोधकर्ताओं ने जहाजों और विमानों के रडार की पहचान करनेवाले यंत्रों के कामों में बदलाव लाकर सफलतापूर्वक साबित भी कर दिखाया है। इसके आधार पर नेगी जिक्र करते हुए कहते हैं, "हमारा मूल नियम यह है कि हम केवल बचाव करते हैं और कभी हमला नहीं करते या हमला करने में मदद नहीं करते।" हालाँकि वह जोर देकर कहते हैं कि उनकी कंपनी कभी अनैतिक हैकरों को काम पर नहीं रखती और दूसरों को कभी भी ऐसी तकनीक मुहैया नहीं कराती। लेकिन नेगी ने हमें डरावनी झलक से परिचित तो करा ही दिया कि भविष्य में युद्ध अलग तरह से लड़ा जाएगा। उन्होंने कहा, "भविष्य के योद्धा शायद एक बंदूक भी न लेकर चलें।"

ऐसे में यह बिल्कुल आश्चर्यजनक नहीं कि दुनिया भर की सेनाएँ अपने यहाँ प्रतिभाशाली युवा स्त्री और पुरुषों को भरती करना चाहती हैं, जो कि साइबर योद्धा की भी भूमिका बखूबी निभाएँ। इन सैनिकों को युद्ध लड़ने के लिए बंदूक और गोला-बारूद लेकर शायद कभी रणभूमि में न जाना पड़े। वे केवल अपने लैपटॉप से ही अपने देश की तकनीकी प्रणाली पर होनेवाले साइबर हमलों को पहले ही पकड़ लेंगे और देश की रक्षा कर सकेंगे। अगर आप में ऐसा सैनिक बनने का माद्दा है तो सेना को आपकी जरूरत है।

'कोर ऑफ सिग्नल्स' के मेजर शैलेश तिवारी एक ऐसे ही साइबर योद्धा हैं। उन्होंने मुझे बताया, "जमीन, हवा, पानी और अंतरिक्ष के बाद साइबर स्पेस पाँचवाँ आयाम है। यह वह जगह है, जहाँ भविष्य की लड़ाइयाँ लड़ी जाएँगी।" उन्होंने इस बात पर जोर दिया कि दुनिया की सुरक्षा चिंताओं में साइबर हमलों की आशंका पहले स्थान पर जा पहुँची है। उन्होंने कहा, "अमेरिका हर साल दुनिया की सुरक्षा के लिए चुनौती बननेवाले टॉप दस खतरों की विस्तृत सूची तैयार करता है। वर्ष 2007 तक साइबर खतरों का कहीं कोई जिक्र नहीं होता था। तब आतंकवाद पहले स्थान पर था। वर्ष 2012 में साइबर चुनौतियों को पहली बार तेरहवें सबसे बड़े खतरे के रूप में शामिल किया गया और वर्ष 2013 के बाद से ही इस चुनौती को पहले स्थान पर रखा जाने लगा, जिसके बाद आतंकवाद, नशीले पदार्थों की तस्करी

और व्यापक विध्वंस के हथियारों (WMD) को जगह दी जाती है।"

अब यह संभव है कि दुनिया के दूसरे कोने पर बैठा दुश्मन हमारे सर्वर्स, उपग्रहों, विमानों, ट्रेनों एवं संवाद के साधनों और यहाँ तक कि जिन चीजों के बारे में हम अभी सोच भी नहीं पा रहे हैं, उनमें सेंध लगाकर हमारे ही खिलाफ साजिश रच दे। हो सकता है कि भविष्य के साइबर हमले परमाणु ऊर्जा संयंत्रों, मिलिट्री बेसों, कारोबारी घरानों या बिजली ग्रिडों के खिलाफ होने लगें। हैकर को मात्र एक कंप्यूटर और इंटरनेट कनेक्शन मिल जाए तो वह विमान गिरा सकता है, शहरों को अँधेरे और ठंड में डाल सकता है, रेलवे को काम करने से रोक सकता है और यहाँ तक कि अपने ही परमाणु संयंत्रों में विस्फोट करा सकता है।

साइबर हमलों के जरिए रडारों को जाम किया जा सकता है। जो इन्फ्रारेड डिटेक्शन को बाधित कर दे, विदेशी कंप्यूटरों में वायरस डाल दे, ताकि संवेदनशील डेटा ही नष्ट हो जाए। यही वजह है कि सेना को इस दिशा में भी विशेषज्ञ चाहिए। साइबर युद्ध पहले ही शुरू हो चुका है और हमले लगातार बढ़ते ही जाएँगे तथा उनकी गति एवं गहनता भी बढ़ेगी। सेनाएँ ऐसे लोन हैकरों (lone hackers) को खोजेंगी और अपने यहाँ भरती करेंगी, जिनके अनजान होने का उनको फायदा मिल सके। जमीनी सैनिकों की जरूरत धीरे-धीरे घटती जाएगी और वास्तविक रणभूमि साइबर संसार ही होगा। यहाँ तक कि छोटे देशों में भी कंप्यूटरों तक पहुँच हासिल है और कोई भी तेज दिमागवाला शख्स किसी भी विशालकाय सैन्य मौजूदगी वाले बड़े देश पर आसानी से हमला कर सकता है। मूनलाइट मेज, स्लैमर, टाइटन रेन और घोस्टनेट हमले, जो कि पिछले दशक में हुए, उन्होंने दिखाया कि साइबर हमला हकीकत है और दुनिया के सामने मौजूद सबसे बड़ा खतरा भी है।

'स्लैमर' नाम के एक वर्म या वायरस ने 25 जनवरी, 2003 को सुबह 5:30 बजे हमला किया था। इसे अब तक के इतिहास में सबसे तेज साइबर हमला माना गया था। शोधकर्ताओं की एक टीम के मुताबिक, इस हमले के दौरान हर 8.5 सेकंड के बाद संक्रमण दोगुना हो जा रहा था और स्लैमर ने छोड़े जाने के 10 मिनट के अंदर अधिकतम नुकसान पहुँचा दिया था। अन्य चीजों में, इस वर्म ने दक्षिण कोरिया और जापान के इंटरनेट के अधिकतम हिस्से को ध्वस्त कर दिया था, फिनलैंड में फोन सेवाएँ बाधित हो गई थीं और अमेरिका में एयरलाइन रिजर्वेशन, क्रेडिट कार्ड नेटवर्क और ए.टी.एम. सिस्टम धीमे हो गए थे। राष्ट्रपति के साइबर सुरक्षा सलाहकार के मुताबिक, स्लैमर और भी ज्यादा नुकसान पहुँचा सकता था।

तथ्य यह था कि इसने जरा भी आशंका नहीं जाहिर होने दी कि यह महज एक परीक्षण था, यह देखने के लिए कितना नुकसान पहुँचाया जा सकता है! यह कुछ ऐसा है, जिसे अगले हमले के दौरान इस्तेमाल किया जा सकता है।

साइबर हमलों की सबसे डरावनी बात यह होती है कि उनकी जिम्मेदारी लेनेवाला कोई नहीं होता। आप नहीं जानते कि किसने आप पर हमला किया या कहाँ से वह हमला हुआ? मेजर तिवारी ने कहा, "अकसर आप नहीं पता कर सकते कि हमले का लक्ष्य आप हैं! यहाँ बैठकर मैं किसी देश पर हमला कर सकता हूँ और यह भी दिखा सकता हूँ कि प्रभावित देश को लगे कि किसी अन्य देश ने उस पर हमला किया है।"

मार्च 2015 में भारतीय सेना के कंट्रोलर ऑफ डिफेंस एकाउंट्स (CDA) की वेबसाइट हैक कर ली गई थी। अधिकारी अपने एकाउंट ही नहीं खोल पा रहे थे और यह भी खतरा था कि संवेदनशील डेटा भी चोरी हो सकता था। तिवारी उस समय 'कंप्यूटर इमरजेंसी रिस्पॉन्स टीम' (CERT) में थे। उन्होंने कहा, "हमने हैकर को हैक कर लिया। जो भी उल्लंघन हुआ था, उसका खुलासा कर दिया गया और उसे ठीक कर दिया गया। अगर हम काम पर न होते तो हमें कभी पता नहीं चलता कि सिक्योरिटी में सेंध लगाई गई है और हमारे सभी संवेदनशील डिफेंस डेटा चोरी हो सकते थे।"

तिवारी ने बताया कि वह हमेशा से इंटरनेट के प्रति जुनूनी रहे हैं। उन्होंने स्वीकार किया, "बचपन से ही यह मेरी दिलचस्पी का क्षेत्र रहा है।" उन्होंने बारहवीं के बाद ही सेना की टेक्निकल एंट्री स्कीम (TES) के तहत सेना में जगह बना ली। मिलिट्री कॉलेज ऑफ टेलीकम्युनिकेशन इंजीनियरिंग (MCTE), मह में चार साल की इंजीनियरिंग डिग्री के लिए उनको कैडेट ट्रेनिंग विंग में रखा गया। वहाँ उनको टी.ई.एस. कोर्स कराया गया। उन्होंने देहरादून स्थित आई.एम.ए. में भी साल भर का प्रशिक्षण लिया। एक युवा लेफ्टिनेंट के तौर पर वह ग्रेजुएट बने। उनको पहली तैनाती अंबाला में ग्रिड सिग्नल रेजीमेंट में मिली, जहाँ पूरे कैंटोनमेंट के आई.टी. सेटअप की देख-रेख उनके जिम्मे थी।

उन्होंने बताया, "मेरा काम वहाँ नेटवर्क का सेटअप तैयार करना था और यह सुनिश्चित करना था कि यह बाकायदा काम करता रहे।" यहाँ के बाद उन्हें एडवांस्ड पर्सिस्टेंट थ्रेट्स (APTs) को निष्क्रिय या निष्प्रभावी बनाने और द्वेषपूर्ण इरादे से इन्फॉर्मेशन सिक्योरिटी ऑपरेशन के जरिए हमला करने की दुश्मन की

रणनीति पकड़ने या समझने की पढ़ाई करने के लिए भेजा गया। तिवारी ने कहा, "मैंने इन्फॉर्मेशन सिक्योरिटी की पढ़ाई लगभग 14 साल तक कर रखी है। सेना के साथ बीते मेरे समय के दौरान मुझे सूचना से जुड़ी अहम संपत्ति को खुलासे से बचाकर रखने और इंजीनियरिंग सिक्योरिटी पर कवच-दर-कवच बढ़ाते जाने का लंबा-चौड़ा अनुभव हासिल हुआ। मैंने समय-समय पर इन्फॉर्मेशन सिक्योरिटी ऑपरेशंस को गति दी, ताकि साइबर जगत् में बैठे हमारे दुश्मनों के किसी निकृष्ट हैकिंग अभियान को नाकाम बनाया जा सके। मेरी भूमिका की यह माँग है कि मैं लगातार नई तकनीकों और तरीकों को सीखता रहूँ, ताकि मौजूदा डिजिटल खतरे से निपट पाने में सामंजस्य बैठा सकूँ।"

तिवारी ने कहा कि हाल के दिनों में साइबर हमले काफी तेजी से बढ़े हैं और दुनिया भर की सेनाएँ गंभीरता से इस बात पर विचार कर रही हैं कि वे साइबर योद्धाओं के तौर पर हैकरों की भरती शुरू करें। ऐसा करने में गंभीरता बरतने के लिए संबंधित सेना को अपने नियमों को ढीला करना पड़ेगा। उन्होंने कहा, "जरूरी नहीं कि जिनके अंदर हैकिंग की प्रतिभा भरी हो, वे पढ़ाई या संवाद में बेहतर हों ही। साइबर योद्धा कभी-कभी अजीबोगरीब एवं असामाजिक होते हैं और अनजान या गुपचुप या परदे के पीछे से काम करना पसंद करते हैं।" उन्होंने स्वीकार किया, 'कोई भी स्कूल आपको हैकिंग नहीं सिखाएगा, इसलिए ये हैकर खुद सीखकर आगे बढ़े हुए आई.टी. के मेधावी होते हैं, जो जरूरी नहीं कि दूसरे विषयों में भी दक्ष हों ही। इसलिए साइबर टैलेंट को नियुक्त करने के लिए स्वाभाविक रूप से कुछ समझौते करने पड़ेंगे।"

इसलिए अगर आप कंप्यूटर के मामले में बेहतर हैं और नैतिक हैकर बनने की इच्छा रखते हैं तो आपको 'कोर ऑफ सिग्नल' में शामिल होने के बारे में जरूर सोचना चाहिए। तिवारी ने कहा, "आपका शौक ही आगे चलकर आपका पेशा बन जाए तो इससे अच्छा जीवन में कुछ नहीं होता। साथ ही, आपको साइबर स्पेस में अपने देश की सुरक्षा करने का सुनहरा मौका भी मिलेगा।" 'कोर ऑफ सिग्नल' में शामिल होने के लिए आपको सी.डी.एस., एन.डी.ए. या आई.एम.ए. के रास्ते सेना में आना होगा। इसके बाद सेना में आई.टी. और कम्युनिकेशन में कॅरियर चुनना होगा। मेजर तिवारी एम.सी.टी.ई. में शिक्षाविद् की भूमिका निभा रहे हैं और वे सैन्य अधिकारियों को साइबर स्पेस में भारत की सुरक्षा करना सिखा रहे हैं। उन्होंने बताया, "पाँचवें आयाम के अभियानों के लिए तकनीकी और कार्यकारी स्टाफ को

प्रशिक्षण देने के लिए मैं जिम्मेदार हूँ, ताकि डिजिटल डी-डे के लिए उन्हें तैयार कर सकूँ।" तिवारी को सेना के CERT में उनके कार्यकाल के दौरान साइबर सुरक्षा के क्षेत्र में उनके उल्लेखनीय प्रदर्शन के लिए COAS की तरफ से प्रशंसा-पत्र से नवाजा गया है।

ड्रोन उड़ाना

जहाँ एक तरफ साइबर युद्ध डिजिटल हथियारों के बल पर लड़ा जाता है, वहीं रिमोट कंट्रोल के जरिए भी युद्ध आपको आकर्षक लगेगा, खासतौर पर अगर आप वीडियो गेम खेलने के शौकीन हैं। एक सैनिक के तौर पर आप किसी ठोस वस्तु, जिसे 'ड्रोन' भी कहते हैं, को डिजिटल कमांड भेजकर अपने मन-मुताबिक तरीके से चला सकते हैं, जो दुश्मन सैनिकों पर हमला भी कर सकता है। यह एक ऐसी लड़ाई होती है, जिसे इनसान नियंत्रित करते हैं। भारत भी ड्रोन का इस्तेमाल करता है और आज नहीं तो कल इस दिशा में प्रगति होनी ही है, जिसमें हमारे भौतिक एजेंट दुश्मन के भौतिक एजेंटों पर कहर बनकर टूट पड़ेंगे (उदाहरण के लिए, हमारे रिमोट कंट्रोल से संचालित टैंक दुश्मन के रिमोट कंट्रोल से संचालित टैंकों पर हमला करेंगे) और तब उस युद्ध में कोई भी इनसान शामिल नहीं होगा। वह एक युद्ध का दृश्य होगा और ऐसा लगेगा मानो आप वीडियो गेम खेल रहे हों!

सेना के पास हर तरह के ड्रोन मौजूद हैं, चाहे वे सशस्त्र हों या निगरानी रखनेवाले स्वरूप में हों, जिन्हें विशेष रूप से प्रशिक्षित अधिकारी संचालित करते हैं। सरकार की संस्था 'डिफेंस रिसर्च एंड डेवलपमेंट ऑर्गेनाइजेशन' (DRDO) ने 'अनमैन्ड एयर व्हीकल' (UAV) कार्यक्रम के तहत 'रुस्तम' और 'निशांत' नाम के स्वदेशी मानव-रहित ड्रोन तैयार किए हैं। रुस्तम-II का वजन 1,800 किलोग्राम है, जो 350 किलोग्राम वजनी हथियार लेकर एक बार में 36 घंटे तक हवा में सफर कर सकता है। 'निशांत' भी बहुआयामी यू.ए.वी. है, जिसमें दिन और रात दोनों में समान रूप से काम करने की क्षमता है। इसे युद्धक्षेत्र की निगरानी और टोह (ISR) लेने, लक्ष्य ढूँढ़ने, स्थानीय हालात की सूचना देने और आर्टिलरी के हमले में सुधार आदि के लिए प्रयोग किया जाता है।

ड्रोन के माध्यम से किसी भी देश को विश्व स्तरीय खुफिया सूचना और आई.एस.आर. क्षमता हासिल होती है। हथियारों से लैस ड्रोन के होने से सेना के

पास विकल्पों का विस्तार हासिल है और इसका प्रयोग करके आतंकी तत्त्वों के सफाए के कार्यक्रम सफलतापूर्वक चलाए जाते हैं और पड़ोसी देशों में छिपे बैठे आतंकवादियों को भी तलाशा जा सकता है; क्योंकि किसी भी अन्य प्रकार की सुविधा उन इलाकों में उपलब्ध नहीं होती, जिससे अभियान दुरूह हो जाते हैं। सशस्त्र ड्रोन को शामिल करके सटीक हमले करना भी संभव होगा और साथ ही उन इलाकों में घुसकर लक्ष्य पर हमला करना आसान हो जाएगा, जहाँ स्पेशल फोर्सेज को भेजना ज्यादा जोखिम भरा या जटिल होता है। सेना में ड्रोन उड़ाने में विशेषज्ञ बनने के लिए आपको आई.एम.ए. में आर्टिलरी का विकल्प चुनना होगा। एक बार यूनिट में शामिल होने के बाद आप यू.ए.वी. कोर्स के लिए आवेदन कर सकते हैं।

कोर ऑफ सिग्नल्स

'कोर ऑफ सिग्नल्स' सेना का एक अंग है, जो सैन्य संवाद की देख-रेख करता है। इसका गठन 15 फरवरी, 1911 को हुआ था, जब युद्ध के दौरान मैदान में संदेश पहुँचाने का उद्‍देश्य पूरा करना होता था। उससे पहले 'कोर ऑफ इंजीनियर्स' के घुड़सवार सैनिक इस काम की जिम्मेदारी उठाते थे। पहली सिग्नल यूनिट उत्तर प्रदेश के फतेहगढ़ में स्थापित की गई थी। तब वहाँ 31वें और 32वें डिवीजनल सिग्नल कंपनियाँ थीं। 'इंडियन सिग्नल सर्विस', जिसे बाद में 'इंडियन सिग्नल कोर' बना दिया गया, के संस्थापक थे—लेफ्टिनेंट कर्नल एस.एच. पॉवेल, जो 'रॉयल इंजीनियर्स' से संबद्ध थे। सन् 1965 और 1971 की लड़ाइयों के बाद 'कोर ऑफ सिग्नल्स' का व्यापक विस्तार किया गया। उसके बाद से ही जिम्मेदारियाँ काफी बढ़ा दी गईं और अब इसमें साइबर युद्ध को भी शामिल कर दिया गया, जो पूरी दुनिया के सामने बड़ी चुनौती बनकर उभर रहा है।

'कोर ऑफ सिग्नल्स' डी.आर.डी.ओ. के साथ मिलकर काम करता है और कमांड एवं कंट्रोल के लिए सॉफ्टवेयर विकसित करता है। इसके महती योगदान के तौर पर 'संयुक्त इलेक्ट्रॉनिक वॉरफेयर सिस्टम' का उदाहरण दिया जा सकता है, जो एक मोबाइल इंटीग्रेटेड इलेक्ट्रॉनिक वॉरफेयर सिस्टम है और इसे भारत इलेक्ट्रॉनिक्स लिमिटेड के सहयोग से विकसित किया गया है। सिग्नल के अधिकारियों को महोव स्थित एम.सी.टी.ई. में प्रशिक्षित किया जाता है।

□

19

यह आपके विदेश जाने के सपने को धराशायी कर देता है

मिथक—*सेना में शामिल होने का मतलब यह है कि आपको सारी उम्र देश की सीमाओं की रक्षा करते हुए बितानी होगी।*

हकीकत—*पैरा (स्पेशल फोर्सेज) के कर्नल सुनील शेओरान, एस.एम., अब तक के अपने 25 साल के सैन्य कार्यकाल में 19 देशों में घूम चुके हैं।*

कर्नल सुनील शेओरान, एस.एम. से पूछिए कि 19 देशों में सेना की तरफ से भेजे जाने के दौरान की सबसे खुशनुमा याद कौन सी है, तो वह चुटकियाँ लेते हुए कहेंगे—एक क्रिकेट मैच।

वर्ष 2013 में ऑस्ट्रेलिया में हायर कमांड कोर्स के दौरान शेओरान दुनिया के विभिन्न देशों से एकत्र हुए 19 छात्रों में से एक थे। कोर्स में कुल 42 लोग शामिल थे। बाकी छात्र ऑस्ट्रेलियाई सैन्य अधिकारी थे। उन्होंने एक वाकया बताया, "एक दिन ऑस्ट्रेलियाई एक विचार के साथ आए कि क्यों न एक दोस्ताना क्रिकेट मैच खेला जाए, जिसके बाद लंच होगा। टीमों के तौर पर घरेलू बनाम विदेशी टीमें रहेंगी। ऑस्ट्रेलियाई आश्वस्त थे कि वे ही जीतेंगे। हमारी टीम में इंडोनेशिया, चीन, कनाडा, जर्मनी, मिस्र और थाईलैंड से आए हुए छात्र शामिल थे। उन लोगों ने कभी क्रिकेट खेला नहीं था और स्वाभाविक है, मैच के दौरान हम सभी अजीबोगरीब हरकतें कर रहे थे।"

ऑस्ट्रेलियाई टीम ने विशालकाय स्कोर खड़ा कर लिया और जब विदेशी छात्रों की बारी आई तो घरेलू टीम के लिए ज्यादा तालियाँ बज रही थीं और वे निश्चित जीत के प्रति आश्वस्त थे। हमारी टीम के खिलाड़ी पूरी ताकत लगाकर खेल रहे थे; लेकिन जैसा कि अनुमानित था, बल्लेबाज जल्दी-जल्दी आउट होते

जा रहे थे। आखिरी जोड़ी के तौर पर एक पाकिस्तानी अधिकारी और शेओरान ही बचे थे। शेओरान ने कहा, "हमने जमकर लोहा लिया, क्योंकि हम दोनों ने ही क्रिकेट खेल रखा था। मैं रनर वाले हिस्से की ओर था और पाकिस्तानी अधिकारी की तरफ गया और उससे बोला—'मेरे दोस्त, इस समय हम एक ही तरफ से लड़ रहे हैं और हमें जीतना ही है।' इस पर पाकिस्तानी अधिकारी ने मुसकराते हुए जवाब दिया और जादू हो गया! उसने एक छक्का लगाया और हमारी टीम की खुशियों का ठिकाना न रहा। ऑस्ट्रेलियाई खिलाड़ी हमारी इस हैरतअंगेज जीत से इस कदर झटका खा गए कि उन्होंने लंच भी नहीं किया।"

पैरा (स्पेशल फोर्सेज) के कर्नल शेओरान 25 साल तक यूनिफॉर्म में विभिन्न सैन्य पाठ्यक्रमों और नियुक्तियों के सिलसिले में 19 देशों का दौरा कर चुके हैं। उन्होंने कहा, "सेना में शामिल होकर आप दुनिया देख सकते हैं। लेकिन मेरा विश्वास करें—सारे जहाँ से अच्छा, हिंदोस्ताँ हमारा!"

अपने साथियों के बीच हैरतअंगेज कारनामों (कॅरियर की शुरुआत में ही दो साल के भीतर उन्हें दो बार गोलियाँ लगीं) की वजह से 'बुलेट कैचर' के नाम से चर्चित कर्नल सुनील शेओरान के पास आज की तारीख में प्रसिद्धि के ढेरों दावे हैं; लेकिन आज वह इस मिथक को तोड़ने के लिए हमारे साथ हैं कि सैन्य अधिकारियों को केवल देश की सीमाएँ ही देखना नसीब होता है। इससे पहले, हालाँकि हमें उनके एक एक्शन वाले वाये को सुनना चाहिए और उन्होंने उस वाकये के बारे में बताने की हमारी गुहार को सम्मान दिया, जो उनके कॅरियर के शुरुआती दौर में पेश आया था।

शेओरान और उनके तीन नगा सैनिक नगालैंड-असम सीमा पर नगा विद्रोहियों की तलाशी के खतरनाक अभियान पर निकले थे और पास के ही एक गाँव में छिपे थे। उन्होंने बताया, "हम सभी जीन्स पहने हुए थे और ऊपर से नगा शॉल ओढ़े हुए थे, ताकि हमारी पहचान उजागर न होने पाए। नगा जवान तो आसानी से स्थानीय लोगों में घुल-मिल गए, लेकिन मैंने सोचा कि लोगों को मुझे बाहरी समझते देर नहीं लगेगी। कल्पना कीजिए कि जब हम विद्रोहियों के करीब तक पहुँचे तो वे हमसे ज्यादा संख्या में थे और वे सभी-के-सभी ऑलिव ग्रीन वरदी में थे। यह एक अजीबोगरीब वाकया था, जिसमें भूमिकाओं की अदला-बदली हो गई थी, जहाँ दुश्मन फौजियों वाली वरदी में थे और फौजी सादे कपड़ों में।" लंबी और गरमागरम खोजबीन के बाद हमारी सीमित संख्या को दूसरी यूनिट के जवानों

से बैकअप सपोर्ट मिल गया। जब उन्होंने हमसे विस्तृत जानकारी ली तो मैंने उन्हें बताया, "हम सभी सादे कपड़ों में हैं। जो भी आर्मी कॉम्बैट के तौर पर दिखे, उसे ही मारना है।" और उन्होंने वैसा ही किया। शेओरान उस वाकये को याद करते हुए दिल खोलकर हँसे।

अभियानों के दौरान उनका कई बार गोलियों से आमना-सामना हुआ और गोलियों ने उन पर अपने निशान भी छोड़े—एक दिल से जरा-सा ऊपर, दूसरी कंधे पर और तीसरी उनकी ठोढ़ी एवं गले के बीच। शेओरान ने सियाचिन ग्लेशियर (19 हजार फीट) की सबसे ऊँची पोस्ट 'दर्शक' (Darshak) पर भी ड्यूटी की है और नेशनल सिक्योरिटी गार्ड (NSG) टीम के साथ 26 नवंबर, 2008 को मुंबई में होटल ताज महल में बंधकों को छुड़ाने में भी अपनी अहम भूमिका निभाई है। हालाँकि अपने 19 देशों के दौरों के चलते वे विश्व पर्यटक के 'पोस्टर ब्वॉय' ज्यादा माने जाते हैं। कॉन्गो, ऑस्ट्रेलिया, अमेरिका, दक्षिण कोरिया, इंडोनेशिया, फ्रांस, जर्मनी, चीन, पापुआ न्यू गिनी—आप उनकी विदेश यात्राओं को उँगलियों पर नहीं गिन पाएँगे।

उन्होंने मुझे उस समय की एक दिलचस्प कहानी बताई, जब वह सेना के कॉम्बैट फ्री फॉलर्स की टीम को अमेरिका लेकर जा रहे थे, जहाँ उन्हें संयुक्त अभ्यास में हिस्सा लेना था। ज्यादातर भारतीय जवान गाँवों से संबंध रखते थे और बहुत कम अंग्रेजी जानते थे। जाहिर है, अमेरिकियों से बातचीत में उन्हें दिक्कत हो रही थी, क्योंकि अमेरिकी हिंदी नहीं जानते थे। उन्होंने बताया, "मेरी टीम में हरियाणवी, गढ़वाली एवं गोरखा थे और साथ ही तमाम अन्य समुदायों से आए हुए भारतीय भी थे।" नाइट जंप अभ्यास के दौरान अमेरिकी सार्जेंट इस बात को लेकर चिंतित थे कि भारतीय जवान उनके निर्देशों को समझ पाएँगे या नहीं? अगर वे नहीं समझ पाए तो खतरा था कि कहीं अँधेरे में वे गुम न हो जाएँ!

जंप के बाद कर्नल शेओरान ने जाँच की कि क्या उनके लोग सुरक्षित पहुँच गए हैं? उन्हें यह जानकर तसल्ली हुई कि सभी लोग वहाँ मौजूद थे। जब उन्होंने अपने लोगों से यह चिंता जाहिर की तो सब शर्म से हँसने लगे। उन लोगों ने भी तब बताया कि वे भी इस बात को लेकर चिंतित थे कि कहीं गुम न हो जाएँ, क्योंकि वे लोग अंग्रेजी नहीं जानते थे और किसी से रास्ता भी नहीं पूछ सकते थे। इसलिए उन लोगों ने तय किया था कि भले ही खुले में रहना पड़े, लेकिन सभी लोग साथ रहेंगे। इस तरह से पूरी टीम एक ही ड्रॉपिंग जोन में उतरी और बिल्कुल सटीक तरीके

से, जैसा कि उन लोगों ने भारत में कभी नहीं किया था। जब शेओरान उनकी पीठ थपथपा रहे थे तो उन लोगों ने पूछा, "सब गुम हो जाते तो क्या होता?"

शेओरान ने चुटकी लेते हुए कहा, "उस रात एक मजेदार बात यह हुई कि कुछ अमेरिकी पैराट्रूपर जरूर गुम हो गए थे।"

सेना में इस तरह की घटनाएँ होती रहती हैं और शेओरान के पास आज के युवाओं के लिए एक छोटी-सी सलाह जरूर है, जो वे देना नहीं भूलते—"सेना में भरती हों, कठिन मेहनत करो, अपने पाठ्यक्रमों में बेहतर करो और उम्मीद है कि आप को दुनिया देखने का मौका मिले। समय के साथ सेना में आपको मिलने वाले मौके बढ़ते ही जा रहे हैं।" शेओरान स्कूल में मेधावी छात्र थे और उन्होंने एम.बी.बी.एस. प्रवेश परीक्षा में भी अपना लोहा मनवा लिया था, लेकिन उन्होंने एन.डी.ए. में जाने का फैसला किया और अपने पिता लेफ्टिनेंट कर्नल शेर सिंह, वी.सी., के पद-चिह्नों पर चल पड़े।

एन.डी.ए. में कोर्स के दौरान 280 कैडेट्स के बैच में वे चौथे स्थान पर रहे और आई.एम.ए. में 400 जेंटलमैन कैडेट्स में उनको साँतवाँ स्थान हासिल हुआ। आई.एम.ए. के अपने एडजुटेंट, जो कि स्पेशल फोर्सेज से थे, शेओरान काफी प्रभावित हुए और इसलिए पैरा (एस.एफ.) का विकल्प उन्होंने चुना और इसके लिए वह बेहद कठिन चयन प्रक्रिया एवं प्रोबेशन के दौर से गुजरे। कुछ सालों बाद वह प्रशिक्षक बनकर एन.डी.ए. लौटे और इतिहास ने खुद को दोहराया। हँसते हुए उन्होंने कहा, "मुझसे प्रभावित होकर आधे से ज्यादा कैडेट स्पेशल फोर्सेज में जाना चाहते थे।"

शेओरान को पहला अंतरराष्ट्रीय अनुभव तब मिला, जब वह संयुक्त राष्ट्र के मिशन पर कॉन्गो भेजे गए। उन्होंने कहा, "मुझे वहाँ पर सैन्य प्रेक्षक बनाया गया और संयुक्त राष्ट्र के काम करने के तौर-तरीकों को देखने का मौका मिला। वह मेरे लिए जबरदस्त सीखने का अवसर रहा।" तीन साल बाद शेओरान को स्पेशल फोर्सेज की फ्री फॉलर्स टीम के साथ अमेरिका जाकर वहाँ की स्पेशल फोर्सेज के साथ संयुक्त अभ्यास का मौका मिला। वर्ष 2013 में वह सेना के हायर कमांड कोर्स के लिए चयनित हुए और अपने कोर्स में सर्वश्रेष्ठ प्रदर्शन के कारण उनको 'सेंटर फॉर डिफेंस एंड स्ट्रेटिजिक स्टडीज' (CDSS), ऑस्ट्रेलिया भेजा गया, जहाँ उन्होंने डेकिन (Deakin) यूनिवर्सिटी से 'स्ट्रेटिजिक स्टडीज' में ही मास्टर्स कोर्स का विकल्प चुना।

उन्होंने बताया, "हायर कमांड एक प्रोमोशनल कोर्स है, जिसे ऐसे अधिकारी करते हैं, जो ब्रिगेडियर की रैंक पर पहुँचने वाले होते हैं। हर कोर्स से चार अधिकारी विदेशी यूनिवर्सिटी में अध्ययन के लिए चुने जाते हैं। मैं भी उनमें से एक था।" अन्य हायर कमांड ऑफिसर्स के साथ उनको भी स्टडी टूर पर चीन, दक्षिण कोरिया, इंडोनेशिया और पापुआ न्यू गिनी भेजा गया। यह ऐसा नियमित अनुभव है, जो लगभग सभी हायर कमांड ऑफिसर्स को उपलब्ध कराया जाता है। उन्होंने बताया, "चार देशों के दौरे का लक्ष्य यह होता है कि यह समझा जा सके कि अलग-अलग देशों की फौज किस तरह से काम करती हैं और उनसे जुड़ी तमाम छोटी-बड़ी बातों को वहाँ पहुँचकर ही समझा जा सकता है।"

26 नवंबर, 2008 को मुंबई के ताज महल होटल, ट्राइडेंट ओबेरॉय एवं नरीमन हाउस पर हुए आतंकी हमलों का मुँहतोड़ जवाब देने और आतंकवादियों को एन.एस.जी. द्वारा सफलतापूर्वक खत्म किए जाने के बाद सरकार ने यह निर्णय लिया कि पूरे देश में एन.एस.जी. के हब तैयार किए जाएँगे और शेओरान उस प्रक्रिया के हिस्से के तौर पर फ्रांस, इजराइल, जर्मनी और अमेरिका के दौरे पर निकले थे। उन्होंने दुनिया के बेहतरीन होस्टेज रेस्क्यू और काउंटर टेररिज्म यूनिट, जैसे GSG-9 (जर्मनी), GIGN/RAID (फ्रांस), स्पेशल SWAT यूनिट (ऑस्ट्रेलिया) और YAMAM (इजराइल) के जाँबाजों से बातचीत की।

उन्होंने मेजर डॉ. स्वीन से शादी की। वह एक डॉक्टर हैं, जिन्होंने सेना में शामिल होने का फैसला इसलिए किया, ताकि वह अपने पति कर्नल शेओरान के साथ ज्यादा वक्त बिता सकें। वह सिंगल पैरेंट हैं, जो दिल्ली में रहकर आठ और बारह साल के दो बच्चों की देखभाल करती हैं। उन्होंने कहा, "यहाँ हमारी भूमिका की अदला-बदली हो जाती है। इन दिनों स्वीन संयुक्त राष्ट्र के मिशन पर सूडान में हैं और मैं आर्मी हेडक्वार्टर्स, दिल्ली में तैनात हूँ और बच्चों की देखभाल कर रहा हूँ।"

एक शानदार पिता होने के अलावा शेओरान एक जुनूनी माइक्रोलाइट पायलट और फ्री फॉलर भी हैं। उन्होंने कहा, "सेना में होने के कारण मुझे तमाम अवसरों को भुनाने का मौका मिला, जिनसे मेरा ज्ञान बढ़ा और यह देश की सेवा एवं निजी ख्वाहिश दोनों को पूरा करने के भी काम आया। सेना ने वाकई मुझे पूरी दुनिया दिखा दी। भविष्य में संयुक्त राष्ट्र के मिशनों में बढ़ोतरी होने वाली है। आगे चलकर कोर्स भी बढ़ जाएँगे, ज्यादा-से-ज्यादा रक्षा मामले में व्यस्तताएँ बढ़ेंगी और अन्य

देशों के साथ होनेवाले संयुक्त युद्ध अभ्यास भी बढ़ेंगे। जो युवा सेना का विकल्प चुनेंगे, उनके लिए विदेश यात्राओं के बेशुमार मौके-ही-मौके उपलब्ध हैं।"

ऑपरेशन ब्लैक टॉरनेडो

कर्नल सुनील शेओरान का परिचय तब तक पूरा नहीं होगा, जब तक इसका पूरा खुलासा न किया जाए कि वह उस समय देश की उच्च कोटि की काउंटर टेररिज्म यूनिट एन.एस.जी. के 51 स्पेशल एक्शन ग्रुप को कमांड कर रहे थे, जब नवंबर 2008 में मुंबई पर आतंकी हमला हुआ था। एक इसलामिक आतंकी संगठन 'लश्कर-ए-तैयबा' के दस सदस्यों ने मुंबई में तीन दिन तक गोलीबारी और बम धमाकों से आतंक मचाया था। वह बेतुकी हिंसा 26 नवंबर को शुरू हुई और 29 नवंबर को खत्म हुई। उस हमले में 164 लोग मारे गए और 308 लोग जख्मी हुए थे। आतंकवादियों के खात्मे के लिए एन.एस.जी. को बुलाया गया था, क्योंकि आतंकियों ने होटलों के अंदर मौजूद लोगों को बंधक बनाकर रखा था और एक-एक कर उन्हें मारते जा रहे थे।

काउंटर टेररिज्म और स्पेशल ऑपरेशनों के विशेषज्ञ कर्नल शेओरान ने अपने ग्रुप का नेतृत्व किया और उस मिशन का नाम था—'ऑपरेशन ब्लैक टॉरनेडो'। बेखौफ कमांडो होटल ताज महल, ओबेरॉय और नरीमन हाउस के अंदर घुस गए और सफलतापूर्वक नौ आतंकवादियों का सफाया कर डाला। फाइनल ऑपरेशन ताज महल होटल में 29 नवंबर को सुबह 8 बजे पूरा हुआ, जब एन.एस.जी. ने आखिरी बचे 3 आतंकियों को मार गिराया। इस ऑपरेशन के बाद 250 लोगों को ओबेरॉय से, 300 को ताज से और नरीमन हाउस से 60 लोगों को सुरक्षित निकाला गया। इस प्रक्रिया में दो जाँबाज—मेजर संदीप उन्नीकृष्णन और हवलदार गजेंद्र सिंह शहीद भी हुए।

□

20

मैं वर्ष 40 की उम्र में सेना में शामिल हुआ

मिथक—*अगर आप 20 साल से ज्यादा उम्र के हैं तो आप सेना में शामिल नहीं हो सकते।*

हकीकत—*106 इन्फैंट्री बटालियन (टी.ए.) पैरा, आई.ए.एस. और आर्मी ऑफिसर लेफ्टिनेंट मणिवनन पी. को 40 वर्ष की उम्र में लेफ्टिनेंट के तौर पर भरती किया गया।*

लेफ्टिनेंट कर्नल महेंद्र सिंह धोनी और लेफ्टिनेंट मणिवनन पी. के बीच क्या समानता है ? वे दोनों ही भारतीय प्रादेशिक सेना (TA) की एक ही यूनिट 106 इन्फैंट्री बटालियन (TA) पैरा में हैं। ज्यादातर सुबह लेफ्टिनेंट मणिवनन पी, सचिव, सामाजिक कल्याण विभाग, कर्नाटक सरकार के व्यस्त रहनेवाले सरकारी अधिकारी हैं, जो विधान सौधा, बेंगलुरु में काम करते हैं। सुबह 9:00 से शाम 7:00 बजे तक वह मीटिंग लेते हैं, गंभीर विषयों पर फैसले लेते हैं और कभी खत्म न होनेवाली आगंतुकों की आमद से मुलाकात करते रहते हैं। उनके पास आनेवाले लोगों में बहुत कम को यह पता होता है कि ये आई.ए.एस. अधिकारी आर्मी ऑफिसर भी हैं, जिनको एके-56 राइफल चलाने का प्रशिक्षण मिला हुआ है और साल में दो महीने की छुट्टी लेकर वह यूनिफॉर्म में लोगों को कमांड करने के लिए प्रादेशिक सेना का हिस्सा बनते हैं।

प्रादेशिक सेना में हर साल दो महीने की ड्यूटी करना बतौर आर्मी ऑफिसर अनिवार्य है, इसलिए मणि ऑलिव-ग्रीन यूनिफॉर्म, बेल्ट और बेरेट कैप में अपने नाम के आगे 'लेफ्टिनेंट' भी लगाते हैं। इस दौरान वह अपनी यूनिट की लोकेशन बेंसन टाउन, जो कि कोरमंगला आवास से करीब 30 किलोमीटर दूर है, में ही

मौजूद रहते हैं। कोई भी जरूरी सरकारी फाइल, जिस पर उनके दस्तखत की जरूरत होती है, यूनिट लोकेशन पर ही भेजी जाती है। वहाँ वह बैचलर जवानों के लिए बनाए गए आवासों में ही रहते हैं, जो ऑफिसर्स मेस से जुड़ा हुआ है और सैनिकों के साथ काम करते हैं। वह कहते हैं, "साल के बीच-बीच में भी मैं यहाँ अधिकारियों के साथ खाने पर मिलता हूँ और अपनी यूनिट के लिए हमेशा उपलब्ध रहता हूँ और जब भी मेरे सी.ओ. कर्नल वृजेंद्र सिंह लिंगवाल का आदेश होता है, मैं यहाँ पहुँच जाता हूँ।"

मणि कहते हैं कि उनके लिए सेना में होने का ख्वाब सच तो हुआ, मगर जरा देर से। मुसकराते हुए वह कहते हैं, "जब मैं लगभग 40 वर्ष की उम्र के आस-पास था।" मणि हमेशा आर्मी ऑफिसर बनना चाहते थे। उन्होंने बताया, "यह कॅरियर को लेकर मेरी पहली पसंद थी, लेकिन दुर्भाग्य से मेरे पिता ने एन.डी.ए. प्रवेश परीक्षा के लिए इजाजत नहीं दी। वह मुझे डॉक्टर या इंजीनियर बनाना चाहते थे।" हालाँकि उन्होंने उन दोनों में से किसी को नहीं चुना और स्नातक खत्म करने के बाद सिविल सेवा प्रवेश परीक्षा की तैयारी में जुट गए। उन्होंने बताया, "सेना में शामिल होने का मेरा ख्वाब अधूरा ही रह गया। इतने वर्षों के बाद भी एक आई.ए.एस. अधिकारी होने के बावजूद मुझे जरा भी अंदाजा नहीं था कि भारतीय प्रादेशिक सेना जैसा भी कुछ है, जहाँ मैं अब भी सेना का अंग बन सकता हूँ।" वर्ष 2013 में मेरे एक मित्र, जो कि भारतीय राजस्व सेवा (IRS) अधिकारी हैं, जब वह टी.ए. में शामिल हुए, तब मणि को इस बारे में बताया।

जब मणि को पता चला कि वह अब भी सेना में शामिल हो सकते हैं तो उन्होंने बड़ी शिद्दत से प्रवेश परीक्षा दी, एस.एस.बी. में सफल हुए और बेंगलुरु में 106 इन्फैंट्री बटालियन (टी.ए.) पैरा में प्रशिक्षण के लिए रिपोर्ट की। महीने भर तक वह सख्त शारीरिक प्रशिक्षण के दौर से गुजरे, जिसमें ड्रिल, परेड, कसरत, दौड़ और तरह-तरह के हथियारों को चलाना सीखा। प्रशिक्षण पूरा होने के बाद 8 फरवरी, 2014 को यूनिट की मेस में उनको बुलाया गया। उनके एक तरफ स्टेशन कमांडर मेजर जनरल एस.के. सिंह थे तो दूसरी तरफ मणि की पत्नी सलमा फहीम, जो खुद भी आई.ए.एस. अधिकारी थीं। 40 साल की उम्र में वह सेना में लेफ्टिनेंट बन गए। उन्होंने कहा, "मेरे लिए वह गर्व भरे पल थे।" उनके बचपन का सपना अंततः सच हो गया था!

उन्होंने स्वीकार किया, "सेना में शामिल होने से पहले मैं बमुश्किल 3

किलोमीटर दौड़ पाता था।" फख्र से उन्होंने बताया, "अब मैं सामान्य तौर पर 5 किलोमीटर और कभी-कभी एक बार में ही 10 किलोमीटर तक दौड़ लेता हूँ। मुझे मिले प्रशिक्षण ने और भी चुस्त-तंदुरुस्त बना दिया है। मैं स्वास्थ्य को लेकर ज्यादा जागरूक रहने लगा हूँ। ज्यादा सक्रिय होने के अलावा मैं अपने शरीर को बेहतर ढंग से नियंत्रित कर पाता हूँ।" मणि ने कहा कि वह आश्वस्त हैं कि देश को जब भी जरूरत होगी तो वह आसानी से वरदी धारण कर लेंगे और एक आर्मी ऑफिसर के तौर पर उनसे जो भी अपेक्षा होगी, उसमें जी-जान से जुट जाएँगे। उन्होंने कहा, "भले ही वे मुझे सीमा पर लड़ने के लिए न भेजें, फिर भी एक सरकारी अधिकारी के तौर पर मिले अनुभव का फायदा सेना को भी मिल सकता है और मैं बहुत सारी चीजों में मदद कर सकता हूँ।"

उन्होंने बताया कि शारीरिक मजबूती बढ़ाने के अलावा सेना के अनुभव से उनको दो महत्त्वपूर्ण चीजें सीखने को मिलीं। पहली चीज तो यह कि हर चीज को बिना शिकायत किए स्वीकार कीजिए। उन्होंने कहा, "अब अगर मैं खुद को तिरस्कार वाले हालात में भी पाता हूँ, तब भी सकारात्मक तरीके से व्यवहार करता हूँ। मैंने किसी आर्मी ऑफिसर को शिकायत करते हुए नहीं सुना। वे कठोरतम हालात में तैनात किए जाते हैं, जहाँ परिवार के साथ समय बिताने के लिए कोई छुट्टी नहीं मिलती है, चाहे वह त्योहार हो या जन्मदिन और गरम रेगिस्तान हो या इनसान को जमा देनेवाली ठंड से भरे पहाड़। सैन्य अधिकारी पूरी शिद्दत से ड्यूटी करते हैं।" एक अन्य चीज, जो उन्हें सीखने को मिली, वह थी मैन मैनेजमेंट। उन्होंने कहा, "सेना में मानव संसाधन को जिस तरह से व्यवस्थित रखा जाता है, उसका तो हम सिविल सेटअप में मुकाबला नहीं कर सकते और गौर कीजिएगा, ये वे लोग होते हैं, जिनके हाथों में हथियार होते हैं और वे उनका इस्तेमाल करना भी अच्छी तरह जानते हैं।"

किसी सरकारी कर्मचारी के लिए साल में दो महीने छुट्टी लेकर बतौर आर्मी ऑफिसर काम करना आसान नहीं होता। मणि इस चीज को स्वीकार करते हैं। उन्होंने कहा, "मेरी पोजीशन पर मेरे पास ढेर सारी जिम्मेदारियाँ होती हैं और दुर्भाग्य से, एक दिन में केवल 24 घंटे ही होते हैं। लेकिन मेरी खुशकिस्मती है कि मेरी राज्य सरकार देश-सेवा की मेरी लगन को समझती है और वे साल में एक बार मुझे इस काम के लिए छुट्टी लेने देते हैं।" अब तक मणि आगरा में एक महीने का पैरा प्रोबेशन नहीं कर सके हैं, जहाँ उनको विमान से छलाँग लगाने की कला सिखाई

जाएगी और तब वे पूर्णतया पैराट्रूपर बन जाएँगे। उन्होंने कहा, "मुझसे छुट्टी का वादा किया गया है और मैं आश्वस्त हूँ कि जल्दी ही उस कोर्स को भी पूरा कर लूँगा।" दोहरी भूमिका के चलते उनके पास समय की बेहद कमी रहती है, लेकिन वह कहते हैं कि वह इस मामले में खुशकिस्मत हैं कि उनकी पत्नी सलमा, जो कि बेंगलुरु में ही तैनात हैं, सेना के प्रति उनके जुनून को समझती हैं। उन्होंने कहा, "हम अकसर 30 किलोमीटर दूर स्थित बटालियन में पहुँच जाते हैं, जहाँ सामाजिक कार्यों में शामिल होना अनिवार्य होता है और सलमा खुशी-खुशी इस काम में मेरा सहयोग करती हैं।" उनके तीन बच्चे हैं—अमोघ (13), आदिल (4) और अरमान (2)। मणि ने कहा, "बच्चे अभी काफी छोटे हैं, इसलिए तमाम चीजें नहीं समझ सकते; लेकिन मुझे उम्मीद है कि एक दिन उनमें से कोई सेना में शामिल होने के लिए दिल से प्रेरित होगा और निश्चित रूप से शामिल होगा।"

भारतीय प्रादेशिक सेना में शामिल होना

अगर आप 18 से 42 साल की उम्र के बीच में हैं, स्नातक हैं और अच्छे रोजगार से जुड़े हैं तो आप भी प्रादेशिक सेना में शामिल हो सकते हैं। आपको केवल इतना करना है कि समय-समय पर अग्रणी अखबारों, रोजगार समाचार या एंप्लॉयमेंट न्यूज (सूचना एवं प्रसारण मंत्रालय की साप्ताहिक रोजगार मैगजीन) में हर साल मई-जून में छपनेवाले विज्ञापनों पर नजर रखनी है। हालाँकि यह सूचना सेना की वेबसाइट www.indianarmy.nic.in पर भी उपलब्ध रहती है।

पूरी तरह से तैयार आवेदन को संबंधित टी.ए. ग्रुप हेडक्वार्टर्स भेजना होता है। जिन अभ्यर्थियों के आवेदन स्वीकार होते हैं, उन्हें लिखित परीक्षा के लिए बुलाया जाता है, जिसमें उत्तीर्ण होने के बाद उनको साक्षात्कार के लिए बुलाया जाता है, जो प्रिलिमिनरी इंटरव्यू बोर्ड (PIB) द्वारा संचालित किया जाता है। चुने हुए अभ्यर्थियों को एस.एस.बी. इंटरव्यू, मेडिकल बोर्ड और पुलिस वेरिफिकेशन के दौर से गुजरना होता है। सफल अभ्यर्थियों को भारत के राष्ट्रपति की तरफ से स्वीकृति प्रदान की जाती है। सभी अधिकारियों को चुने जाने के दो साल के अंदर किसी भी समय दस सप्ताह के प्रशिक्षण के लिए जाना होता है। इस दौरान उन्हें नियमित सैन्य अधिकारियों के समकक्ष वेतन, भत्ते, कैंटीन और अन्य सुविधाएँ प्रदान की जाती हैं।

टी.ए. भी नियमित भारतीय सेना का एक अंग है। टी.ए. यूनिट का नियंत्रण नियमित सैन्य अधिकारियों (कर्नल रैंक) के पास होता है, जो अधिकारियों और जवानों के प्रशिक्षण एवं अन्य जिम्मेदारियों पर नजर रखते हैं। प्रादेशिक सेना का काम नियमित सेना को ठहरी हुई ड्यूटी के दौरान आराम देने का होता है और साथ ही, किसी प्राकृतिक आपदा के दौरान सरकारी प्रशासन को सहयोग करना भी होता है। उनकी ड्यूटी में विपरीत हालात में जरूरी सेवाओं की मरम्मत करना होता है, ताकि प्रभावित लोगों को जल्दी-से-जल्दी परेशानी से उबारा जा सके। साथ ही, देश की सुरक्षा पर खतरे के मद्देनजर भी उनको ड्यूटी में शामिल किया जा सकता है। यह नियमित सेना को जरूरत के मुताबिक यूनिट स्तर की टीम मुहैया करा सकती है। मेजर मोहन लाल (फिल्म कलाकार), लेफ्टिनेंट कर्नल कपिल देव एवं लेफ्टिनेंट कर्नल एम.एस. धोनी (क्रिकेटर) तीन ऑनरेरी टी.ए. अधिकारी हैं, जिनको उनकी विशेषज्ञता के क्षेत्र में दक्षता के अनुरूप रैंक प्रदान की गई है।

□

21

विकलांग सैनिकों के लिए कोई पदोन्नति नहीं होती

मिथक—*आर्मी में विकलांग सैनिक पदोन्नति नहीं पाते।*

हकीकत—*मेजर जनरल एस.के. राजदान (सेवानिवृत्त), के.सी., 7 पैरा, भारत के पहले जनरल हैं, जो व्हीलचेयर पर हैं।*

8 नवंबर, 1994

नौगाम

जम्मू व कश्मीर

उस दिन अँधेरी और ठंडी रात थी, जब लेफ्टिनेंट कर्नल सुनील कुमार राजदान एक मोटे फिरन और काले पट्टे में अपनी क्रैक टीम की अगुवाई करते हुए कश्मीर में छुपे आतंकवादियों की तलाश कर रहे थे। फिरन पहने वह और उनकी टीम के चुने गए 20 जवान स्थानीय लोगों में शामिल हो गए और खोज कर नष्ट करने के मिशन में जुट गए। उन्हें बताया गया था कि 'लश्कर-ए-तैयबा' के नौ आतंकवादियों ने काँजीगुंड से 14 महिलाओं समेत वहाँ के प्राथमिक स्वास्थ्य केंद्र पर काम करनेवाले कंपाउंडर की किशोरी बेटी का अपहरण कर लिया था।

प्राथमिक स्वास्थ्य केंद्र के संयोजक ने सेना से मदद करने के लिए संपर्क किया था। राजदान और उनके जवानों को इस अभियान का जिम्मा सौंपा गया। उस दिन राजदान का जन्मदिन था और नवरात्र के व्रत का तीसरा दिन भी था। फिर भी, वह और उनके जवान पहाड़ों पर 15 घंटे तक चलते रहे और नौगाम के बाहरी इलाकों में 40 किलोमीटर तक का हिस्सा कवर किया। रात के 9.30

बजे भूख से बेहाल सैनिकों ने आग जलाई और खाने के लिए खिचड़ी बनाने लगे। वे अपने साथ चावल लेकर चले थे और आलू गाँव से खरीद रखे थे। कश्मीरी पंडित सुनील कुमार राजदान तीन तरह से कश्मीरी में बात कर सकते थे, जिससे उनको गाँववालों से बातचीत करने में सहूलियत हुई। उनको पता चला कि डेढ़ किलोमीटर दूर पहाड़ी पर स्थित गाँव के एक पुराने घर में आतंकवादियों ने शरण ले रखी है। खाना खाने के बाद करीब घंटे भर की चढ़ाई के बाद टीम उस जगह तक पहुँच गई। उस गाँव में महज तीन से चार घर ही थे। आतंकवादी एक बड़े घर में छुपे हुए थे, जहाँ एक बड़ा परिसर चारों ओर से दीवार से घिरा था। जवान अपने साथ कच्चा मांस ले आए थे, जिसे उन्होंने वहाँ के स्थानीय कुत्तों में बाँट दिया, ताकि वे उन पर भौंकें नहीं। इस तरह उन्होंने उस घर को चारों तरफ से घेर लिया; जबकि राजदान और छह जवान अंदर चले गए।

मेजर जनरल एस.के. राजदान (सेवानिवृत्त) याद करते हुए कहते हैं, "हमें किसी घर में घुसने के दौरान जैसा सिखाया जाता है, उसी के अनुरूप चलते हुए छह में से दो लोग पहले तल पर पहुँचे, दो बाहर मुख्य द्वार पर रुके और दो मेरे साथ घर में घुसे।"

उन्होंने बताया, "अँधेरा दूर करने के लिए वहाँ जल रहे तेल वाले लैंप की रोशनी में मैंने देखा कि करीब 13 महिलाएँ, जिनकी उम्र 14 से 35 के बीच रही होगी, एक कमरे में एक साथ बैठाई गई थीं। फिर मैंने गौर किया कि एक महिला रसोईघर में ऑमलेट बना रही थी। उसने ही मुझे सबसे पहले देखा और आतंकी समझकर चीखने लगी।"

उन्होंने बताया, "मैंने उसे आश्वस्त किया कि मैं सेना से हूँ, और सामने का दरवाजा खोल दिया। मैंने उसे सभी के साथ सुरक्षित निकल जाने को कहा।" सुकून पाकर महिलाएँ सुबकने लगीं; लेकिन एक साथ निकलने से उनके कदमों की आहट से आतंकवादी चौकन्ने हो गए। उनमें से दो तेजी से नीचे उतरकर आए; लेकिन पहले से तैयार राजदान ने उन्हें वहीं ढेर कर दिया। सीढ़ियों से उतरते एक आतंकी को देखते ही उन्होंने उस पर अपनी एके-47 से फायर झोंक दिया। वह अपने मरे हुए साथियों के ऊपर ही लुढ़क गया। उसे मरा जानकर राजदान पीछे हटकर, घर से निकलकर बाकी के साथियों के साथ आगे के अभियान में जुड़ने के लिए जाने लगे, जिन्होंने घर को चारों तरफ से घेर रखा था। किंतु दुर्भाग्य से, ऐसा नहीं हो सका। वह आतंकी अब तक जिंदा था और उसने काफी नजदीक

से राजदान पर हमला कर दिया और तकरीबन 10 गोलियाँ राजदान के पेट में जा धँसीं। उनका पेट फट गया और आँतें बाहर आ गईं। राजदान ने भी जवाबी हमला कर उसकी रीढ़ तोड़ दी और वह वहीं ढेर हो गया। उन्होंने कहा, "मुझे अपने सिर पर बँधे पटका को खोलकर उससे अपना पेट बाँधना पड़ा, ताकि आँतों को अंदर रखा जा सके।" इसके बाद वह रेंगते हुए घर से बाहर आए, अपने साथ चार बंदूकें भी ले आए; लेकिन उनके पीछे-पीछे उनके खून की लकीरें बनती चली गईं। उन्होंने कहा, "मैं उसी समय समझ गया था कि अब मैं दोबारा चल नहीं पाऊँगा।"

मुठभेड़ रात भर चलती रही, जिसे राजदान लकड़ियों के ढेर के पीछे छिपकर देखते रहे। उन्होंने अपनी नसों में खुद ही सलाइन सॉल्यूशन का इंजेक्शन लगाया, ताकि शरीर को पानी की कमी से बचाया जा सके, जिसकी वजह से जान भी जा सकती थी। उस मुठभेड़ में 9 आतंकवादी मारे गए। राजदान को हवाई जहाज के द्वारा श्रीनगर जनरल हॉस्पिटल ले जाया गया, जहाँ से उनको दिल्ली भेज दिया गया। उनकी छोटी आँत के 9 फीट के हिस्से को काटकर अलग करना पड़ा। जब वह ठीक हुए तो उनको सैन्य अस्पताल, खडकी, पुणे में रिहैबिलिटेशन के लिए ले जाया गया।

नौगाम के लोगों ने उनके बेहतर स्वास्थ्य के लिए दुआएँ कीं और उनके समर्पण के प्रति आभारी रहे। वे उनका हाल-चाल लेते रहे। वे उनसे मिलने पुणे भी आए और उनकी पत्नी को 10 हजार रुपए भी दिए, जिसे लोगों ने गाँव से जुटाया था।

कुछ साल बाद की बात है। राजदान के घर के बाहर एक कश्मीरी मुसलिम शॉल बेच रहा था। उनको देखते ही उसने नौगाम के हीरो के रूप में उनको पहचान लिया। वह उनके पास पहुँचा और उन्हें एक शॉल उपहार में दे दिया। इस शॉल के बदले उसने उनसे पैसे लेने से साफ मना कर दिया। उन्होंने कहा, "इस तरह का सम्मान मुझे कश्मीरी मुसलमानों से मिला। उनकी महिलाओं को बचाने के लिए वे सेना के कृतज्ञ रहते हैं।"

अतुलनीय बहादुरी के लिए उनको 'कीर्ति चक्र' से सम्मानित किया गया, जो कि शांतिकाल का दूसरा सबसे बड़ा पदक माना जाता है, हालाँकि उस घटना के बाद वह जीवन भर के लिए पक्षाघात का शिकार हो गए।

जनरल कहते हैं कि एक दौर उन्होंने गहरे अवसाद और अँधेरी रातों में

बिताया है। वे रातें आतंकवादियों से मुठभेड़ के लिए जाते समय मिली अँधेरी रात से कहीं ज्यादा अँधियारी थीं। जब वह अस्पताल के बिस्तर पर पड़े थे तो यही सोचते थे कि बिना पैरों के उनका जीवन कैसा होगा; लेकिन वह सिर ऊँचा कर इससे उबरे और बाहर की दुनिया में कदम रखा। उन्होंने कहा, "मेरे ऊपर मेरी पत्नी, बच्चों और देश की जिम्मेदारी थी। साथ ही, मैं किसी की दया का पात्र नहीं बनना चाहता था।" उन्होंने अपने काम को पेशेवराना तरीके से अंजाम दिया, एक पदोन्नति से दूसरी पर पहुँचते रहे। उन्होंने कहा, "मैं अपना काम अच्छी तरह और पूरी तन्मयता से करता था। पदोन्नति तो मुझे मिलती गई। मुझे इसके लिए संघर्ष नहीं करना पड़ा।"

जनरल राजदान अब 62 साल के हो चुके हैं। वह वर्ष 2012 में सेना से रिटायर हुए। वह गुड़गाँव के अपने फ्लैट में रहते हैं। वह बताते हैं कि उम्र के साथ उनकी मांसपेशियाँ ढीली होती जा रही हैं। इसलिए वह हर सुबह अपने घर के बगीचे में मौजूद पेड़ से तीन ईंटें रस्सियों से लटकाकर उसे हाथों से खींचनेवाली कसरत करते हैं। 24 घंटे उनको न्यूरल दर्द झेलना पड़ता है। यह दर्द कुछ ऐसा होता है, मानो किसी को गरम प्लेट पर खड़ा कर दिया जाए। वह बिस्तर पर चेहरा नीचे की तरफ करके सोते हैं, ताकि बेडसोर से बच सकें; लेकिन फिर भी ऐसा हो ही जाता है। उनकी चमड़ी बहुत नाजुक हो जाती है और अगर कहीं कट जाए तो जख्म भी जल्दी नहीं भरता। उन्होंने कहा, "यह बहुत कठिन जीवन है; लेकिन मुझे कोई मलाल नहीं है और मैं हार भी नहीं मानूँगा। शारीरिक अपंगता कभी भी उतना मायने नहीं रखती, जितनी मानसिक अपंगता। अगर आप मानसिक रूप से सक्रिय हैं तो आप जीवन में हर काम कर सकते हैं।"

वह इनसान, जो एक पर्वतारोही था, आगरा से बेंगलुरु मोटरसाइकिल यात्रा पर निकल जाया करता था और मणिपुर के जंगलों में पैट्रोलिंग किया करता था, जहाँ अजगर को बाँस की लकड़ियों पर भूनकर खाया जाता है, वह अब बिना वॉकर की मदद के खड़ा नहीं हो पाता। लेकिन उनके अंदर की जुझारू पैराट्रूपर की आत्मा पर इसका बिल्कुल असर नहीं पड़ा है। व्हीलचेयर पर उनको चलता हुआ देखें तो अभ्यस्त रैली ड्राइवर की मानिंद ही आप उनको सहूलियत से चलता पाएँगे और आपको जानकर हैरत होगी कि वह अब भी रोमांचकारी बाइकर हैं और एक बार दिल्ली से आगरा दो घंटे में अपनी बुलेट मोटरसाइकिल पर सफर भी कर चुके हैं। उनकी इसी जिद्दोजहद के कारण उनके साथी उनको

'ग्रेहाउंड' बुलाते हैं, क्योंकि उनके अंदर अब भी लंबी दूरी की दौड़ को लेकर जुनून बरकरार है। उनका जुनून अब भी कायम है। केवल उनकी गतिविधियों का दायरा बदल गया है। जनरल राजदान और उनके कोर्स के कुछ साथी सामाजिक कार्यों में भी संलग्न हैं, जहाँ वे सैन्यकर्मियों की विधवाओं के बच्चों को चिह्नित करते हैं और उन्हें गोद लेते हैं। साथ ही, उनकी शिक्षा की पूरी जिम्मेदारी उठाते हैं। एक समय उन्होंने जीवन बचाए, अब वह इनको इस लायक बना रहे हैं कि वे दूसरों से अलग नजर आएँ।

□

संस्थाएँ

यहाँ कुछ प्रमुख सैन्य संस्थाएँ हैं, जिनके बारे में शायद ही आपने सुना हो। ये संस्थाएँ अपने क्षेत्र में सबसे बेहतर हैं और लगातार देश को सर्वश्रेष्ठ पेशेवर प्रदान कर रही हैं।

राष्ट्रीय रक्षा अकादमी

पुणे से लगभग 17 किलोमीटर दूर खड़कवासला में स्थित राष्ट्रीय रक्षा अकादमी (एन.डी.ए.), भारतीय सशस्त्र बलों की संयुक्त सेवा अकादमी है। यह दुनिया की पहली त्रि-सेवा अकादमी है, जहाँ तीनों सेवाओं—सेना, नौसेना और वायुसेना के कैडेट्स एक साथ ट्रेनिंग लेते हैं। एन.डी.ए. से ग्रेजुएशन करने के बाद अफसरों को सेना, नेवी और एयरफोर्स की सेवा अकादमियों में ट्रेनिंग के लिए भेजा जाता है। कैडेट्स के चयन के आधार पर उन्हें नौसेना, सेना या वायुसेना में भेजा जाता है। बहुत कम लोग जानते हैं कि एन.डी.ए. दुनिया में पहली त्रि-सेवा अकादमी है।

7,015 एकड़ में फैला एन.डी.ए. परिसर बेहद खूबसूरत है। इस क्षेत्र में अकादमी बनाने का फैसला इसलिए किया गया, क्योंकि यह इलाका खड़कवासला झील के किनारे स्थित है। साथ ही, यहाँ का बहुत बड़ा क्षेत्र कैडेटों के प्रशिक्षण के लिए उपयोगी हो सकता था।

यह क्षेत्र अरब सागर के नजदीक था और साथ ही अन्य सैन्य प्रतिष्ठानों के निकट होने से एयरबेस निकट था और यह एक परिपूर्ण प्रशिक्षण ग्राउंड बन गया।

खड़कवासला झील के उत्तरी किनारे पर आउट-ऑफ-सर्विस शिप, एच.एम.एस. अनगोस्तुरा का लंगर डालकर कई सालों से कैडेटों की ट्रेनिंग के लिए उपयोग किया जा रहा है।

तीन मंजिला सूडान ब्लॉक में शानदार बेसाल्ट और ग्रेनाइट की इमारत है, जो अकादमी के प्रशासनिक मुख्यालय के रूप में कार्य करता है। बड़े से एंट्री हॉल का फर्श सफेद इतालवी संगमरमर का है और इसकी दीवारों पर उन एन.डी.ए. स्नातकों की तसवीरें हैं, जिन्होंने 'परमवीर चक्र' और 'अशोक चक्र' जैसे सर्वोच्च सम्मान हासिल किए हैं। एन.डी.ए. परिसर में युद्ध की कई निशानियाँ मौजूद हैं।

इनमें युद्धों के दौरान पकड़े गए टैंक और विमान शामिल भी हैं। परिसर में एक बेहद खूबसूरत पुस्तकालय है, जिसे प्रसिद्ध 'व्यास पुस्तकालय' के रूप में उपयुक्त अलंकरण प्रदान किया गया है। यहाँ 1,00,000 से अधिक मुद्रित संस्करणों का संग्रह और इलेक्ट्रॉनिक सदस्यता उपलब्ध है। साथ ही, यहाँ दुनिया भर की कम-से-कम 10 भाषाओं में पत्रिकाएँ और जर्नल मौजूद हैं।

यू.पी.एस.सी. एन.डी.ए. के लिए लिखित प्रवेश परीक्षा का आयोजन करता है। यह दुनिया के चुनिंदा कठिन संस्थानों में गिना जाता है। एस.एस.बी. द्वारा यहाँ साक्षात्कार व परीक्षार्थियों की शारीरिक क्षमता जैसी परीक्षा ली जाती है। सशस्त्र बलों में शामिल होने के लिए एक युवा को सामान्य योग्यता, मनोविज्ञान, टीम कौशल, शारीरिक और सामाजिक व्यवहार के साथ शारीरिक क्षमता की परीक्षा पास करनी होती है। इसकी शुरुआत जुलाई और जनवरी में होती है। प्रत्येक लिखित परीक्षा में करीब 4,50,000 आवेदक बैठते हैं और लगभग 6,300 को साक्षात्कार के लिए बुलाया जाता है। हर छमाही में केवल 320 कैडेट्स का ही चयन अकादमी में होता है।

इनमें से वायुसेना के लिए करीब 70 कैडेट्स, नौसेना के लिए 42 और सेना के लिए 208 कैडेट्स लिये जाते हैं। मान्यता प्राप्त बोर्ड से बारहवीं या उसके समकक्ष परीक्षा में सभी परीक्षार्थियों को पास होना अनिवार्य होता है। वे परीक्षार्थी भी इस परीक्षा के लिए आवेदन कर सकते हैं, जो बारहवीं में होते हैं। तीन वर्षीय पाठ्यक्रम के समापन के बाद सेना कैडेट्स देहरादून के आई.एम.ए. में जाते हैं, जबकि नौसेना कैडेट्स को Ezhimala (एझिमला) स्थित भारतीय नौसेना अकादमी और वायु सेना के कैडेट्स को हैदराबाद स्थित वायुसेना अकादमी में जाना होता है। विभिन्न अकादमियों में एक साल के प्रशिक्षण के एक बाद कैडेट कमीशंड अधिकारी के रूप में संबंधित सेवाओं में चले जाते हैं। अकादमी अपने कैडेट्स को सहयोगी देशों में भी ट्रेनिंग के लिए भेजती है।

भारतीय सैन्य अकादमी

भारतीय सेना में अपने बेहतरीन अधिकारियों को देनेवाली भारतीय सैन्य अकादमी की स्थापना सन् 1932 में हुई थी। अकादमी उत्तराखंड के देहरादून से करीब 8 किलोमीटर पश्चिम में हिमालय की तलहटी में स्थित है। यह 1,400 एकड़ के क्षेत्र में फैली हुई है।

आई.एम.ए. का निर्माण सन् 1930 में हुआ था। इसकी सबसे प्रसिद्ध इमारत ड्रिल स्क्वायर पर चेटवुड हॉल है, जो आई.एम.ए. का प्रशासनिक मुख्यालय है। यहाँ कक्षाएँ भी संचालित होती हैं। इसमें लेक्चर हॉल, कंप्यूटर प्रयोगशालाएँ और कैफे भी हैं।

ड्रिल स्क्वायर के सामने खेत्रपाल सभागार है। सन् 1971 के युद्ध के हीरो सेकंड लेफ्टिनेंट अरुण खेत्रपाल सबसे कम उम्र के 'परमवीर चक्र' विजेता थे, जिनके नाम पर इस सभागार को समर्पित किया गया है। युद्ध में उनका टैंक दुश्मन के हमले की जद में आ गया और उसमें आग लग गई; लेकिन अरुण खेत्रपाल ने उसमें से निकलने से साफ इनकार कर दिया था। उसी टैंक में झुलसने से उनकी मौत हो गई थी।

सन् 1982 में इस सभागार का उद्घाटन किया गया। इसमें लगभग 2,000 सीटें हैं।

चेटवुड हॉल में सन् 1938 में एक नए विंग को जोड़ा गया था। यह केंद्रीय पुस्तकालय है, जो बौद्धिक झुकाव रखनेवालों के लिए घर सरीखा है। यहाँ न केवल 1,00,000 से अधिक संस्करण मौजूद हैं, बल्कि यहाँ दुनिया भर की सैकड़ों पत्रिकाओं की सदस्यता भी ली गई है। कैंपस में एक आई.एम.ए. संग्रहालय भी है, जहाँ ऐतिहासिक महत्त्व की कलाकृतियाँ मौजूद हैं। यहाँ सबसे प्रसिद्ध युद्ध की निशानी के रूप में पाकिस्तानी सेना के लेफ्टिनेंट जनरल अमीर अब्दुल्ला खाँ नियाजी की पिस्तौल मौजूद है। यह वही हथियार है, जो सन् 1971 के युद्ध को समाप्त करने के लिए उन्होंने समर्पण दस्तावेज पर दस्तखत करने के बाद लेफ्टिनेंट जनरल जगजीत सिंह अरोड़ा को सौंपी थी।

अकादमी की सबसे सुंदर इमारतों में से एक कमांडेंट का निवास भी है। इसकी औपनिवेशिक वास्तुकला बहुत ही आकर्षक है। आई.एम.ए. में एक हेलीपैड भी है, जो परिसर के उत्तर-पश्चिम में टौंस घाटी में स्थित है। एक स्टड फार्म के साथ अस्तबल, एक छोटे शूटिंग रेंज के साथ ही यहाँ पोलो ग्राउंड भी है, जो टौंस

नदी के साथ ही लगा हुआ है। टौंस घाटी में पैरा-ड्रॉपिंग के साथ पैरा-ग्लाइडिंग और युद्ध का प्रशिक्षण दिया जाता है।

आई.एम.ए. में शामिल होनेवाले सभी प्रशिक्षुओं को जेंटलमैन कैडेट के रूप में जाना जाता है। यह एक तरीका है उनके अंदर नैतिकता और नैतिक मूल्यों को बनाए रखने का। फील्ड मार्शल चेटवुड के भाषण का एक अंश चेटवुड हॉल के पूर्वी द्वार पर खुदा हुआ है। यह उम्मीद की जाती है कि इससे उनमें नैतिकता बनी रहेगी। सन् 1932 में अकादमी के उद्घाटन के अवसर पर उन्होंने कहा था—

"आपके देश की सुरक्षा, सम्मान और कल्याण प्राथमिकता में रहेगा—हमेशा और हर समय।

जिन लोगों का आप नेतृत्व करते हैं, उनका सम्मान, कल्याण और आराम उसके बाद आता है।

आपकी अपनी सहूलियत, आराम और सुरक्षा सबसे अंत में आएगी—हमेशा और हर समय।"

ऑफिसर्स ट्रेनिंग एकेडमी

ऑफिसर्स ट्रेनिंग एकेडमी भारतीय सेना का एक प्रमुख संस्थान है, जो एस.एस.सी. द्वारा चुने अधिकारियों को प्रशिक्षित करता है। अकादमी चेन्नई में स्थित है और अड्यार नदी के पास 650 एकड़ के क्षेत्र में फैली है।

आई.एम.ए. और ओ.टी.ए. में अंतर यह है कि आई.एम.ए. में स्थायी कमीशन के लिए पुरुषों की ट्रेनिंग होती है; लेकिन जो लोग एस.एस.सी. का विकल्प चुनते हैं, उनको ओ.टी.ए. में प्रशिक्षण दिया जाता है (इसका अर्थ है कि उनके पास एक निर्धारित अवधि तक सेवा करने के बाद सेना छोड़ने का विकल्प होता है)। जब महिलाओं को कमीशंड अधिकारियों के रूप में भारतीय सेना में शामिल होने के लिए आमंत्रित किया गया तो ओ.टी.ए. ने उन्हें भी प्रशिक्षण देना शुरू किया। वर्ष 1992 में ओ.टी.ए. से 25 महिला अधिकारियों का पहला जत्था प्रशिक्षित किया गया था।

ओ.टी.ए. का इतिहास द्वितीय विश्व युद्ध के बाद का है, जब भारत में सात अधिकारी प्रशिक्षण संस्थान स्थापित किए गए थे।

हालाँकि युद्ध के बाद इन स्कूलों को बंद कर दिया गया था। सन् 1962 में भारत-चीन युद्ध के बाद सेना के लिए और अधिक अधिकारियों को प्रशिक्षित करने

की आवश्यकता महसूस की गई। इसके लिए दो अधिकारी प्रशिक्षण स्कूल स्थापित किए गए। एक चेन्नई और दूसरा पुणे में खोला गया। ये अधिकारी प्रशिक्षण स्कूल (ओ.टी.ए.स) आपातकाल की स्थिति से निपटने के उद्‍देश्य के साथ स्थापित किए गए। हालाँकि पुणे में इसे बंद कर दिया गया, लेकिन चेन्नई में सैनिकों को प्रशिक्षित करना जारी रहा।

जब आपातकालीन कमीशन कोर्स बंद किए गए तो ओ.टी.ए.स ने एस.एस.सी. के लिए जेंटलमैन कैडेट्स को प्रशिक्षण देना शुरू किया। सन् 1970 के दशक में ओ.टी.ए.स ने कई अवसंरचनात्मक विकास किए। इसमें एक स्विमिंग पूल, एक सभागार, एक विज्ञान ब्लॉक, प्रयोगशालाओं, एक ड्रिल स्क्वायर, कैडेट्स मेस, हथियार-प्रशिक्षण शेड बनवाकर जेंटलमैन कैडेट्स को प्रशिक्षण की सुविधा प्रदान की गई।

1 जनवरी, 1988 को जब स्कूल ने अपनी रजत जयंती मनाई, तब उसका नाम बदलकर 'ऑफिसर्स ट्रेनिंग एकेडमी' रख दिया गया। एकेडमी में 49 सप्ताह के कोर्स के जरिए स्नातकों को सेना की सभी शाखाओं के लिए तैयार किया जाता है। वर्ष 2011 में एक नया ओ.टी.ए. गया (बिहार) में स्थापित किया गया।

कॉलेज ऑफ मिलिट्री इंजीनियरिंग

पुणे के मिलिट्री इंजीनियरिंग कॉलेज (सी.एम.ई) में सेना अपने इंजीनियर अधिकारियों को प्रशिक्षित करती है। कॉलेज भारतीय सेना कोर के इंजीनियरों को तकनीकी और रणनीतिक प्रशिक्षण देता है। सन् 1943 में सी.एम.ई की स्थापना रुड़की में 'द स्कूल ऑफ मिलिट्री इंजीनियरिंग' (एस.एम.ई) के लिए की गई थी, जिसे बाद में पुणे ले जाया गया। सी.एम.ई युवा अधिकारियों को सिविल, इलेक्ट्रिकल और मेकैनिकल इंजीनियरिंग में बी.टेक. कराता है।

कॉलेज में भारतीय सेना के अधिकारियों के साथ सहयोगी देश के युवाओं को भी प्रशिक्षण दिया जाता है। साथ ही, यह संस्थान भारतीय सेना के लिए एक सलाहकार और शोध परियोजनाओं में अहम भूमिका भी निभाता है। 'द कॉलेज ऑफ मिलिट्री इंजीनियरिंग' जवाहरलाल नेहरू यूनिवर्सिटी से संबद्ध है और बी.टेक. व एम.टेक. की डिग्री प्रदान करता है।

कोर ऑफ ई.एम.ई. और सिग्नल अधिकारियों को भी बी.टेक. डिग्री के लिए पहले तीन सेमेस्टर की पढ़ाई सी.एम.ई से पूरी करनी होती है।

हरा-भरा सी.एम.ई परिसर मुला नदी के किनारे स्थित है। 3,600 एकड़ क्षेत्र में फैले सी.एम.ई में चमकदार सी.एम.ई झील, सर्वत्र बीर, पक्षी अभयारण्य, हरकीरत सिंह थियेटर के साथ ही एक ओपन-एयर थिएटर भी है, जिसमें हॉलीवुड के साथ-साथ बॉलीवुड की नई-नई फिल्में प्रदर्शित की जाती हैं। यहाँ समोसे खाते हुए कैडेट्स फिल्में देख सकते हैं। इसके अलावा, यहाँ एक शॉपिंग कॉम्प्लेक्स, कंसर्ट हॉल और अधिकारी संस्थान के साथ बार, रेस्तराँ और एक डांस फ्लोर भी है। परिसर में ही छात्रों, शिक्षकों और उनके परिवार के रहने की भी व्यवस्था है।

आर्मी एयर डिफेंस कॉलेज

आर्मी एयर डिफेंस कॉलेज (ए.ए.डी.सी.) भारतीय सेना के 'आर्मी एयर डिफेंस कोर' के अधिकारियों की प्रमुख प्रशिक्षण अकादमी है। यहाँ अधिकारियों को हवाई रक्षा प्रणालियों और एंटी-एयरक्राफ्ट युद्ध का प्रशिक्षण दिया जाता है। सेना, नौसेना और वायुसेना के साथ ही यहाँ भारत के मित्र देशों के अधिकारियों को भी प्रशिक्षण दिया जाता है। 2,700 एकड़ में ओडिशा के गोपालपुर के हरे-भरे क्षेत्र में कॉलेज का परिसर है।

सशस्त्र सेना मेडिकल कॉलेज

सशस्त्र बलों के न केवल अपने इंजीनियर्स और पायलट्स हैं, बल्कि उनके पास अपने डॉक्टर भी हैं। ये चिकित्सक सैनिक पुणे स्थित सशस्त्र बल मेडिकल कॉलेज (ए.एफ.एम.सी.) में प्रशिक्षित किए जाते हैं। बी.सी. रॉय कमेटी की सिफारिश पर विश्व युद्ध के तुरंत बाद सन् 1962 में इस कॉलेज की स्थापना हुई थी। भारतीय सेना मेडिकल कोर इकाई के संयोजन के साथ ही कॉलेज भी अस्तित्व में आया। 4 अगस्त, 1962 को ए.एफ.एम.सी. की स्थापना की गई थी। इसी दिन ए.एफ.एम.सी. स्नातक शाखा कायम की गई थी।

ए.एफ.एम.सी. भारत के शीर्ष चिकित्सा कॉलेजों में गिना जाता है। वर्ष 2012 एवं 2015 में 'आउटलुक' मैगजीन के सर्वेक्षण में इस संस्थान को पूरे देश में दूसरा स्थान हासिल हुआ है। संस्थान हर साल एक के बाद एक सशस्त्र बल को चिकित्सक सैनिकों का एक पूल तैयार करके दे रहा है। इसमें प्रवेश के लिए ऑल इंडिया मेडिकल इंट्रेंस टेस्ट को पास करना होता है।

□

मैं सेना में कैसे शामिल हो सकता हूँ?

आप एक इंजीनियर, वकील, साइबर योद्धा, पर्वतारोही, स्काइडाइवर, पैराट्रूपर और ओलंपियन के साथ एक सेना अधिकारी भी हो सकते हैं। सेना में नौकरियों की विस्तृत शृंखला है और अवसर भी। अगर आपको लगता है और आप चाहते हैं तो इसके लिए आप आवेदन कर सकते हैं। आइए, एक नजर यहाँ डालें।

योग्यताएँ और प्रवेश योजनाएँ

तो अब आप जानते हैं कि सेना अधिकारी हाथ में हमेशा बंदूक लिये हुए इनसान नहीं होता है। सेना में शामिल होने के बाद आपके पास विकल्प होता है कि आप क्या बनना चाहते हैं? यदि आपको एक नियमित सैनिक की भूमिका प्रभावित करती है तो आप पैदल सेना में शामिल हो सकते हैं। यदि आपको हेलीकॉप्टर उड़ाना अच्छा लगता है तो आप आर्मी एविएशन का विकल्प चुन सकते हैं। यदि आपको एक सैपर (खंदक विशेषज्ञ) अधिकारी बनना है तो आप इंजीनियरिंग में शामिल हो सकते हैं। अगर आप वकालत के क्षेत्र में जाने के इच्छुक हैं तो आप जज एडवोकेट जनरल की शाखा में भी शामिल हो सकते हैं। यही नहीं, आप पैराट्रूपर या स्पेशल फोर्सेज में भी शामिल हो सकते हैं। अगर एडवेंचर आपको लुभाते हैं तो आप आर्मी एडवेंचर विंग से संपर्क कर सकते हैं और पर्वतारोहण, स्काइडाइविंग या व्हाइट वॉटर राफ्टिंग के लिए अपना नाम रजिस्टर करा सकते हैं। अगर आप ओलंपिक मिशन की ओर देख रहे हैं और आपका सपना ओलंपिक में जाने का है तो इसमें भी आप कॅरियर बना सकते हैं। इसमें आपको कभी ऊब नहीं होगी।

पुरुषों के लिए प्रवेश योजनाएँ

बारहवीं के बाद पुरुष सेना में शामिल हो सकते हैं। स्नातक या प्रोफेशनल

डिग्री—जैसे इंजीनियरिंग या कानून लेने के बाद सेना में शामिल हो सकते हैं। महिलाएँ केवल स्नातक या प्रोफेशनल डिग्री हासिल करने के बाद ही सेना में शामिल हो सकती हैं। ज्यादा जानकारी के लिए इंटरनेट पर इस लिंक के जरिए विवरण देख सकते हैं—https://joinindianarmy.nic.in/alpha/entry-schemes-men.htm.

महिलाओं के लिए प्रवेश योजनाएँ

सन् 1992 में महिलाओं को सेना में अधिकारी कैडर में शामिल किया गया और यह भारतीय इतिहास के लिए मील का पत्थर साबित हुआ। महिलाएँ अधिकारी कैडर में शामिल की गईं और उनको प्रशिक्षण देने का सबसे भारी काम ओ.टी.ए. ने शुरू किया था। अब तक 1,200 से अधिक महिला अधिकारियों को भारतीय सेना के आर्म्स और सर्विसेज जैसी विभिन्न सेवाओं में शामिल किया जा चुका है। आपको आवेदन करने के लिए स्नातक होना चाहिए। अधिक विवरण के लिए यहाँ लॉग इन करें—

https://joinindianarmy.nic.in/alpha/entry-schemes-women.htm.

यदि आपने सेना अधिकारी बनने का निर्णय लिया है तो यहाँ एक चार्ट दिया जा रहा है, जिसमें आपको अपने लिए विभिन्न विकल्पों की जानकारी मिलेगी।

कमीशंड ऑफिसर्स

क्रम	कोर्स/इंट्री	पात्रता कसौटी (उम्र|योग्यता)	ट्रेनिंग अकादमी	प्रशिक्षण अवधि
1.	एन.डी.ए. उम्र -16-1/2 से 19-1/2 साल (कोर्स शुरू होनेवाले महीने की पहली तारीख को)।	योग्यता - 10+2 के तहत 12वीं या समकक्ष सेना के लिए और भौतिकी एवं गणित वायु सेना और नौसेना के लिए।	प्रशिक्षण अकादमी -एन.डी.ए. खड़कवासला, पुणे।	प्रशिक्षण अवधि - 3 साल एन.डी.ए. और 1 साल आई.एम.ए.।
2.	10+2 (टी.ई.एस.)	उम्र- 16-1/2 से 19-1/2 साल (कोर्स शुरू होने वाले महीने की पहली तारीख को)। योग्यता-10+2 भौतिकी, रसायन और गणित (तीनों मिलाकर औसतन 70 प्रतिशत या उससे ऊपर)।	प्रशिक्षण अकादमी - ओ.टी.ए., गया।	प्रशिक्षण अवधि - 5 साल (1 साल ओ.टी.ए., गया और 4 साल CTWS)। चार साल बाद स्थायी कमीशन फेज-I—एक साल प्री कमिशनिंग ट्रेनिंग ओ.टी.ए., गया और 3 साल CME पुणे/MCTE महोव/MCEME सिकंदराबाद। फेज-II—1 साल पोस्ट कमीशनिंग ट्रेनिंग CME पुणे/ MCTE महोव/ MCEME सिकंदराबाद।
3.	IMA (DE)	उम्र- 19 से 24 साल (कोर्स शुरू होनेवाले महीने की पहली तारीख को)। योग्यता- मान्यता प्राप्त विश्वविद्यालय से स्नातक।	प्रशिक्षण अकादमी - ओ.टी.ए., चेन्नई।	प्रशिक्षण अवधि- 1-1/2 साल

आभारोक्तियाँ

मैं अपनी आभारोक्ति की शुरुआत शानदार 21 सैन्य अधिकारियों—महिलाओं और जेंटलमैन—को धन्यवाद देते हुए करूँगी, जिन्होंने सिक्किम से लेकर सियाचिन तक फैले देश के विशाल भू-भाग में अपनी सेवाएँ दी हैं और कहीं-न-कहीं अब भी तैनात हैं, जिन्होंने अपनी व्यस्ततम कार्य अवधि के दौरान खाने व नाश्ते का समय निकाला और उस दौरान मुझसे अपने महत्त्वपूर्ण अनुभव साझा किए, जिसके बलबूते साल भर की मेहनत के बाद मैं यह पुस्तक 'ताकत वतन की हमसे है' पूरी कर पाई। सभी को मेरा धन्यवाद, जिन्होंने मेरे साथ अपनी अद्‌भुत कहानियाँ साझा कीं।

अपनी टीम के किशोर आलोचकों, सीनियर स्कूल स्टूडेंट ईशा पारिक, समिहा खजूरिया, अरुंधति काले, शाश्वत अग्रवाल, सिद्धार्थ बालयान, सिद्धांत बनर्जी और सारांश रावत की भी आभारी हूँ, जिन्होंने प्रारंभिक कुछ अध्यायों को बारीकी से पढ़ा और मुझे कहानियों को उचित लय प्रदान करने की राह दिखाई। सारांश ने पुस्तक लिखने से लेकर इसके कवर डिजाइन तक में मेरी हर तरह से मदद की (इसके लिए उसने मुझसे सोनी का हेडफोन भी खरीदवाया!)।

मैं कर्नल ग्रेवाल और उनकी टीम के अधिकारियों का भी शुक्रिया अदा करना चाहती हूँ, जिन्होंने एडिशनल डायरेक्टरेट जनरल ऑफ पब्लिक इन्फॉर्मेशन (ADGPI), भारतीय सेना, के माध्यम से सेवारत अधिकारियों और लॉजिस्टिकल सपोर्ट से मुझे मिलने की अनुमति दिलाई। बगैर उन अथक माथा-पच्ची भरे दौर और अनुमतियों के यह पुस्तक पूरी की ही नहीं जा सकती थी।

इसके बाद बारी है मेरे संपादकों की—सोहिनी मित्र (शांति की प्रतिमूर्ति, तब भी जब मैं उनको गुपचुप देखा करती थी कि वह अपने सिर के बालों को नोच रही हैं) और अनुपम कांत वर्मा, जिन्होंने पांडुलिपि पढ़ने का बीड़ा उठाया और जहाँ

कहीं भी कहानी ढीली पड़ती, वहाँ बीच-बीच में मेरी उँगलियों पर रपटा (हलके से) भी मारते जाते। मैं नियति धुलधोया का भी शुक्रिया अदा करना चाहती हूँ। वह कुछ अति सावधान कॉपी एडिटर्स में से एक हैं, जिनके साथ मुझे काम करने का मौका मिला। इस पुस्तक को एक सौम्य रूप देने में उनका योगदान जबरदस्त है और उन्होंने मेरे अंदर भरे अहं को बड़ी मेहनत से बाहर निकाला और बड़े-बड़े हिस्सों को दोबारा तैयार करवाकर मुझे एक बेहतर इनसान के रूप में भी ढाला।

मैं लेफ्टिनेंट रंजीत की भी शुक्रगुजार हूँ, जिन्होंने पैराट्रूपर लेफ्टिनेंट कर्नल एम.एस. धोनी से इस पुस्तक के लिए प्रस्तावना लिखवाने का बीड़ा उठाया और एम.एस. धोनी की भी, जिन्होंने अतुलनीय उदारता के साथ अपने हस्ताक्षरयुक्त पुस्तक की एक प्रति मुझे भिजवाने की जिम्मेदारी उठाई।

□□□